Tracy Brogan

Inselglück für Anfänger

W0470488

Montlake Romance

Das Buch

Alleinerziehend und mit einem Haufen Schulden bleibt Emily kaum etwas anderes übrig, als für ihre Großmutter zu arbeiten und in Trillium Bay ein Ferienhaus zu renovieren. Dabei hätte die eigenwillige Innenarchitektin nie gedacht, dass sie jemals in den kleinen Strandort zurückkehren würde, wo jeder jeden kennt und alle eine Meinung haben … über so ziemlich alles. Zum Beispiel darüber, dass Emilys jüngere Schwester Lilly einen Mann liebt, der für sie viel zu alt ist.

Auch mit ihrem Renovierungsprojekt stößt sie bei einigen Nachbarn nicht gerade auf Gegenliebe. Als Emily sich dann noch in den äußerst attraktiven Sohn von Lillys Liebstem verguckt, ist ihre Welt völlig auf den Kopf gestellt.

Die Autorin

Tracy Brogan ist eine preisgekrönte Bestsellerautorin. Sie schreibt sowohl lustige und fröhliche zeitgenössische Geschichten über ganz normale Menschen, die eine außergewöhnliche Liebe finden, als auch bewegende und historische Romanzen voller politischer Intrigen, Nöte verursachender Jungfrauen und ab und zu auch mal mit einem Mann in Kilt. Für ihre Bell-Harbor-Reihe »Warum Seepferdchen im Sommer keine Schuhe tragen«, »Wenn Drachentöter vor der Hochzeit Jetskis klauen« und »Wie man lernt, den ganzen Elefanten zu sehen« wurde sie bereits dreimal für den prestigeträchtigen RITA Award der Romance Writers of America nominiert.

TRACY BROGAN

Inselglück für Anfänger

Roman

Aus dem Amerikanischen
von Diana Bürgel

Montlake Romance

Die amerikanische Ausgabe erschien 2017 unter dem Titel »My Kind of You« bei Montlake Romance, Seattle.

Deutsche Erstveröffentlichung bei
Montlake Romance, Amazon Media EU S.à r.l.
38, avenue John F. Kennedy, L-1855 Luxembourg
August 2019

Die Übersetzung dieses Buches wurde durch Amazon Crossing ermöglicht.

Umschlaggestaltung: bürosüd° München, www.buerosued.de
Umschlagmotiv: © B2M Productions / Getty; © iyd39 / Shutterstock; © Hawangju_S / Shutterstock; © Klavdiya Krinichnaya / Shutterstock; © Alexander Demyanenko / Shutterstock; © aphotostory / Shutterstock
Lektorat: Verlag Lutz Garnies, Haar bei München, www.vlg.de
Gedruckt durch:
Amazon Distribution GmbH, Amazonstraße 1, 04347 Leipzig /
Canon Deutschland Business Services GmbH, Ferdinand-Jühlke-Str. 7, 99095 Erfurt /
CPI books GmbH, Birkstraße 10, 25917 Leck

ISBN: 978-2-91980-880-9

www.montlake-romance.de

Für Webster Girl und Tenacious D. Ihr seid mein Ein und Alles.

Kapitel 1

Der Wawatam County Municipal Airport war genauso charmant und bequem, wie Emily Chambers erwartet hatte. Nämlich leider überhaupt nicht. »Abfertigungshalle« war eine äußerst passende Bezeichnung für das Terminal, denn die blassbeige Wandfarbe und das gelbstichige Licht ließen es genauso wirken: abgefertigt. Der Raum war etwa so groß wie eine Parklücke und bot den Wartenden ganze vier schäbige, senffarbene Plastikstühle. Ein handgemaltes rot-weiß-blaues Schild zierte eine der Wände und über jeder der Türen hing eine glänzend lackierte Forelle auf einem schlichten Holzbrett, das Maul wie zu einem letzten verzweifelten Luftschnappen weit aufgerissen. Die Fische waren die einzige Dekoration. Im weitesten Sinne des Wortes »Dekoration«.

»Mom, das Flugzeug ist Schrott. Eine Blechdose mit Flügeln.«

Emilys zwölfjährige Tochter starrte durch ein langes, schmales Fenster auf die Schotterpiste draußen und musterte den Siebensitzer mit geschultem Misstrauen. Es war eine treffende Beschreibung des klapprigen, mit Klebeband geflickten Flugzeugs, aber anstatt ihrer Tochter zuzustimmen, tat Emily das, was jede gute Mutter unter diesen Umständen getan hätte. Sie log.

»Das ist kein Problem, Schatz. Es ist ja nur ein kurzer Flug.«

Chloe warf ihr rotgoldenes Haar über die schmale Schulter. »Ein kurzer Flug? Ja, bestimmt. Ich glaube nicht, dass sich dieses Ding lange in der Luft halten kann. Wo hast du die Tickets gekauft? Kuhdorf Airlines? Todesfalle.com? Absturzwings?« Chloe strahlte jene permanente Verachtung aus, die nur ein Mädchen kurz vor dem Teenageralter zustande brachte. Es war eine neu erworbene Fähigkeit, die Emily nicht sonderlich liebenswert fand. Aber ihr fehlte im Augenblick die Energie, um darauf hinzuweisen, und zu Chloes Verteidigung musste gesagt werden, dass sie beide erschöpft waren. Sie waren um fünf Uhr morgens in San Antonio, Texas, aufgebrochen und seither unterwegs nach Michigan. Die beiden Zwischenlandungen waren so kurz gewesen, dass ihnen keine Zeit geblieben war, etwas zu essen, und Chloe hatte ihre Portion Müsliriegel und Trauben bereits verschlungen, bevor das erste Flugzeug von der Startbahn abgehoben hatte. Inzwischen war es Abendessenszeit, und hier saßen sie nun, in dieser ländlichen Einöde, und warteten darauf, dass sie ein weiteres Flugzeug über den See zu ihrem Reiseziel brachte: Trillium Bay auf Wenniway Island, Emilys Heimatstadt, die sie seit sieben Jahren nicht besucht hatte.

»Schatz, ich weiß, dass du nicht begeistert bist, den ganzen Sommer auf der Insel zu verbringen, aber ich brauche dich bei dieser Sache auf meiner Seite. Deine Urgroßmutter hat mir den Auftrag gegeben, eines ihrer Mietshäuser zu renovieren, und das wird eine Weile dauern.« Das war im Grunde die Wahrheit. Nicht die ganze Wahrheit natürlich, aber eine annehmbare Nachbildung davon. Außerdem bewahrte diese Version Chloe davor, sich über Dinge Sorgen zu machen, über die sich kein Kind Sorgen machen sollte. Denn, um es beim Namen zu nennen, Emily war pleite. Absolut und bis auf den letzten

Penny abgebrannt. Der jüngste Fehlgriff in ihrer schillernden Sammlung fragwürdiger Entscheidungen hatte sie in diese missliche Lage gebracht, aber Chloe hatte keine Ahnung, wie ernst die Situation wirklich war. Niemand in der Familie wusste es, abgesehen von Emilys Großmutter Gigi, und das sollte auch so bleiben.

»Gigi freut sich unheimlich, dass wir bei ihr wohnen, und Tante Lilly und Tante Brooke können es gar nicht erwarten, uns zu sehen. Außerdem werden alle deine Großcousins und Großcousinen da sein und natürlich dein Großvater.« Beim letzten Wort wurde ihre Stimme ein wenig wackelig. Sie hatte keine Ahnung, ob sich ihr Vater wirklich auf ihren Besuch freute. Chief of Police Harlan Callaghan war kein sonderlich warmherziger Mensch, und er vergab Fehler nicht ohne weiteres. Emily hatte ihm so einige Anlässe geliefert, wütend auf sie zu sein, nicht zuletzt ihre Entscheidung, mit neunzehn Jahren von zu Hause abzuhauen, um einen Kerl zu heiraten, den sie kaum kannte. Es war unmöglich vorherzusagen, wie er auf ein Wiedersehen reagieren würde. Seit der Hochzeit mit Nick war sie nur zweimal auf die Insel zurückgekehrt, und beide Male hatte sie sich bei der Abreise schlechter gefühlt als bei ihrer Ankunft.

Gigi hatte ihr versprochen, dass alles gut gehen würde. Wirklich gut. Sogar wunderbar. Sie hatte versprochen, dass Harlan nett sein würde – richtig nett – und dass alle in Trillium Bay begeistert seien, dass sie so lange bleiben würden. Ganz und gar begeistert. Emily wusste zwar, dass Margaret »Gigi« O'Reilly-Callaghan-Harper-Smith eine Meisterin der Manipulation war und einfach alles behaupten würde, wenn es ihren Zwecken diente, aber sie beschloss, ihr trotzdem zu glauben. Etwas anderes blieb ihr schließlich auch gar nicht übrig.

»Es wird toll, Chloe. Ich verspreche es. Das letzte Mal, als wir dort waren, hat es dir doch auch Spaß gemacht, oder?«

»Da war ich fünf, Mom. Ich kann mich überhaupt nicht daran erinnern.« Wieder dieses Zurückwerfen der Haare.

»Tja, siehst du? Damals warst du noch ein kleines Kind, aber dieses Mal kannst du viel mehr unternehmen – Wandern oder Fahrradfahren oder Reiten mit deinen Großcousins und Großcousinen. Es gibt das große Fliederfestival und ein Feuerwerk und eine Parade. Und Fudge. Du magst doch Fudge, oder?« Emily nickte, so als würde es wahrer werden, wenn sie sich selbst zustimmte. Sie wollte damit sowohl Chloe als auch sich selbst überzeugen, doch insgeheim wusste sie, dass es kein Erholungsurlaub werden würde, sondern harte Arbeit, durchsetzt von jahrelanger Verleugnung und akzentuiert von akuter Dysfunktion.

Ach ja, Familienwiedervereinigungen.

Chloe seufzte übertrieben und wandte sich wieder dem Fenster zu. Dann streckte sie den Arm aus, um ein Selfie mit Schmollmund zu schießen. »Klar mag ich Fudge«, murmelte sie. »Aber ich will nicht, dass gleich mein ganzer Sommer dafür draufgeht.«

Emily ließ diesen vielsagenden Augenblick verstreichen, der eine ganze Menge über die Bedeutung von Dankbarkeit verriet. Hauptsächlich, weil sie genau verstand, wie es ihrer Tochter ging. Sie wollte auch nicht, dass ihr ganzer Sommer draufging. Das war in ihrem Masterplan so nicht vorgesehen gewesen. Allerdings war in ihrem Leben kaum etwas nach Plan verlaufen. Wenn sie ehrlich war, gab es gar keinen Plan. Ihr Dasein glich eher einer Abfolge von hastig auf zerfledderte Post-its gekritzelten Teilzielen. Einige von ihnen waren tatsächlich haften geblieben. Viele andere nicht. Wie zum Beispiel die Ehe mit Chloes Vater. Die war eindeutig futsch. Abgesehen von Chloe war absolut nichts dabei herausgekommen.

Allmählich machte sich Emily Sorgen, dass auch ihr House-Flipping-Unternehmen nicht von Dauer sein würde, obwohl es so vielversprechend begonnen hatte. Gemeinsam mit ihrer Freundin Jewel hatte sie etwa ein Dutzend alter Häuser erstanden, renoviert und mit Gewinn wieder verkauft, aber dann war ihr derzeitiges Projekt völlig aus dem Ruder gelaufen. Ein Desaster, verpackt in eine Katastrophe und präsentiert auf einem Haufen Unglück. Eine von Schimmel und Termiten zerfressene Pechsträhne auf bröckeligen Grundmauern. Jeder weitere Tag hatte neue schlechte Nachrichten gebracht, noch mehr Probleme, die Geld kosteten. Und jetzt steckte sie bis zum Hals in Schulden, weshalb sie gezwungen gewesen war, einen Pakt mit dem Teufel persönlich zu schließen. Einen Geheimbund, eingeschnürt in Angelleinen. Unsichtbar, aber zugleich unmöglich zu zerreißen. Allerdings trug der Teufel in diesem Fall nicht Prada, sondern einen rosa Nylon-Jogginganzug und eine gepunktete Bifokalbrille. Und der Teufel hörte auf den Namen Gigi.

Ja, Emily war so tief gesunken, sich Geld von ihrer eigenen Großmutter zu leihen. Gigi war ihre letzte Hoffnung gewesen. Oh, natürlich hätte sie sich auch an Nick wenden können, aber da der nicht einmal den Kindesunterhalt zahlte, glaubte sie nicht, dass sie von ihm etwas erwarten konnte. Nick war ihre allerletzte Hoffnung. Und dann gab es da natürlich noch Harlan, aber wenn ihr Pakt mit Gigi in Angelleinen gewickelt war, dann wäre jedes Darlehen von ihrem Vater in Stacheldraht gewickelt. In Elektro-Stacheldraht. Er war ihre allerallerletzte Hoffnung. So gesehen belegte Emilys fünfundsiebzigjährige, zweifach verwitwete Großmutter von unten den dritten Platz der letzten Hoffnungen. Dass sie noch tiefer hätte sinken können, war aber nur ein schwacher Trost.

Sie verbiss sich ein Seufzen und wünschte, sie könnte sich ein wenig in ihrem Selbstmitleid suhlen. Im Augenblick wollte sie nichts lieber, als sich auf einen dieser unglaublich unbequemen Stühle zu werfen und zu weinen. Zart und anmutig natürlich. Kein hässliches Geheule. Niemand wollte hässlich herumheulen. Niemals. Vielleicht könnte sie einfach leise aufschluchzen, während eine einzelne Träne über ihre Wange rann. Aber sie musste tapfer sein für Chloe. Darüber hinaus trug sie ihr bestes und teuerstes Business-Outfit. Es war weiß, und diese Stühle sahen nicht sehr sauber aus. Also mussten ihr Zusammenbruch, das leise Schluchzen und die Träne eben noch eine Weile warten.

Stattdessen ging sie zu einem ramponierten Snackautomaten hinüber und drückte ohne viel Hoffnung auf ein paar Knöpfe. Dieses Vintagegerät wurde von Klebeband zusammengehalten und nahm nur Münzen. Keine Dollarscheine oder Kreditkarten, was bedeutete, dass es wohl keine Snacks für Chloe und sie geben würde. Sie klopfte einmal nachdrücklich gegen das Glas, während sie mit aussichtslosem Verlangen eine verstaubte Packung Salzbrezeln betrachtete. Vielleicht würde die Tüte ja einfach so herunterfallen. Nein, es sah nicht so aus. Falls es klappte, müsste sie die Brezeln natürlich Chloe geben, aber vielleicht könnte sie ja den salzigen Bodensatz der Packung auflecken. Verdammt, sie hatte Hunger. Wie zur Antwort knurrte ihr Magen. Sie versuchte es noch einmal. Klopf, klopf, klopf. Die Brezeltüte blieb, wo sie war.

Sie kramte gerade in ihrer Handtasche nach vergessenem Wechselgeld, als die Tür neben Chloe aufflog und außer einem Windstoß auch einen Mann in marineblauem Anzug hereinließ. Die rote Krawatte saß locker um seinen Hals. Mit einer Hand zog er einen glänzenden schwarzen Koffer hinter sich her, während er sich mit der anderen ein Handy ans Ohr drückte. Eine vollgestopfte Laptoptasche hing über seinen breiten Schultern und verfing sich am Türgriff. Entnervt riss der Typ die Tasche los und betrat den Warteraum.

»Nein, ich bin noch nicht da, Bryce. Deine Sekretärin hat mich auf den schlimmsten Flug aller Zeiten gebucht, und ich weiß genau, dass du ihr das aufgetragen hast. Nächstes Mal nehme ich eine Chartermaschine.« Er steuerte die Stühle an, wobei es ihm irgendwie gelang, Emily und Chloe trotz der Winzigkeit des Raums zu übersehen. »Haha, sehr witzig, Blödmann. Ich bin gerade irgendwo in der tiefsten Mongolei gelandet. Das Kaff hier heißt … Wigwam oder Walachei oder …« Er warf einen Blick auf das Schild. »Wawatam. Ja, das ist es. Wo auch immer das liegt.«

Emily war empört über die Abschätzigkeit, immerhin war sie hier ganz in der Nähe aufgewachsen, aber ganz unrecht hatte er nicht. Dieser Flughafen war wirklich eine D-Listen-Einrichtung. Der Check-in-Tresen war nicht mehr als ein Klapptisch vor einem Durchgang, hinter dem ein so winziges Büro lag, das kaum genug Platz für den mit Papieren übersäten grauen Metallschreibtisch bot. Als sie hier eingetroffen waren, hatte an diesem Tisch ein buckeliger alter Mann Solitär mit echten Karten gespielt. Emily schätzte ihn auf irgendetwas zwischen fünfundachtzig und Methusalem. Nun, da sie darüber nachdachte, fiel ihr auf, dass er sich seit bestimmt einer Viertelstunde nicht mehr bewegt hatte. Sie musterte ihn etwas genauer, plötzlich besorgt, seine alte Seele könnte in die große Flughafenlobby im Himmel entschwunden sein. Na toll. Sie hoffte wirklich, dass er nicht tot war. Falls doch, würde sie es bitter bereuen, nicht etwas mehr Geld ausgegeben und den Flug über Pellston genommen zu haben. Der Flughafen war schöner, und soweit sie wusste, war das Personal deutlich jünger und gesünder.

Anzugmann stellte den Koffer ab, ließ sich mit seiner Laptoptasche auf einem der Premiumsitze nieder und sprach mit unverminderter Lautstärke weiter. »Ich tue, was ich kann, Bryce, aber ich bin sicher, dass du dir keine Sorgen zu machen brauchst. Immerhin reden wir hier von Dad, und der heiratet sicher nicht irgendein Flittchen, das er kaum kennt. Das ist eher dein Stil.«

Flittchen? Emilys Aufmerksamkeit wanderte von dem betagten und möglicherweise frisch verschiedenen Flughafenmitarbeiter zu dem selbstvergessenen Telefonierer. Rasch stellte sie eine Merkmalsliste zusammen. Er war groß, etwa eins neunzig, mit kurz geschnittenem dunkelbraunem Haar. Nicht militärisch kurz, aber kurz genug, um damit nicht viel Arbeit zu haben. Einfach vorn nach oben frisieren und fertig. Kräftiges Kinn, große Hände. Protziger Anzug. Gut aussehend auf eine kommerzielle Ich-bin-der-König-der-Welt-Art. Diesen Typ kannte sie. Er troff vor Selbstvertrauen und legte dieses ganz bestimmte Ich-muss-gewinnen-Gehabe an den Tag.

Als House-Flipper hatte sie es hauptsächlich mit Lohnarbeitern zu tun, die Werkzeuggürtel und Cargohosen trugen und bei jedem Bücken ihre Poritze entblößten. Oder aber mit potenziellen Hauskäufern, die von ihren Frauen in stereotype Papauniformen aus Kakihosen und Golfshirts gesteckt wurden. Im Gegensatz zu diesen Männern wies der Kerl vor ihr weder einen Bierbauch noch eine kahle Stelle am Hinterkopf oder einen Ehering auf. Sie erlaubte sich einen leisen, verstohlenen Seufzer. Auf seine Geschäftsmannart war er heiß. Den Reiz eines Mannes in einem gut geschnittenen Anzug durfte man nie unterschätzen.

Emily räusperte sich und setzte sich auf einen der anderen Stühle. Endlich schien er sie wahrzunehmen und nickte ihr auf eine merkwürdige Ich-bin-hier-gerade-am-Telefon-Art zu. Sein Blick wanderte an ihr hinab und sie bemerkte, dass er ihre Beine musterte. Jahrtausende der Evolution mussten jenem Urinstinkt in ihr weichen, der sich von seiner subtilen Anerkennung geschmeichelt fühlte. Natürlich war sie ansonsten eine waschechte emanzipierte Powerfrau und alles, aber es war trotzdem nett, wenn jemand bemerkte, dass man hübsche Beine hatte. Aus Neugier oder Langeweile oder aus purem weiblichem Machthunger rückte sie sich ein wenig auf dem Stuhl zurecht und schlug ihre tatsächlich verdammt schönen Beine auf äußerst schmeichelhafte Art und Weise übereinander. Von der anderen Seite des winzigen Raumes warf Chloe ihr einen entnervten Blick zu. *Echt jetzt, Mom?* Mittlerweile war Emily mit diesem Blick ziemlich gut vertraut.

»Ja, schon gut«, sagte der Mann und wandte sich nach einem weiteren knappen Blick auf Emily ab. »Ich rufe dich an, wenn ich irgendwann wirklich auf der Insel bin. Ich hoffe, dass es da drüben Handyempfang gibt. Wenn nicht, dann halte nach einer Brieftaube Ausschau.«

Als er sich wegdrehte, verschränkte Emily die Arme und zog die Beine unter den Stuhl. So sehr hatte sie ihn offenbar doch nicht gefesselt. Er sprach immer weiter, ohne die Stimme auf eine dem Raum angemessene Lautstärke zu dämpfen. Sie wünschte, er würde endlich auflegen. Allmählich bekam sie Kopfschmerzen von der langen Reise, dem Mangel an Nahrung und dem Wissen, dass sie nur noch ein kurzer Flug von Gigis Fängen und dem Rest der Familie trennte.

»Brieftaube«, brüllte der Typ jetzt fast. »Keine Eule. Warum zum Teufel sollte ich dir einen Brief mit einer Eule schicken?«

Chloe lachte auf, worauf der Typ sie fragend ansah.

»Harry Potter«, erklärte sie ihm, als wäre sie am Gespräch beteiligt.

Er nahm das Handy vom Ohr. »Was?«

»Harry Potter. In den Harry-Potter-Büchern schickt man sich die Post mit Eulen, nicht mit Brieftauben.«

Er starrte sie einen weiteren Moment lang ausdruckslos an, dann blinzelte er einmal. »Okay«, sagte er dann und wandte sich wieder seinem Handy zu. »Ich muss jetzt auflegen, Bryce. Ich sehe, was ich wegen Dad tun kann, aber ich muss mich auch um meine eigene Arbeit kümmern. Ja, ich rufe später noch mal an.« Damit legte er auf und steckte das Handy weg. Er lehnte sich auf dem Stuhl zurück und streckte sich ein wenig, wobei er sich auf eine sehr männliche Art breitmachte. Dann rückte er seine Laptoptasche zurecht, damit es auch sein PC so bequem wie möglich hatte. Endlich richtete er seine dunkelbraunen Augen wieder auf Emily und nickte anerkennend. Er war sehr attraktiv. Das konnte sie nicht abstreiten. Nick war auch sehr attraktiv, und obwohl es wahrscheinlich eine grobe Verallgemeinerung war, zu behaupten, dass alle attraktiven Männer selbstherrlich waren und sich tendenziell wie Arschlöcher benahmen, hatte sie doch im Lauf der Jahre so einige persönliche Nachforschungen angestellt, und ihre gesammelten Daten schienen diese Theorie zu untermauern.

»Kommen Sie öfter hier durch?«, fragte Anzugmann.

Ein typisches Beispiel. Etwas Besseres fiel ihm nicht ein? Attraktive Männer mussten sich nicht besonders anstrengen, um die Aufmerksamkeit einer Frau zu gewinnen. Sie mussten weder witzig noch klug oder originell sein. Dieses Exemplar hier war eindeutig daran gewöhnt, die Ladys mit einem sehnsüchtigen Lächeln und einem seelenvollen Blick zum Dahinschmelzen zu bringen. Ein sehnsüchtiges Lächeln und seelenvolle Blicke hatten durchaus ihre Berechtigung, aber Emily fehlte im Augenblick die Zeit dafür.

»Kaum. Sie?« Sie begegnete seinem abgeschmackten Spruch mit einem Tonfall, der so trocken war wie ein guter Merlot. Er schien es nicht einmal zu bemerken.

»Nie. Ich habe nicht mal gewusst, dass es diesen Ort gibt.« Abrupt stand er auf und trat ans Fenster neben Chloe, als hätte er einfach zu viel Energie, um still sitzen zu bleiben. Das würde ein Spaß werden in dem winzigen Siebensitzer.

»Wow«, sagte er und spähte durch die Scheibe. »Offenbar nehmen wir eine Cessna vom Typ Fliegender Sarg.«

Chloe riss die Augen auf und starrte zu ihm hoch. »Heißt das Flugzeug wirklich so?«

Er lachte. »Nein, könnte es aber. Das Ding sieht aus, als wäre es mindestens fünfzig Jahre alt.«

Nun richtete Chloe ihren verängstigten Blick auf Emily. »Mom?«

Emily schüttelte den Kopf. Anzugmann mochte vielleicht attraktiv sein, aber er war ein Volltrottel. Wer sagte denn so etwas zu einem kleinen Mädchen? Okay, Chloe war groß für ihr Alter und sah viel älter aus als zwölf, aber trotzdem. Er war ein Idiot.

»Ist schon gut, Schatz. Diese kleinen Flugzeuge fliegen die ganze Zeit zwischen der Insel und dem Festland hin und her.«

»Aber heute nicht«, rief der sehr alte, aber offenbar doch noch nicht tote Mann aus dem Büro. »Wir haben technische Schwierigkeiten.« Er stand auf und schlurfte zum Klapptisch hinüber, während Emily sich erhob.

»Wie meinen Sie das, heute nicht?«, fragte sie.

»Tut mir leid, die Herrschaften, aber Bertie hat mich gerade aus dem Hangar angerufen.« Mit »Hangar« meinte er wohl diesen rostigen Carport, der sich draußen gegen das Flughafengebäude lehnte. »Sie hat gesagt, dass das Dingeldidings im Flugzeug ersetzt werden muss und dass sie erst eins besorgen muss. Vor morgen kann sie es nicht einbauen.«

»Das … das Dingeldidings?« Anzugmanns Stimme war um vier Oktaven in die Höhe geschnellt, und Emily war ganz seiner Meinung. Gleichzeitig traten sie einen Schritt vor.

»Ja, Sie wissen schon«, erklärte der Alte. »Das Dingsbums. Das Dingensda, das dieses Dingelchen im Motor zum Laufen bringt. Ich kenn mich mit den technischen Ausdrücken für die

Flugzeugteile nicht so aus. Ich arbeite eigentlich nicht hier, wissen Sie. Ich vertrete nur Ned. Er musste zum Arzt, damit der sich mal einen von Neds Leberflecken genauer anschaut.«

»Aber das ist eine ernste Sache«, rief Emily.

»Nee, nur ein Leberfleck. Ned geht's gut. Er hat das Ding schon seit Jahren.«

Sie biss die Zähne zusammen und brachte gerade noch heraus: »Nein, ich meine, es ist eine ernste Sache, dass das Flugzeug vor morgen nicht zur Insel fliegen kann. Wir müssen heute noch dorthin.«

Der Alte kratzte sich am Kopf, ohne seine John-Deere-Mütze abzunehmen. »Tja, vielleicht könnten Sie die I-75 hochfahren, nach Manitou, Sie wissen schon. Und dann von dort ein Flugzeug nehmen. Das dauert zwei Stunden. Aber dann werden Sie natürlich nicht mehr rechtzeitig ankommen, weil der Flughafen da um fünf Uhr zumacht, und jetzt ist es ja schon nach fünf.«

Emilys Ungeduld wuchs exponentiell an, befeuert von Frustration, Erschöpfung und niedrigem Blutzucker, aber sie beherrschte sich meisterlich. Sie wollte diesen Greis nicht anbrüllen, aus Angst, er könnte vor Schreck einen Herzanfall erleiden. Bisher schien er die Situation jedoch ziemlich gelassen hinzunehmen. »Sir, wenn wir ein Auto hätten, um nach Manitou zu fahren, dann könnten wir genauso gut die vierzig Meilen bis nach Michlimac City fahren und stattdessen die Fähre nehmen.«

Väterchen Zeit nickte. »Äh, ja. Das ginge wohl auch. Problem gelöst.«

Sie legte die Fingerspitzen auf den Klapptisch und widerstand dem Drang zu trommeln. Nicht wenigstens einmal kurz. »Unser Problem ist nicht gelöst, weil wir nämlich kein Auto haben. Deshalb haben wir ja die Flugtickets gekauft.«

Wenniway Island lag im Lake Huron, nur ein paar Seemeilen östlich vom Festland, und der einzige Weg, dort hinzukommen, war mit dem Flugzeug oder mit dem Boot. Mit einem sehr alten Flugzeug. Oder mit einem sehr langsamen Boot.

Der Alte ließ den Blick für einen Moment in die Ferne schweifen, so als dächte er über ihre Worte nach, dann verschränkte er die dürren, wie mit Krepppapier überspannten Arme. »Tja, das ist eine knifflige Sache, Miss. Bin gespannt, wie das für Sie ausgeht. Bis dahin geh ich mal nach Hause und esse ein paar Fleischklöpse mit meiner Frau. Zweiundsiebzig Jahre jung ist sie, meine Doris, und immer noch ein Hingucker. Sie können die Nacht gern hier im Terminal verbringen. Gegen acht morgen früh müsste eigentlich wieder jemand hier sein. Wenn Sie doch noch weiterreisen, wären Sie dann so freundlich und würden das Licht ausschalten? Ich habe Ned versprochen, dafür zu sorgen, dass das Licht ausgeschaltet wird.«

»Aber es muss doch noch andere Flugzeuge geben«, wandte Anzugmann nun ein. Seine Stimme klang wieder tief und respekteinflößend. Sie klang sogar sehr tief und hatte eine gewisse Rauchigkeit. Genau die richtige Stimme, um in der Vorstandsetage alles zu bekommen, was er wollte. In der Vorstandsetage und im Schlafzimmer. Als hätte Emily Raum und Zeit für solche Überlegungen. Sie schob den Gedanken beiseite, um sich wieder dem vorliegenden Problem zu widmen.

Der alte Mann, der nicht Ned und auch noch nicht tot war, nickte. »O ja, natürlich. Es gibt eine Menge Flugzeuge, aber keins davon ist hier. Außerdem ist Bertie die einzige Mechanikerin, die weiß, welche Teile sie braucht, und sie ist gerade zu Walmart gegangen.«

Chloe stieß ein leises Keuchen aus. »Sie kauft Flugzeugteile bei Walmart?«

Der Alte schenkte ihr ein gönnerhaftes Lächeln, das in seinem heckenartigen Schnurrbart beinahe unterging. »Sei doch nicht albern, junge Dame. Man kann keine Flugzeugteile bei Walmart kaufen. Sie ist da hingegangen, weil sie ein paar Frauensachen für die Damentoilette braucht. Anscheinend haben wir keine Dingstücher mehr, keine Hygienedinger.«

Er rückte seine Mütze gerade und zwinkerte Chloe zu, deren Gesichtsfarbe daraufhin alle nur erdenklichen Rottöne durchlief, bevor sie sich abwandte.

»Sir«, versuchte es Emily noch einmal. »Sind Sie sicher, dass es hier keine anderen Flugzeuge und Piloten gibt, die uns heute Abend noch zur Insel bringen können?«

»Keine, die mir einfallen. Die meisten von unseren Flugzeugen sind auf der Insel wegen dem Fliederfestival. Billy Cornwall kann zwar fliegen, aber er darf nicht mehr, seit er einmal ein Flugzeug auf Mrs McGurtys Alpakaweide gelandet hat, also wäre es mir lieber, wenn Sie nicht mit ihm fliegen würden. Und Cody Faraday sitzt in der Arrestzelle, weil er bei Rot über die Ampel gegangen ist.«

»Man hat ihn eingesperrt, weil er bei Rot über die Ampel gegangen ist?«, fragte Emily nach.

Der Alte senkte die Stimme und beugte sich über den Tisch zu ihr vor. »Na ja, er war beinahe nackt. Und wenn er seine Cowboystiefel nicht angehabt hätte, dann wäre er ganz nackt gewesen.«

Emily sah Anzugmann an. Anzugmann erwiderte ihren Blick.

»Glauben Sie, hier draußen gibt es Uber?«, flüsterte er beinahe.

»Was ist ein Uber?«, fragte der Alte so laut, als müsste er den gedämpften Tonfall wieder wettmachen.

»Das ist so etwas wie ein Taxiunternehmen«, erklärte Emily.

»Ein Taxi? Sie brauchen ein Taxi? Warum sagen Sie das nicht gleich? Die Nummer hängt da an der Wand, direkt neben dem Telefon.« Er deutete auf eine Wand, und tatsächlich:

Neben dem Fenster hing ein altes Münztelefon, und daneben hatte jemand mit dem obligatorischen Klebeband ein gelbes Blatt Papier an die Wand geklebt, auf dem mit dickem schwarzen Marker die Nummer stand.

Wawatam Taxi Service. Gott sei Dank.

* * *

Ryan Taggert hatte sich gefragt, ob es noch schlimmer kommen konnte. Jetzt wusste er es.

Die Antwort lautete ja.

Ja, konnte es.

Er hatte einen Tag hinter sich, an dem er in Minietappen quer durchs Land gehopst war und drei Stunden in einer Hotelbar in Minneapolis damit verschwendet hatte, verwässerte Wodka Tonics zu trinken, und nun saß er hier am Arm der Welt in Michigan fest. Der vierzigminütige Flug an Bord eines zugegebenermaßen erschreckend in die Jahre gekommenen Flugzeugs würde nun zu einer einstündigen Taxifahrt werden, gefolgt von einer halbstündigen Reise auf irgendeiner lächerlichen Fähre. Eine Fähre? Wer zum Teufel war er denn? Huckleberry Finn?

»Ich nehme an, Sie wollen auch zur Insel?«, fragte ihn die Mieze im weißen Kostüm. Sie war der einzige überraschende Lichtblick an diesem Tag. Was tat eine so schöne Frau wie sie an einem so heruntergekommenen Flughafen wie diesem hier? Zu schade, dass er beruflich und nicht zum Vergnügen unterwegs war. Außerdem hatte die Kleine sie Mom genannt, und er war ziemlich sicher, dass keine Frau, die mit ihrer Tochter reiste, empfänglich für seine Art von außerplanmäßigen Urlaubsaktivitäten war. Sie waren unterwegs nach Wenniway Island, nicht nach Fantasy Island.

»Ja, Wenniway Island«, antwortete er. »Je früher, desto besser.«

»Wahrscheinlich gibt es nicht allzu viele Taxis in der Gegend. Wie Sie sich denken können, ist das Abendprogramm hier recht beschränkt und man braucht eher selten mal ein öffentliches Verkehrsmittel.« Sie rollte mit den Schultern und legte den Kopf von einer Seite auf die andere. Er erkannte diese international üblichen Dehnübungen eines müden Reisenden. Ryan lebte die meiste Zeit aus dem Koffer, Reisen waren für ihn ein notwendiges Übel. Der Knick in seinem Nacken war inzwischen vermutlich bleibend.

»Ich könnte mir vorstellen, dass man für die hiesige Abendgestaltung entweder einen Pick-up oder einen Traktor braucht.« Auf dem Flug hierher hatte er nichts anderes gesehen als Bäume und Felder. Keine Gebäude, kein Städtchen weit und breit. Viele Menschen schien es hier nicht zu geben.

»Da haben Sie wahrscheinlich recht. Wenn wir Glück haben, gibt es irgendein Fahrzeug, das uns nach Michlimac City bringen kann, aber um diese Jahreszeit legt die letzte Fähre schon um acht Uhr abends ab. Also sollten wir uns beeilen. Deswegen schlage ich vor, dass wir uns ein Taxi teilen. Es sei denn, Sie wollen lieber hier auf dem Fußboden schlafen.«

Ryan musterte die harten Plastikstühle und den schmutzigen Fußboden. Er hatte schon das eine oder andere Mal in einem Flughafen übernachtet und auch schon auf so manchem schmutzigen Fußboden nach zu viel Tequila, aber hier würde er sich eher fühlen wie in einer Arrestzelle, allerdings ohne den Vorteil, sturzbetrunken zu sein. Da sich die Frau auszukennen schien, hatte er nichts dagegen, sich mit ihr ein Taxi zu teilen, solange sie und ihre Tochter sich nicht unterhalten wollten. Er war zu müde für Small Talk.

»Klar. Ja, das wäre gut. Dann rufe ich mal an.« Er zog sein Handy aus der Tasche und trat zu dem Blatt Papier an der Wand.

»Viel Glück, Kinder, und vergesst nicht, das Licht auszuschalten«, rief der Opa mit der John-Deere-Mütze und schlurfte zur Tür hinaus. So viel zum Service hier.

Während Ryan mit einer rauchig klingenden Frau telefonierte, bemerkte er, wie viel Gepäck seine neue Reisegefährtin dabeihatte. Eine Menge. Er würde zwei Monate auf der Insel verbringen, während er mit seinem Vater arbeitete, und er hatte alles dafür Notwendige in einen Koffer bekommen, also was in aller Welt hatten die beiden dabei? Wahrscheinlich Schuhe. Seiner Erfahrung nach brachten Frauen immer zu viele Schuhe mit. Unpraktische Schuhe, genau wie das Paar, das sie gerade trug. Es waren High Heels mit einer Menge Riemchen und einem völlig unsinnigen kleinen Reißverschluss am Absatz. Sie waren hübsch, das schon. Verdammt hübsch sogar, aber eindeutig keine Reiseschuhe. Und wie die Schuhe einer Mom kamen sie ihm ebenfalls nicht vor. Auch das Kostüm, das sie trug, konnte man nicht unbedingt als praktisch bezeichnen. Es war weiß. Wer zum Teufel reiste in Weiß? Abgesehen vom Papst?

»Schicken Sie am besten einen Kleinbus«, sagte er zu der Frau am Telefon. »Wir werden ihn brauchen.«

Dann legte er auf und wandte sich der Erdbeerblonden und ihrer Miniversion von sich selbst zu. »Das Taxi ist in einer halben Stunde hier. Das wird ganz schön knapp, wenn wir die Fähre, von der Sie gesprochen haben, noch erwischen wollen.«

»Tja, wenn wir heute Abend noch nach Michlimac City kommen, dann können wir uns dort wenigstens ein Hotelzimmer nehmen. Da ist zwar das Fliederfestival auf der Insel, aber es müsste trotzdem noch genug freie Zimmer geben. Lieber übernachte ich dort als hier auf dem Boden.« Sie deutete auf die unbequemen Stühle.

Er nickte. »Stimmt.«

»Hoffentlich gibt es da auch ein Restaurant, Mom, ich habe nämlich einen Mordshunger. Ich kann schon fühlen, wie mein Magen anfängt, sich selbst zu verdauen. Wir haben seit mindestens zehn Jahren nichts mehr gegessen.« Die Kleine drückte sich beide Fäuste auf den flachen Bauch, um zu demonstrieren, wie lange zehn Jahre ohne Essen waren. Eine Karriere beim Theater wäre möglicherweise das Richtige für sie.

»Vielleicht kriege ich ja den Automaten geknackt«, antwortete Ryan, bevor ihre Mutter etwas sagen konnte. »Ich bin übrigens Ryan. Ryan Taggert.« Er trat zu der Maschine, die noch aus den Siebzigern stammen musste, und zog das Klebeband ab. »Ich hoffe, das Essen da drin ist noch nicht so alt wie die Technologie, aber wenigstens bekommt man das Ding leicht auf.«

Die Tür schwang vor und das Mädchen quietschte vor Begeisterung. »O mein Gott, danke! Ich bin ganz im Ernst total regelkonform am Verhungern. Und ich bin Chloe Chambers. Schön, Sie kennenzulernen.« Sie steckte ihr Handy ein, schüttelte Ryan die Hand und begann, Schokoriegel aus der Maschine zu ziehen.

»Ich bin Emily.« Nun streckte ihm auch Chloes Mutter die Hand hin und lächelte ihn leicht an. Es war die Art von Lächeln, die gleichzeitig »Hallo« und »Ich bin nicht interessiert« bedeutete. Allerdings trug sie keinen Ehering. Er achtete auf Details, solche Dinge fielen ihm auf.

»Chloe, nimm dir nicht zu viel«, sagte ihre Mutter. »Wir müssen trotzdem dafür bezahlen, und ich habe nur noch ein paar Dollar in bar.«

Ryan zog einen Zwanziger aus dem Geldbeutel und warf ihn auf den Klapptisch. »Freut mich, euch kennenzulernen, Emily. Chloe. Das Abendessen geht auf mich.« Er erwiderte ihr Lächeln freundlich und beiläufig. Wahrscheinlich wurde sie ständig angegraben, und obwohl er Herausforderungen liebte, rief er sich in Erinnerung, dass dies hier immer noch eine Geschäftsreise war.

»Danke. Ich kann es Ihnen zurückzahlen, sobald wir auf der Insel sind oder wenn wir einen Geldautomaten finden.« Sie zog eine winzige Packung Käsekräcker aus dem Automaten.

»Nicht nötig.«

Sie nahmen sich noch ein paar Kräcker, Salzbrezeln, Schokoriegel und Gummibärchen. Nicht das beste Abendessen, das er jemals genossen hatte, aber angesichts der Umstände war er verdammt froh, es zu haben. Emily fand in dem winzigen Büro ein paar Styroporbecher und füllte sie mit Leitungswasser aus dem Toilettenraum.

»Vielen Dank für das Festmahl«, sagte sie und reichte ihm einen der Becher.

»Gern geschehen.«

Sie trank einen Schluck und deutete dann auf die Laptoptasche. »Bei der vielen Arbeit, die Sie mitbringen, wird das sicher kein Urlaub.«

Er schüttelte den Kopf und zog eine Brezel aus einer Plastikverpackung. »Ganz und gar nicht. Ich reise zur Insel, um mit meinem Vater zu arbeiten.«

»Und um ihn vor einem Flittchen zu retten?« Mit Unschuldsmiene schob sie sich einen Kräcker in den Mund.

»Woher wissen Sie …? Oh, das haben Sie wahrscheinlich gehört, als ich telefoniert habe.« Peinlich.

Ihr Lächeln hätte herablassend sein können, wäre da nicht der leicht geneigte Kopf gewesen. »Sorry. War leider nicht zu überhören.«

Ryan versuchte, einen Bissen von der staubtrockenen Brezel zu schlucken, und spülte mit Wasser nach. »Ich werde am Telefon ziemlich laut. Schlechte Angewohnheit. Wie auch immer. Ja, mein Vater ist jetzt seit einem Monat auf der Insel, und meinem Bruder zufolge ist er dem Zauber irgendeiner Frau verfallen, die nur auf sein Geld aus ist.« Ryan glaubte das allerdings nicht. Bryce redete die meiste Zeit nur Mist. Ihr Vater war zwar seit nunmehr acht Monaten Witwer, aber es war sicher nicht so, dass er sich plötzlich als Single fühlte und irgendwelchen Frauen nachlief. Allein die Vorstellung, sein bodenständiger, konservativer Vater könnte nach vierzig Jahren Ehe auf einmal in den Armen einer anderen Frau liegen, ließ Ryan schaudern. »Es ist bestimmt gar nichts. Bryce regt sich gern auf, aber mein Vater ist zu klug, um auf irgendeine Femme fatale hereinzufallen.«

»Siri, was ist eine Femme fatale?«, fragte Chloe ihr Handy.

»Das ist eine unehrliche Frau, die ihre weiblichen Reize einsetzt, um die Männer zu manipulieren«, erklärte Emily, kurz bevor das Handy antwortete: »Das ist eine Frau, die als gefährlich und verführerisch betrachtet wird.«

Zufrieden grinste Emily ihre Tochter an. »Siehst du. Ein paar Sachen weiß ich auch.«

»Gefährlich und verführerisch? Gilt das nicht für alle Frauen?« Ryans Scherz fiel bei seinen Zuhörerinnen gnadenlos durch, und er fühlte, wie sein Gesicht vor Scham warm wurde. »Tja, jedenfalls werde ich die nächsten Wochen auf der Insel verbringen und bestimmt herausfinden, was dahintersteckt.«

»Gleich mehrere Wochen? Was arbeiten Sie denn?« Emily hatte ihren Blazer ausgezogen, und ihr blassrosa ärmelloses Top war gerade durchsichtig genug, um einen Hauch von Spitze darunter erahnen zu lassen. Sie hatte jetzt etwas von einer ungezogenen Bibliothekarin, was ebenso sexy wie unschuldig war. Er schob die Hände in die Hosentaschen und ging ein wenig auf und ab, um seinen Körper daran zu erinnern, wo sie waren und worüber sie gerade sprachen. Worüber sprachen sie eigentlich gerade? Ach ja. Von seinem Dad, der sich von einer Frau ablenken ließ. Wie ironisch.

»Ich bin Fachberater.« Das beendete die Unterhaltung über seinen Job für gewöhnlich. Niemand wollte wirklich wissen, was ein Fachberater tat. Ryan durfte ohnehin nichts darüber preisgeben, weil Taggert Property Management, die Vermögensverwaltungsfirma seines Vaters, in der Regel vertraulich für ihre Kunden und Investoren arbeitete. Zeit, das Thema zu wechseln. »Kennen Sie die Insel gut?«, fragte er.

»Darauf können Sie wetten«, antwortete Chloe. »Sie ist dort aufgewachsen.« Sie stand auf, stellte sich in einen Strahl des verblassenden Sonnenlichts und schoss ein weiteres Foto von sich selbst.

Ryan sah Emily an, und die Überraschung musste ihm ins Gesicht geschrieben sein. »Sie sind dort aufgewachsen?«

Sie nickte. »Gebürtige Insulanerin.«

»Wirklich? Wow. Ich dachte immer, echte Insulaner sind so etwas wie vierblättrige Kleeblätter. Alle behaupten, mal eins gesehen zu haben, aber eigentlich hat das niemand.«

Emily grinste. »Tja, ich habe auch noch nie ein vierblättriges Kleeblatt gesehen, aber dafür kenne ich eine Menge echter Insulaner.«

»Das ist ja stark. Wie war das so?« Ryan war in Sacramento aufgewachsen, wo das ganze Jahr die Sonne schien und es nie an irgendwelchen Annehmlichkeiten fehlte. Er konnte sich nicht einmal vorstellen, wie es war, an einem so entlegenen Ort zu leben.

»Wahrscheinlich nicht viel anders, als in jeder anderen Kleinstadt aufzuwachsen. Viele Nachbarn, viel Klatsch, eine Menge Menschen, an die man sich wenden kann, wenn man Hilfe braucht, und eine Menge Menschen, die einem sagen, wie man zu leben hat. Das Übliche eben.«

Er konnte es sich trotzdem nicht vorstellen. »Wie war es im Winter? Wird man da eingeschneit? So wie in ›The Shining‹?«

Jetzt brach Emily in lautes Gelächter aus, spontan und unverfälscht diesmal. Und sexy. Er begann wieder, seine Runden zu drehen.

»Wir hatten eigentlich immer alles, was wir brauchten«, antwortete sie. »Außerdem waren wir nie richtig eingeschneit. Außer vielleicht für einen Monat mitten im Winter, wenn es so viel Eis gibt, dass die Fähren nicht mehr fahren können, aber noch zu wenig, um mit dem Schneemobil über den See zu kommen. Ansonsten kommt man immer irgendwie zum Festland.«

Er blieb stehen und starrte sie an. »Mit dem Schneemobil? Über den Lake Huron?«

»Es gibt eine Eisstraße«, erklärte Chloe und stellte sich vor ihn. »Meine Mom hat mir das erzählt.«

Ryan wandte sich dem Mädchen zu. Sie war niedlich, eine jüngere Version ihrer Mutter, und er war sich ziemlich sicher, dass in jeder ihrer Wangen ein Gummibärchen steckte. »Ah ja? Was hat sie dir denn erzählt?«

»Sie hat gesagt, dass ihr Freund es in sechs Minuten von der Insel bis zum McDonald's in Manitou geschafft hat. Aber einmal, als mein Grandpa noch jung war, wollte er über das Eis, obwohl es noch nicht dick genug war. Sein Schneemobil ist eingebrochen und bis auf den Grund gesunken.«

Ryan wandte sich an Emily. »Wirklich? War das Ihr Vater?«

Sie nickte, schien aber vollkommen ungerührt. »Jep, das war mein Dad, aber er ist so verbohrt, dass er gleich am nächsten Tag noch mal aufs Eis rausgegangen ist, mit Seilen und Haken und so weiter, und versucht hat, das Ding wieder hochzuziehen.«

Ryan lachte auf, erleichtert, dass die Geschichte kein tragisches Ende genommen hatte. »Hat er es geschafft?«

»Nein, aber ein paar Lokalblätter haben über ihn berichtet, weil er so dumm war, es zu versuchen.« Sie schüttelte den Kopf und ihre rotgoldenen Strähnen schwangen leicht hin und her. Die Industriebeleuchtung des Flughafens war wenig schmeichelhaft, aber irgendwie schimmerte ihr Haar trotzdem, als entstammte es einer Shampoowerbung. Er fragte sich, wie es wohl im Sonnenlicht aussehen mochte. Wahrscheinlich ziemlich hübsch. Wahrscheinlich würde es sich auch auf einem Kopfkissen ausgebreitet erstaunlich gut machen. Dieser Gedanke blieb ihm im Hals stecken und er musste husten. Rasch griff er nach seinem Becher und trank einen Schluck. »Brezelkrümel«, erklärte er. »Was haben Sie gerade gesagt?«

»Dass mein Vater inzwischen Chief of Police auf der Insel ist und andere davon abhält, dieselben Dummheiten zu machen wie er früher«, antwortete Emily.

»Chief of Police, hm? Beeindruckend.«

»Vermutlich.« Ihre Miene war rätselhaft, aber man musste kein Genie sein, um zu erraten, dass da irgendetwas ungesagt geblieben war. Nicht dass es ihn etwas anging. Und er bekam ohnehin keine Möglichkeit nachzuhaken, denn da erscholl vor dem Gebäude eine Hupe.

»Das ist unser Taxi, Chloe«, sagte Emily. »Schnapp dir deinen Koffer und dann los.«

Kapitel 2

»Ehrlich, Gigi«, sprach Emily ins Handy, während sie auf dem Dock standen und der letzten Fähre hinterhersahen, die ohne sie über den See davonglitt. »Das Flugzeug war kaputt, das Taxi ist zu spät gekommen und gerade haben wir wegen läppischer fünf Minuten die letzte Fähre verpasst. Wenn ich mit unserem ganzen Gepäck zur Insel schwimmen könnte, würde ich es tun. Wir kommen gleich morgen früh.«

Sie hätte wissen müssen, dass sie die Fähre verpassen würden. Das stand eindeutig auch auf der Liste all der Dinge, die schiefgehen konnten. Nun musste sie auch noch Geld für ein Hotelzimmer ausgeben und Chloe etwas zu essen besorgen. Von den Käsekräckern und den Gummibärchen hatte ihre Tochter Bauchschmerzen und schlechte Laune bekommen.

»Ich sterbe vor Hunger, Mom. Diesmal echt. Und ich habe nur noch achtzehn Prozent Akku. Wenn ich nicht bald eine Steckdose finde, wird meine Welt schwarz.«

Wenn Chloes Welt schwarz wurde, dann wurde es auch Emilys. Sie hatte schon einmal einen Leerer-Akku-Notfall miterlebt, und das war nicht schön gewesen.

»Essen. Steckdose. Schlafen. Alles klar.« Emily versuchte, einen heiteren Ton anzuschlagen, aber sie war vermutlich genauso hungrig und müde wie Chloe. Trotzdem war sie nun mal die Erwachsene hier. Jedenfalls meistens. Sie war diejenige, die sich zusammenreißen musste.

Ryan stand neben ihnen und starrte der Fähre hinterher, als hätte sie ihn persönlich betrogen. »Ich glaube nicht, dass es mir hier besonders gut gefällt«, murmelte er.

»Es gibt ein Motel gleich um die Ecke. Da gehen wir hin. Na komm, Chloe. Nimm dein Gepäck.« Emily streckte die Hand nach ihrem aus.

»Gib her, ich mache das schon.« Ryan hängte sich gleich mehrere ihrer Reisetaschen über die Schulter und reichte Chloe den Griff seines Rollkoffers. »Sie gehen voraus«, sagte er dann zu Emily.

Emily zögerte. Sie war durchaus in der Lage, ihre Taschen selbst zu tragen. Sie war eine alleinerziehende Mutter, seit Chloe fünf war und eigentlich noch viel länger, da ihr Ex-Mann im Grunde nie eine große Hilfe gewesen war. Sie hatte gelernt, alles selbst zu erledigen. Und sie bildete sich einiges darauf ein, aber heute Abend war sie müde, und es war nichts falsch daran, ab und zu mal jemanden das Gepäck tragen zu lassen. »Sie machen sich gut als Packesel«, sagte sie.

»Haben Sie mich gerade einen Esel genannt?«, gab er zurück und Emily lachte. Sie überquerten den Parkplatz vor dem Motel und betraten eine dunkle, holzgetäfelte Lobby, in der es genauso aussah wie in jeder anderen Motellobby in Michlimac City. Vertäfelte Wände mit billigen Ölgemälden von Enten und Gänsen und Ansichten der Petoskey Bridge. Am Check-in-Tresen saß eine kaugummikauende junge Frau im Karohemd und begrüßte sie freundlich. Erleichtert stellte Emily fest, dass es hier alles gab, was sie brauchten. Günstige Zimmer, eine Bar, in der die Küche noch eine halbe Stunde geöffnet hatte … und freies WLAN. Perfekt. Auch Ryan nahm sich ein Zimmer, und kurz darauf gingen sie den schmalen, schwach beleuchteten Gang entlang. Der Teppich hatte ein Camouflagemuster und die Wände zierte eine Waldtapete, auf der Rehe und Bären und Hasen umherspazierten.

»Wir bringen nur das Gepäck aufs Zimmer und gehen dann gleich etwas essen«, wandte sich Emily an Ryan. »Wenn Sie möchten, dann kommen Sie doch gern dazu. Ich schulde Ihnen ein Abendessen dafür, dass Sie den Automaten geknackt haben.«

»Danke, das würde ich gern, aber ich muss zuerst noch mindestens ein Dutzend Anrufe erledigen. Falls wir uns verpassen, sehen wir uns morgen früh.« Ryan rückte die vollgestopfte Laptoptasche auf seiner Schulter zurecht.

Sie spürte einen winzigen Stich der Enttäuschung. Natürlich wollte sie diesen Tag einfach nur hinter sich bringen und auf ihr klumpiges Hotelbett sinken, aber mit dem Anzugmann Ryan Taggert zu reisen, hatte alles ein wenig spannender gemacht. Ein kleines bisschen denkwürdiger. Das subtile Flirten im Schummerlicht des Taxis, während Chloe auf ihrem Sitz eingenickt war, hatte ihr ein herrliches Prickeln im Bauch beschert. Ein sachtes Prickeln. Ein sehr sachtes Prickeln, denn natürlich hatte sie kein ernsthaftes Interesse an Ryan, aber trotzdem war es schön, sich ab und zu einmal so zu fühlen. Sie war noch nicht bereit, dieser Empfindung schon wieder Lebewohl zu sagen. Er allerdings schon, wie es schien.

Na gut. Wenn es ihm egal war, dann würde es ihr eben auch egal sein.

»In Ordnung. Wir nehmen morgen früh gleich die erste Fähre, wenn wir uns also nicht mehr sehen … Tja, es war interessant.«

Er lachte, und ihr fiel auf, wie makellos seine Zähne waren. Da hatte jemand einen hervorragenden Kieferorthopäden. Und einen Personal Trainer. Er war gut in Form. Darauf folgte der zweite Stich der Enttäuschung, aber sie versuchte, es einfach auf ihre Müdigkeit zu schieben. Dieses unangebrachte

Gefühl der Verbundenheit kam sicher nur daher, dass sie das Flughafendebakel gemeinsam gemeistert hatten. Das war alles.

Ryan nickte. »Ja, sehr interessant. Danke für Ihre Hilfe. Wenn Sie nicht gewesen wären, würde ich vermutlich immer noch am Flughafen sitzen.«

»Mom, kann ich den Schlüssel haben? Wir sind da.« Chloe deutete auf die Messingnummer an der Holztür und nahm den Schlüssel aus Emilys ausgestreckter Hand. Sie zerrte ihr Gepäck durch die Tür ins Zimmer. »Bis dann, Ryan. »Und vergessen Sie nicht, den Fudge zu probieren. Am besten *Moose Track*, den mit Schokolade und Erdnussbutter. Hoffentlich sehen wir uns mal auf der Insel.« Sie winkte und schon war sie verschwunden. Die Tür fiel klickend ins Schloss. Ryan war ebenfalls vor dem Zimmer stehen geblieben, und nun standen sie ein wenig peinlich berührt im Gang herum, während die Glühbirne über ihnen summte.

»Erdnussbutter, hm?«, fragte er.

»Ich mag *Rocky Road* am liebsten, die mit Marshmallows, aber Fudge ist Fudge. Der ist immer lecker.«

»Alles klar. Fudge.« Er schien kurz abgelenkt zu sein, aber dann fuhr er fort: »Hören Sie, vielleicht können wir uns auf der Insel ja mal treffen? Sie könnten mir ein bisschen die Gegend zeigen.«

Sein Vorschlag schien vollkommen unschuldig zu sein. Sie wusste nicht, ob mehr dahintersteckte, aber egal, sie fühlte sich auf jeden Fall ein bisschen besser. Auch wenn das hier vermutlich so etwas wie das sprichwörtliche »Ich ruf dich irgendwann mal an« war, immerhin hatte er es versucht.

»Klar, schicken Sie mir Ihre Nummer.«

Er stellte die Taschen ab, die er bis jetzt über der Schulter getragen hatte, und sie zückten beide ihre Handys. »Wie ist denn Ihre?«, fragte er, die Daumen tippbereit über dem Display.

Sie gab ihm ihre Nummer, dann verabschiedeten sie sich voneinander. Die anschließende Stille war gerade lang genug, um wieder peinlich zu werden. Dann drehte er sich um und ging weiter den Gang entlang, während Emily rasch in ihr Zimmer trat. Sie lehnte sich von innen gegen die Tür und kam sich albern mädchenhaft vor, nur weil sie gerade einem Mann ihre Handynummer gegeben hatte. Oder vielleicht kam das Geflatter in ihrem Bauch ja auch vom Hunger. Ja, das musste es sein. Hunger.

»Was ist los mit dir?«, fragte Chloe. Sie lag bereits auf dem Bett und hatte ihre Sachen im ganzen Zimmer verstreut. Wie nur hatte sie in den neunzig Sekunden, die Emily noch im Gang gestanden hatte, ein solches Chaos anrichten können? Das Mädchen hatte zweifelsohne ein besonderes Talent.

»Nichts ist mit mir los. Ich bin nur müde und am Verhungern. Komm, gehen wir was essen, bevor es zu spät ist.«

»Ich finde ihn auch süß.«

»Was?«

»Ryan. Er ist heiß. Ich meine, für einen alten Mann. Du solltest auf der Insel unbedingt mit ihm abhängen.«

Emily stieß sich von der Tür ab und kickte sich die High Heels von den Füßen. Diese Schuhe waren eine grässliche Entscheidung gewesen, die sie in dem Glauben getroffen hatte, heute noch auf der Insel anzukommen. Sie hatte hübsch aussehen wollen. Und erfolgreich. Hauptsächlich erfolgreich, denn das war es, was ihre Familie glaubte. Dass sie eine erfolgreiche Geschäftsfrau war. Sie wollte nicht unehrlich sein, aber sie wollte ihrer Vita auch nicht den Eintrag »abgebrannte Schnorrerin« hinzufügen. Wenn irgendjemand herausfand, wie es um ihre finanzielle Lage bestellt war, würde es Getuschel geben. Und dann einen allgemeinen Aufschrei. Einige würden ihr Geld anbieten und andere würden es genießen, ihr Versagen mitzuerleben. Und im Augenblick konnte sie beides nicht gebrauchen.

Sie brauchte auch Ryan Taggert nicht. Selbst wenn er wirklich an ihr interessiert war, stellte er doch nur eine chaotische Komplikation in ihrem jetzt schon chaotischen Leben dar. Außerdem wohnte er in Sacramento, was einfach zu weit von San Antonio entfernt lag. *So etwas funktioniert nicht.* Sagte das Pferd, als es von hinten aufgezäumt wurde.

»Ryan scheint ein netter Kerl zu sein, Chloe, aber bei dieser Reise geht es um unsere Familie und um die Arbeit. Um mehr nicht.«

»Mir würde es nichts ausmachen, weißt du.«

»Was würde dir nichts ausmachen?« Emily zog ihr Top aus dem Rockbund und steuerte das Badezimmer an.

»Wenn du mit jemandem ausgehen würdest. Ich meine, irgendwie solltest du das doch sogar tun. Du hattest schon ewig keinen Freund mehr, und irgendwann fange ich auch an auszugehen, und was machst du dann?«

Emily sah ihre Tochter an. Ihre süße Tochter mit den Schlafaugen, die sich auf dem Bett zusammengerollt hatte und gerade genauso aussah wie das kleine Mädchen, das sie für Emily immer noch war. Aber Chloe hatte recht. Sie war zwölf, und in ein paar Jahren würde sie einen Freund haben. Herrgott, in ein paar Jahren würde sie Auto fahren. Und dann? Ja, was würde Emily dann machen?

Kapitel 3

Das Erste, was Emily auffiel, als sie auf Wenniway Island von Bord gingen und das kurze Dock zur Main Street von Trillium Bay überquerten, war der herrlich vertraute Geruch von Fudge, Flieder … und Pferdeäpfeln. Eine erdig süße Mischung, die sie sofort in die Sommer ihrer Kindheit zurückversetzte. Bei ihren letzten beiden Besuchen war es Dezember gewesen. Jeweils nur ein kurzer Abstecher zu Weihnachten. Der Flieder war längst verwelkt und die meisten der Pferde waren für die Wintersaison zurück aufs Festland gebracht worden. Damals war ihr nicht aufgefallen, dass dieser Geruch gefehlt hatte, aber als er ihr nun in die Nase stieg, löste er eine wahre Erinnerungsflut aus. Glückliche und traurige Erinnerungen. Die traurigen schob sie fürs Erste beiseite. Es hatte keinen Sinn, sich mit ihnen aufzuhalten.

Das Nächste, was ihr auffiel, war Dmitri Krushnic, der seinen Imkerhut trug und mit einem Mann auf einem Pferd sprach. Diese Szene an sich war im Grunde nichts Besonderes, denn sie kannte Dmitri Krushnic, seit sie ein kleines Mädchen war, und er trug seinen Imkerhut immer, auch wenn er gerade nicht bei seinen Bienen war. Auch ein Mann auf einem Pferd war eigentlich kein ungewöhnlicher Anblick hier. Autos waren seit dem Jahr 1891 auf Wenniway Island verboten, also ritt oder radelte man stattdessen, wohin man eben wollte. Oder man ging einfach zu Fuß. Wenn an dieser Szene etwas merkwürdig war, dann die Tatsache, dass der Mann auf dem Pferd abgesehen von einem winzigen Lendenschurz und einem gewaltigen Indianerkopfputz nackt war.

»Was zum …?«, murmelte Emily und hielt ihrer ahnungslosen Tochter, die noch viel zu jung für so etwas war, die Hand vor die Augen. »Chloe, schau nicht hin.«

»Zu spät, Mom«, erklärte Chloe. »Ich glaube, das Bild hat sich schon in meine Netzhaut eingebrannt. Ich habe noch nie jemanden mit so weißer Haut gesehen.«

»Ich auch nicht.« Emily nickte und ließ die Hand sinken.

»Das ist nur authentisch, du Idiot. Wir stellen hier etwas nach. Genau so hat es Häuptling Adlerfeder nun mal gemacht.« Der Exhibitionist auf dem Pferd schüttelte die Faust in Dmitris Richtung.

Dmitri stieß einen ausgestreckten Finger in die Luft und pikte dabei versehentlich das Pferd. Doch die Stute schien es nicht einmal zu merken. Sie sah sich nur so gelangweilt um, als hätte ein alter grauer Gaul wie sie schon alles gesehen und als wollte sie einfach nur zurück in ihren Stall und ein bisschen Hafer fressen.

»Hör mal, Clancy«, sagte Dmitri. »Ich fühle mich der Geschichte der Insel genauso verpflichtet wie du, und ja, das Geschichtskomitee weiß dein Bemühen um Authentizität zu schätzen. Und wir stimmen dir zwar zu, dass Häuptling Adlerfeder tatsächlich nackt durch die Stadt geritten ist, um die Einwohner vor dem Angriff der Engländer zu warnen, aber das heißt nicht, dass du heute mit nichts weiter als einem Lächeln und deiner Sonnencreme am Körper die Hauptstraße entlangreiten kannst. Hier laufen Kinder herum.« Er breitete die Arme aus, um auf die Passanten hinzuweisen, die nun hastig einen Bogen um die beiden schlugen. Dmitri wandte den Kopf und erblickte Emily und Chloe, die nur ein paar Meter von ihm entfernt standen und ihn anstarrten. »Siehst du! Da ist ein Mädchen. Und jetzt ist sie traumatisiert.«

»Oje, bloß nicht. Lasst mich da raus.« Chloe duckte sich hinter ihre Mutter, und Emily musste sich ein Grinsen verbeißen. Gut zu wissen, dass sie immer noch gebraucht wurde. Wenn auch nur in der Funktion als menschlicher Schild.

»Es geht ihr gut, Leute«, rief sie, drehte sich um und gab Chloe einen Schubs in die entgegengesetzte Richtung. »Wir gehen jetzt mal weiter.«

»Peach?« Dmitri zog den Imkerhut vom Kopf, woraufhin sein langes, dunkles, aber mit reichlich grauen Strähnen durchsetztes Haar zum Vorschein kam. »Peach, bist du das?«

So viel also zu ihrer stillen Rückkehr in die Stadt. Sie hatte gehofft, sich bei Gigi einrichten zu können, bevor alle erfuhren, dass sie hier war. Ihre Schwestern wussten zwar, dass sie heute ankommen würde, aber nicht, wann genau, und ihrem Vater gegenüber hatte sie nur angedeutet, dass sie irgendwann diesen Sommer vorbeischauen würde. *Aber das war's dann wohl mit der Heimlichkeit.*

»Nein, ich bin es nicht. Ich bin jemand ganz anderes.« Sie gab Chloe einen etwas heftigeren Stoß mit den Fingerknöcheln.

»Krass«, flüsterte Chloe. »Ich hab ganz vergessen, dass dich hier alle Peach nennen.«

»Natürlich bist du das, Peach. Ich habe gehört, dass du kommst, und diese blauen Augen und die Sommersprossen würde ich überall wiedererkennen.« Breit grinsend kam er auf sie zu, für den Moment schien er den Nackten auf dem Pferd ganz vergessen zu haben.

»Apropos Sommersprossen.« Chloes Flüstern wurde zu einem amüsierten Murmeln. »Ich glaube nicht, dass dieses Marshmallow auf dem Pferd genug Lichtschutzfaktor aufgetragen hat. Ich kann ihn bis hier brutzeln riechen. Meinst du, er bläht sich auf, wenn er zu heiß wird?«

Dmitri war jetzt zu ihnen herübergekommen, und sein unvermindert breites Lächeln zeigte die markante Lücke zwischen den Vorderzähnen. »Und dieser kleine Spatz da ist deine Tochter? Kann doch nicht sein. Sie ist ja schon so erwachsen!«

»O nein. Lass nicht zu, dass man mich hier Spatz nennt!« Nun klang das Murmeln ihrer Tochter entschieden feindselig. Die Stimmungsschwankungen einer Zwölfjährigen. Aber Emily konnte ihr kaum einen Vorwurf machen. Wahrscheinlich würde sie ab heute tatsächlich »Spatz« heißen.

Emily lächelte. »Hallo, Dmitri. Wie geht's dir? Schön, dich zu sehen. Ja, das ist Chloe, meine Tochter.«

»Aber klar doch. Dann bist du also endlich wieder da? Oder willst du nur für das Fliederfestival bleiben?« Er strich sich eine schweißfeuchte Haarsträhne aus der Stirn. Anscheinend war es recht warm unter dem Imkerhut.

»Ich bin nicht *wieder da.* Ich meine, ich bleibe nur für ein paar Monate. Ich habe einen Auftrag von Gigi.«

Er setzte den Hut wieder auf, ließ das Netz jedoch hochgeschoben. »Ach ja. Du arbeitest an Gigis Cottage. So was habe ich von den Mahoney-Schwestern gehört. Sie sind ganz aus dem Häuschen wegen der Sache. Ganz aufgeregt darüber, wer was mit welchem Haus anstellt. Summ, summ, summ, diese Frauen sind schlimmer als meine Bienen.« Er wandte den Kopf. »Glaub bloß nicht, dass ich nicht mitkriege, dass du abhauen willst, Clancy«, rief er über die Schulter. »Chief Callaghan wird davon erfahren, und jetzt ist seine eigene Tochter Zeugin.«

»Oh, nein, nein.« Emily schüttelte den Kopf und griff nach Dmitris Unterarm. »Mein Dad weiß noch nicht, dass wir hier sind. Ich will ihn überraschen, okay? Hilfst du mir dabei?«

Mit einer dramatischen Bewegung aus dem Handgelenk zog er sich das Netz wieder über das Gesicht. »Aber natürlich.

Willst du dir meinen Hut leihen? Dann wird niemand etwas ahnen.«

»Das ist lieb von dir, aber bestimmt nicht nötig. Es wäre großartig, wenn du Chloe und mich einfach gehen lassen und niemandem etwas verraten könntest. Lass mir wenigstens ein paar Stunden Vorsprung.«

»Niemand ist verschwiegener als ich, Peach. Du hast ja keine Ahnung. Dann mal ab mit euch, und erinnere Gigi daran, dass sie mir noch drei Dollar von unserer letzten Runde Euchre schuldet.«

»Mach ich.«

»Prima. Dann werde ich jetzt mal für Ablenkung sorgen.« Er machte kehrt und begann wieder, auf Clancy einzubrüllen.

Emily packte Chloe bei den Schultern und drehte sie um. »Schnell, da lang!«

»Müssen wir nicht erst noch unser Gepäck holen?«

»Ich habe es schon zu Gigis Haus bringen lassen. Ist alles erledigt. Und jetzt los, bevor uns noch jemand sieht.«

Von den Menschen, denen Emily unbedingt hatte aus dem Weg gehen wollen – also im Grunde allen Inselbewohnern –, liefen ihnen auf der Hauptstraße schon sechs über den Weg, bevor sie es bis zur Kreuzung Huron Street und Marquette Street geschafft hatten. Was eigentlich ein Fußmarsch von einer Viertelstunde hätte sein sollen, dauerte geschlagene zwei Stunden. Zuerst trafen sie Mr O'Doul, der Chloe erklärte, dass er den ältesten Supermarkt in ganz Michigan führte. Seinem Onkel zufolge, der offenbar Ahnenforscher war, hatten seine Vorfahren den ersten jesuitischen Missionar begleitet, der im Jahr 1670 auf die Insel gekommen war. Als Kind hatte Emily die alte Mrs O'Doul für so uralt gehalten, dass sie in ihrer Vorstellung die Haushälterin dieses ersten Priesters hätte gewesen sein können.

Dann begegneten sie Vera von Meisterburger, der Bibliothekarin, die ihnen von ihren Bemühungen um die Wiederauswilderung von Fledermäusen nach einem Ausbruch der Weißnasenkrankheit auf der Insel berichtete. An ebendiesem Abend würde es eine Gemeindeversammlung geben. Sie hoffte, sie beide dort zu sehen. Es würde auch Kekse geben.

Sie trafen auch Edgar White, den Mann, dem man den Auftrag erteilt hatte, die Vorderterrasse des Imperial Hotel zu streichen, was sich erst einmal nach keiner großen Sache anhörte. Das aber sei es durchaus, wie er ihnen versicherte, weil besagte Terrasse zweihundert Meter lang sei und es ihn den ganzen Sommer kosten würde, sie zu streichen.

Als Nächstes stießen sie beinahe mit Gloria Persimmons zusammen, die gerade ihr Abbild in dem winzigen Spiegel ihres lila Fahrrads bewunderte und sie beinahe überfahren hätte. Der am Lenkrad befestigte weiße Weidenkorb flog in die eine und Glorias mit Strasssteinchen besetzte Sonnenbrille in die andere Richtung.

»Peach, o mein Gott! So wahr ich lebe, ich habe gerade von Mr O'Doul gehört, dass du wieder da bist. Und ich habe zu mir gesagt: ›Gloria, wenn Peach wirklich zurück in der Stadt ist, dann solltest du dir lieber dein Partykleid anziehen, denn dieses Mädel weiß, wie man feiert!‹ Und da bist du tatsächlich! Herrjemine, wie lang ist das jetzt her?«

Als Gloria sich nach ihrer heruntergefallenen Sonnenbrille bückte, entblößte sie eine grün-weiß gepunktete Unterhose unter ihrem zitronengelben Sommerkleid. Emily hörte Chloe nach Luft schnappen und dann kichern, als sie Gloria den mit rosa Plastikblumen verzierten Weidenkorb reichte. Mit Sicherheit beneidete sie jedes sechsjährige Mädchen auf der ganzen Insel um diesen Korb.

Emily hätte wissen sollen, dass sie nicht weit kommen würden, bevor sich die Nachricht ihrer Rückkehr verbreitete, und nun, da Gloria sie gesehen hatte? Tja, über den Nackten auf dem Pferd würde man heute jedenfalls nicht als Erstes sprechen, die oberste Schlagzeile war auf jeden Fall die Rückkehr der verlorenen Tochter.

»Gloria, meine Güte. Du siehst ja immer noch genauso aus wie auf der Highschool!« Emily umarmte sie und hielt im Geiste fest, dass ihre Bemerkung durchaus der Wahrheit entsprach. Leider war Gloria schon auf der Highschool nicht sonderlich hübsch gewesen. Gemein? Vielleicht. Aber das arme Mädchen hatte nun mal eine fatale Ähnlichkeit mit einem Walross gehabt, inklusive der langen Zähne und Schlabberwangen.

»Ach, Peach, du warst schon immer eine gute Lügnerin!« Gloria warf den Kopf zurück und lachte viel zu laut über ihren eigenen Scherz, aber sie beruhigte sich rasch wieder und drückte ihr den Arm. »Oh, ich würde ja so gern alles über dich und dein rauschendes Leben hören, aber das müssen wir leider auf später verschieben. Jetzt solltest du dich lieber schnell vom Acker machen, weil Reeds Mutter gerade in der Post ist und jeden Moment rauskommen kann. Sie ist immer noch so eiskalt. Als ich letztes Mal in der Kirche neben ihr gesessen habe, hatte ich danach Frostbeulen.«

Emily sah die Hauptstraße hinunter zum Postgebäude, und tatsächlich kam gerade Olivia Bostwick heraus. Mit Emilys Magen geschah dasselbe wie mit einer Kugel Eiscreme, die auf den Gehweg hinunterfiel. Auf der Liste derer, denen Emily unbedingt aus dem Weg gehen wollte, stand Olivia Bostwick ganz oben.

»Danke, Gloria. Wir müssen unbedingt bald mal einen Kaffee zusammen trinken. Komm, Chloe, wir müssen weiter.« Sie packte ihre Tochter am Ärmel und ging los. Aber es war zu spät.

»Emily? Emily Callaghan, glaub ja nicht, ich hätte dich nicht gesehen. Ich habe schon gehört, dass du zurück auf die Insel kommst.«

»Tut mir leid, Süße, aber ich bin weg.« Gloria sprang auf ihr Fahrrad und trat in die Pedale.

»Mist«, fluchte Emily leise, dann formte sie ihre Gesichtszüge zu etwas Ähnlichem wie einem Lächeln, drehte sich um und stellte sich ihrer Feindin. Sie würde sich nicht die Mühe machen, Mrs Bostwick daran zu erinnern, dass sie nun Chambers hieß und nicht mehr Callaghan.

»Mrs Bostwick, wie schön, Sie zu sehen.« *Haben Sie auch Ihre Armee der geflügelten Affen mitgebracht?*

Chloe gab ein leises Quietschen von sich und befreite den Stoff ihres roten Baumwollshirts aus dem Klammergriff ihrer Mutter. Emily hatte gar nicht gemerkt, wie fest sie zugepackt hatte.

»Nun, es ist jedenfalls außergewöhnlich, dich hier zu sehen, Emily. Was ist der Anlass? Sag nicht, dass du schon wieder heiratest?«

Schilde hoch, Phaser auf Betäubung. »Nein. Ich heirate nicht schon wieder.«

Mrs Bostwick trug einen großen Schlapphut und eine übergroße Sonnenbrille mit sehr dunkel getönten Gläsern. Trotzdem konnte Emily spüren, wie der Blick der kleinen Käferaugen sie durchbohrte. Mrs Bostwicks hellgrüne Caprihose mit den rosa Flamingos passte zu dem rosa Pulli, den sie sich um die schmalen Schultern geschlungen hatte. Emily war froh, dass sie sich an diesem Morgen für ein weiteres ihrer schicken Businesskostüme entschieden hatte. Sie trug ein gediegenes, aber attraktives marineblaues Kleid mit einem schmalen weißen Gürtel. Ihr Haar hatte sie zu einem strengen Pferdeschwanz zurückgebunden. Olivia Bostwick konnte an ihrer Erscheinung nichts auszusetzen haben.

An einer ganzen Menge anderer Dinge aber schon. Unter anderem an der Tatsache, dass Emily ihrem Sohn das Herz gebrochen hatte, als sie mit Chloes Vater durchgebrannt war.

Reed Bostwick war ihre Highschool-Liebe gewesen – auf einer Insel, auf der praktisch jeder seine Highschool-Liebe heiratete. Emily hatte sich ihm gegenüber grässlich benommen, als sie mit Nick abgehauen war. Natürlich hatte sie Reed einen Abschiedsbrief hinterlassen, und das, was sie geschrieben hatte, war von Herzen gekommen. Aber so trennte man sich nicht von jemandem, den man schon sein ganzes Leben kannte. Das hatte sie ziemlich schnell begriffen, aber da war der Schaden schon angerichtet, und Mrs Bostwick war noch nie eine Person gewesen, die Vergangenes ruhen lassen konnte.

»Dann bist du also nur auf einen kurzen Besuch hier? Deine Familie sollte sich freuen.«

Diese Frau hatte einen Schwarzgurt in passiv-agressivem Verhalten. So viele Bedeutungen steckten in diesen wenigen Worten. Deine Familie freut sich, dass es nur ein *kurzer* Besuch ist. Deine *Familie* sollte sich freuen, aber sonst tut es keiner. Und last but not least, deine Familie *sollte* sich freuen, aber tut sie das auch? *Wirklich? Ganz sicher?* Mrs Bostwick sollte eigentlich immer in Begleitung eines Kryptologen unterwegs sein, der einem die in ihre beiläufigen Bemerkungen eingewobenen Bedeutungen auseinandersetzte. Emily hatte schon viele Nachmittage lang versucht, herauszufinden, was Mrs Bostwick ihr mit all dem, was sie *nicht* sagte, vermitteln wollte. Denn Reeds Mutter hatte schon laaaange vor Nicks Auftauchen beschlossen, sie nicht zu mögen. Niemand auf der Insel war gut genug für ihren Sohn, erst recht nicht Emily.

»Ich bin eigentlich nur den Sommer über hier. Ich helfe Gigi dabei, eines ihrer Cottages wiederherzurichten. Und das hier ist meine Tochter Chloe.« Nicht einmal Mrs Bostwick konnte so bissig sein, dass sie grob zu einem kleinen Mädchen war. Gut, Chloe war wirklich nicht mehr klein, aber sie war jung, und zum Glück schien sich Mrs Bostwicks Mutterinstinkt – der bei Emily nie gezündet hatte – tatsächlich auch auf Chloe zu erstrecken. Zweifellos, weil ihr das arme Mädchen mit der lausigen Mutter leidtat.

»Hallo, Chloe. Sehr schön.« Bedeutete das, Mrs Bostwick fand es schön, Chloe kennenzulernen? Oder sollte Chloe es schön finden, sie kennenzulernen? Verdammt, diese Frau war wirklich gut in Sachen Doppeldeutigkeit! Aber Chloe, Gott segne dieses Mädchen, zog die richtigen Schlüsse und tischte ihre besten Sonntagsmanieren auf.

»Hallo, Mrs Bostwick. Ich finde es auch sehr schön, Sie kennenzulernen, und was für einen hübschen Hut Sie da aufhaben. Sie sehen aus wie Audrey Hepburn.«

Eins zu null für die Kleine. Was für ein Glück, dass Emily sie gezwungen hatte, die ganzen alten Kamellen mit ihr anzuschauen. Jede Frau in Mrs Bostwicks Generation musste es als das höchste aller Komplimente empfinden, mit Audrey Hepburn verglichen zu werden. Und es schien zu funktionieren. Sie plusterte sich förmlich auf. Wäre sie ein Pfau gewesen, hätte Emily jetzt sicher ihre langen Schwanzfedern ins Gesicht bekommen.

»Ach, du bist ja wirklich süß«, trällerte Mrs Bostwick. *Und wie konnte das bei der Mutter passieren?*

Emily lächelte steif. »Tja, wir wollen Sie nicht länger aufhalten, Mrs Bostwick. Ich hoffe, wir sehen Sie wieder.« *Ich hoffe, wir sehen Sie beim nächsten Mal zuerst, damit wir schnell in die andere Richtung davonrennen können.*

»Reed ist auch für ein paar Wochen auf der Insel, weißt du.«

Emily hatte sich schon halb umgedreht, aber jetzt hielt sie in der Bewegung inne und ihr Blick kehrte zu der Fliegenaugenbrille zurück. »Ach ja?«

»Ja. Mit Frau und Familie. Er ist furchtbar erfolgreich, weißt du. Und furchtbar wichtig. Er arbeitet für den Gouverneur, weißt du. Und er ist furchtbar glücklich.«

»Das klingt ja furchtbar«, flüsterte Chloe, und Emily hielt sich gerade noch davon ab, ihrer wunderbaren Tochter einen heftigen Rippenstoß zu verpassen.

»Das sind ja wunderbare Nachrichten, Mrs Bostwick. Bitte grüßen Sie Reed von mir.«

»Ich glaube nicht, dass unser Treffen zur Sprache kommen wird, Emily, aber falls dein Name doch zufällig fällt, dann werde ich sicher daran denken.«

Ach, als ob ihr Name nicht bei jeder Unterhaltung auf dieser verdammten Insel fallen würde. Immerhin war diese im Durchmesser gerade mal zwölf Kilometer breit, und sämtliche Einwohner würden bequem in eine einzige McDonalds-Filiale passen. Wahrscheinlich wusste Reed jetzt schon, dass sie hier war, und war furchtbar unbekümmert deswegen.

»Eine schöne Zeit auf der Insel, Chloe.« Damit wandte sich Mrs Bostwick ab. Ihr riesiger Hut wippte im Wind und Emily war abgefertigt.

Endlich konnten sie ihren Weg fortsetzen. Irgendwann wäre sie Mrs Bostwick sowieso begegnet, und nun hatte sie es wenigstens hinter sich. Sie konnte ja schlecht den ganzen Sommer damit verbringen, ihr aus dem Weg zu gehen. Es war auch nicht sehr wahrscheinlich, dass es ihr gelingen würde, Reed aus dem Weg zu gehen, und sie wusste nicht recht, was sie bei diesem Gedanken fühlte. Im Lauf der Jahre hatte sie manchmal an ihn gedacht. Normalerweise gegen drei Uhr morgens, wenn sie nicht schlafen konnte. Dann hatte sie versucht, sich vorzustellen, wie ihr Leben wohl aussehen würde, wenn sie damals geblieben wäre und Reed geheiratet hätte, wie man es von ihr erwartet hatte. Manchmal wünschte sie sich wirklich, sie hätte genau das getan. Aber dann dachte sie an Chloe. Ohne Nick würde es ihre Tochter nicht geben. Also ganz gleich, wie viele Fehler sie in der Vergangenheit gemacht hatte, sie würde nichts daran ändern wollen, denn Chloe wog einfach alles auf.

Trotzdem fragte sie sich, wie Reed inzwischen wohl aussah. Dickbäuchig und glatzköpfig? Oder immer noch durchtrainiert und mit einem Schopf schöner welliger brauner Haare? Lachte er immer noch über die dümmsten Witze oder war er ernst und streng, weil er doch nun so *furchtbar* wichtig war und für den Gouverneur arbeitete? Sie hatte von ihrer Schwester Brooke erfahren, dass er ein Mädchen geheiratet hatte, das er auf der Hochschule kennengelernt hatte. Damals hatte sie einen leichten Stich im Herzen gefühlt, aber es war vergangen, so wie ihre Chance auf eine gemeinsame Zukunft vergangen war.

»Alles in Ordnung, Mom?«, fragte Chloe und nahm ihre Hand. Emily drückte ihre Finger und lächelte.

»Alles gut. Und bei dir?«

Chloe nickte. »Alles okay, ich bin nur ein bisschen nervös. Was, wenn meine Großcousins und Großcousinen gemein sind? Mit wem soll ich dann den ganzen Sommer über abhängen?«

»Sie sind bestimmt nicht gemein, Schatz. Wahrscheinlich finden sie dich spannend, weil du in San Antonio lebst.«

»Was ist denn so toll an San Antonio?«

»Es ist jedenfalls anders als das, was sie kennen, also sind sie bestimmt neugierig. Genau wie du neugierig auf sie bist, oder? Und außerdem werde ich nicht immer beschäftigt sein. Ich muss eine Menge arbeiten, aber ich habe auch Freizeit, also können wir den ganzen Touristenkram zusammen machen. Das Fort besichtigen und Fudge kaufen. Wir können uns die Schiffe am Strand in Trillium Bay anschauen. Und wir können Campen gehen und Marshmallows grillen.«

»Campen? Du meinst, so mit Zelt?« Sie schlenderten den Gehweg entlang, und Emily sog den Duft nach Flieder ein und lauschte auf das Rauschen der Wellen und das Klappern der Hufe. Sie war auch nervös, aber sie tat ihr Bestes, um das vor Chloe zu verbergen. Sieben Jahre waren eine lange Zeit zwischen zwei Besuchen. Natürlich hatte sie mit ihren Schwestern telefoniert und sie hatten sich E-Mails geschrieben. Sie hatte sogar ihren Vater alle paar Monate angerufen, um so zu tun, als hätten sie eine Art Beziehung zueinander, aber sie wusste trotzdem nicht, was sie hier erwartete. Es war nicht so, dass sie absichtlich so lange nicht hergekommen war.

Na gut, okay. Doch, sie war absichtlich so lange fortgeblieben, aber ihre Gründe dafür waren auch vollkommen … vernünftig. Die Reise von San Antonio nach Trillium Bay war teuer und zeitintensiv. Und emotional erschöpfend. Die Beziehung zu ihrem Vater war schon immer kompliziert gewesen, voller Missverständnisse und nicht erfüllter Erwartungen. Aber seit ihrer stürmischen – manche sagten auch unüberlegten – Heirat vor dreizehn Jahren hatten Harlan und sie sich auf eine Kalter-Krieg-Taktik verlegt. Kein Angriff, kein Rückzug. Sie waren beide stur. Gigi hatte einmal gesagt, Emily und Harlan seien einander so ähnlich wie ein Ei dem anderen, aber beide glaubten, das jeweils andere Ei mache immer alles falsch und müsse sich entschuldigen.

Tja, Emily hatte ja versucht, sich für ihre vergangenen Fehltritte zu entschuldigen, wie zum Beispiel für diese Hochzeitssache, aber auf einer Insel voller Leute, die quasi professionell nachtragend waren, war Harlan Callaghan der Experte. In Trillium Bay war man sich einig, er sei nach dem Tod seiner Frau nie mehr der Alte geworden. Damals war Emily aber erst zehn Jahre alt gewesen, was bedeutete, dass Harlan sie zumindest den größten Teil *ihres* Lebens wie ein lästiges Ärgernis behandelt hatte. Also war sie schon vor einer Weile zu dem Schluss gekommen, dass eine wenigstens einigermaßen funktionelle Beziehung zu ihrem Vater nur aus der Ferne möglich war.

»Natürlich mit Zelt«, antwortete sie und schwang die Arme vor und zurück. »Warum klingst du so ungläubig?«

Chloe kicherte. »Ich kann mir einfach nicht vorstellen, wie du im Freien schläfst und hinter einen Baum pinkelst.«

»Vergiss nicht, dass ich mal hier gelebt habe. Früher war ich ziemlich viel in der Natur unterwegs.«

Chloe zog eine Schnute und blickte zum Himmel hinauf, als wäre sie tief in Gedanken versunken. Dann schüttelte sie den Kopf. »Nein, kann ich mir nicht vorstellen.«

Sie gingen noch ein paar Minuten weiter und bogen dann um die letzte Ecke. Da stand Gigi in einem schimmernden petrolblauen Jogginganzug auf der weißen Veranda ihres blassblauen viktorianischen Cottages und hielt ein Martiniglas in der Hand. Ziemlich genau so hatte sie beim letzten Besuch auch ausgesehen, nur dass sie damals drinnen neben einem Weihnachtskranz gestanden hatte. Gigi liebte Martinis. Trocken, drei Oliven, und warum sich groß mit Wermut aufhalten? Sie behauptete, die konservierende Wirkung des Alkohols würde sie jung halten, und damit musste sie recht haben, denn sie wirkte noch so fit und rüstig wie eh und je. Als könnte sie jeden Augenblick die Hacken zusammenschlagen und ein kleines Tänzchen aufführen. Ihr kurz geschnittenes graues Haar war dicht gelockt und bewegte sich kein bisschen in der Brise, dank ihres wöchentlichen Besuchs im Schönheitssalon von Trillium Bay und einer dicken Schicht Haarspray. Völlig unerwartet spürte Emily, wie ihr das Herz aufging, und sie musste gegen ebenso unerwartete Tränen anblinzeln. Freudentränen. Trotz des Anlasses für ihren Besuch freute sie sich auf einmal unglaublich, wieder zu Hause zu sein. Sie atmete tief durch und kostete den Moment aus – denn er würde sicher bald vorübergehen.

»Gigi O'Reilly-Callaghan-Harper-Smith«, rief Emily ihrer Großmutter zu. »Es ist gerade mal halb zwölf, und du hast schon einen Martini in der Hand?«

Gigis Lächeln wurde so breit, dass es fast von Ohr zu Ohr reichte. »Ich habe etwas zu feiern.«

»Was denn?«

»Ich feiere, dass ich einen Cocktail in der Hand habe.« Dann lachte sie und eilte die Stufen hinab, ohne dabei auch nur einen Tropfen zu verschütten. »Kommt her, ihr beiden! Ich warte schon den ganzen Morgen auf euch. Jetzt lasst euch erst mal genau ansehen, dich und meine Großenkelin!«

Kurz darauf kicherten die drei wie kleine Mädchen, und eine Stunde später saßen sie am Küchentisch, tranken Limonade und kicherten immer noch wie kleine Mädchen. Dies war das Haus, in dem Emilys Vater aufgewachsen war. Die rot-weiß karierte Tischdecke trug noch zu der hier herrschenden nostalgischen Gemütlichkeit bei, und Emily überkam das Gefühl, in einer lebensgroßen Zeitkapsel gelandet zu sein. Wie die meisten Insulaner war Gigi genügsam und machte das Beste aus dem, was sie hatte, was bedeutete, dass jedes ihrer Küchengeräte noch aus der Zeit vor den VHS-Kassetten stammte. Jedes Möbelstück war schon ein Dutzend Mal umgestrichen, aufgepolstert und einem neuen Zweck zugeordnet worden. Einmachgläser voller Essiggurken, Pfirsiche und Tomaten reihten sich wie Spielzeugsoldaten auf den Kiefernholzregalen zu ihrer Linken, und eine Sammlung nicht zusammenpassenden Geschirrs füllte die Schränke. Ein sanftes Summen ging von dem avocadogrünen Kühlschrank aus, und eine von Gigis drei Katzen räkelte sich schnurrend in einem Sonnenfleck auf dem Boden.

»Wie wäre es, wenn du jetzt mal hochgehst und deine Sachen auspackst, Schatz«, sagte Emily schließlich zu ihrer Tochter. »Unser Gepäck ist inzwischen angekommen, und Gigi und ich müssen den Renovierungskram besprechen.«

»Aber das hier macht Spaß«, verkündete Chloe. »Auspacken macht keinen Spaß.«

»Alle deine Sachen zu bügeln, weil sie zu lang in den Taschen herumgelegen haben, macht auch keinen Spaß. Also los, auspacken.«

Langsam stemmte sich Chloe hoch. »Kann ich die Limonade mitnehmen? Ich habe noch nie aus einem Marmeladenglas getrunken. Mom, können wir ein paar Marmeladengläser für zu Hause kaufen?«

Emily schmunzelte. »Klar können wir das.«

»Wir sollen heute um fünf bei Brooke sein, sie macht Abendessen für Harlan und uns«, verkündete Gigi. »Dein Zimmer ist das auf der rechten Seite, Chloe. Ich hoffe, es gefällt dir. Aus dem Fenster kann man die Bucht sehen und den Segelbooten zuschauen. Und den Frachtern. Diese riesigen Schiffe zu betrachten wird einfach nie langweilig.«

Chloe beugte sich vor und legte einen Arm um Gigis Schultern. »Ich kann es gar nicht erwarten, eins zu sehen, und mein Zimmer gefällt mir bestimmt. Vielen Dank.«

»Das ist mal eine kluge und charmante junge Dame, die du da hast«, sagte Gigi zu Emily, sobald Chloe mit all ihren Taschen die Treppe hinauf verschwunden war.

»Danke. Ich hoffe, du siehst das in ein paar Wochen immer noch so, wenn der gute erste Eindruck verflogen ist, wenn sie ihre Manieren über Bord geworfen hat und du zum tausendsten Mal über ihre Schuhe gestolpert bist.«

»Dann sehe ich es ganz sicher immer noch so. Du machst das großartig mit ihr, und ich weiß, dass es nicht immer leicht ist.«

Emily beugte sich über den Küchentisch zu ihrer Großmutter vor. »Danke, dass du das sagst, Gigi. Das bedeutet mir viel. Und tausend Dank für die zehntausend Dollar, die du mir für die Renovierung von diesem verdammten Haus in San Antonio geliehen hast. Ich weiß nicht, was ich ohne dich gemacht hätte.«

»Keine Ursache.« Gigi tätschelte ihr die Hand.

Emily warf einen Blick zur Tür, um sicherzustellen, dass Chloe auch wirklich fort war, bevor sie sich wieder ihrer

Großmutter zuwandte. »Wo wir gerade davon sprechen, bitte vergiss nicht, dass Chloe nichts von all dem weiß. Sie hat keine Ahnung, dass wir so tief in Schwierigkeiten stecken. Du hast es doch niemandem erzählt, oder?«

Gigi straffte die Schultern und wirkte etwas pikiert. »Natürlich nicht. Ich habe die Einzelheiten unserer Abmachung für mich behalten, ganz wie du es wolltest.«

Emilys Dankbarkeit wurde von einer saftigen Portion Realismus gedämpft. Sie kannte das Spiel. Gigi bewahrte ihr Geheimnis nur, weil sie dadurch an Boden gewann. Die alte Krähe war sich für ein bisschen emotionale Erpressung nicht zu schade. Und offensichtlich schreckte sie auch vor Geiselnahme nicht zurück, denn sie hatte nur unter der Bedingung zugestimmt, Emily das Geld zu leihen, dass Chloe und sie den Sommer in Trillium Bay verbrachten. Wenn ihr Instinkt sie nicht trog – und das tat er bestimmt nicht –, hatte ihre Großmutter die Renovierung des Cottages nur deshalb ins Spiel gebracht, damit sich Emily ein bisschen weniger wie eine Almosenempfängerin fühlte. Trotzdem war sie ihr mehr als dankbar, und sie würde Gigi jeden Cent zurückzahlen, sobald dieses Katastrophenhaus in San Antonio verkauft war.

Gigi betastete ihren grauen Lockenhelm. »Du weißt, dass ich die Letzte bin, die jemanden verurteilt, aber wie genau bist du denn nun in diese Lage geraten?«

Niemanden verurteilen? Fast hätte Emily aufgelacht. Gigi verurteilte andere nur allzu gern, genau wie jeder andere auf der Insel. Andere zu verurteilen war hier eine Art Volkssport und rangierte auf der Skala der beliebtesten Aktivitäten irgendwo zwischen Klatsch und Tratsch und Lauschen. Allerdings war ihre Frage dieses Mal durchaus gerechtfertigt. Für zehntausend Dollar verdiente Gigi eine ehrliche Antwort.

»Ich schätze, weil ich auf Jewel gehört habe anstatt auf meinen eigenen Bauch.«

Jewel war Emilys Freundin, Mitbewohnerin und mittlerweile auch ihre Geschäftspartnerin. »Vor etwa vier Monaten hat sie ein Haus gefunden, das weit unter dem üblichen Preis verkauft wurde. Ich war misstrauisch, aber Jewel sagte, sie hätte es prüfen lassen. Was sie mir allerdings nicht gesagt hat, war, dass sie dafür einen anderen Gutachter beauftragt hat als den, mit dem wir sonst immer zusammenarbeiten. Und dieser neue Typ ist ein widerlicher Gauner. Ich bin mir nicht sicher, ob er auch nur einen Blick auf den Dachboden und in den Keller geworfen hat, aber als uns klar wurde, wie viel Arbeit wir wirklich in das Haus stecken mussten, war es schon zu spät und wir hatten es am Hals. Ich weiß, dass sich Jewel deswegen grässlich fühlt, und es hat keinen Sinn, wütend auf sie zu sein. Sie hat es ja nicht absichtlich getan – und außerdem ist sie jetzt genauso pleite wie ich.«

Emily griff nach dem Krug auf dem Tisch und schenkte sich Limonade nach.

»Jewel ist mir schon immer ein bisschen unzuverlässig vorgekommen. Wie lang möchtest du denn noch mit ihr zusammenwohnen? Ich dachte, das sollte nur vorübergehend sein.« Gigi nahm sich ebenfalls noch etwas Limonade, dann holte sie eine Flasche Gin aus einem der Küchenschränke und goss einen großzügigen Schluck davon in ihr Marmeladenglas. Emily schob ihr das Glas hin. In ein paar Stunden würde sie ihren Vater wiedersehen. Es war ein medizinischer Gin.

»Sie ist nicht unzuverlässig. Nur ein bisschen, na ja, manchmal steigert sie sich in etwas hinein, ohne es richtig zu durchdenken.« Das stimmte, allerdings konnte Emily ihr das kaum zum Vorwurf machen, da sie selbst einen gewissen Hang in diese Richtung hatte. »Wir wollten wirklich nur vorübergehend zusammenwohnen. Ich brauchte nur einen Platz, um nach der Scheidung wieder auf die Beine zu kommen, aber Jewels Haus ist sehr schön, und Chloes Schule ist gut. Es ist eine Win-win-Situation für uns, weil Jewel das Haus von meiner Miete wieder auf Vordermann bringen konnte. Und es entspannt die Situation als alleinerziehende Mutter ein bisschen.« So war es. Während der Scheidung war Jewel ihre einzige Stütze gewesen, und sie war einfach wunderbar mit Chloe. »Allerdings habe ich inzwischen begriffen, dass wir nicht beide all unsere Ersparnisse in das Haus hätten stecken sollen. Das war ein Fehler.«

Gigi schlug die dürren Beine übereinander und der Nylonstoff gab ein sirrendes Geräusch von sich. »Und was ist mit diesem Versager Nick? Hat er sich irgendwie gebessert? Greift er dir wenigstens ein bisschen unter die Arme?« Gigis Miene hatte sich verfinstert. Sie hatte Nick nie gemocht. Eigentlich hatte das niemand, abgesehen von Emily. Apropos in etwas hineinsteigern, ohne es zu durchdenken.

»Nick wohnt gerade wieder bei seinen Eltern in Dallas, was natürlich ganz allein meine Schuld ist.«

»Wie kann das denn bitte schön deine Schuld sein?« Die Eiswürfel in Gigis Glas klirrten, als sie einen Schluck nahm.

Emily strich die Tischdecke unter ihrer Hand glatt. »Weil ich laut seiner Mutter sein Leben ruiniert habe. Ich habe seinen Heiratsantrag angenommen, obwohl er damals noch viel zu jung war, um zu verstehen, was das bedeutet. Dann habe ich es noch schlimmer gemacht, weil ich ein Kind von ihm bekommen habe, bevor er für diese Verantwortung bereit war. Anscheinend habe ich ihn damit so durcheinandergebracht, dass er das Juraexamen nicht schaffen konnte. Ich habe ihn während des Studiums zwar die ganze Zeit unterstützt, aber er ist trotzdem mehrmals durchgefallen. Und er hat Chloe schon seit Monaten nicht mehr angerufen.«

Nun wurde Gigis Miene ärgerlich. »Er sollte sich schämen. Wie geht es Chloe damit?«

Dies war ein Thema, das Emily jedes Mal mit Scham und Wut erfüllte, die sie auf niemanden richten konnte, denn sie hatte immer wieder versucht, das für Chloe in Ordnung zu bringen, aber es gelang ihr einfach nicht. Sie konnte Nick nicht dazu zwingen, sich für seine Tochter zu interessieren. Genauso wenig, wie sie seine Eltern dazu zwingen konnte, sich für ihre Enkelin zu interessieren.

»Sie steckt es ganz gut weg. Sie kennt es nicht anders. Als Nick und ich uns haben scheiden lassen, war sie erst vier, und schon davor war Nick nicht oft da. Außerdem hat sie als einzige Vergleichsmöglichkeit nur Dad und mich, und das ist schließlich auch keine große Erfolgsgeschichte. Tut mir leid, ich weiß, dass er dein Sohn ist und so, aber er hat mich nicht gerade angefleht, nach Hause zurückzukommen, und die beiden Male, die ich seit Chloes Geburt hier war, ist er ziemlich kühl geblieben.«

»Ich glaube, du erinnerst ihn an Mary.« Gigi musterte sie, als wollte sie Emilys Reaktion abschätzen.

»An meine Mutter? Du glaubst, ich erinnere ihn an sie?« Das war das Letzte, was sie erwartet hatte.

»Du siehst jedenfalls aus wie sie und hast Gott weiß die gleiche rebellische Ader. Aber vielleicht bilde ich mir auch bloß ein, dass es etwas damit zu tun hat. Es ist schließlich nicht so, als würde Harlan mir je etwas anvertrauen. Ich bin zwar seine Mutter, aber er scheint mich in seinem ganzen Leben noch nicht einen Tag lang gebraucht zu haben. Du bist deiner Mutter aber wirklich sehr ähnlich, und ich glaube, das bringt ihn aus der Fassung.«

Emilys Brust fühlte sich gleichzeitig hohl und übervoll an. Wenn das, was Gigi da sagte, stimmte, dann war es sowohl ein Kompliment als auch ein Fluch.

»Ja, ich bin ziemlich sicher, dass du dir das nur einbildest, Gigi, aber wie auch immer. Ich habe versucht, mich für meinen Anteil an dieser Situation zu entschuldigen, aber jedes Mal, wenn wir miteinander telefonieren und ich die Vergangenheit anspreche, fängt er an, über das Wetter zu reden. Vielleicht lenkt er ja irgendwann mal ein. Bis es so weit ist, freue ich mich jedenfalls darauf, dass Chloe ihre Großcousins und Großcousinen kennenlernt. Ich will, dass sie einen wirklich tollen Sommer hier verbringt.«

»Ich auch.« Nun lächelte Gigi wieder. »Und ich glaube, das lässt sich einrichten. Wir werden dafür sorgen.«

Kapitel 4

Ryan Taggert hatte verschlafen. Er verschlief nie, aber an diesem Morgen war es doch passiert, und er wusste auch, warum. Weil die Hotelmatratze steinhart und der Raum stickig war, und weil es hier leicht nach Bleiche und altem Rauch roch. Und, um der Wahrheit die Ehre zu geben, weil er einfach nicht aufhören konnte, an dieses verborgene Spitzending unter Emily Chambers Bluse zu denken. Hol's. Der. Geier. Klar war sie attraktiv, und sie hatten sich während der Taxifahrt vom Flughafen auch wirklich nett unterhalten. Ihre Tochter war eingeschlafen und Emily hatte die ganze Zeit im Flüsterton gesprochen, was ihren Worten etwas leicht Ungezogenes verliehen hatte. Besonders als sie ihm einige ihrer Jugendsünden anvertraut hatte. Aber das erklärte noch lange nicht, warum sein Unterbewusstsein die ganze Nacht lang Horizontaltango mit ihr getanzt hatte. Immerhin war er kein pickliger, hormongesteuerter Teenager mehr, der ein Poster über seinem Bett anstarrte, sondern ein erwachsener Mann. Zu alt, um sich von einem harmlosen kleinen Flirt so ablenken zu lassen, dass es ihn um den Schlaf brachte.

Nun fühlte er sich zerknittert und missmutig, nicht nur, weil er verschlafen hatte, sondern auch, weil die erste Fähre ohne ihn abgefahren war und er Emily deshalb an diesem Morgen nicht sehen würde. Jedenfalls nicht im echten Leben, und die Tatsache, dass ihn das so mitnahm, ärgerte ihn nur noch mehr. Im Ernst. Was zum Geier sollte das?

Glücklicherweise verlief die Bootsfahrt nach Wenniway Island kurz und ereignislos. Die Seebrise war erfrischend und klärte seinen Kopf besser als der riesige Kaffee in seiner Hand, und nun schlenderte er die Main Street von Trillium Bay entlang und hielt nach dem Restaurant Ausschau, in dem er seinen Vater treffen wollte. Emily Chambers und ihre Spitzenunterwäsche hatte er erfolgreich in den Hintergrund gedrängt, sodass er sich stattdessen auf die viktorianische Architektur der Geschäfte und Lokale konzentrieren konnte. Sein Geschmack tendierte eher zu eleganten und modernen Linien. Er mochte es sauber und klar, aber er verstand, warum die Leute dieses Städtchen charmant fanden. Jedes Detail schien sich ins Gesamtbild zu fügen, bis hin zu den schmiedeeisernen Straßenlaternen und dem konstanten Geklapper der Pferdehufe. Natürlich würde ihn all das in weniger als einer Stunde langweilen, aber wer damit zufrieden war, einfach nur auf den idyllischen See hinauszublicken und ziellos an schicken Boutiquen und Antiquitätenläden vorbeizuschlendern, dem würde es hier gut gefallen.

Der durchdringende Duft nach Karamell war überwältigend, und Ryan blieb vor einem Süßigkeitenladen stehen, um durch die riesigen Fenster zu spähen. Ein Mann mit Kochmütze und weißer Schürze schöpfte gerade mit einem langstieligen Kochlöffel eine schokoladige Dekadenz in Bonbonförmchen. Eigentlich mochte Ryan Fudge nicht besonders, aber ihm lief trotzdem das Wasser im Mund zusammen. Menschen radelten vorbei und umkurvten die Pferdekutschen, in denen gut gelaunte Touristen saßen. Jep, gestand er sich mit einem Nicken ein. Es war schnucklig hier. Schnucklig war eigentlich nicht so sein Ding, aber für einen Wochenendausflug war Trillium Bay gar nicht so übel.

Er ging weiter und schließlich entdeckte er das Schild, das sein Vater ihm am Telefon beschrieben hatte. Es hatte die Form eines Schweins, genau wie sein Vater gesagt hatte, und darauf stand in dicken Lettern: »Burgers & Pattys Frühstücksbuffet«. Und wow. Das Restaurant war tatsächlich rosa. Er hatte noch nie ein rosa Restaurant gesehen, aber sein Dad hatte ihm versichert, dass das Essen gut war. Das wollte er auch hoffen, denn nur das könnte die Farbe wieder wettmachen. Außerdem war er ausgehungert. Am vergangenen Abend hatte er es natürlich nicht mehr in die Bar geschafft, also waren die Salzbrezeln am Wawatam Airport seine letzte Mahlzeit gewesen. Kein Wunder, dass er schlecht gelaunt war. Er lief auf Reserve und dieser Karamellduft hatte seinen Appetit auf Hochtouren gebracht.

Er überquerte die geschäftige Straße, wobei er Familien mit Kinderwagen ausweichen und eine Reihe geparkter Fahrräder umgehen musste, und drückte dann die Tür auf, die in den winzigen Empfangsbereich des Restaurants führte. Es war überfüllt und zu warm im Raum, und der Duft nach Speck und Waffeln gab ihm beinahe den Rest.

Eine dickliche Frau weit über fünfzig mit lila getöntem Haar und dicken Brillengläsern begrüßte ihn von ihrem rosa Empfangstresen aus.

»Hallo, Schnuckelchen. Sie habe ich hier ja noch nie gesehen. Willkommen bei ›Burgers & Pattys‹. Ich bin Patty.«

Seit er ein kleiner Junge gewesen war, hatte ihn niemand mehr Schnuckelchen genannt, und wie die Frau ihn durch diese Colaflaschenböden erkennen konnte, war ihm ein Rätsel, aber er lächelte zurück. »Danke. Ich bin hier mit jemandem verabredet.«

Die Strahlkraft ihres Lächelns verdoppelte sich. »Mit Ihrem Vater? Treffen Sie sich hier mit Ihrem Vater? Sind Sie der kleine Tag Junior?«

Ryan war verblüfft über ihre Vertraulichkeit – und darüber, dass sie erraten hatte, wer er war. »Äh, ja. Irgendwie schon. Nicht der Junior-Teil, aber der … der Teil mit dem kleinen Tag stimmt. Denke ich.«

Alle nannten seinen Vater Tag. Manchmal nannten ihn sogar Ryan und seine Brüder so, aber Ryan war trotzdem überrascht, dass irgendeine Bedienung in irgendeinem Restaurant das wusste. Er musterte sie, und in seinem leeren Magen begann es ungut zu rumoren. Oh, bitte lass diese Frau nicht das Flittchen sein, das hinter seinem Vater her war. Wenn sie heirateten, wie sollte er dann je ein Thanksgiving-Essen überstehen, bei dem er ständig in ihre unfassbar vergrößerten Augen starren musste. Als würde man sie durch ein Fischglas sehen.

Sie kam hinter ihrem Tresen hervor, tätschelte seinen Arm mit einer klebrigen Hand und nahm mit der anderen ein paar eingeschweißte Speisekarten von der Theke. »Nun, es freut mich jedenfalls, Sie kennenzulernen, kleiner Tag. Ich war vollkommen von den Socken, als mein Mann Burger mir erzählt hat, dass Tags Sohn zu Besuch kommt. Wir halten große Stücke auf Ihren Vater. Was für ein wunderbarer Mann.«

Erleichterung. Okay, sie war also nicht das Flittchen. Das war gut, aber woher zum Teufel kannte sie dann seinen Vater so gut? Moment mal … ihr Mann Burger? Burger und Patty gab es also wirklich? So was.

»Ihr Vater ist noch nicht hier«, erklärte sie und wuselte zu einer der hinteren Ecken des Raums hinüber, wobei sie mit ihrem ausladenden Hinterteil gegen einen Stuhl stieß. »Aber setzen Sie sich doch schon mal in seine Lieblingsnische, dann bringe ich Ihnen Kaffee. Sie möchten doch Kaffee, oder?«

Sein Vater hatte eine Lieblingsnische? »Was? Oh, Kaffee? Ja, bitte.« Den brauchte er offenbar unbedingt. Dieser halbe Liter auf der Fähre würde ihn jedenfalls nicht durch den Morgen bringen. Am besten ließ sie gleich die ganze Kanne da.

Er setzte sich und sah sich um. Der Raum ließ sich mit zwei Worten treffend beschreiben: rosa Schweine. Sie waren überall. An die Wände gemalt, in Bilderrahmen, auf der Speisekarte. Einige sahen aus wie echte Schweine, andere schienen eher Cartoons zu sein. Ein paar hatten Flügel. Die Türknäufe an den Toilettentüren hatten eine Schweineschnauzenform. Sogar die Salz- und Pfefferstreuer auf dem Tisch waren zwei kleine Schweinchen. Eines trug eine Schürze, das andere eine Kochmütze. Das Thema hier war eindeutig ... Schweine. Burger und Patty. Logisch. Irgendwie.

Kurz darauf betrat sein Vater das Lokal. Groß, schlank und fit wie immer. Als er Ryan erblickte, lächelte er.

»Hey, Dad!« Ryan stand auf und sie umarmten einander und klopften sich auf den Rücken.

»Gut, dich zu sehen, mein Sohn. Freut mich, dass du es endlich geschafft hast!«

»Mich auch. Hierher zu kommen, war ein ganz schönes Abenteuer.«

»Hört sich ganz so an. Ich wünschte, du hättest mich gestern Abend angerufen. Ich hätte einen der Jungs schicken können, damit er dich rüberfliegt.«

»Einen der Jungs?« Sie setzen sich in die Nische, und Patty winkte Tag von der Theke aus zu.

Tag winkte zurück. »Ja. Es gibt einen hübschen kleinen Flughafen auf der Insel. Ich nehme sogar Flugstunden, aber ich darf noch nicht allein fliegen.«

Gerade hatte Ryan nach der Speisekarte gegriffen, doch nun ließ er sie wieder sinken. »Du lernst fliegen? Ist das nicht ein bisschen riskant für jemanden in deinem Alter?« Ryan kam es jedenfalls riskant vor. Tag war im Grunde nicht alt. Er war gerade mal neunundfünfzig, aber das schien trotzdem ein bisschen zu alt zu sein, um noch etwas ganz Neues zu lernen. Besonders wenn dieses ganz Neue abstürzen konnte.

Sein Vater schien seine Sorge jedoch nicht zu schätzen. »Ähm, ich bin ziemlich sicher, dass ein Mann in meinem Alter noch genau dasselbe tun kann wie ein Mann in deinem Alter, außer vielleicht das Kleingedruckte lesen. Und ja, ich nehme Flugstunden. Das kann ich nur empfehlen. Am liebsten würde ich mir sogar ein eigenes Flugzeug zulegen, weil … na ja, weil ich vorhabe, noch länger hierzubleiben.«

Ein rascher Blick über den schweinefarbenen Tisch verriet Ryan, dass es seinem Vater ernst damit war. »Länger hierbleiben? Bryce hat mir erzählt, dass du dir ein weiteres Projekt ansehen willst. Gibt es auf dieser kleinen Insel wirklich gleich zwei Jobs für das Unternehmen?«

Taggert Property Management galt als erstklassige Adresse im Bereich Hotel- und Gastgewerbe. Hier kümmerte man sich um alles, von den ersten Entwürfen und dem Design von großen Wohnblöcken und Hotels bis hin zu Modernisierungen, Umfirmierungen und sogar Rationalisierungen von Buchungssystemen. Taggert Property Management lieferte auch Marktstudien darüber, an welchen Standorten sich Investitionen lohnten. Das Unternehmen übernahm selten Projekte mit weniger als fünfzig Einheiten, aber aus irgendeinem Grund hatte sein Vater den Auftrag des Besitzers eines bescheidenen Zwölf-Zimmer-Hotels am Strand von Trillium Bay angenommen, der einfach nur seine Ausstattung aufwerten wollte. Bei diesem Job würde nicht viel herauskommen, und weder Ryan noch seine beiden Brüder verstanden, warum ihr Vater sich so für dieses Projekt engagierte. Sie hatten ihm allerdings auch nicht widersprochen. Seit dem Tod ihrer Mutter im vergangenen Jahr war ihr Vater ziemlich schwermütig gewesen, und diese Aufgabe war die erste seit langer Zeit, für die er sich wieder begeistern konnte.

»Ich sag dir was, mein Sohn, lass uns erst mal etwas essen. Wir können uns noch den ganzen Tag über das Geschäft unterhalten.«

Und da war es schon wieder. Es sah seinem Vater nicht ähnlich, sich *nicht* über das Geschäft unterhalten zu wollen. Trotzdem nickte Ryan wie ein Wackeldackel. »Ja. Essen. Ich bin regelkonform am Verhungern.«

»Was?« Tag hob eine Braue.

»Was?« Ryan sah von der Speisekarte auf. »Ach, nichts. Das ist nur Teenager-Slang für furchtbar hungrig sein. Vergiss es. Du warst doch schon ein paarmal hier, kannst du was empfehlen?«

Tag schob die Karte von sich, ohne auch nur einen Blick darauf zu werfen, und griff nach seiner Kaffeetasse. »Du musst die Pancake-Eimer probieren. Das sind die besten Pfannkuchen, die du jemals gegessen hast. Und sie sind rund. Wirklich raffiniert.«

Ryan sah ihn schief an. »Sind nicht alle Pfannkuchen rund?«

Tag lachte und Ryan fiel auf, dass er tatsächlich zehn Jahre jünger aussah. Vielleicht lag es an der Sonnenbräune? Oder vielleicht hatte er ihn auch einfach eine ganze Weile nicht mehr lachen sehen.

»Ich meine, es sind Ringe. Wie Donuts. Ein Stapel Pancakes mit einem Loch in der Mitte, in das man Ahornsirup gießen kann. Wie ein Eimer eben. Lustig, oder? Und echt clever.« Tag nickte und sein Lächeln schien zu sagen: »Was denken die sich wohl noch alles aus?«

»Hmm, clever.«

Sie bestellten die Pancake-Eimer und dazu Eier, Speck und Kartoffelpuffer, denn Ryan war wie schon gesagt wirklich regelkonform am Verhungern. Patty sorgte dafür, dass ihre Kaffeetassen immer voll waren, und er erzählte seinem Vater von dem alten und wenig hilfreichen Kerl am Flughafen von Wawatam. Sie sprachen über ein paar Freunde und

Familienmitglieder in Kalifornien. Dann kam das Essen, und während sie Pfannkuchen in sich hineinschaufelten, schien Tag um sämtliche von Ryans Fragen einen Bogen zu schlagen, wann immer er das neue Projekt auf der Insel zur Sprache bringen wollte. Aber Ryan war entschlossen, der Sache auf den Grund zu gehen.

»Also, Dad«, versuchte er es ein weiteres Mal. »Warum genau sollte ich für zwei Monate hier rauskommen? Ich habe mir das Portfolio für diesen Job angesehen, und das könntest du auch noch mit verbundenen Augen und auf einem Einrad sitzend allein bewältigen. Und du weichst mir wegen des anderen Projekts aus. Bryce erzählt mir lauter wirres Zeug, und ehrlich gesagt sind wir alle ein bisschen verwirrt.«

Tag wischte sich den Mund ab, knüllte die Serviette zusammen und ließ sie auf seinen Teller fallen. »Ich versuche nicht, dir auszuweichen, mein Sohn. Ich bin nur mit ein paar Dingen beschäftigt, über die ich noch nicht sprechen möchte.«

»Tja, aber da ich jetzt hier bin, um zu arbeiten, wirst du mir irgendwann ein paar Details erzählen müssen, warum also nicht gleich jetzt? Was ist das für ein anderes Projekt, das Bryce erwähnt hat?«

Tag rutschte auf seinem Stuhl herum und ließ den Blick durchs Restaurant schweifen. »Es gibt tatsächlich ein anderes Projekt, an dem ich Interesse habe, aber dies ist nicht der beste Ort, um darüber zu sprechen. Die Details kann ich dir später erzählen, wenn wir allein sind, aber wenn dir das Projekt gefällt, und ich nehme an, das tut es, dann solltest du dabei die Leitung übernehmen.«

»Warum willst du die Leitung nicht selbst übernehmen? Immerhin bist du derjenige, der schon seit einem Monat hier ist, und du kennst dich hier aus. Herrgott, Fischaugen-Patty da drüben zufolge hast du sogar schon deine Lieblingsnische in diesem Restaurant.«

Wieder rutschte Tag hin und her, und Ryan hätte schwören können, dass seine Wangen unter der Bräune einen Hauch Rosa annahmen. Dabei wurde nun auch Ryan heiß. Hier stimmte etwas nicht.

»Ich habe dir ja gesagt, dass ich auch ein paar eigene Pläne verfolge, Ryan. Ich nehme an, es gibt einfach keine schonende Art, das zu sagen. Ich denke daran, in den Ruhestand zu gehen.«

Ryans Kiefermuskeln erschlafften. »In den Ruhestand gehen? Das kannst du nicht machen.«

Tag lächelte und es wirkte beinahe mitfühlend. »Genau genommen kann ich das doch. Ich würde hier gern ein Haus kaufen und vielleicht auf die Insel ziehen.«

Dieses Mal klappte Ryan der Mund auf und sein Kinn schlug fast auf die rosa Tischplatte. »Du willst hierherziehen? Du kannst nicht hierherziehen. Geht es dabei um diese Frau, die du kennengelernt hast? Bryce hat gesagt, es gibt da eine Frau.« Es klang anklagender als beabsichtigt, aber sein Vater redete wirres Zeug, und die Taggerts verfolgten niemals im Verborgenen eigene Pläne. Das war Teil dessen, was sie in ihrem Geschäft so erfolgreich machte. Alle kannten das Vorhaben und alle wussten, welche Rolle sie dabei spielten, aber offensichtlich hatte ihr Vater nun ein paar saftige Geheimnisse vor ihnen.

Wieder sah Tag sich um und strich sich dann über das kurz geschnittene Haar. Dieses Mal konnte man die Röte der Wangen nicht übersehen. Er wirkte wie ein Teenager, der zu spät heimgekommen war, nicht wie der CEO eines Multi-Millionen-Dollar-Unternehmens. Er lachte peinlich verlegen vor sich hin. »Bryce hat recht. Es gibt eine Frau. Ich mag sie. Sie mag mich. Bienchen und Blümchen und so.«

Die Pancakes rumorten in Ryans Magen, und er war sich nicht sicher, ob es daran lag, dass sein Vater romantische Gefühle für eine Frau hegte, oder daran, dass er diese Gefühle mit der Bienchen-und-Blümchen-Analogie umschrieb.

»Okay. Das ist okay. Das ist wohl dein gutes Recht. Ich verstehe, dass du dich nach weiblicher Gesellschaft sehnst, aber warum willst du wegen irgendeiner Frau gleich in den Ruhestand gehen und umziehen?« Da war er wieder, dieser vorwurfsvolle Ton, aber er konnte offenbar nicht anders.

»Sie ist nicht nur irgendeine Frau, Ryan. Sie ist etwas Besonderes. Und sehr schön. Das wirst du auch so sehen, wenn du sie erst kennenlernst. Glaub mir.«

Ryan hatte nichts gegen ältere Frauen, aber er bezweifelte doch, dass sein Vater und er hier dieselben Maßstäbe ansetzten. Außerdem war da ja noch der Aspekt, dass sie es möglicherweise doch mit einem Flittchen zu tun hatten, das nur auf Tags Geld aus war. »Das ist sie bestimmt, Dad, aber trotzdem passt das alles nicht zusammen. Warum der Ruhestand? Lass uns mal damit anfangen.«

»Vor allem möchte ich aus dem Geschäft aussteigen, weil ich es nun einmal möchte. Ich habe mir eine Pause verdient. Und zweitens hat sie ihr ganzes Leben auf dieser Insel verbracht, und sie möchte reisen. Aber ich kann nicht reisen, solange ich CEO des Unternehmens bin. Deine Brüder und du, ihr seid mehr als fähig, das Unternehmen auch ohne mich zu führen.«

Ohne ihn? »Dad, wenn sie reisen möchte, dann fahrt zusammen in den Urlaub. Herrgott, nimm dir den Rest des Sommers frei, wenn du willst, aber steig nicht aus. Du hast das noch nicht durchdacht. Das kommt alles sehr plötzlich.«

»Dir muss es so vorkommen, weil ich mit euch Jungs in letzter Zeit nicht viel gesprochen habe, aber es war eine schwere Zeit, weißt du? Ich wollte niemanden damit belasten, aber es ist mir sehr schwergefallen, mich an ein Leben ohne eure Mutter zu gewöhnen.«

Ryan wurde die Brust eng. »Das ist kein Geheimnis, Dad. Wir wussten das, und wir wissen es immer noch, also wie können wir dich unterstützen? Du weißt, dass wir das tun werden.«

»Dann unterstützt mich in dieser Sache. Ich werde mich zur Ruhe setzen und ein Haus auf der Insel kaufen.« Er richtete sich ein wenig auf seinem Stuhl auf, beinahe trotzig, so als würde er selbst erst jetzt wirklich begreifen, was er wollte.

Wo endete Unterstützung und wo begann Ermöglichung? Die Grenze dazwischen schien haarfein zu sein. »Ja, okay, alles außer das, Dad. Das ist zu extrem. Wie schon gesagt, nimm dir frei. Kauf dir ein kleines Häuschen und komm hierher zurück, wann immer du möchtest. Kauf dir dieses verdammte Flugzeug, wenn es dich glücklich macht, aber du bist zu jung, um dich zur Ruhe zu setzen. Das Unternehmen braucht dich, außerdem wirst du hier draußen irgendwann den Lagerkoller kriegen. Das weiß ich.« Ryan wurde jetzt schon unruhig, und er war erst seit einer Stunde hier. Vielleicht lag es an dem vielen Rosa. Oder daran, dass sein Vater nicht mehr alle Tassen im Schrank hatte.

Nun wurde das Lächeln seines Vaters irgendwie gleichzeitig geduldig und herablassend. »Ich werde keinen Lagerkoller kriegen. Ich bin schon einen ganzen Monat hier und langweile mich kein bisschen. Wenn ich nicht arbeite, dann bin ich trotzdem schwer beschäftigt. Weißt du, was ich tue? Ich gehe wandern. Ich schwimme. Ich fahre Kajak. Ich beobachte Vögel. Keine dummen kleinen Vögelchen wie Meisen oder so, sondern die ganz großen. Habichte und Adler. Die majestätischen.«

Vögel beobachten? Sein Vater beobachtete Vögel? »Man kann nicht ständig Vögel beobachten, Dad. Das macht man mal nachmittags, wenn man sonst nichts zu tun hat und einen jemand mit vorgehaltener Waffe dazu zwingt. Das ist doch keine ernst zu nehmende Aufgabe.«

Sein Vater lachte, als machte es ihm Spaß, Ryan davon zu überzeugen, wie sinnvoll es war, seine ganze Karriere für irgendein Inselhäschen wegzuwerfen. »Natürlich ist es keine ernst zu nehmende Aufgabe. Genau darum geht es ja. Es ist ein Hobby, und es sind wunderschöne Tiere. Was ich dir zu sagen versuche, ist, dass ich mich viel an der frischen Luft bewege, seit ich hier bin, und es geht mir körperlich so gut wie schon seit Jahren nicht mehr. Ich schlafe großartig. Ich stehe bei Morgengrauen auf. Und auch sonst ist alles vorschriftsmäßig.« Stolz klopfte sich Tag auf die Brust, als wäre eine regelmäßige Verdauung ein großartiger Triumph.

Je breiter das Grinsen seines Vaters wurde, desto frustrierter wurde Ryan. War das ein Witz? Steckte Bryce dahinter? Denn genau so etwas würde seinem Bruder ähnlich sehen. Lasst uns Ryan auf eine sinnlose Reise zu irgendeiner Posemuckelinsel schicken und ihm lauter Blödsinn erzählen, bis er kapiert, dass er verarscht wird. Als jüngster von drei Brüdern war Ryan ein bevorzugtes Zielobjekt ihrer Streiche, aber soweit er die Lage beurteilen konnte, schien es seinem Vater tatsächlich ernst zu sein.

»Es freut mich, dass es dir gut geht, Dad. Wirklich, und ich bin sicher, dass es auch in Kalifornien ein paar großartige Vogelschutzgebiete gibt. Und ganz sicher hast du dort auch die Möglichkeit, die ganzen anderen Dinge zu tun. Dafür musst du nicht extra hierherziehen.«

Aber sein Vater redete einfach munter weiter, als hätte er Ryan überhaupt nicht gehört.

»Habe ich erwähnt, dass ich sogar angefangen habe zu biken? Kannst du dir das vorstellen? Ich auf einem Mountainbike?«

»Nein, kann ich nicht.«

»Ging mir genauso. Bis ich es versucht habe. Wie sich gezeigt hat, ist es wirklich genau wie Fahrradfahren, man verlernt es nie.« Er lachte über seinen eigenen Scherz. Ryan nicht.

»Rate mal, was ich sonst noch mache.«

Diese Pancakes drehten Saltos in Ryans Magen, als er begriff, dass sein Vater ihn herausforderte. Seufzend tat Ryan ihm den Gefallen. »Was machst du denn sonst noch, Dad?«

Tag lehnte sich auf seinem Stuhl zurück und hob trotzig das Kinn. »Ich tanze. Squaredance.«

Ryan rührte sich nicht, er wartete auf das »April, April«. Auch wenn gar nicht April war. Es blieb jedoch aus. »Squaredance«, brachte er schließlich mit Mühe heraus.

»Jep. Da habe ich sie kennengelernt. Jeden Mittwochabend gibt es eine Squaredance-Veranstaltung unten in der Sankt-Bartholomäus-Kirche. Sie war an dem Abend dort, an dem ich auf der Insel angekommen bin, und seither sind wir noch ein paar Mal zusammen dort gewesen.« Er beugte sich vor und stützte den Ellbogen auf den Tisch, als wollte er Ryans gesamte Aufmerksamkeit. Als ob ihm das nicht längst gelungen wäre. »Und die Sache ist die, mein Sohn … es gefällt mir. Do-si-Do. Promenade. Mal linksrum, mal rechtsrum. Was soll man da machen, hm?«

Ryan ließ sich gegen die Lehne sinken. »Was zum Teufel ist mit dir passiert?«

Tag brach in schallendes Gelächter aus. »Nenn mich verrückt, wenn du willst, aber es stimmt nun mal. Ich habe Spaß. Ich bin entspannt. Ich bin ziemlich sicher, dass ich mich verliebt habe, und ich werde mich nicht dafür entschuldigen. Und ich versuche auch nicht, es zu analysieren. Es ist mir egal, ob man mich für einen dummen alten Mann hält.«

Sein Vater war verliebt? Nach einem Monat? Das gab Ryans Magen den Rest. Er wusste nicht, ob es daran lag, wie schnell sich diese neue Beziehung offenbar entwickelte, oder daran, dass es sich wie ein Verrat an seiner Mutter anfühlte. Darüber würde er später nachdenken müssen. »Niemand will, dass du dich entschuldigst, Dad. Und wir werden dich auch nicht verurteilen.« Was im Grunde beides nicht stimmte. Seine Brüder und er würden ihn fraglos als Verrückten abstempeln, so wie er sich gerade benahm, aber es wäre nicht sonderlich klug, hier mitten in einem kleinen rosa Schweinchenrestaurant einen Streit mit seinem Vater vom Zaun zu brechen. Er würde sich einfach verhalten, als hätte er es mit einem ganz besonders begriffsstutzigen Klienten zu tun. Langsam und gleichmäßig weiteratmen. Mit ruhiger Stimme sprechen. »Aber sieh die Sache doch mal aus meinem Blickwinkel, Dad, und dann sag mir, wie das alles wirkt. Ich habe noch nie erlebt, dass du dir wegen Urlaub oder Krankheit auch nur einen einzigen Tag freigenommen hast, und auf einmal willst du deine Stellung als Präsident und CEO des Unternehmens hinschmeißen für irgendeine Frau, die du gerade erst kennengelernt hast. Nur damit du auf Reisen gehen und … beim Squaredance mitmachen kannst? Findest du das nicht auch ein bisschen drastisch?«

Tag durchschaute ihn und antwortete ihm auf die dieselbe ruhige und langsame Art. Es war irritierend. »Du hast deine Frage gerade selbst beantwortet, Ryan, und du hast recht. Ich habe nie Urlaub genommen. Ich war nie auch nur einen Tag krank. Ich habe mir den Allerwertesten aufgerissen und euch Jungs in die Arbeit eingebunden, nur damit ich euch ab und zu mal sehe. Gott segne eure Mutter dafür, dass sie das mitgemacht hat. Ich wünschte, ich hätte es schon früher begriffen, solange sie noch gelebt hat. Ich hätte mit ihr diese Reise nach Europa machen sollen, wie sie es sich immer gewünscht hat.«

»Sie ist ohne dich gefahren.«

»Ich weiß. Und sie hat unglaublich viel Geld ausgegeben, um mir zu zeigen, wie wütend sie darüber war.« Er lachte sanft, dann wurde er ernst. »Das Leben ist kurz, Ryan, und allmählich begreife ich, dass ich kein sonderlich guter Ehemann war. Wahrscheinlich war ich auch kein sonderlich guter Vater.«

Noch mehr verrücktes Gerede. Komplett verrückt. »Natürlich warst du ein guter Vater. Glaubst du, wir würden jetzt alle mit dir zusammenarbeiten, wenn wir das anders sehen würden? Würde ich hier sitzen und versuchen, dir den

Ruhestand auszureden, wenn ich nicht mit dir zusammenarbeiten wollte?« Im Ernst, was redete sein Vater da?

»Es freut mich, dass du das sagst, mein Sohn, aber ich habe euch mehr oder weniger in das Unternehmen hineingezogen. Ich glaube nicht, dass ich auch nur einen von euch gefragt habe, ob ihr das überhaupt wollt. Ich dachte einfach, wenn es mir Spaß macht, macht es euch auch Spaß.«

»Es hat uns Spaß gemacht. Das tut es immer noch. Ich liebe meinen Job.«

»Aber wenn du ihn morgen aufgeben müsstest, was würde dir dann noch bleiben?« Seine Miene war jetzt ernst, und Ryan war so verblüfft, dass er erst einmal nicht wusste, was er sagen sollte.

»Meinen Job aufgeben?«, fragte er schließlich. »Warum sollte ich das tun?«

»Versuch einfach, es dir vorzustellen. Was gibt es in deinem Leben sonst noch? Wann hast du das letzte Mal mit jemandem ein wirklich gutes Gespräch geführt, bei dem es nicht um die Arbeit ging? Oder noch wichtiger, wie lange ist deine letzte wirklich gesunde und zufriedenstellende Beziehung mit einer Frau inzwischen her?«

Wieder dieses Bauchgrummeln. »Sind wir jetzt wieder bei den Bienchen und Blümchen, Dad? Ich fürchte nämlich, dieser Zug ist schon seit einer ganzen Weile abgefahren.«

Tag schüttelte den Kopf. »Ich rede nicht von gutem Sex. Auch wenn guter Sex, na ja, eben guter Sex ist.«

Nun fragte sich Ryan, wie diese Pancakes wohl aussehen würden, wenn er sie gleich wieder auf seinen Teller würgte. Doch sein Vater redete immer weiter.

»Ich spreche von etwas, das für deine Seele von Bedeutung ist. Von etwas … Spirituellem.«

»Spirituell? Dad, was zum Teufel haben die in dieser Kirche mit dir gemacht?«

Wieder lachte Tag. »Nicht auf diese Weise spirituell. Ich meine nur, du weißt schon, etwas, das tiefer geht. Ich weiß nicht, wie ich es erklären soll, wenn du es selbst noch nie gefühlt hast. Ich habe dieses Gefühl mit deiner Mutter geteilt, in all den Jahren unserer Ehe. Ab und zu wurde es etwas stürmisch, aber wir haben es immer durchgestanden. Hauptsächlich dank ihr. Wir haben einander verstanden. Wir waren ein Team. Hast du das jemals mit einer Frau erlebt? Wenn man zusammen etwas betrachtet und dabei genau dasselbe sieht?«

»Ich weiß nicht, Dad. Ich finde, du redest im Kreis. Vielleicht hast du dir auf irgendeiner von deinen Wanderungen die Höhenkrankheit eingefangen? Du bist auf diesen Naturpfaden doch nicht irgendwann mal gestürzt, oder? Hast du vielleicht mal für ein paar Minuten das Bewusstsein verloren?«

Sein Vater grinste breit. »Du glaubst, ich habe irgendwo im Wald einen Schlaganfall gehabt?«

»Vielleicht. Ich weiß nur, dass du ganz und gar nicht mehr du selbst zu sein scheinst, und ich weiß nicht, was ich dazu sagen soll.«

»Nichts. Genieß einfach dein Frühstück. Genieß deine Zeit hier. Entspann dich ein bisschen, dann wirst du schon sehen, warum es mir hier so gefällt. Vertrau mir.«

Es war mit absoluter Sicherheit noch nie etwas Gutes dabei herausgekommen, wenn jemand die Worte »Vertrau mir« ausgesprochen hatte. Ryan atmete tief durch und fragte sich, ob hier wohl Alkohol ausgeschenkt wurde, denn er konnte jetzt eindeutig einen Jack Daniel's gebrauchen. »Dad, Bryce und Jack erwarten, dass ich dich irgendwie wieder zur Vernunft bringe und davon überzeuge, dein Projekt hier zu Ende zu bringen und dann nach Sacramento zurückzukommen. Was zum Teufel soll ich ihnen sagen?«

Tag trank langsam einen Schluck Kaffee und sah Ryan dabei an. »Ich habe eine Idee. Du hast dir doch auch ein paar gemütliche Kleider mitgebracht, oder? Ein paar Shorts und T-Shirts? Bequeme Schuhe?«

Ryan hatte tatsächlich ein paar Basketballshorts mitgebracht für den Fall, dass er die Zeit fand, Joggen zu gehen. Und ein paar T-Shirts, die er unter seinen Hemden tragen konnte. Eigentlich hatte er geplant, während seines Aufenthalts vor allem zu arbeiten. »So was in der Art. Ich habe meine Laufschuhe dabei.«

»In Ordnung, dann fahren wir jetzt gleich zum nächsten Sportgeschäft und holen dir ein Paar Wanderstiefel. Und dann klettern wir auf den Gipfel des Bent Rock. Das tut gut, und von da oben hat man den besten Blick auf die Petoskey Bridge auf der ganzen Insel. Es wird dir gefallen, versprochen. Am Wochenende beginnt das Fliederfestival. Das scheint hier eine große Sache zu sein, also gehen wir hin, und am nächsten Tag machen wir eine Radtour um die ganze Insel. Das dauert nur ein paar Stunden. Oder wir besichtigen Fort Beaumont. Wir machen alles, was ich mit dir hätte unternehmen sollen, als du noch ein Kind warst, und ich bin sicher, dass du begreifst, was mir an diesem Ort hier so gefällt, wenn du dir nur ein bisschen Ruhe gönnst.«

»Du hast doch nicht vor, mich mit zum Squaredance zu nehmen, oder? Ich glaube, da müsste ich endgültig die Reißleine ziehen.« Falls sein Vater versuchte, ihn in Cowboystiefel und Cowboyhut zu stecken, dann würde daraus nichts werden. Ganz egal, wie besorgt er um seinen Vater war, er würde sich in keine Promenade einreihen.

»Ich werde dich nicht dazu zwingen, aber ich kann dir den Squaredance nur wärmstens empfehlen.«

Heilige Scheiße. Sein Dad musste wirklich durchgeknallt sein, wenn ihn Squaredance und etwas, das sich Fliederfestival nannte, so in Begeisterung stürzen konnten. Ryan musste nachdenken. Er brauchte eine Strategie, aber im Augenblick konnte er nur mitspielen. Dann würde er eben wandern und Radfahren gehen und so lange tun, was Tag wollte, bis er von selbst wieder zur Vernunft kam. Sehr lange würde das schon nicht dauern. Vielleicht langweilte sich sein Vater nach einem Monat tatsächlich noch nicht, aber irgendwann würden ihm der Kick und die Befriedigung, die er durch seine Arbeit erfuhr, fehlen. Er würde es vermissen, Deals auszuhandeln, und das erhebende Gefühl, einen Job gut erledigt zu haben, würde ihm fehlen. Er würde sich nach seinem Büro sehnen, von dem aus er über die ganze Stadt blicken konnte.

Und diese schillernde Frau würde hoffentlich ebenfalls den Glanz des Neuen verlieren, denn offenbar war sie es, die Tag überhaupt erst so verwirrt hatte. Was konnten sein Vater und sie schon gemeinsam haben? Sie war auf dieser winzigen Insel aufgewachsen. Wie lange konnte man sich, realistisch gesehen, darüber unterhalten, wie majestätisch ein Vogel war? Es war alles nur eine Phase, eine durch die Trauer hervorgerufene Existenzkrise. Sein Dad würde darüber hinwegkommen, und das Leben würde ganz normal weitergehen. Dafür würde Ryan eben sorgen müssen.

Kapitel 5

Wie beinahe jedes Haus entlang des Ojibwa Boulevards war auch Brooke Callaghans Haus von einem weißen Lattenzaun umgeben. Die lila Fliederbüsche blühten und der Steinplattenweg zur Eingangstür wurde von rosa und weißen Petunien gesäumt. Der Ort wirkte insgesamt herzlich und einladend. Was man von Emilys älterer Schwester leider nicht behaupten konnte.

Brooke war nicht unfreundlich. Sie war nur sehr sparsam mit ihren Zuneigungsbekundungen. Sie war fünfunddreißig und damit nur vier Jahre älter als Emily, aber irgendwie hatte sich der Altersunterschied immer größer angefühlt. Wahrscheinlich weil es Brooke gewesen war, die sich nach dem Tod ihrer Mutter um den Haushalt und alles gekümmert hatte. Niemand hatte sie darum gebeten oder es von ihr erwartet. Sie hatte es einfach getan, weil es eben getan werden musste. Außerdem war sie häufig der Puffer zwischen Emily und Harlan gewesen. In gewisser Weise war sie das noch immer. Wenn Brooke nicht wäre, würden Emily und ihr Vater vermutlich überhaupt nicht mehr miteinander sprechen.

Aber das war ein zweischneidiges Schwert.

Chloe strich mit den Fingern über den Zaun, während Emily und Gigi hinter ihr hergingen. Als sie näher kamen, öffnete sich die Fliegengittertür zur vorderen Veranda und Brooke trat aus dem heimeligen kleinen Haus. »Lasst euch ruhig Zeit, Leute. Ich habe ja auch nur den ganzen Tag darauf gewartet, meine Nichte zu sehen.«

Chloe kicherte und lief die Stufen hinauf, um Brooke zu umarmen. »Hey, Tante Brooke. Danke für das Buch, das du mir zum Geburtstag geschickt hast. Es hat mir wirklich gut gefallen.«

Brooke umarmte sie fest, dann lehnte sie sich ein Stück zurück. »Wer bist du? Chloe kannst du jedenfalls nicht sein. Dafür bist du viel zu groß.«

»Das macht das Gemüse. Mama sorgt immer dafür, dass ich viel Gemüse esse.«

Emily versuchte, sich daran zu erinnern, wann sie Chloe das letzte Mal gesagt hatte, sie solle ihr Gemüse aufessen, aber es fiel ihr nicht mehr ein. Trotzdem freute es sie zu hören, dass für Chloe diese Regel immer noch zu gelten schien.

Dann stieg Emily die Stufen hinauf, und eine Flut süßer Gefühle überschwemmte sie. Brooke hatte so viel für sie getan, und Emily hatte sich im Grunde nie dafür bedankt. Nicht dass Brooke das zugelassen hätte. Sie waren nie die Sorte Schwestern gewesen, die sich gegenseitig Zöpfe flochten. Aber vielleicht konnte Emily ihre Dankbarkeit ja in diesem Sommer auf subtile Weise zeigen. Das schuldete sie ihrer Schwester.

»Brooke! Ich freu mich ja so, dich zu sehen.« Begeistert breitete sie die Arme aus und beschloss, dass sie genauso gut jetzt gleich damit anfangen konnte, herzlicher und sanftmütiger zu sein.

Brooke, pragmatisch wie immer, schloss sie in eine feste, aber kurze Umarmung, und Emily hätte gern ein wenig mehr davon gehabt. Nur ein kleines bisschen mehr. Rasch trat ihre Schwester einen Schritt zurück, um sie zu mustern. Von Kopf bis Fuß, genauso wie sie es bei Chloe gemacht hatte. Dann nickte sie. »Jep. Wie ich mir gedacht habe. Du siehst toll aus, wie immer.«

Obwohl man in Trillium Bay während der Sommerzeit fast ausschließlich Sommerkleider oder Shorts trug, hatte Emily eine hellgraue Anzughose und dazu eine weiße Bluse mit Rüschen am Ausschnitt angezogen. In San Antonio hätte dieses Outfit nicht als sonderlich schick gegolten, aber auf einmal fragte sich Emily, ob es für ein Familienessen nicht doch ein bisschen viel war. Sie hatte hübsch aussehen wollen. Und professionell. Und nicht abgebrannt. Vor allem nicht abgebrannt. Aber ihre Schwester trug eine kurze Jeans und ein rotes T-Shirt, auf dem »Ein bisschen mehr Ernst tätärätätä uns gut« stand, also hätte Emily vielleicht nicht ganz so dick auftragen sollen.

»Du siehst auch toll aus. Die Frisur steht dir.«

Brooke hatte dunkle Naturlocken, die ihr in einem hübschen, welligen Bob bis zum Kinn fielen. Es passte zu ihrer effektiven, schnörkellosen Art.

»Danke.« Ihr Lachen verriet, dass sie Emily zwar nicht ganz glaubte, dass es sie aber auch nicht kümmerte.

»Ist Lilly schon da?«, fragte Emily.

Brooke schüttelte den Kopf und ihre Locken wippten. »Sie war gestern Abend hier, weil wir dachten, ihr würdet gestern ankommen, aber heute hatte sie schon etwas vor, was sie nicht absagen konnte. Ich soll dir ausrichten, dass es ihr leidtut und dass sie dich gleich morgen früh anruft.«

Das war eine Enttäuschung. Lilly war gut darin, locker über Themen zu plaudern, die sie faszinierten, und sie hätte die Stimmung aufhellen können, falls die Dinge zwischen Emily und ihrem Vater zu verbissen wurden. Sie war das fröhliche, offenherzige Gegenstück zu Brookes ernster Art. Mit sechsundzwanzig war Lilly die jüngste der Callaghan-Schwestern. Das

Nesthäkchen der Familie. Sie war erst fünf gewesen, als ihre Mutter starb, und danach war sie zu so etwas wie jedermanns Baby geworden. Und jedermanns Liebling. Brooke war also klug und verantwortungsbewusst, Lilly lebhaft und hübsch, und Emily war irgendwo in der Mitte steckengeblieben. Ob nun von Natur aus oder weil sonst eben kein Platz mehr frei war. Also war sie schließlich die Aufsässige geworden. Das Großmaul. Die Unruhestifterin.

Der Dorn in Harlan Callaghans Auge.

»Aber Dad ist schon drin«, fügte Brooke noch hinzu. Wenn man vom Teufel sprach.

Dad ist schon drin? Nun gab es kein Zurück mehr.

Gigi schob sich an ihnen vorbei und öffnete die Tür. »Ich gehe schon mal vor, wenn es euch nichts ausmacht. Irgendwo da drin muss es ein paar durstige Oliven geben, die es gar nicht erwarten können, in mein Glas getunkt zu werden. Chloe, komm, ich zeige dir, wie man den perfekten Martini zubereitet.«

»Sie ist zwölf, Gigi, zu jung für Martini«, rief Emily ihr nach.

»Zu jung, um einen zu trinken, aber nicht zu jung, um einen zuzubereiten.« Gigi zog die kichernde Chloe hinter sich ins Haus, und Emily und Brooke sahen einander an.

»Dad ist also da drin, hm? Ist er seit meinem letzten Besuch irgendwie milder geworden?«

Brooke zuckte so unverbindlich mit den Schultern, wie Schulterzucken eben war. »Schwer zu sagen, Peach. Ich meine, wir sitzen nicht zusammen, gucken Oprah Winfrey und reden über unsere Gefühle oder so. Du weißt ja, wie Dad ist.«

Sie wusste, wie Dad war. Sie hatte nur gehofft, er hätte sich vielleicht geändert. »Oprah Winfrey läuft nicht mehr im Fernsehen. Jedenfalls nicht die Talkshow.«

»Nicht? Oh, na ja, siehst du? Mit so was kenne ich mich wirklich nicht gut aus. Und mit Dads Gefühlen auch nicht.

Wenn du also irgendetwas wissen möchtest, dann musst du ihn vermutlich selbst fragen. Aber als er erfahren hat, dass du zu Besuch kommst, hat er sich die Haare schneiden lassen und sich ein neues Hemd gekauft.« Vielsagend hob Brooke eine Braue. Das war tatsächlich bezeichnend.

»Er hat sich ein neues Hemd gekauft?«

Harlan Callaghan glaubte, auch das fadenscheinigste aller T-Shirts noch eine Weile auftragen zu können. Einige seiner Hemden musste es schon zu Zeiten der ersten Siedler auf der Insel gegeben haben. Wenn er sich nun also extra wegen Emilys Besuch ein neues Hemd kaufte … Tja, dann musste es ihm wichtig sein.

Brooke trat ins Haus und bedeutete Emily, ihr zu folgen.

»Na, komm. Bringen wir es hinter uns. Hey, Dad. Schau mal, was ich auf der Veranda gefunden habe.«

Chloe stand ein kleines Stück vor ihnen und übernahm jetzt die Führung. Sie trat auf ihren Großvater zu und streckte ihm die Hand hin.

»Es freut mich so, dich zu sehen. Und es wäre großartig, wenn wir uns diesen Sommer ein bisschen besser kennenlernen könnten.«

Emily blinzelte. Das musste Chloe aus dem Fernsehen gelernt haben, oder vielleicht hatte Jewel es ihr heimlich beigebracht, denn von Emily hatte sie das sicher nicht. Egal, jedenfalls schickte sie rasch ein stummes Dankgebet zum Schutzpatron aller verlorenen Töchter hinauf, denn Harlan wirkte beinahe ein ganz kleines bisschen gerührt, als er Chloes Hand nahm. »Das würde mich auch freuen.«

»Und schau mal, was ich noch gefunden habe.« Brooke versetzte Emily einen kleinen Stoß.

Chloe trat beiseite und Emily machte einen Schritt nach vorn und beugte sich zu ihrem Vater vor. Die folgende Umarmung wurde eher ein Gegeneinanderlehnen von zwei

Menschen, die dem jeweils anderen über die Schulter schauten, während sie ihm ganz sacht mit den Fingerspitzen den Rücken tätschelten. Aber es war immerhin ein Fortschritt. Bei ihrer letzten Begegnung hatte er so getan, als müsste er sich die Nase putzen und hätte deshalb keine Hand frei, um sie zu umarmen. »Hi, Dad. Schön, dich zu sehen.« Tätschel, tätschel, tätschel mit den Fingerspitzen.

Er blieb kerzengerade stehen und lächelte sie an, wie man jemanden anlächelte, der einem soeben eine schriftliche Vorladung überreicht hatte. »Gleichfalls. Schön, dass das Wetter für euch gehalten hat. Es soll noch die ganze Woche sonnig bleiben.«

Unnnnd da wären wir wieder beim Wetter. Das war schon okay. Damit konnte sie arbeiten.

»Ja, das Wetter ist toll. Chloe und ich genießen den Fliederduft sehr.«

»Und den nach Fudge«, fügte Chloe hinzu. »Mein Gott, ich habe ständig Hunger.«

»Nun, da musst du dich bei Harvey Murdock bedanken«, erklärte Harlan. »Es war seine Idee, die Süßigkeitenläden alle auf der Main Street zu eröffnen, damit die Touristen von dem Duft angezogen werden. Deshalb nennen wir sie Fudgies.«

»Ihr nennt die Touristen Fudgies?«, sagte Chloe. »Das ist lustig.«

»Jep. Nichts lockt die Massen schneller an als der Duft.«

Emilys Vater schob die Hände in die Taschen seiner abgetragenen Jeans und nahm seine Geschichtenerzählerhaltung ein, woraufhin Emily erleichtert aufatmete. Wenn er Chloe den ganzen Abend lang Geschichten über sein geliebtes Trillium Bay erzählen konnte, dann würde die Unterhaltung jedenfalls nicht ins Stocken geraten. Es würde auch ohne Lillys Hilfe funktionieren. Natürlich würden sie so über nichts allzu Persönliches reden, aber es würde nett werden und vielleicht sogar lustig, besonders wenn sich Gigi ebenfalls einmischte. Was sie sicher tun würde. Gemeinsam hatten Gigi und Harlan so viele Geschichten zu erzählen, dass Emily vielleicht für den ganzen restlichen Sommer nichts mehr würde sagen müssen.

* * *

»Caddie im Trillium Heights Golf Club zu sein, war ein guter Job«, erklärte Harlan gerade, während Brooke selbstgebackenen Apfelkuchen zum Dessert auftischte. Eine weitere Geschichte aus seiner Jugend. »Aber bevor ich dafür alt genug war, sind mein Freund Brian Murphy und ich immer durch den Wald gestreift und haben nach verschossenen Golfbällen gesucht. Wir haben sie ein bisschen aufpoliert und für einen Quarter das Stück verkauft – das war für uns damals leichtes Geld.«

»Ziemlich clever«, sagte Chloe und tauchte den Löffel in die Schlagsahne.

»Auf der Insel lernt man, sparsam zu sein. Wir haben hier schon recycelt, bevor es in Mode gekommen ist, und wir wussten damals, wie wir aus allem Spielzeug machen konnten. Wäschekörbe, Mülleimerdeckel, Äste, Steine. Wir mussten uns nicht auf irgendwelche elektronischen Geräte verlassen, um Spaß zu haben. Ständig sehe ich diese Kids, die unsere schöne Main Street entlanglaufen und nicht ein einziges Mal von ihrem Handy aufschauen. Zu meiner Zeit wussten wir unsere Umgebung noch zu schätzen.«

Heimlich schob Chloe ihr Handy noch etwas tiefer in ihre Hosentasche. »Das ist wirklich schade, Grandpa. Man sollte sich hier wirklich umsehen, es ist alles so hübsch.«

»Das stimmt.«

Emily verbarg ein Grinsen hinter ihrer Gabel. Chloe wickelte ihn mit links um den kleinen Finger. Sie hatte es tatsächlich fertiggebracht, einen ziemlich angenehmen Tischnachbarn aus ihm zu machen. Bisher hatte ihr Vater sie zwar noch nicht direkt angesprochen oder ihr eine Frage gestellt – eigentlich war sie nicht mal sicher, ob er überhaupt einmal in ihre Richtung geschaut hatte –, aber das war schon in Ordnung. Solange er freundlich zu Chloe war, würde sie diesen Abend als Erfolg verbuchen.

»Dass ihr damals mit allem spielen konntet, stimmt schon«, warf Gigi ein. »Aber lass dich nicht für dumm verkaufen, Chloe. Jedes Mal, wenn er unsere Mülleimerdeckel geklaut hat, haben die Waschbären unsere Tonnen durchwühlt, und ich weiß gar nicht mehr, wie oft meine Wäschekörbe noch nach den Fischen gerochen haben, die er damit gefangen hat.«

Alle lachten, sogar Harlan, und Emily fragte sich, ob Chloe den alten Herrn vielleicht, nur ganz vielleicht, so weit erweichen konnte, dass auch Emily zu ihm durchdringen konnte. Es war ein gewagter Gedanke, aber immerhin war sie dafür bekannt, ab und zu mal Risiken einzugehen.

Der Rest des Essens verlief angenehm entspannt, und all die Tabuthemen wurden störungsfrei umschifft. Emily achtete darauf, nichts allzu Kontroverses zu erwähnen, was ihrem Vater die Laune verderben könnte. Also praktisch alles, was sie so getan und erlebt hatte, seit sie die Insel verlassen hatte. Solange sie nicht über ihr Leben in San Antonio sprach, konnte sie so tun, als wäre sie nie davongelaufen. Das ließ ihr zwar kaum Gesprächsthemen offen, aber Chloe füllte jede mögliche Lücke in der Unterhaltung meisterlich. Sie aßen auf der Veranda hinter dem Haus, wo eine leichte Brise in den Baumkronen spielte und man das leise Rauschen der Wellen hören konnte, bis das Zirpen der Grillen zu laut wurde. Als Harlan seinen Stuhl zurückschob und sich erhob, ging bereits die Sonne unter.

»Danke für das Essen, Brooke. Jetzt muss ich in die Stadt und dort nach dem Rechten sehen. Morgen beginnt das Fliederfestival, und die Absperrungen für die Parade müssen noch aufgestellt werden. Wir sehen uns später, Mädels.« Er drückte Chloe leicht die Schulter. Es war eine subtile Geste, aber für Emily fühlte es sich wie eine wichtige Zuneigungsbekundung an. Ihr Vater mochte ihre Hochzeit mit Nick zwar nie gutgeheißen haben – oder alles andere, was sie seither getan hatte –, aber wenigstens war er bereit, Chloe zu akzeptieren, und das war ein großer Fortschritt seit ihren letzten beiden Besuchen auf der Insel. Er nickte allen anderen zu und ganz vielleicht war da auch ein kleines Lächeln auf seinem Gesicht zu erkennen. Oder er verkniff sich nur ein Rülpsen. Bei Harlan wusste man nie.

Gigi machte Chloe ein Zeichen, und sie standen beide auf. »Komm mit rein, Schatz. Ich zeige dir ein paar alte Fotoalben und erzähle dir den neuesten Inseltratsch. Mir entgeht nichts. Ich kenne alle schmutzigen Details. Besonders die über deine Familie.«

»Mom, soll ich erst noch beim Abräumen helfen?« Chloe klimperte mit den Wimpern und lächelte zuckersüß. Nun spielte sie die Ich-bin-so-unglaublich-wohlerzogen-also-zwing-mich-nicht-bei-der-Hausarbeit-zu-helfen-Karte. Lachend winkte Emily ab.

»Geh schon. Ich helfe Tante Brooke beim Aufräumen.«

Skeptisch zog Brooke die Brauen zusammen. »Sicher? Du willst doch bestimmt keine Barbecuesoße auf der weißen Bluse.« Da war ein gewisser Unterton. Nicht sehr deutlich, aber unter Schwestern doch nicht zu überhören. Brooke hielt Emily also für zu aufgetakelt. Emily auch, aber jetzt war es nun einmal zu spät, um daran noch etwas zu ändern.

»Dafür gibt es Bleiche«, antwortete sie, griff nach einem Stapel schmutziger Teller und trug ihn in die Küche. Sie wollte, dass ihre Familie sie für erfolgreich hielt, nicht für arrogant. Brooke folgte ihr, ein halbes Dutzend Wassergläser in den Händen.

»Dann renovierst du also ein Haus für Gigi, hm?«, fragte sie, als Emily die Teller neben der Edelstahlspüle abstellte.

»Jep, das Haus ihres zweiten Ehemanns. Ich habe es mir noch nicht angeschaut, aber gleich morgen nach der Kirche fahren wir hin. Soweit ich mich erinnern kann, hat es eine Menge Potenzial.«

»Du hast es dir noch nicht angeschaut?« Brooke grinste. »Das erklärt, warum du überhaupt noch mit ihr sprichst.«

»Was soll das heißen?«

»Das Haus fällt praktisch auseinander. Während der vergangenen Sommer hat sie es an Collegestudenten vermietet, und die sind nicht gerade pfleglich damit umgegangen. Ich bin ehrlich gesagt überrascht, dass sie es renoviert. Ich dachte, sie möchte es verkaufen.«

»Verkaufen?«

Brookes Miene wirkte gleichgültig. »Das habe ich jedenfalls angenommen, aber anscheinend hat sie ihre Meinung geändert.«

»Anscheinend.«

Emily machte sich an den Tellern zu schaffen. Gigi hatte nichts von einem möglichen Verkauf gesagt, aber selbst wenn diese Überlegung im Raum stand, war das nichts, was sie im Augenblick mit ihrer Schwester besprechen wollte. Zu viele Fragen könnten immerhin dazu führen, dass sie zugeben musste, sich eine große Menge Geld von Gigi geliehen zu haben. Sie musste die Unterhaltung in eine andere Richtung lenken. »Und, hast du einen Freund?«

Brooke hielt inne, ein Wasserglas über der Spüle. Sie musterte Emily, als wollte sie abschätzen, ob sie das Recht hatte, diese Frage zu stellen. »Klar«, erwiderte sie dann trocken. »Sogar zwei. Es sind Zwillinge und sie heißen Von und Wegen. Und du?« Sie öffnete die Spülmaschine und begann, das Geschirr einzuräumen.

»Nein. Ich habe zu viel mit der Arbeit und mit Chloe zu tun.« Und so war es auch. Die Tatsache, dass ihr ausgerechnet jetzt Ryan Taggert wieder einfiel, hatte rein gar nichts zu bedeuten. Allerdings hatte sie die rote Krawatte um seinen Hals und den dunklen Bartschatten auf Kinn und Wangen – der ihr aufgefallen war, als sie am vergangenen Abend im Hotelflur gestanden hatten – noch deutlich vor Augen. Aber was sollte das? Er war nicht mehr heruntergekommen, um mit Chloe und ihr zu Abend zu essen, und er war an diesem Morgen auch nicht auf der Fähre gewesen. Sollte er tatsächlich an ihr interessiert sein, so gab er sich jedenfalls nicht viel Mühe. Also hatte es nichts zu bedeuten. Absolut nichts.

Sie hielt einen der Teller über den Abfalleimer und fegte die Gedanken an ihn mitsamt den Essensresten in den Müll.

»Ich habe auch eine Menge Arbeit«, erklärte Brooke. »Und … ich denke darüber nach, als Bürgermeisterin zu kandidieren.« Es klang so beiläufig, als hätte sie gerade erzählt, dass sie in O'Douls Supermarkt ein Dutzend Eier gekauft hatte.

Emily sah von dem Teller in ihrer Hand auf. »Ach ja? Ist Harry Blackwell denn nicht mehr Bürgermeister?«

»Natürlich, und er ist ungefähr hundertvierzig Jahre alt. Nur weil diese Insel unter Denkmalschutz steht, gilt das nicht automatisch auch für den Bürgermeister.« Nun schwang schon etwas mehr Engagement in ihrer Stimme mit. So als wären die Eier doppelt so teuer gewesen als sonst.

»Guter Punkt. Was ist mit deinem Job an der Schule? Wird dir das Unterrichten nicht fehlen?«

Brooke war die einzige Lehrerin für Naturwissenschaften an der einzigen Schule auf der Insel. Darin waren sämtliche Klassen von eins bis zwölf untergebracht, alle in einem Gebäude. Pro Jahrgang waren es etwa hundertfünfzig Schüler. Brooke war immer eine glänzende Schülerin gewesen, also hatte es niemanden gewundert, dass sie schließlich Lehrerin geworden war. Genau genommen wurde über sie gesagt, dass sie während ihrer gesamten Schulkarriere nur ein einziges Mal aus dem Klassenzimmer geflogen war, nämlich um sich eine Belohnung für ihre guten Leistungen abzuholen.

Brooke spülte das Besteck unter dem Wasserhahn ab. »Klar wird mir die Schule fehlen, aber ich glaube, das Bürgermeisteramt wäre eine schöne Abwechslung. Die könnte ich gut gebrauchen, weißt du? Ich habe viele Ideen, und ich glaube, dass ich etwas Positives bewirken könnte.«

Das war Brooke. Es reichte ihr nicht, sich um ihre Familie und etwa hundert Schüler zu kümmern. Nun wollte sie die gesamte Insel unter ihre Fittiche nehmen. Und wenn jemand das schaffen konnte, dann sie. »Ich glaube, du würdest das großartig machen. Du bist einfach in allem großartig.«

Brooke lachte und wischte den Kommentar mit einer Handbewegung beiseite. »Ich weiß vielleicht das eine oder andere, aber mein wahres Talent ist, glaube ich, das Flöhehüten. Wenn ich ein Klassenzimmer voller krakeelender Kids im Griff behalten kann, dann komme ich doch sicher auch mit den Regierungsaufgaben dieser Insel zurecht. Aber ich weiß es noch nicht. Ich habe mich noch nicht entschieden.«

Es sah Brooke überhaupt nicht ähnlich, Entscheidungen zu vertagen, und es hatte bisher nicht viele Gelegenheiten gegeben, in denen Emily ihrer Schwester ihre Unterstützung hatte anbieten können. Dies hier war eine Chance. »Ich finde, es ist eine tolle Idee, Brooke, und das sage ich nicht nur, weil ich nett sein will. Du weißt, dass ich nie irgendetwas sage, nur um nett zu sein. Ich glaube, du wärst eine fantastische Bürgermeisterin, wenn du eine werden willst.«

Brooke wurde rot und machte sich am Wasserhahn zu schaffen. Komplimente entgegenzunehmen war ihr noch nie leichtgefallen.

»Außerdem hat mich Bürgermeister Blackwell immer in die Wange gekniffen, wenn er mich gesehen hat, und das fand ich grässlich. Schon allein deswegen hast du meine Stimme sicher.«

Das brachte ihre Schwester zum Lachen. »Schön zu wissen, dass du für deine Überzeugungen einstehst. Ich verspreche hiermit feierlich, dich niemals in die Wange zu kneifen.«

Kapitel 6

Die Sonne stand bereits tief am Himmel und warf rosa und violette Schatten voraus, als Ryan in ein von Pferden gezogenes Taxi kletterte, das ihn zu dem Mietshäuschen seines Vaters bringen sollte. Sie hatten den Nachmittag damit verbracht, all die Dinge einzukaufen, die Tags Meinung nach unerlässlich waren, wenn man die Vorzüge der Insel voll und ganz auskosten wollte. Nun besaß Ryan neue Wanderstiefel, dicke Socken, wasserfeste Hosen, die man an den Knien mit einem Reißverschluss öffnen und so in Shorts verwandeln konnte, einen breitkrempigen Hut und diverse T-Shirts, auf denen die mannigfaltigen und ach so reizvollen Aspekte von Trillium Bay abgedruckt waren. Auf einem Shirt stand einfach nur *Up North*. Anscheinend war das ein Ort. Jedenfalls hatte er so viel Zeug gekauft, dass er den ganzen Sommer bleiben könnte, ohne jemals einen Waschsalon aufsuchen zu müssen. Tatsächlich waren sie so lange shoppen gewesen, dass für die Wandertour keine Zeit mehr geblieben war.

»Siehst du?«, hatte Tag gesagt, als er Ryan und seinen Arm voller Einkäufe vor dem Rosebush Hotel verabschiedet hatte. »Ich habe dir ja gesagt, dass du hier sehr beschäftigt sein wirst. Wir müssen jetzt schon etwas verschieben.«

Shoppen war nicht gerade Ryans Vorstellung von beschäftigt sein. Wenn man beschäftigt war, hatte das etwas mit der Arbeit zu tun. Und bisher hatte er noch nichts von dem Hotelprojekt, mit dem sich sein Vater gerade befasste, zu sehen bekommen. Und erst recht nichts von dem geheimnisvollen neuen Projekt, über das sich Ryan Gedanken machen sollte. Es war nur nicht leicht, sich über etwas Gedanken zu machen, von dem man buchstäblich nichts wusste. Genau darüber würde er an diesem Abend mit seinem Vater sprechen. Tag hatte ihn zu sich zum Abendessen eingeladen, das er selbst zubereitete. Offenbar war das eine weitere Neuerung in seinem Leben: Kochen.

Kochen?

Was zum Teufel war mit seinem Vater passiert?

Eine Frau. Das war ihm passiert.

Während das Pferdetaxi die Main Street hinabrollte, kamen sie an ein paar weiteren Süßwarenläden, an einem Supermarkt namens O'Doul und einer aquamarinblau gestrichenen Bibliothek vorbei. Ryan holte tief Luft und versuchte, seine Gedanken zu ordnen. Es gab eine Million Dinge, an denen er gerade arbeiten sollte. Eine Million Gründe, warum er am liebsten sofort wieder nach Kalifornien zurückgekehrt wäre, aber seine Aufgabe hier war wichtig. Taggert Property Management brauchte seinen Präsidenten. Und ganz offensichtlich brauchte sein Vater seine Hilfe. Nicht mit der Arbeit, sondern mit dem Flittchen. Bryce und Jack würden es ihm nie verzeihen, wenn er das hier nicht in Ordnung brachte.

Rivalitäten waren unter den Taggert-Brüdern so selbstverständlich wie das Atmen, und als der Jüngste hatte Ryan ständig das Gefühl, etwas aufholen zu müssen, um den beiden anderen ebenbürtig zu sein. Immer. Bei allem. Allein durch seinen Status als Letztgeborener war Ryan im Rückstand, was er aber mit Hartnäckigkeit und Tatendrang wieder wettmachte.

»Das da drüben ist das Fort«, erklärte sein Fahrer. Ein junger Kerl, vermutlich noch keine zwanzig, mit einem zottigen hellbraunen Haarschopf und einem dunklen Bartschatten am Kinn.

»Das Fort?«

»Ja, Sie wissen schon. Fort Beaumont. Es wurde im Jahr 1780 von den Briten erbaut. Wenniway galt damals als strategisch günstig gelegene Militärbasis.«

Der Junge ratterte noch ein weiteres Dutzend historischer Details über das Fort und die Insel herunter, aber Ryan bekam das meiste davon gar nicht mit. »Und dann ist Häuptling Adlerfeder total nackt durch die Stadt geritten, um die Amerikaner vor der Ankunft der Briten zu warnen. Jedenfalls heißt es so.«

Der Junge drehte sich zu ihm um, also nickte Ryan lächelnd. Er hatte längst gelernt, wie man wenigstens so wirkte, als würde man zuhören. Das war wichtig, weil er in den seltensten Fällen wirklich zuhörte. Meistens war sein Gehirn einfach mit anderen Dingen beschäftigt. »Wie weit ist es noch bis Beech Tree Point?«, fragte er.

»Nicht mehr weit.«

Die Pflasterstraße machte eine Biegung und wurde zu einem Feldweg, dem die Pferde noch ein paar weitere Minuten folgten, bis es um sie herum nichts mehr gab als Wald. Widerwillig musste Ryan zugeben, dass der Kiefernduft herrlich war. Ein Eichhörnchen flitzte über den Weg und überall um ihn herum sangen Vögel. Er konnte das ferne Branden der Wellen am Strand hören, und links von ihm konnte er durch eine Lücke zwischen den Bäumen einen kurzen Blick auf den Lake Huron erhaschen. Es war eine hübsche Insel. Sehr hübsch, ohne Zweifel. Nicht so hübsch, dass er gleich seinen Job schmeißen und herziehen wollte, aber doch hübsch genug, um es sich hier eine Woche lang gut gehen zu lassen.

»Ho, Mädels, langsam«, rief der Fahrer den Pferden zu, und heftig schaukelnd kam das Taxi zum Stehen. Ryan rutschte nach vorn und schlug sich das Knie am gegenüberliegenden Sitz an. Der Junge konnte ein paar Fahrstunden vertragen. Dementsprechend fiel auch Ryans Trinkgeld aus. Er reichte dem Fahrer ein paar Scheine und kletterte aus der Kutsche. »Behalten Sie das Wechselgeld.«

»Hey, danke, Mister. Genießen Sie Ihren Aufenthalt hier. Na los, Mädels. Auf geht's.« Er ließ die Zügel auf die runden Pferdehintern schnalzen, und schon ratterte das Taxi wieder davon. Als das Hufgetrappel allmählich mit den Geräuschen des Waldes verschmolz, stand Ryan immer noch vor dem kleinen, lebkuchenfarbenen Häuschen, das Hänsel und Gretel bestimmt gut gefallen hätte. Es gab Fensterkästen voller Blumen und gelb verzierte Traufen. Es hätte ihn auch nicht sonderlich überrascht, wenn sein Vater ihm in Lederhosen die Tür geöffnet hätte. Aber das war ja deutsch, nicht viktorianisch. Allmählich kam er mit den Epochen und Märchen durcheinander, aber das konnte ihm kaum jemand zum Vorwurf machen. Dieser Ort war so weltfremd und schien einfach in keine Zeit zu passen, das konnte einen schon verwirren.

Er überquerte ein kleines Rasenstück und wollte an die Tür klopfen, aber sein Vater öffnete ihm schon, bevor seine Knöchel das Holz auch nur berührten.

»Hallo, hallo. Ich habe das Taxi gehört.« Tag kam ihm ein wenig atemlos und etwas zu lebhaft vor.

»Hi, Dad«, erwiderte Ryan vorsichtig und neugierig.

»Hör mal, bevor du reinkommst, muss ich dir sagen, dass ich meine Freundin heute Abend auch eingeladen habe. Eigentlich wollte ich damit ein paar Tage warten, bis du dich eingelebt hast, aber dann dachte ich, dass du die Situation sicher am besten verstehst, wenn du sie einfach kennenlernst.«

»Sie kennenlernen? Heute Abend? Dad, ich hatte gehofft, dass wir ein bisschen über die Arbeit sprechen können. Ich bin wegen des Projekts hier, nicht um neue Leute kennenzulernen.«

Sein Vater klopfte ihm auf die Brust. »Schhh, sprich leiser. Wir können morgen über die Arbeit reden. Die Projekte laufen uns nicht davon.«

Nein, vermutlich würde es mit den Projekten erst einmal nirgendwohin gehen, denn sein Vater schien nicht sehr an ihnen interessiert zu sein. Das hier war nicht der Tag, den er kannte. Der Tag, den er kannte, hätte Ryan schon zur Baustelle geschleift, bevor er überhaupt sein Gepäck ins Hotel hätte bringen können. Der Tag, den er kannte, hätte ihm Blaupausen unter die Nase gehalten und eine Marktanalyse verlangt, noch bevor Ryan auch nur »Hallo« gesagt hatte. Diese Hundertachtzig-Grad-Drehung seines Vaters bestätigte Ryan nur, dass hier etwas ganz und gar nicht in Ordnung war. Rasch ging er seine Möglichkeiten durch. Es waren nicht viele, und keine davon war sonderlich vielversprechend.

»Ja, okay, Dad. Wie du meinst.«

Tags Grinsen war eher verstörend als ermutigend. »Sie wird dir gefallen, ich verspreche es.« Das klang verdächtig nach einem weiteren *Vertrau mir.* Wenn man so etwas schon sagen musste, dann stimmte es wahrscheinlich nicht.

Sein Dad wandte sich ab und führte ihn durch einen schmalen Flur, in dem gerahmte Kätzchenbilder hingen. Echt jetzt. Kätzchen.

Sein Vater deutete darauf und grinste immer noch auf diese verstörende Art und Weise. »Das Haus ist nur gemietet. Die gehören mir nicht.«

Immerhin. Sie bogen um eine Ecke und gelangten in den Wohnbereich. Dort hingen weitere Billigbilder an den Wänden, und Ryans Blick fiel auf die merkwürdig zusammengewürfelten Möbel. Eine grau-grün karierte Couch. Ein burgunderroter

Ledersessel. Winzige Beistelltische mit Spinnenbeinen. Der ganze ausgediente Kram, den man in einem gemieteten Sommerhäuschen eben erwartete. Was Ryan jedoch nicht erwartet hatte, war die Frau. Ihm klappte der Mund auf. Denn das musste sie sein. Das geldgierige Flittchen.

Er hatte erwartet, Tags neue Freundin wäre eine einigermaßen attraktive Frau mittleren Alters, vielleicht mit ein paar Pfunden zu viel auf den Hüften. Vielleicht mit einer Brille und wahrscheinlich mit einem Trillium-Bay-Shirt, auf dem ein Leuchtturm oder so zu sehen war. Eine Frau, die aussah, als könnte sie eine Englischlehrerin im Ruhestand sein oder vielleicht die Kassiererin des hiesigen Supermarkts. Aber all das war diese Frau nicht.

»Ryan, wie schön, dass du endlich da bist. Ich habe mich schon sehr darauf gefreut, dich kennenzulernen.« Sie lächelte ihn warm an und streckte ihm die Hand hin. Ihr Arm war sonnengebräunt und muskulös. »Tag hat mir schon so viel über dich und deine Brüder erzählt, dass es sich fast so anfühlt, als würde ich euch schon kennen.«

Ryan brauchte seine gesamte mentale Leistungsfähigkeit, um ihr in einem zusammenhängenden Satz zu antworten. »Ähm, ja, dann bist du mir gegenüber leicht im Vorteil. Was dich angeht, hat sich Dad nämlich eher geheimniskrämerisch gegeben.« Es klang nicht sehr freundlich, was er nicht beabsichtigt hatte. Aber sie war einfach so ganz und gar nicht das, was er erwartet hatte. Sie hatte langes braunes Haar, dunkle seelenvolle Augen und ein schönes, strahlendes Lächeln.

Und sie sah aus, als wäre sie etwa fünfundzwanzig.

Ryan wusste selbst, dass er in solchen Dingen furchtbar schlecht schätzte. Vielleicht war sie älter, als sie aussah, aber selbst wenn er eine großzügige Fehlerspanne mit einrechnete, konnte sie einfach nicht älter sein als er selbst. Was zum Teufel dachte sich sein Vater dabei? Er hätte über seine eigene Frage gelacht, so himmelschreiend eindeutig war es, was sich sein Vater dachte. Aber trotzdem! Was zum Teufel dachte er sich dabei?

»Ich war nicht geheimniskrämerisch, Ryan«, antwortete sein Vater. »Ich war nur zu beschäftigt damit, mich wohlzufühlen, um euch Jungs alles haarklein zu erzählen.«

Was für ein bescheuerter Kommentar. Natürlich war sein Vater geheimniskrämerisch gewesen. Vielleicht hatte er Bryce gegenüber angedeutet, dass seine neue Flamme jünger war als er, aber nicht, dass sie auch jünger war als Ryan! Sein Vater hätte ihn wenigstens vorwarnen und ihm erklären können, dass sie gerade mal mit dem College fertig war. Das war keine Liebe. Das war unverblümte, skandalöse Wollust. Es war praktisch kriminell. Sein Vater musste mitten in einer heftigen Midlife-Crisis stecken. Und nach *ihren* Motiven musste man gar nicht erst fragen. Natürlich war sie hinter seinem Geld her. Warum sonst sollte sich eine Frau wie sie mit einem Mann abgeben, der so viel älter war? Ryan hatte keine Ahnung, wie er damit umgehen sollte. Er konnte sich ja schlecht einfach umdrehen und gehen, also würde er eben so viele Informationen über die Situation sammeln wie nur möglich.

Er lächelte nachdrücklich, auch wenn es sich steif und unnatürlich anfühlte. »Tja, jetzt bin ich jedenfalls sehr interessiert an den Details. Erzähl mir alles. Dad hat gesagt, du bist auf der Insel aufgewachsen?«

Sie nickte. »Ich bin hier geboren. Und ich habe mein ganzes Leben hier verbracht.«

Ja, die ganzen paarundzwanzig Jahre. Er hoffte, dass ihm seine Gedanken nicht ins Gesicht geschrieben standen.

»Ich hole uns mal was zu trinken«, sagte Tag und räusperte sich. »Schatz, möchtest du ein Glas Wein?« Im Vorbeigehen strich er ihr über den Arm. Ganz kurz verharrten ihre Fingerspitzen aneinander, sie hielten den Kontakt, so als wäre er von essenzieller Bedeutung. Ryans Atem wurde flach. Es war eine subtile Berührung, aber sie sprach Bände über die zwischen den beiden bestehende Intimität. Es fühlte sich bedeutsam an, auch wenn es das nicht war. Es hinterließ bei Ryan den Eindruck, als hätte er gerade etwas sehr Privates mit angesehen. So als hätte er seine Eltern dabei ertappt, wie sie sich einen Porno ansahen. Nur war sie nicht seine Mutter. Sie war nicht einmal alt genug, um einmal Ryans Babysitterin gewesen zu sein. Dieses Mädchen war genau das. Ein Mädchen.

Do-si-Do, allerdings.

Kapitel 7

»Ja, ihr Name ist Daisy, und sie sieht aus, als wäre sie sogar für mich zu jung«, berichtete Ryan seinem Bruder Bryce am Telefon, während er seinen zu heißen Morgenkaffee zu schnell trank. Den verrückten Plan seines Vaters, sich zur Ruhe zu setzen, hatten sie bereits durchgearbeitet, um sich nun dem surrealen Thema »Tag und seine Teenagerfreundin« zuzuwenden.

Am vergangenen Abend war Ryan gerade lange genug geblieben, um das Hühnchen Marsala aufzuessen, das sein Vater zubereitet hatte und von dem er nicht zugeben würde, wie köstlich es gewesen war. Dann hatte er gemacht, dass er wegkam. Zu Fuß. Er hatte nicht einmal nach einem dieser Pferdetaxis gerufen, sondern war freiwillig den ganzen Weg zurück in die Stadt gelaufen. Das war ihm wie eine gute Idee vorgekommen, bis es angefangen hatte zu gewittern. Als er im Hotel ankam, war er bis auf die Knochen durchnässt gewesen und wäre beinahe vom Blitz erschlagen worden, aber das war es wert gewesen. Er hätte nicht eine Sekunde länger in diesem kätzchenverseuchten Haus sitzen und mit der Abschlussballkönigin plaudern können, während sein Vater sie bewundernd ansah und ihr Haar berührte. Ihr Haar! Es war einfach falsch, auf so vielen Ebenen. Der Altersunterschied war das offensichtliche Problem, aber auch das Tempo, mit dem sich diese Beziehung zu entwickeln schien, war beunruhigend. Ryans Mutter war vor gerade mal acht Monaten gestorben. Auch das machte ihm zu schaffen. Gab es nicht so etwas wie eine offizielle Trauerzeit? Sein Vater ging alles viel zu schnell an, und das war einfach … falsch.

Ryan tigerte auf dem winzigen Balkon seines Hotelzimmers auf und ab, von dem man einen guten Blick auf die Main Street hatte. Während er mit seinem Bruder sprach, sah er den Touristen zu, wie sie am Landungssteg von Bord gingen. In der Ferne konnte man eine Blaskapelle proben hören, denn offenbar gehörte zum Fliederfestival auch eine Parade. Sein Vater wollte, dass er sich mit ihm eine Parade anschaute. Kopfschüttelnd musterte er das Treiben unter ihm. Überall eilten Leute umher, hängten Banner auf und richteten Essensstände ein. Und dann war da natürlich noch der Karamellgeruch. Bei dem Duft spürte Ryan förmlich, wie sich sein Magen aushöhlte.

»Von wie jung sprechen wir hier eigentlich?«, fragte Bryce. Ryan konnte sich bildlich vorstellen, wie sein Bruder gerade mit seinem Porsche auf der Interstate 5 nach Sacramento unterwegs war, wo Taggert Property Management seinen Hauptsitz hatte. In Kalifornien musste es etwa halb sieben sein, aber Bryce war morgens gern der Erste im Büro.

»Etwa fünfundzwanzig, würde ich sagen. Sie ist Grundschullehrerin, und stell dir das vor: Die Grundschule liegt offenbar genau neben einem Altenheim. Die alten Leutchen helfen dabei, auf die kleinen Kinder aufzupassen.«

Bryce lachte. »Tja, vielleicht ist das ihr Ansatzpunkt. Vielleicht will sie Dad in ein Heim stecken. Das klingt logischer für mich.«

Ryan lachte nicht. »Im Ernst, vielleicht sollten wir sie einfach machen lassen, weil Dad nämlich eindeutig den Verstand verloren hat.«

»Fünfundzwanzig. Verdammt. Ich glaube nicht, dass ich bei einer Fünfundzwanzigjährigen noch landen könnte. Wie haben die beiden auf dich gewirkt? Ich meine, wie ernst sieht es aus? Nicht sehr ernst, oder? Sie ist vielleicht hinter seinem Geld her, aber Dad kann das mit ihr doch nicht ernst meinen, oder doch?«

Ryan schauderte. »Es war … ekelhaft. Dad hat die ganze Zeit nur dumm gegrinst und sie Schatz und Liebling und Darling genannt. Ich meine, im Ernst? Darling? Wer sagt so was denn noch?« Er trank einen weiteren Schluck des brühend heißen Kaffees, denn genau das war es jetzt, wonach seine Laune verlangte. Noch mehr Aufputschmittel. »Was, wenn er das Mädchen heiratet? Ehrlich, Bryce, ich glaube nicht an Geister, aber wenn ich mich irre und es Geister doch gibt, dann kommt Mom todsicher zurück und macht ihm dafür die Hölle heiß.«

Wieder lachte Bryce, aber Ryan brachte es immer noch nicht fertig. Er hatte es persönlich und aus der Nähe miterlebt. Zu persönlich und mit zu viel Nähe. Er verstand besser als Bryce, womit sie es zu tun hatten. Diese Daisy hatte seinen Vater so fest um den Finger gewickelt, dass man ihn auch mit einer Kettensäge nicht mehr von ihr losbekommen würde.

»Mom würde einen wirklich furchterregenden Geist abgeben, aber bist du sicher, dass er nicht einfach, na ja, ein bisschen Spaß hat? Dass er nicht nur eine Testfahrt mit diesem heißen Gestell macht?« Ryan hörte ein Hupen durchs Telefon. Kein Wunder. Er wusste, so wie Bryce fuhr, war Hupen unvermeidlich.

»Oh, er hat sicher eine Menge Spaß. Weißt du, was die beiden gern tun?«

»Will ich das wissen?«

»Na ja, abgesehen von dem Offensichtlichen. Sie gehen biken.«

»Biken? Du meinst … auf einem Fahrrad? Sie fahren Fahrrad? Bitte sag mir, dass es kein Tandem ist.«

Dieses Mal musste Ryan grinsen. Sein Vater auf einem Tandem wäre wirklich mal ein Anblick. »Das weiß ich nicht. Wahrscheinlich schon. Und sie beobachten Vögel. Und es kommt noch dicker. Rate mal, was sie sonst noch tun?« Das war so absurd, dass es diesen Spannungsbogen verdiente.

»Was tun sie denn sonst noch?«

»Sie gehen … zum Squaredance. Dad ist jetzt ein Squaredancer.« Ryan hielt das Handy ein Stück vom Ohr weg, bis das zu erwartende Gelächter seines Bruders erklang. »Du findest das lustig, schon klar. Ist ja auch lustig. Aber es ist überhaupt nicht lustig, wie tief dieses Mädchen die Krallen in ihn geschlagen hat. Was zum Teufel hat sie vor? Ich meine, wir reden hier von Dad, nicht von irgendeinem attraktiven, jetsettenden alternden Filmstar oder so.«

»Es muss das Geld sein«, antwortete Bryce, und wieder erscholl das Hupen. »Wenn sie wirklich so jung ist, wie du meinst, dann muss es das sein. Du hast doch gesagt, dass sie reisen möchte. Vielleicht ist Dad ihre Fahrkarte von der Insel.«

»Vielleicht.«

»Hey, was, wenn sie ihn dazu überredet, in ein fremdes Land zu reisen, und ihn dort kidnappen lässt, um Lösegeld zu erpressen? Vielleicht hat sie noch einen echten Freund, der im Hintergrund die Strippen zieht, und das hier ist einfach ein Trickbetrug.« Bryce war ganz wild auf Verschwörungen und Gaunereien, offenbar sogar dann, wenn sein eigener Vater das Opfer war.

Ryan schüttelte den Kopf, obwohl sein Bruder das nicht sehen konnte. »Das hier ist keine Seifenoper, Bryce. Außerdem halte ich sie nicht für so clever, es sei denn, sie ist eine wirklich gute Schauspielerin. Wenn sie nicht die ganze Zeit an Dad drangehangen hätte, dann hätte ich sie einfach für ein nettes, süßes Mädchen gehalten.«

»Was ist mit ihrer Familie? Hat sie eine kränkliche Verwandte erwähnt, die für eine lebensrettende Operation dringend Geld braucht? Oder einen Bruder, der im Gefängnis sitzt und darauf wartet, dass die Kaution gestellt wird? Wenn sie irgendwie in Geldnöten steckt, dann ist es gut möglich, dass sie ihn reinlegen will.«

»Jedenfalls hat sie keine Verwandten erwähnt, die in Schwierigkeiten stecken, zumindest nicht mir gegenüber, aber offenbar wollen die beiden ihre ›Beziehung‹ nicht herausposaunen. Wahrscheinlich weiß ihre Familie noch gar nichts von ihm.«

»Okay, das ist doch etwas. Das kommt mir jetzt wirklich verdächtig vor. Warum will sie dieses freudige Ereignis nicht mit ihrer Familie teilen?«

»Oh, keine Ahnung, Bryce. Vielleicht weil er ungefähr so alt sein dürfte wie ihr Vater? Ich glaube nicht, dass eine Frau mit so etwas herausplatzt, bevor sie nicht ganz sicher ist, dass die Beziehung auch irgendwo hinführt.«

»Stimmt wohl, aber irgendwas ist da faul. Solange er ihr nicht unsere Aktienanteile an der Firma überschreibt, ist alles noch locker flockig. Du musst mehr über diese kleine Goldgräberin herausfinden, bevor Dad etwas tut, das sich nicht mehr rückgängig machen lässt. Wie sie zu heiraten. Frag ein bisschen auf der Insel herum. Ich schaue mal, ob ich von hier irgendwas ausgraben kann. Wie heißt sie noch mal?«

»Daisy. Daisy Calhoun. Oder Carpenter. Oder Calamity. Verdammt, du weißt doch, dass ich mir keine Namen merken kann. Aber da gibt es jemanden, den ich fragen könnte. Ich habe diese Frau am Flughafen kennengelernt und …«

»Hey, hey, hey«, fiel Bryce ihm ins Wort. »Du nicht auch noch. Du hast eine Frau kennengelernt? Das Letzte, was wir jetzt brauchen können, ist, dass du dich gleich auch noch um den Finger wickeln lässt von irgendeinem Flittchen. Muss ich euch Jack schicken, damit er euch rettet? Bist du sicher, dass ihr zwei nicht im Hotel California abgestiegen seid? Du weißt schon, dieser Song von den Eagles. Du kannst zwar jederzeit auschecken, das Gebäude aber nie verlassen?«

»Komm runter, du Idiot. Sie ist kein Flittchen. Sie ist eine Mom.«

»Äh, tut mir leid, dir das sagen zu müssen, Bruderherz, aber Mütter können auch Flittchen sein. Erinnerst du dich noch an meine erste Frau? Oder an die zweite?«

Bryce befand sich gerade in Ehe Nummer drei. Weil er ständig Flittchen heiratete.

»Hör mal, so ist sie nicht. Ich meine, sie ist schon attraktiv und alles, aber …«

»Was soll das heißen ›und alles‹? Konzentrier dich, Kleiner.«

»Ja, Bryce, ich hab's verstanden.« Herrgott, manchmal konnte sein Bruder ein richtiger Arsch sein, und es gefiel Ryan nicht, dass er Emily als Flittchen bezeichnet hatte. Das war sie ganz und gar nicht. »Jedenfalls habe ich am Flughafen diese Frau kennengelernt, die hier auf der Insel aufgewachsen ist. Sie wird den ganzen Sommer hier verbringen, also könnte ich sie anrufen und mit ihr einen Kaffee oder einen Wein trinken gehen oder so. Sie muss dieses Mädchen kennen, oder? Sie sind ungefähr im gleichen Alter und sie sind beide hier aufgewachsen, sie müssen einander also kennen. Sie kann mir bestimmt so einiges erzählen.«

»Lad sie zum Kaffee ein. Ich kenn dich, wenn du mit dieser Braut ein paar Cocktails kippst, dann landest du mit ihr im Bett, und dann muss ich doch noch Jack losschicken. Hey, jetzt, wo ich so darüber nachdenke … Was, wenn es kein Zufall war, dass du diese Frau am Flughafen getroffen hast? Was, wenn die beiden unter einer Decke stecken?« Bryce liebte Sprichwortkalender. Dieses Sprichwort musste vor Kurzem mal dran gewesen sein.

»Niemand steckt mit irgendwem unter einer Decke, Bryce. Da gibt es keine Verschwörung, nur ein Mädchen, das scharf auf Dads Geld ist. Es sei denn, deine Sekretärin steckt auch mit drin, immerhin war sie es, die mir diesen Flug über die hinterste Mongolei gebucht hat, weißt du noch?«

»Ja, okay. Hör zu. Ich fahre gleich in die Tiefgarage und vermutlich ist die Verbindung dann weg, aber tu, was immer du tun musst. Ruf deine Flughafenfreundin an und finde alles über diese Daisy heraus, was du kannst. Und erinnere Dad daran, dass er gewisse Verpflichtungen hat. Sag ihm, wenn er irgendein Betthäschen zur Ablenkung möchte, dann finden wir bestimmt auch eins in Sacramento für ihn. Und sag ihm, dass er keine Zeit für Squaredance hat. Was zum Henker …« Dann war die Verbindung weg.

* * *

»Kaffee klingt gut, Ryan. Danke für die Einladung, aber eine meiner Schwestern hat mich dazu gezwungen, heute beim Fliederfestival zu helfen. Im Buy-Buy-Miss-American-Pie-Zelt. Können wir es verschieben?«

Emily hatte an diesem Morgen gerade in Gigis Küche gesessen, als Ryans Name auf ihrem Handydisplay erschienen war. So hatte ihr Tag mit einem Flattern im Bauch und einem Lächeln begonnen. Er hatte sie also doch nicht vergessen.

Gigi warf ihr einen neugierigen Blick zu, rückte ihre Brille zurecht und beugte sich über den Tisch vor wie der große, böse Wolf. *Damit ich dich besser hören kann.* Emily tat so, als würde sie es nicht bemerken. Als wäre das möglich – Gigi saß ihr praktisch auf dem Schoß.

»Grüß ihn von mir«, sagte Chloe und nahm sich noch eine Waffel von dem Stapel vor ihr. Gigi hatte so viel aufgetischt, dass es locker für sechs gereicht hätte, aber sie taten, was sie konnten, um alles aufzuessen. Zum Glück schien sich ihre Tochter in einer Wachstumsphase zu befinden. In letzter Zeit kam es Emily so vor, als würde das Mädchen nur noch essen, schlafen und Textnachrichten tippen.

»Natürlich können wir es auch verschieben.« Ryan klang eher abgelenkt als enttäuscht. Dann fügte er hinzu: »Wissen Sie noch, dass wir von der Frau gesprochen haben, die mein Vater kennengelernt hat? Das Flittchen, das es auf sein Geld abgesehen hat?«

»Äh, ja.«

»Tja, ich habe sie getroffen. Ihr Name ist Daisy irgendwas, und raten Sie mal?«

»Was denn?«

»Sie ist etwa fünfundzwanzig. Vielleicht ein bisschen älter, aber viel kann es nicht sein. Kennen Sie sie vielleicht?«

»Ihr Vater trifft sich mit einer Fünfundzwanzigjährigen? Wie alt ist er denn?« Das war ja ekelhaft.

»Neunundfünfzig.« Ryans Ton deutete an, dass auch er nicht begeistert von dieser Verbindung war, und das konnte sie verstehen. So etwas war einfach nicht richtig.

»Hui, das ist ja … ein ziemlicher Altersunterschied. Ist sie … nett?«

Gigi griff nach Emilys beinahe leerer Kaffeetasse und trat zu der silbernen Kaffeekanne, um sie aufzufüllen. Emily nickte ihr zum Dank lächelnd zu. Ob nun neugierig oder nicht, ihre Großmutter kümmerte sich rührend um sie, und es tat gut, ein bisschen verhätschelt zu werden.

»Nett? Ich denke schon, aber da sie ganz offensichtlich viel zu jung für meinen Vater ist, muss es ihr bei der Sache um etwas anderes gehen. Irgendetwas hat sie vor. Kennen Sie sie nun?« Seine Stimme klang kurz gedämpft, so als hätte er das Handy zwischen Ohr und Schulter geklemmt. Sie hörte Papier rascheln und merkte, wie sie leicht ärgerlich wurde. Immerhin hatte er *sie* angerufen. Da konnte er sich doch wenigstens ein bisschen konzentrieren.

»Mir fällt niemand ein, der so heißt.«

»Aber sie hat gesagt, dass sie schon immer hier lebt, und Sie sind doch auch hier aufgewachsen. Sie müssen sie kennen.«

»Ich wohne schon sehr lang nicht mehr hier, Ryan. Vielleicht ist sie erst auf die Insel gezogen, nachdem ich schon weg war.«

Gigi stellte die Tasse wieder vor ihr ab und Emily sog den Duft ein. Sie hoffte, dass es im Himmel Kaffee gab, denn wenn nicht, würde sie da jedenfalls auch nicht hingehen. Aber vielleicht wäre das ja auch gar nicht ihre Entscheidung.

»Nein, ich bin ziemlich sicher, dass sie gesagt hat, sie sei auf der Insel geboren.« Nun klang er fast schon insistierend, so als müsste sich Emily irren. Ihre Freude über die Einladung verebbte.

»Ähm, wo wir gerade von heimlichen Plänen sprechen. Haben Sie mich wirklich angerufen, weil Sie mich zum Kaffee einladen wollen, oder möchten Sie mich nur über irgendein leichtes Mädchen ausfragen, mit dem Ihr Vater … Umgang pflegt?« Sie hätte eigentlich »mit dem es Ihr Vater treibt« sagen wollen, aber da Chloe mit am Tisch saß, blieb sie lieber jugendfrei.

Sein Zögern dauerte nur den Bruchteil einer Sekunde, aber das war lang genug, um ihr zu verraten, dass er über seine Antwort nachdenken musste. Was im Grunde schon Antwort genug war.

»Was? Ja. Ich meine, nein. Doch, ich habe angerufen, weil ich Sie fragen wollte, ob Sie mit mir einen Kaffee trinken gehen, aber ich gebe zu, dass ich gehofft habe, Sie könnten mir dabei helfen, herauszufinden, was dieses Mädchen vorhat. Sie muss hinter seinem Geld her sein, oder da läuft irgendein anderer Schwindel. Gestern hat mir mein Vater gesagt, dass er herziehen und sich zur Ruhe setzen will und dass die beiden planen, durch die Welt zu reisen. Er kennt sie erst seit vier Wochen, und sie ist nicht einmal halb so alt wie er. Also ja, ich mache mir Sorgen.«

Es klang eher gereizt als besorgt.

»Ich habe keine Ahnung, wer sie ist, aber diese Insel ist nicht unbedingt der Ort, an den man zum Millionäreangeln kommt.«

»Vielleicht war es ja gar nicht geplant. Ich glaube, sie hat ihn getroffen, ihre Chance erkannt und zugeschlagen. Ich glaube, er ist ihr Freifahrtschein von der Insel. Und wenn er sie mit nach Sacramento bringt und sie heiratet? Tja, in Kalifornien gilt die Vermögensteilung.«

»Was bedeutet, dass sie bei der unvermeidlichen Scheidung die Hälfte seines Geldes bekommen würde?«

Emily hatte genug reiche Menschen kennengelernt, um zu wissen, dass die meisten von ihnen ständig besorgt waren, jemand wäre hinter ihrem Geld her. Nicks Eltern gehörten auch dazu. Sie waren überzeugt gewesen, dass Emily nur irgendeine Landpomeranze war, die es auf den guten Namen und das Erbe ihres Sohnes abgesehen hatte. So war es natürlich nicht gewesen. Sie hatte es auf seinen fantastischen Körper abgesehen gehabt. Was für ein Fehler.

»Genau. Und damit würde ihr dann wohl auch die Hälfte des Familienunternehmens gehören. Mein Vater ist im Augenblick einfach nicht mehr er selbst. Er kann nicht mehr klar denken. Falls sie tatsächlich eine kleine Goldgräberin ist, dann befürchte ich, dass er etwas tut, das sich nicht mehr rückgängig machen lässt. Wie etwa, ihr seine Anteile zu überschreiben und ihr alles zu versprechen, was sie nur will.«

Nun klang er ganz eindeutig wie Nicks Familie. Ryans Ängste mochten durchaus begründet sein, aber er traf sie damit trotzdem an einer empfindlichen Stelle. Emily hatte zwar keine Ahnung, wer diese Frau war oder was sie vorhatte, aber Ryan sollte ihr wohl wenigstens eine Chance geben, bis er Genaueres wusste. Sie drehte sich von ihrer Großmutter weg, aber Gigi rückte mitsamt dem Stuhl hinterher. Sie versuchte nicht einmal mehr so zu tun, als würde sie nicht lauschen.

»Wissen Sie, es ist durchaus möglich, dass sie einfach nur mit ihm zusammen sein will, weil sie ihn mag. Muss sie denn zwangsläufig Hintergedanken dabei haben?«

»Er ist doppelt so alt wie sie.«

»Stimmt, und das ist sicher ein Punkt, über den man sich Gedanken machen sollte, aber wenn sie wirklich nur scharf auf sein Geld wäre, dann würde sie doch sicher nicht wollen, dass er in den Ruhestand geht, oder?«

»Wie schon gesagt, sie möchte reisen. Ich glaube, sie hat es einfach auf seine ganze Lebensart abgesehen.«

Emily rührte einen Schluck Sahne in ihren Kaffee. »Ich weiß nicht, was ich Ihnen sagen soll, Ryan. Ich kenne diese Daisy nicht.«

Emily hatte schon genug mit ihren eigenen Sorgen zu tun, sowohl beruflich als auch persönlich. Sie brauchte nicht auch noch seine. Wenn er Informationen von ihr wollte, dann hätte er das offen sagen sollen, anstatt sie erst auf ein Alibidate einzuladen. Sollte er sich doch selbst um seine Probleme kümmern. »Ich höre mich mal um, okay? Mal sehen, ob irgendjemand weiß, wer sie ist. Aber bis dahin kann er doch seinen Spaß haben, oder?«

»Emily? Bist du da?« Die Fliegentür fiel zu und kurz darauf hörte sie die Sandalen ihrer Schwester auf dem Linoleumboden quietschen. Dann erschien sie in der Küchentür, windzerzaust und mit rosigen Wangen. Ihr dunkles Haar trug sie zu einem hohen Pferdeschwanz, und in den Jeansshorts wirkten ihre Beine unglaublich lang.

»Ich muss los«, sagte Emily ins Handy. »Meine Schwester ist gerade angekommen. Ich bin beim Kuchenzelt, falls Sie zum Festival kommen wollen. Tschüss.« Sie legte auf, ließ das Handy auf den Tisch fallen und fand sich sofort in Lillys herzlicher Umarmung wieder. Noch bevor sie Zeit hatte aufzustehen, hatte Lilly schon die Arme um sie geschlungen und drückte sie ganz fest.

»O mein Gott, ich freu mich ja so, dass du da bist.«

Sie wandte sich an Chloe. »O. Mein. Gott. Du bist ja groß geworden! Und so hübsch!« Sie umarmte ihre Nichte so fest, dass Chloe quietschte.

»Hi, Tante Lilly, wie geht's dir?«, fragte sie ein wenig atemlos.

»Ich bin am Verhungern.« Sie ließ sich neben Emily auf einen Stuhl fallen, schnappte sich eine Waffel und biss hinein. »Es tut mir so leid, dass ich dein Willkommensessen gestern Abend verpasst habe. Ich hatte was vor.«

Lillys Haar war genauso dunkel wie das von Brooke, aber ohne die Locken, und sie lächelte fast immer.

Gigi stand auf und holte noch eine Kaffeetasse aus dem Küchenschrank. »Du hattest etwas vor? Hat dieses Etwas auch einen Namen? Und einen Schniedel?«

Lilly wurde rot. »Es ist nicht so, wie du denkst, Gigi. Es gibt keinen Mann. Ich weiß, alle glauben, es gäbe einen, aber es gibt nun mal keinen.«

»Mm-hmm.« Gigi klang eindeutig ungläubig. »Myrna Delroy hat gesagt, dass du diese Woche schon zweimal zu spät zur Arbeit gekommen bist und dass du dich in letzter Zeit seltsam benimmst. Und Dmitri Krushnic hat gesagt, dass er schwören könnte, dich neulich abends gesehen zu haben, als er noch einmal nach seinen Bienen schauen wollte. Du seist mit irgendeinem Kerl Richtung Leuchtturm gelaufen.«

Lilly rollte mit den Augen und nahm die Kaffeetasse von Gigi entgegen. »Ja, du neugieriges altes Huhn. Ich bin neulich abends zum Leuchtturm gelaufen. Mit Percy O'Keefe. Aber wir waren nicht absichtlich zusammen unterwegs. Er hat mich gesehen und einfach beschlossen, mich zu begleiten. Du weißt ja, wie er ist.«

»Glaubst du, Dmitri hätte Percy O'Keefe nicht erkannt?« Gigi hatte eine Fährte gewittert und sie war der reinste Pitbull.

»Ich glaube, dass es schon fast dunkel war und dass Dmitri durch diesen blöden Imkerhut, den er immer trägt, überhaupt nichts erkennen kann. Ich hätte auch mit einem Yeti vorbeilaufen können, ohne dass er es bemerkt hätte. Warum können sich nicht alle auf dieser Insel einfach entspannen und aufhören, mir einen Freund anzudichten?«

»Schön zu wissen, dass die Gerüchteküche immer noch brodelt«, warf Emily ein und drückte ihrer Schwester mitfühlend den Arm. Sie war oft genug Gegenstand besagter Gerüchte gewesen.

»Und wie die noch brodelt, besonders dank der da.« Lilly nickte zu Gigi hinüber, aber ihr Lächeln war voller Zuneigung und ihr Ton neckend. »Warum heiratest du denn nicht wieder, Gigi? Dann hättest du nicht mehr so viel Zeit, dir Geschichten über mich auszudenken.«

»Ach, weißt du, ich sehe mich ja um. Auf dem Sims da ist immer noch genug Platz für einen.«

»Sims?« Gleichzeitig drehten sich Emily und Lilly zu dem grün gekachelten Kaminsims um, auf dem drei unverwechselbare Urnen standen. In jeder davon ruhte einer von Gigis Ehemännern. Gleich drei tote Männer hätten einem verdächtig vorkommen können, wenn nicht die Art ihres Dahinscheidens Gigi von aller Schuld – außer der, das Pech förmlich anzuziehen – freigesprochen hätte. Nicht so großes Pech, wie es ihre toten Männer gehabt hatten, aber trotzdem Pech.

Gigi legte sich eine Hand aufs Herz. »Ja, dort bewahre ich sie auf, meine Lieben.«

Chloes Augen wurden groß. »In jeder von den Vasen da ist ein Toter? Wie sind sie denn gestorben?«

»Tja, dein Urgroßvater ist bei dem Versuch ums Leben gekommen, zu beweisen, dass der Blitz doch zweimal an derselben Stelle einschlagen kann. Wie sich herausgestellt hat, lag er damit richtig.«

Es war nicht richtig, über den Tod eines Mitmenschen zu kichern, aber Emily hatte diese Geschichten mittlerweile oft genug gehört, um sie lustig zu finden.

»Ehemann Nummer zwei, Conroy Harper, war einfach zur falschen Zeit am falschen Ort. Er hat gerade am Strand einen Drachen steigen lassen, als ein Klohäuschen von der Klippe bei Hawkeye Point geweht wurde. Es ist genau auf ihm gelandet. Er hat es nicht einmal kommen sehen.« Sie schüttelte den Kopf.

»Eine beschissene Art zu sterben«, murmelte Lilly in ihren Kaffee.

»Und der dritte?«, fragte Chloe, als wäre sie nicht sicher, ob das alles auch stimmte.

»Ach, das war mein Bert. Er konnte einer Herausforderung nie widerstehen, aber nicht einmal er hätte einen Taco vom Cinco de Mayo am Ocho de Mayo essen sollen. Sein Sombrero hängt immer noch an der Wand der Ziegeltaverne, aber ich glaube nicht, dass man da noch Tacos bestellen kann.«

»Bitte sagt, dass ihr das gerade alles erfunden habt«, sagte Chloe mit einer Waffel in der Hand.

»Ich schwöre auf die Bibel, dass alles wahr ist.«

Emily nickte, und Chloe legte die Waffel weg.

»Vielleicht solltest du beim nächsten Ehemann eine sehr hohe Lebensversicherung abschließen«, schlug Lilly vor und schlürfte laut einen Schluck Kaffee. »Du weißt schon, bevor er auch eingeäschert wird.«

»Sehr lustig, aber glaub ja nicht, dass ich daran nicht auch schon gedacht habe. Auch eine Art, an mehrere Mietshäuser zu kommen, allerdings eine etwas unberechenbare. Ich scheine einfach gut darin zu sein, Männer zu beerdigen. Außerdem bin ich jetzt schon seit einer ganzen Weile nicht mehr verheiratet. In meinem Alter wird die Auswahl ein bisschen dürftig. Allerdings habe ich durchaus ein paar Herren im Auge. Ich warte nur noch, bis ihre Ehefrauen Platz machen.« Sie machte eine Handbewegung, als wollte sie eine Fliege vom Tisch verscheuchen, und die Schwestern kicherten, während Chloe sie tadelnd ansah, weil sie sich so unpassend aufführten.

Emily wusste, dass Gigi jeden ihrer Ehemänner für seine ganz eigene Art geliebt hatte, aber der Pragmatismus der Callaghans ließ nicht zu, dass sie sich zu lange ihrem Verlust hingab oder sich selbst leidtat. Irische Wurzeln und so. Selbstmitleid war die größte Sünde, die man begehen konnte. Es war eine Lektion, an die sich Emily während der rauesten Tage ihrer Ehe und der sogar noch raueren Tage ihrer Scheidung gehalten hatte. Sich selbst leidzutun brachte einen nicht weiter. So bezahlte man keine Rechnungen. So bekam man sein Kind nicht satt und verbesserte auch seine Lage nicht. Das gelang einem nur, wenn man sich in Bewegung setzte und etwas unternahm, also hatte Emily ganz wie eine gute Callaghan einfach immer weitergemacht. Vielleicht ohne Strategie und Richtung, aber immerhin … weiter.

So ähnlich wie jetzt. Sie ging einfach einen Tag nach dem anderen an. Sobald sie Gigis Cottage renoviert und Jewel das Katastrophenhaus in Texas verkauft hatte, würde Emily einige Entscheidungen treffen müssen. Vorausgesetzt sie erzielten einen angemessenen Preis für dieses Groschengrab, würde sie ihre Schulden begleichen, und mit etwas Glück würde ihr noch genug übrig bleiben, um ein weiteres baufälliges Haus zu kaufen. Und wenn nicht, nun, dann würde sie sich eben nach einem ganz regulären Job umsehen müssen. Vielleicht würde sie wieder als Sekretärin bei dem Bauunternehmen anfangen können. Dort hatte sie Jewel damals kennengelernt. Aber darüber würde sie sich später Gedanken machen. Sie konnte immer nur eine Katastrophe nach der anderen abarbeiten, und heute stand Gigis Cottage auf dem Plan.

»Ach du meine Güte, ist es schon so spät?«, rief Gigi und sah auf ihre mindestens dreißig Jahre alte Armbanduhr hinab. »Chloe, wir müssen uns beeilen, wenn wir die Parade sehen wollen. Los, schnell anziehen. Wir können ja schlecht im Schlafanzug hingehen. Du möchtest die Parade doch sehen, oder?«

»Klar, will ich«, antwortete Chloe und sprang auf. Schon waren die toten Ehemänner vergessen. Emily lächelte. Gestern noch hätte Chloe bei dem Gedanken, sich eine Parade anzusehen, höchstens abfällig geschnaubt, aber offenbar verfiel sie bereits dem Charme der Insel.

»Mom, du kommst doch auch mit, oder?«

»Natürlich. Deshalb bin ich ja schon angezogen, also beeilt euch lieber, ihr zwei.«

»Erzähl mir alles«, sagte Lilly zu Emily, sobald Gigi und Chloe aus der Tür waren.

»Alles? Okay, mal sehen.« Emily zählte die Fakten an den Fingern ab. »Ich wohne immer noch bei Jewel, wir renovieren immer noch Häuser, ich verschwende meine ganze Freizeit damit, Chloe zu ihren Freizeitaktivitäten zu kutschieren, ich bin mit niemandem zusammen und … ja, das ist alles. Jetzt weißt du Bescheid.«

»Ach, komm, da muss es doch noch mehr geben.«

Emily schüttelte den Kopf. »Nein, eigentlich nicht.« Sie wünschte, sie könnte Lilly von all den schlaflosen Nächten erzählen, in denen sie sich Sorgen um Geld, ihren Bankrott und das Katastrophenhaus in San Antonio machte, aber dafür war jetzt nicht der richtige Zeitpunkt. Lilly würde es vielleicht nicht für sich behalten können. Es war schon schlimm genug, dass sie sich auf Gigis Verschwiegenheit verlassen musste. »Jetzt bist du dran. Was gibt es bei dir Neues?«

Lilly zuckte mit den Schultern und stand auf, um sich auf den Weg zur Kaffeekanne zu machen. »Ach, du weißt schon. Immer dasselbe. Auf dieser Insel ändert sich nicht viel. Wusstest du, dass Reed hier ist?«

»Habe ich gehört.«

»Hm. Und hat Brooke dir erzählt, dass sie vielleicht für das Bürgermeisteramt kandidieren möchte?«

Allmählich beschlich Emily das Gefühl, dass ihre Schwester versuchte, die Unterhaltung von sich wegzulenken. Normalerweise steckte Lilly voller Geschichten über ihre neuesten Abenteuer, auch wenn die eigentlich gar nicht so abenteuerlich waren. Aber sie beschrieb ihre Erlebnisse immer so, dass sie nach Spaß klangen. Nun kam sie Emily irgendwie ausweichend vor. Da musste es also doch einen Kerl geben.

»Ja, von der Bürgermeistersache hat sie mir erzählt. Warum glaubt Gigi, dass du einen Mann versteckst?«

»Weil diese Insel voller neugieriger alter Wichtigtuer ist, die nichts Besseres zu tun haben, als darüber zu spekulieren, wer was mit wem tut.«

»Ja, stimmt … und mit wem tust du es?«

Lillys Blick huschte zur Tür, durch die Chloe und Gigi eben verschwunden waren. »Mit niemandem. Es gibt keinen Mann.«

»Lügnerin. Sie ist jetzt weg. Du kannst es mir sagen. Du weißt doch, dass ich ein Geheimnis für mich behalten kann.«

Lilly zupfte sich einen nicht vorhandenen Fussel vom Shirt. Sie schindete Zeit und sah Emily nicht in die Augen. Emilys Verhältnis zu Brooke mochte oft angespannt und ein bisschen kompliziert sein, aber ihre Verbindung zu Lilly war schon immer fröhlich und leicht gewesen. Jetzt war es anders. Etwas hatte sich verändert. Vielleicht hatte Lilly mittlerweile doch gelernt, Geheimnisse für sich zu behalten.

»Okay, vielleicht gibt es doch einen Mann«, flüsterte sie. »Aber er ist nicht von hier, und es ist noch ganz frisch. Ich will es nicht kaputtmachen, indem ich zu viel erzähle. Du weißt doch, wie das hier ist. Ich will nicht, dass Dad Wind von der Sache bekommt, bevor ich die Chance hatte, es ihm selbst zu sagen. Du weißt ja, wie er sein kann.«

Emily schnaubte. »Ja, ich weiß, wie er sein kann, aber wenn Gigi und Dmitri schon Verdacht geschöpft haben, dann hat das ganz sicher auch schon eine Menge anderer Leute. Meinst du nicht, dass Dad es vielleicht schon weiß?«

»Oh, da bin ich mir sicher. Dad weiß es ganz eindeutig noch nicht.«

»Warum glaubst du das?«

»Weil er immer noch mit mir spricht.«

»Mom«, rief Chloe vom oberen Treppenabsatz, »ich finde meine Unterwäsche nicht. Bitte sag mir, dass du meine Unterwäsche eingepackt hast!«

So sehr Emily die Unterhaltung mit ihrer Schwester fortführen wollte, sie würde warten müssen. Sie konnte Chloe schlecht unten ohne zur Parade gehen lassen.

»Wir sprechen uns noch« sagte sie und wedelte mit dem Finger vor Lillys Nase herum.

»Klar doch.« Kichernd schob Lilly ihre Hand fort. »Aber jetzt such dem armen Mädchen erst mal eine Unterhose.«

Kapitel 8

Der Himmel war so blau wie das Ei eines Rotkehlchens und nur ein paar kleine Wölkchen spielten dort oben sehr langsam Fangen, während Emily, Chloe, Gigi und Lilly den Anishinaabe Trail entlang zur Main Street gingen. Eichhörnchen schnatterten in den Kronen der gewaltigen alten Eichen, die den Pfad säumten, und Ragtimemusik schallte von der Freiluftbühne im Trilliumpark herüber. Es war ein perfekter Tag für das Fliederfestival, aber eigentlich war das ja immer so. Es war in den Statuten der Touristenkommission der Insel festgeschrieben, dass das zweite Juniwochenende immer sonnig, trocken und angenehm zu sein hatte. Der heutige Tag war keine Ausnahme.

Chloe plapperte die ganze Zeit aufgedreht, schoss alle paar Sekunden ein Selfie von sich und erzählte Lilly von ihrem Leben in San Antonio und davon, dass ein paar fiese Mädchen in der Schule sie oft hänselten und Giraffe nannten, weil sie so groß war und so lange Beine hatte. Emily wusste von diesen Mädchen, und sie waren wirklich fies. Mehr als einmal hatte sie mit einer der Mütter dieser fiesen Mädchen telefoniert, aber leider wurden fiese Mädchen meistens so, weil sie es zu Hause lernten. Emily hatte eine ganze Müttertruppe aus der Nachbarschaft gegen sich aufgebracht, nur weil sie sich für ihre Tochter hatte einsetzen wollen. So etwas wäre auf Wenniway

Island nicht durchgegangen. Wenn hier eine Mom eine andere anrief, dann würde ein Kind dafür bestraft werden.

»Mach dir nichts draus, Süße«, erwiderte Lilly. »Sie sind nur neidisch, weil du so hübsch bist. Ich kenne mich damit aus, weißt du. Nichts bringt die gemeinen Seiten einer Person so drastisch zum Vorschein wie Eifersucht.«

Chloe eilte ein paar Schritte voraus und drehte sich um, sodass sie nun rückwärts vor ihnen herlief. Ihre roten Flip-Flops machten Klatschgeräusche auf dem Asphalt. »Mom hat mir erzählt, dass du einmal bei einem Schönheitswettbewerb mitgemacht hast. Das klingt spannend. Hat es Spaß gemacht?«

Lillys Lächeln bekam etwas Reumütiges. »Manche Sachen haben Spaß gemacht, aber im Großen und Ganzen war ich einfach nicht dafür gemacht. Außerdem waren die Kostüme und der ganze Kram teuer. Ein paar Leute auf der Insel haben zusammengelegt, damit ich bei der Miss-Michigan-Teen-Wahl in Lansing teilnehmen konnte. Das war mehr oder weniger eine Katastrophe.«

»Warum war es eine Katastrophe?« Chloe drehte sich wieder und ging neben Emily und Lilly her.

»Kostümzwischenfall.«

»Was?«

Emily verbiss sich ein Grinsen und wandte das Gesicht ab, damit Lilly es nicht bemerkte.

»Das ist ein bisschen untertrieben«, warf Gigi ein.

Emily kannte die Geschichte, und Gigi hatte recht. Kostümzwischenfall? Es war eher ein episches Kostümdesaster gewesen. Von einem solchen Ausmaß, dass es sich vermutlich zu einer jener Horrorgeschichten entwickelt hatte, die Schönheitsköniginnenmütter ihren kleinen Mädchen am Lagerfeuer erzählten, um sie gefügig zu machen.

Chloe war damals noch ein Baby gewesen, und trotz Nicks Protesten hatte Emily zu viel Geld für ein Flugticket von San Antonio nach Lansing ausgegeben und den bei einer Überkreuzbuchung unvermeidlichen Schlafmangel in Kauf genommen, um nicht auch noch Geld für ein Motel ausgeben zu müssen und nicht länger fort zu sein als unbedingt nötig. Aber das war es wert gewesen.

Während des Badeanzugteils hatte sich Lilly gut gehalten. Auf Zehn-Zentimeter-Absätzen war sie über den rutschigen Laufsteg stolziert, das Gesicht zu einer lächelnden Jokermaske erstarrt. Aber dann war die Vorführung der Abendroben gekommen. Sie war versehentlich auf den Saum ihres Glitzerkleids getreten. Ihres *trägerlosen* Glitzerkleids. Sie hatte ein beeindruckendes Gestolpere, gefolgt von einem schwungvollen Sturz, hingelegt und dabei ausgesehen wie ein Baseballspieler, der versuchte, sich mit einem Kopfsprung auf das nächste Schlagmal zu retten. Nachdem sie auf dem Bauch schlitternd am Rand des Laufstegs zum Halt gekommen war und sich aufrichtete … tat es ihr Glitzerkleid nicht. Sie war einfach herausgerutscht. Und nun hatten die Richter ihre beeindruckend großen Brüste direkt unter der Nase.

Erst bemerkte Lilly es gar nicht und saß einfach kichernd da, aber als sie dann versuchte aufzustehen, verhedderte sie sich immer weiter in dem verdammten Chiffonrock und zog ihr Kleid immer weiter herunter. Je mehr sie sich abmühte, umso schlimmer wurde es. Endlich zog der Richter aus Ypsilanti seine Smokingjacke aus und warf sie ihr zu, wobei er versuchte, sie nicht anzugaffen. Zum Glück war das zu einer Zeit passiert, als noch kaum jemand ein Smartphone mit Kamera besessen hatte. Heute würde ein solches Video schneller viral gehen, als man »Und hier kommt Miss Amerika« sagen konnte.

»Ich bin gestolpert und hingefallen«, erklärte Lilly. »Ich bin wieder aufgestanden, aber leider ohne mein Kleid.« Sie klang nüchtern, und Emily war unglaublich stolz darauf, wie ihre Schwester mit der Situation umging. Damals wie heute. Emily hätte sich so sehr geschämt, dass kein Loch auf der ganzen Welt tief genug gewesen wäre, um sich darin zu verstecken.

»Dein Kleid ist runtergerutscht?« Chloes Keuchen war der Situation durchaus angemessen. »Echt jetzt?«

»Na ja, nicht ganz. Nur oben herum. Hätte also schlimmer kommen können, oder? Darüber kann man doch froh sein. Ich schätze, der Höhepunkt meiner Schönheitsköniginnenkarriere war die Wahl zur Miss Fliederfestival während meines letzten Highschooljahrs.«

»Wow.« Kopfschüttelnd sah Chloe auf ihre Zehen hinab, während sie schweigend weiterging.

»Wie lange sitze ich nach der Parade im Kuchenzelt fest?«, fragte Emily kurz darauf und hoffte, die Stimmung damit wieder aufzuheitern. Öffentliche Demütigungen waren nie lustig. Vertrautes Terrain vielleicht, aber nicht lustig.

»Nur ein, zwei Stunden«, antwortete Lilly, die ihren rosa Sonnenhut in der Hand hielt und ihn vor und zurück schwang. »Eigentlich ist es kein schlechter Platz. Du bist im Schatten, kannst die Musik hören, und alle kommen vorbei.«

Na toll. Das war einfach fantastisch. Mittlerweile hatte es sicher die Runde gemacht, dass Emily wieder auf der Insel war, also würden auch zweifellos alle vorbeikommen und ihr immer dieselben drei Fragen stellen: Wann ziehst du wieder zurück auf die Insel? Was ist aus dem Kerl geworden, mit dem du davongelaufen bist? Und zu guter Letzt: Wusstest du, dass Reed auch gerade in der Stadt ist?

Das ließ sich wohl nicht vermeiden. Auf diese Weise würde sie es wenigstens an einem Tag hinter sich bringen. Alle konnten kommen und sie begaffen, sie einschätzen, sich ein Urteil bilden und dann über sie und ihre zweifelhaften Lebensentscheidungen tuscheln, während sie ihre Futterluken mit Kuchen vollstopften. Aber hey, wenn Lilly darüber lachen konnte, dass sie auf einem Laufsteg ausgerutscht war und oben ohne vor einer ganzen Riege von Richtern gesessen hatte, dann würde Emily ja wohl noch einen Nachmittag voller pseudofreundlicher Verhöre durchstehen. Vielleicht würde ja auch Mrs Bostwick da sein, und vielleicht konnte Emily so tun, als wollte sie ihr ein Stück Kuchen reichen, und dabei »stolpern« und ihr ganz aus Versehen das Gesicht zerkratzen. Das wäre doch mal was.

* * *

»Flieder ist eigentlich nicht so mein Ding, Dad.«

Das stimmte, aber bisher war es Ryan leider trotzdem nicht gelungen, seinen Vater davon abzubringen, ihn zu diesem idyllischen, urgemütlichen Festival zu schleifen. Nur das Versprechen, dass es dort auch ein Bierzelt geben würde, hatte ihn schließlich dazu bewogen mitzukommen. Das und die Tatsache, dass Emily gesagt hatte, sie würde beim Kuchenzelt sein. Was ihm einen legitimen Vorwand lieferte, zu ihr zu gehen und sie zu fragen, ob sie irgendetwas über das Flittchen herausgefunden hatte. Und wenn sie das nicht hatte, na ja, dann wäre da immer noch der Kuchen. Und Emily.

In der vergangenen Nacht hatte er wieder von ihr geträumt, und sosehr er es auch versuchte, er konnte nicht abstreiten, dass ihm etwas an Emily Chambers unter die Haut ging. Vielleicht war es ihr Pfirsich-Sahne-Teint. Oder die verspielte Art, mit der sie ihrer Tochter begegnete. Vielleicht war es ihr Lachen und Erröten gewesen, als sie ihm im Taxi eine persönliche Geschichte erzählt hatte. Oder vielleicht war es auch etwas nicht ganz so Mysteriöses, sondern einfach nur die Tatsache, dass Emily Chambers einen schönen Körper hatte und dass er schon eine ganze Weile kein Date mehr gehabt hatte. In letzter Zeit war er so mit der Arbeit beschäftigt gewesen, dass die einzigen weiblichen Wesen, denen er begegnet war, Mitarbeiterinnen gewesen waren. Und er war sehr konsequent, was die Keine-Beziehung-am-Arbeitsplatz-Regel betraf. Ja, das musste es sein. Er hatte einfach ein Bedürfnis, das schon lange nicht mehr befriedigt worden war. In diesem Fall wäre Emily Chambers keine gute Wahl. Mit der Tochter des Chief of Police stellte man lieber keinen Unsinn an, und man spielte auch nicht mit den Gefühlen der Mutter eines Teenagermädchens. Sie war beides. Ganz zu schweigen davon, dass sie sich auf einer sehr kleinen Insel befanden, an einem Ort also, an dem vermutlich nichts lange geheim blieb.

Ryan und sein Vater bogen um die Ecke Beaumont und Main Street und steuerten das dichte Touristengedränge an. Die Straße war für Pferdekutschen und Fahrräder gesperrt worden und vor vielen Geschäften standen mit lila Stoff überzogene Tische, auf denen die Verkäufer ihre Waren feilboten. Lavendelfarbene Banner wehten über ihnen und riefen allen in Erinnerung, dass dies das Fliederfestival war. Als ob irgendjemand das vergessen könnte. Immerhin blühte der Flieder überall, und sein Duft schaffte es doch tatsächlich, das Karamellaroma zu überdecken.

»Wo ist das Bierzelt?«, fragte Ryan und hoffte, dass er einfach dort warten konnte, während sein Vater umherschlenderte und handgemachte Perlen, Vasen aus Kürbiskarkassen und selbstgestrickte Schals bewunderte. Offenbar gab es auch eine ganze Reihe von Dingen, die merkwürdigerweise alle die Form eines Ofenhandschuhs aufwiesen. Es dauerte eine Weile, bis Ryan begriff. Ah, Michigan. Bisher war ihm nie aufgefallen, dass der untere Teil des Staates so aussah, aber jetzt konnte er es gar nicht mehr übersehen. Nie wieder würde er etwas Heißes aus der Mikrowelle holen, ohne sich an diese Reise zu erinnern.

»Es ist noch nicht einmal Mittag, Ry. Zu früh für Bier, aber da drüben gibt es Limonade.« Tag trug wieder dieses treudoofe Lächeln zur Schau. Vielleicht schmuggelte ihm das Flittchen ja

Antidepressiva in den Kaffee. Oder … vielleicht war es der Sex. Wieder kam ihm Emily in den Sinn. Wo war das Kuchenzelt? Vielleicht wollte er jetzt gleich zu ihr gehen. »Limonade klingt gut, Dad, aber weißt du, was noch besser klingt? Kuchen.«

Tag lächelte zustimmend und nickte. »Jetzt hast du's. Komm, suchen wir uns ein Stück Kuchen.«

Kurz darauf standen sie unter einem hellgelben Baldachin, unter dem sich ein paar Dutzend Menschen tummelten, darunter auch ein Kerl mit einem Imkerhut. In der Mitte erstreckte sich eine Reihe von drei Tischen, auf denen Kuchen jeder Form und Größe präsentiert wurden. Apfelkuchen, Blaubeertarte, Bananencremetorte … Diese süße Verführung lenkte ihn ab, aber dann entdeckte er Emily. Sie stand ein Stück abseits und lachte gerade mit Chloe. Sie trug ein hellblaues Sommerkleid mit großen gelben Sonnenblumen. Ein ganz anderer Look als das weiße Businesskostüm, in dem er sie zuvor gesehen hatte. Das Haar fiel ihr offen in sanften Wellen über die nackten Schultern. Die zarte, feminine Schlichtheit ihrer Erscheinung traf ihn voll in den Magen und rutschte dann tiefer.

Chloe sah ihn zuerst und winkte, und als Emily den Blick hob und ihre Augen aufleuchteten, wollten seine Knie nachgeben. Was. Zum. Geier. Was war los mit ihm? Er stand da, paralysiert wie eine vor Todesangst erstarrte Ziege, nur weil sie ihn angelächelt hatte? Der Empfangsmensch in seinem Hotel hatte ihm erzählt, dass die Alten der Anishinaabe-Indianer glaubten, die Insel hätte magische Kräfte. Während er sie nun so strahlend vor sich sah, fragte er sich, ob da vielleicht etwas dran war.

Er räusperte sich und ging zu ihr hinüber. Dabei tat er ganz nonchalant, als wäre ihm gerade so richtig nach einer schönen Streuselkruste und einer cremigen Füllung. Tag war auf sich allein gestellt. Ryan musste jetzt eine Runde flirten.

»Hey, Ladys«, sagte er. »Wie geht es mit dem Kuchenverkauf?«

»Bisher gut«, antwortete Emily. »Sehen Sie irgendwas, das Ihnen gefällt?«

Er konnte sich ein Grinsen nicht ganz verbeißen, als sein Blick spontan an Emily hängenblieb, die ihm ein Mona-Lisa-Lächeln schenkte. Seine Kehle wurde trocken, obwohl ihm gleichzeitig das Wasser im Mund zusammenlief. Woran nicht die Kuchen schuld waren. Er unterdrückte das, was er eigentlich sagen wollte, und versuchte es stattdessen mit: »Äh, was können Sie denn empfehlen?«

Chloe beugte sich über den Tisch zu ihm vor, so als wollte sie ihm ein Geheimnis anvertrauen. »Tja, das Früchtebrot jedenfalls nicht. Offenbar ist da Rindertalg drin. Und Früchte. Ekelhaft! Aber abgesehen davon sieht der Rest ganz gut aus. Und verraten Sie es nicht Gigi, aber es geht das Gerücht, dass die Mahoney-Schwestern den besten Erdbeer-Rhabarber-Pie machen.«

Er sah Emily an. »Und was meinen Sie? Zu welchem Kuchen würden Sie mir raten?«

Sie stand auf derselben Seite der Tischreihe, nur etwa einen halben Meter von ihm entfernt. Jedenfalls nahe genug, um ihr in den Ausschnitt zu gucken und die Andeutung eines Dekolletés zu erkennen, und er konnte ihr Parfum riechen. Es duftete noch besser als der Kuchen, und er erkannte es aus dem Taxi wieder. Möglich, dass er auch davon geträumt hatte, falls man im Traum etwas riechen konnte.

»Ich bin da wohl eher traditionell, ich mag Apfelkuchen am liebsten«, antwortete sie.

Er deutete auf einen streuselgedeckten Apfelkuchen. »Meinen Sie so einen da? Der Apfel fällt nicht weit vom Stamm, was, Chloe?« Chloe ächzte laut, während Emilys Lächeln etwas Nachsichtiges bekam, so als wäre sein Humor zwar unterirdisch, aber immerhin hatte er ja sein Bestes versucht. Er konnte es ihr nicht verübeln und wand sich innerlich ein bisschen wegen des lahmen Witzes. Das musste an ihrem Kleid liegen. Dieses Sommerkleid ließ ihn so dämliche Sachen sagen.

»Schon allein dafür müssen Sie eigentlich den ganzen Kuchen kaufen«, sagte Chloe kopfschüttelnd. »Wir können ihn in Ihr Hotel bringen lassen. Dann müssten Sie ihn nicht den ganzen Tag mit sich rumtragen.«

Er hatte keine Ahnung, was er mit einem ganzen Kuchen anfangen sollte, aber jetzt würde er geizig erscheinen, wenn er nichts kaufte. »Das ist ein guter Deal, schätze ich. Dann nehme ich also den ganzen Apfelkuchen da.« Er drehte sich zur Seite, um nach seinem Geldbeutel zu greifen, und da sah er Tag auf der anderen Seite des Zelts stehen … und mit dem Flittchen sprechen.

»Heilige Scheiße, das ist sie!« Es kam als heiseres Flüstern heraus, und er beugte sich zu Emily vor und deutete unauffällig auf das Paar.

»Was?«

»Das ist sie. Das kleine geldgierige Flittchen, das da drüben mit meinem Vater redet.« Nun wurde sein Deuten schon etwas nachdrücklicher, während Emily in die gewiesene Richtung sah.

»Wer ist Ihr Vater?«, flüsterte sie zurück und reckte den Hals.

»Der in dem grünen Golfhemd. Der neben dem Flittchen in den rosa Shorts.«

Emily zögerte kurz, dann schnappte sie laut nach Luft.

»Hey! Moment mal! Das ist kein Flittchen! Das ist meine Schwester!« Ihre Stimme trug so weit wie ein tibetanischer Gong. Sie wurde vom Baldachindach zurückgeworfen und hallte im ganzen Zelt wider, und alle – von den Kuchentischen bis zur Internationalen Raumstation der NASA – erstarrten und sahen sie an. Darunter auch Tag und das Flittchen.

Ryan wurde heiß, während er zwischen seinem Vater, dem Mädchen in den rosa Shorts und Emily hin und her blickte.

»Ihre Schwester?« Immerhin war er so geistesgegenwärtig, weiterhin zu flüstern. »Sie haben doch gesagt, dass Sie niemanden kennen, der Daisy heißt!«

»Kenne ich auch nicht, Sie Idiot. Ihr Name ist Lilly. Und sie ist kein Flittchen!« Ihre Augen sprühten Funken, aber wenigstens brachte sie es fertig, wieder etwas leiser zu sprechen. Doch zu seinem Unglück verschränkte sie jetzt die Arme, wodurch sich ihre Brüste hoben und ihr Ausschnitt sich vertiefte. Aber ihm blieb jetzt keine Zeit, diesen Anblick angemessen zu würdigen, denn er spürte einen ausgewachsenen Shitstorm nahen. Das Flittchen hieß Lilly? Scheiße. Ryan hatte schon immer ein lausiges Namensgedächtnis gehabt. Da musste er etwas verwechselt haben. Außerdem war er am vergangenen Abend bei der Vorstellrunde so von ihrem Alter abgelenkt gewesen, dass er kaum zugehört hatte.

»Tja, wie auch immer sie heißt, sie war gestern Abend bei meinem Vater. Haben Sie das gewusst?« Das Wispern brannte in seiner Kehle.

Sie runzelte finster die Stirn und zog ihn am Arm in eine Zeltecke. »Nein, natürlich nicht. Und ich wusste auch nicht, dass Ihr Vater ein geiler alter Bock ist, aber das hätte mir wohl heute Morgen klar werden müssen, als Sie mir erzählt haben, dass er sich mit einer Fünfundzwanzigjährigen eingelassen hat. Übrigens ist sie sechsundzwanzig, aber trotzdem, was zum Teufel hat er mit meiner kleinen Schwester vor?«

Ryans Überraschung verwandelte sich in Ärger. »Mein Vater ist kein geiler alter Bock. Wenn hier irgendwer mit irgendjemandem etwas vorhat, dann Ihre Schwester mit ihm. Mein Vater ist ein guter Mann.«

»Ja, klar. Seine Absichten sind ganz bestimmt sehr *ehrenhaft.«* Sie sagte »ehrenhaft«, als wäre das Wort zu groß für ihren Mund.

Ryan riss den Blick von Emily los und sah wieder zu den beiden hinüber. Wie auch immer dieses Mädchen nun hieß, ihr Gesicht glühte jetzt jedenfalls genauso rosa wie ihre unglaublich kurzen Shorts, und auf Tags Wangen hatte sich eine dunkle Röte gestohlen. Die beiden wirkten eins a ertappt. Alle im Zelt beobachteten die Szene und fragten sich sichtlich, was da gerade am Kuchenstand passierte. Der Typ mit dem Imkerhut hatte sogar das Netz hochgeschoben, um besser sehen zu können.

»Sie müssen sich irren, das kann einfach nicht sein«, wisperte Emily.

»Ich irre mich nicht. Ich weiß, dass sie es ist. Wir drei haben gestern Abend zusammen gegessen.«

»Tja, dann nutzt Ihr Vater sie aus. Er sollte sich schämen.«

»Äh, Entschuldigung. Ich glaube, das Gegenteil ist der Fall. Sie führt ihn an der Nase herum.«

»Ach ja? Er ist Präsident irgendeiner Riesenfirma in Kalifornien, und sie ist ein Mädchen, das noch nie von dieser Insel heruntergekommen ist. Wer hat da wohl die Oberhand? Ihr Vater ist ein widerlicher Lüstling.«

Ryan hielt seine Stimme gesenkt, obwohl er eigentlich lieber gebrüllt hätte. Nicht seine Art, aber unter diesen Umständen wohl verständlich. »Er ist kein Lüstling! Und wenn hier jemand einen anderen ausnutzt, dann sie ihn. Sie hält ihn für ihre Fahrkarte von dieser Insel. Er ist nur ihr Mittel zum Zweck.«

Während ihrer gedämpften Zankerei teilte sich die Menge der schaulustigen Touristen wie das Rote Meer, und Ryans Dad kam durch das Zelt auf die beiden zu. Einen Sekundenbruchteil später folgte Emilys Schwester. Mein Gott, Emilys Schwester? Schließlich standen sie alle vier zusammen und nahmen Angriffshaltung ein. Auch Chloe hatte sich hinter ihrer Mutter angeschlichen.

»Lilly, im Ernst?«, zischte Emily leise aber nachdrücklich. »Das ist der Kerl? Ist dir klar, dass er neunundfünfzig ist?«

»Woher wissen *Sie* denn, wie alt ich bin?«, fragte Tag, als wäre das im Moment das Wichtigste.

»Ich habe es ihr gesagt«, erklärte Ryan. Er versuchte, tief durchzuatmen, aber die Luft fühlte sich an wie zäher Brei. Plötzlich war es unter dem Baldachin unglaublich warm.

Die Menge regte sich wieder und alle plauderten weiter, aber diejenigen, die in der unmittelbaren Nähe standen, versuchten sehr armselig zu verbergen, dass sie jedem Wort lauschten. Der Imkerhut machte einen Seitschritt auf sie zu und zog das Netz wieder herunter, als würde ihn das irgendwie unauffälliger machen.

»Du hast ihr gesagt, wie alt ich bin?«, wollte Tag wissen. »Wann denn?«

»Am Flughafen. Oder am Telefon. Ich weiß es nicht mehr genau, aber das ist die Frau, mit der ich mir ein Taxi geteilt habe, und offenbar ist sie die Schwester deiner … deiner *Freundin.*« Es auszusprechen war ebenso merkwürdig wie es zu hören.

»Könnten wir das woanders besprechen? Bitte?« Das Flittchen warf einen Blick über die Schulter in die neugierige Menge. »Oder noch besser, könnten wir das Gespräch verschieben?«

»Dann ist das also wirklich der Kerl?«, fragte Emily noch einmal.

»Er ist der Kerl«, antwortete Ryan knapp. »Und sie ist das Flittchen.«

»Ich bin kein Flittchen!« Auch das war ziemlich laut herausgekommen. Für zwei Frauen, die versuchten, etwas geheim zu halten, waren Emily und ihre Schwester mit ihren Ausrufen nicht gerade diskret. Nun zogen die ersten Leute Handys hervor und schossen Fotos. Wenn es in Trillium Bay ein Amtsblatt gab, dann würde diese Szene morgen auf der Titelseite erscheinen. Nun hatte sein Dad auch noch die Stirn, ihn mit einer väterlich strengen Miene zu mustern. »Ryan, Lilly ist kein Flittchen, und ich habe dich nicht dazu erzogen, Frauen auf diese Art zu beleidigen. Entschuldige dich.«

Ryan versuchte, mit der Ironie des Ganzen irgendwie klarzukommen. »Im Ernst, Dad? Ausgerechnet du willst mir jetzt einen Vortrag darüber halten, dass man Frauen respektieren sollte? Ich bin nicht derjenige, der mit einer Fünfundzwanzigjährigen ins Bett steigt.«

»Ich bin sechsundzwanzig«, warf das Mädchen ein, als würde es einen Unterschied machen.

»Iiih, Tante Lilly!« Chloe schnappte nach Luft. »Du warst mit dem in einem Bett? Der ist doch ein Opa.«

Scheiße, Ryan hatte ganz vergessen, dass Chloe auch da war. Nun kam er sich vor wie ein Arsch, und vielleicht fühlte er sich auch ein bisschen mies, weil er Emilys Schwester ein Flittchen genannt hatte. Als er noch nicht gewusst hatte, wer sie war, war es ihm irgendwie nicht ganz so beleidigend vorgekommen. Aber jetzt wusste er es.

»Tut mir leid, Chloe, ich habe vergessen, dass du da bist. Und … Lilly, ich wollte dich kein geldgieriges Flittchen nennen.«

»Ein was?«, keuchte sie. »Ein *geldgieriges* Flittchen?«

Scheiße. Das war ihm so rausgerutscht. Heute war nicht sein Tag.

»Ja, Lilly. Ryan und seine Brüder denken, dass du hinter Tags Geld her bist.« Emily hob eine Braue, verschränkte die Arme noch fester und pushte ihr Dekolleté damit noch weiter. Ryan wünschte, sie würde das lassen. Er konnte kaum große Reden über den Respekt vor Frauen schwingen, während er ihre Brüste anglotzte.

»Hinter meinem Geld? Wie bitte?« Tag starrte ihn an. »Sie ist nicht hinter meinem Geld her, Ryan. Das ist doch lächerlich. Jetzt schuldest du ihr schon zwei Entschuldigungen. Und mir schuldest du auch eine.«

Was? Wie zum Henker war er jetzt plötzlich zum Bösewicht in diesem Szenario geworden? Er wollte doch nur helfen. Er wollte nur seinen Vater und das Unternehmen schützen. Eigentlich konnte er schwierige Situationen dank seiner Redegewandtheit gut meistern, aber jetzt war er vollkommen orientierungslos. Wie sollte er sich verhalten? Der Imker machte noch einen seitlichen Ausfallschritt und hielt sich dabei einen Kuchen vor die Brust, wie eine Comicfigur, die versuchte, sich hinter einer viel zu kleinen Requisite zu verstecken.

»Chloe«, sagte Emily mit Blick auf den Imker. »Wie wäre es, wenn du Mr Krushnic zur Kasse begleitest, damit er den Kuchen bezahlen kann, den er da misshandelt.«

»Aber das hier ist viel spannender«, antwortete Chloe, was ihr einen strengen Blick von ihrer Mutter einbrachte.

»Ach, schon gut. Kommen Sie, Mr Krushnic. Wir wurden verbannt.«

Emily deutete auf den Rücken ihrer sich entfernenden Tochter, und der Imker ließ die Schultern hängen und folgte Chloe.

»Ihr müsst jetzt gehen«, sagte Lilly leise an Tag gewandt. »Bitte. Wir reden später, aber hier können wir nicht bleiben. Alle versuchen zu lauschen.«

Tag hob die Hand, als wollte er Lilly berühren, ließ sie dann aber wieder sinken. »Bist du sicher? Ich will dich hier nicht allein den Wölfen überlassen. Meinetwegen muss es kein Geheimnis bleiben.«

»Aber meinetwegen. Wenigstens bis ich Zeit hatte, mit meinem Vater zu sprechen.«

»O mein Gott«, rief Emily. »Dad bekommt einen Herzinfarkt, Lilly. Heilige Scheiße. Ist dir klar, dass der Kerl hier genauso alt ist wie er?«

»Schhhh! Sprich leise und hör mir zu. Tag und ich haben ein Recht auf etwas Privatsphäre, also bitte respektiere das. Und ihr beide« – sie sah Ryan und seinen Vater an – »müsst jetzt aus diesem Zelt raus.«

Da war Ryan ganz ihrer Meinung. Er musste wirklich aus diesem Zelt raus und dafür dieses verdammte Bierzelt finden. Vielleicht gab es sogar irgendwo ein Whiskeyzelt? Das wäre sogar noch besser.

Was. Zum. Geier.

»Das war vollkommen unnötig, Ryan«, fuhr ihn sein Vater an, als sie das Zelt verließen. »Lilly hat das nicht verdient, und wenn du glaubst, dass sie nur hinter meinem Geld her ist, tja, dann beleidigst du damit auch mich.«

Ryan blieb stehen und drehte sich zu seinem Vater um. »Ich will niemanden beleidigen, Dad, aber dieses Mädchen ist gerade mal halb so alt wie du. Nicht mal ganz. Und ich mache mir Sorgen, dass du gerade nicht klar denkst.«

»Warum? Weil ich die Gesellschaft einer schönen jungen Frau genieße?«

»Weil du davon redest, deinen Job aufzugeben und ans andere Ende des Landes zu ziehen, wegen einer Frau, die du kaum kennst. Einer Frau, die jünger ist als ich. Was, glaubst du, soll aus dieser … dieser Beziehung werden?« Seinem Vater zuliebe nannte er es eine Beziehung, obgleich es wohl eher eine als Romanze verkleidete Midlife-Crisis war.

Sein Dad wurde rot, seine Miene wirkte hart. »Ich weiß es nicht, Ryan. Ich weiß nicht, ob es einen Monat halten wird oder ein Jahr oder ein Jahrzehnt. So weit denke ich nicht. Ich weiß nur, dass ich mich wieder lebendig fühle. Lilly ist herzlich und lustig, und sie macht mich glücklich. Wir haben Spaß. Das habe ich verdient. Wenn ich irgendetwas aus dem Verlust deiner Mutter gelernt habe, dann, dass Spaß allein zum Selbstzweck schon eine gute Sache ist. Die Arbeit ist auch wichtig, aber sie sollte nie so wichtig werden, dass man das Leben nicht mehr genießen kann. Neunundfünfzig ist nicht so früh für den

Ruhestand, weißt du. Und es ist schließlich nicht so, dass ich das Unternehmen einfach im Stich lasse. Ich übergebe es euch Jungs. Ihr drei seid mehr als in der Lage, den Laden zu führen, also warum lässt du mich nicht in Frieden, hm? Wie wäre es, wenn du dich um deinen eigenen Kram kümmerst und mir meinen überlässt?«

Damit machte Tag auf dem Absatz kehrt und stürmte auf die Main Street zu. Ryan sah ihm nach, den Mund leicht geöffnet, um … irgendetwas zu sagen. Aber was? Was konnte er anführen, was sein Vater nicht schon wusste?

Einen Moment lang stand er einfach da und ließ den Strom der Touristen um sich herumfließen, als wäre er ein Fels in einem Fluss. Er musste nachdenken. Diese Situation erforderte gedankliches Durchdringen, und dabei half einem nichts so sehr wie ein kaltes Getränk. Höchste Zeit, dieses Bierzelt ausfindig zu machen. Einen Drink hatte er sich jetzt mehr als verdient.

Kapitel 9

Der sonntägliche Gottesdienst auf Wenniway Island war in etwa zu einem Teil spirituelle Erfrischung und zu fünf Teilen Nachbarschaftsklatsch. Nicht, dass man sich untereinander nicht auch während der Woche auf dem Laufenden hielt, aber während der Sommermonate waren alle ziemlich mit den Touristen beschäftigt und die üblichen Sozialisationszeiten waren eingeschränkt. Trotzdem war man immer noch ausreichend darüber informiert, wer zu spät kommen würde, wer etwas verkatert war, wer ganz vorn sitzen und am lautesten singen und wer mit viel Aufhebens Geld in den Spendenkorb legen würde.

»Oh je, siehst du die bösen Mahoney-Schwestern da drüben? Sitzen da und halten sich für die Kirschen auf dem Sahnehäubchen«, brummelte Gigi, während sie mit Emily und Chloe die Sankt-Bartholomäus-Kirche betrat und ihren Platz in der fünften Reihe von hinten rechts einnahm. Seit fünfundsiebzig Jahren saß Gigi immer dort. Vor ihr hatten bereits ihr Vater und ihre Großeltern dort gesessen. Gigi war zwar bereit gewesen, bei jeder ihrer Hochzeiten in ein neues Haus zu ziehen, aber ganz gleich, wie ihr Leben gerade aussah, dieser Platz in der Kirche gehörte ihr. Fünfte Reihe von hinten rechts.

Wehe den armen, ahnungslosen Touristen, die sich versehentlich hier niederließen. Gigi schreckte nicht davor zurück, einen Wildfremden mit ihrer schwarzen Kunstlederhandtasche in die Flucht zu schlagen.

»June Mahoney sagt, sie hätten Pläne für die Mietscottages drüben im Crooked Tree Trail, und sie meint, es würde mich glatt umhauen, wenn ich erst sehe, was sie vorhaben. Als ob mich irgendetwas, das diese alten Krähen aushecken, vom Hocker fegen könnte. Es ist mir egal, was sie tun. Ich werde nicht zulassen, dass sie mir meine Mieter abluchsen, und das habe ich ihr auch klipp und klar gesagt. ›June‹, habe ich gesagt, ›kümmere dich um deine eigenen Angelegenheiten. Weißt du denn nicht, dass meine Enkelin an dem Haus arbeitet, das mir mein zweiter Ehemann hinterlassen hat? Und es wird einfach großartig.‹ Sie glaubt, sie könnte mich ins Bockshorn jagen, aber das kann sie nicht.«

Emily hörte Gigis Monolog nur mit halbem Ohr zu. Auf einer Insel voller irischstämmiger Einwohner galt es geradezu als olympische Disziplin, möglichst lange nachtragend zu sein. Und die Fehde zwischen den Mahoneys und den Callaghans war unauflösbar mit dem Teppich der Geschichte Trillium Bays verwoben, und das schon seit dem achtzehnten Jahrhundert. Natürlich stritt man sich auch darüber, wer nun den Streit begonnen hatte und wie und warum. Ab und zu loderte der Konflikt auf, um dann wieder zu einem schwachen Hintergrundglimmen zu werden. Der letzte bedeutsame Zwischenfall geschah vor beinahe dreißig Jahren, als der alte Dewey Mahoney eine gewaltige hundertjährige Kiefer gefällt hatte, weil sie ihm die Sicht auf den Lake Huron verstellte. Dass dieser Baum mitten im Vorgarten der Callaghans gestanden hatte, schien ihm irgendwie entgangen zu sein. Nachdem er später wieder nüchtern gewesen war, hatte er sich entschuldigt, aber einige zweifelten die Aufrichtigkeit seiner Worte an, als er die gerichtlich angeordnete Entschädigung von eintausend Dollar komplett in kanadischen Pennys bezahlte.

Emily sah zu den Mahoney-Schwestern hinüber. Sie starrten zurück und tuschelten hinter vorgehaltener Hand. Sie wusste nicht, ob es dabei um sie oder um den Kuchenzeltvorfall am Vortag ging. Oder ob sie Gerüchte über ein anderes armes, unwissendes Opfer verbreiteten. Trotzdem waren ihr die Schwestern nie sonderlich teuflisch vorgekommen. Sie wirkten eher wie harmlose alte Mütterchen. April, May, June. So hießen sie. Sie hatten auch noch einen Bruder, August. Er war abgehauen und hatte sich den Marines angeschlossen, nachdem seine Liebste ihn wegen eines anderen verlassen hatte. Bei seiner Rückkehr hatte er eine ganze Reihe unzweideutiger Tattoos mitgebracht, und June hatte ihm prompt verboten, sich in der Öffentlichkeit je wieder ohne Hemd zu zeigen. Und Gus hatte gehorcht. Marine hin oder her, er wollte seine Schwester nicht gegen sich aufbringen. Nun da sie so darüber nachdachte, war ihr harmloses Erscheinungsbild vielleicht nur Teil einer ausgeklügelten, dämonischen Maskerade?

Drei Reihen vor ihnen saß die alte Bridget O'Malley. Sie war schon immer alt gewesen. Schon seit Emily auf der Welt war, und sie ging stramm auf die einhundertdrei zu. Sie war eine alte Jungfer, die nie geheiratet hatte. Vielleicht hatte sie sich deshalb so lange gehalten. Gloria Persimmons saß neben ihr in einem orangefarbenen Kleid, in dem sie wie ein Verkehrshütchen aussah. Gerade half sie Mrs O'Malley dabei, das Gesangsbuch aus der Halterung an der Rückenlehne der Bankreihe vor ihnen zu ziehen. Dann winkte sie Emily zu.

Emily winkte zurück, gerade als Brooke sich zu ihnen gesellte. Sie trug ein weißes Kleid mit roten Kirschen und dazu passende rote Sandalen. Sie hatte sogar Wimperntusche aufgetragen, und Emily fragte sich, zu welchem Zweck. Klar war das hier die Sonntagskirche, aber normalerweise putzte sich Brooke nie so heraus.

»Hi«, flüsterte Emily ihr zu. »Du siehst aber hübsch aus.«

Brooke wurde rot. »Danke. Du auch. Aber das tust du ja immer.«

Harlan ließ sich auf der anderen Seite neben Gigi nieder, seine Miene wirkte so stoisch wie bei einer Beerdigung. Allerdings war selbst der Mount Rushmore gefühlsbetonter als Chief Callaghan. Als Lilly hereinkam und sich neben ihren Vater setzte, tätschelte er ihr den Arm. Also war der Skandal noch nicht losgebrochen. Oder jedenfalls hatte er noch nichts davon gehört.

Nachdem Tag und Ryan am vergangenen Tag das Kuchenzelt verlassen hatten, war auch Lilly gegangen und erst nach zwanzig Minuten mit erleichterter Miene zurückgekehrt. Als Emily sie gefragt hatte, wo sie gewesen sei, hatte sie geantwortet: »Schadensbegrenzung. Ich habe Dmitri Krushnic gerade zwanzig Dollar Schweigegeld bezahlt. Hoffen wir mal, dass ich ihm nicht lieber fünfzig hätte zahlen sollen.«

Danach hatten sich die beiden nicht mehr viel unterhalten, und der restliche Tag war im Rausch des Fliederfestivals untergegangen. Emily war sehr damit beschäftigt gewesen, die zahlreichen Fragen über ihr Leben und ihre Liebesbeziehungen zu beantworten, aber niemand hatte etwas über Lilly gesagt, was eine Erleichterung gewesen war. Trotzdem schien es in der Gemeinde heute einige zusammengesteckte Köpfe und leises Gemurmel zu geben. Dieses eine Mal hoffte Emily, dass es dabei um *sie* ging und nicht um Lilly.

Nach der Messe schlenderten alle hinaus in den Kirchgarten, wo einige fleißige Helferinnen immer Zuckergebäck und Limonade bereitstellten. Harlan wurde währenddessen gern von Leuten belagert, die sehr ernste Themen zu besprechen hatten wie etwa, wann die Betreten-verboten-Schilder am Golfplatz aufgestellt würden, weil die Jugendlichen dort nachts tranken und in die Sandgruben pinkelten. Oder sie wollten wissen, was man wegen der Abfälle unternehmen sollte, die Touristen immer wieder auf den Wegen hinterließen. Oder ob man wohl zusätzliche Helfer für die Festivitäten am Unabhängigkeitstag brauchen würde. So war es auch heute – Harlan war sofort von einer Traube von Menschen umgeben.

»Und was hast du heute vor?«, fragte Brooke, während sie Limonade tranken und neben der Statue von Antoine St. Antoine standen, einem französischen Pelzhändler, der den ersten Außenposten auf dieser Insel errichtet und eine Anishinaabe geheiratet hatte. Zusammen hatten sie sechzehn Kinder in die Welt gesetzt, weshalb man das Denkmal eigentlich seiner Frau hätte setzen müssen.

»Gigi bringt mich zu dem Cottage, das ich renovieren soll. Was macht Lilly denn da?«

Lilly stand etwas abseits und tuschelte mit Chloe, die langsam nickte. Emily folgte dem Blick ihrer Tochter und entdeckte Ryan. Ihr Herz machte einen verräterischen kleinen Satz. Ja, er hatte ihre Schwester ein geldgieriges Flittchen genannt, aber verdammt, er sah wirklich gut aus in diesem Businesshemd. Waren seine Schultern gestern auch schon so breit gewesen? Wahrscheinlich schon, aber heute kamen sie ihr noch breiter vor. Zu schade, dass er offiziell zum Feind erklärt worden war. Und zu schade, dass er direkt neben Tag stand. Das war nicht gut, aber da waren sie, ohne auch nur im Geringsten zerknirscht oder reuevoll auszusehen. So als wäre Tag überhaupt nicht der Typ, der der Tochter des Chiefs an die Wäsche gehen würde. Was sollte das? Warum tauchten die beiden hier einfach so auf? Waren sie denn gestern nicht im Kuchenzelt gewesen? Glaubten sie nicht, dass es vielleicht klug wäre, sich erst mal rarzumachen? Jedenfalls klüger, als in der Kirche aufzutauchen. Es sei denn, Tag wollte beichten, um Absolution zu erlangen. Dann sollte er sich allerdings lieber beeilen, denn so groß war der Kirchgarten auch nicht und Harlan stand nur ein paar Meter entfernt.

Dmitri schlenderte an ihnen vorbei, nickte Emily wissend zu und blinzelte verschwörerisch. Auch das gehörte in die Spalte mit den Dingen, die *nicht gut* waren.

»Guten Morgen, Peach. Brooke. Schöner Tag heute, nicht?« Er hielt seinen Hut in den Händen. Wenn er tatsächlich den Mund gehalten hatte, dann waren diese zwanzig Dollar gut investiert, aber Emily hatte da so ihre Zweifel.

»Guten Morgen, Dmitri«, antworteten die Schwestern wie aus einem Mund. Er ging weiter, und Emily wollte gerade erleichtert aufatmen, als Chloe sich von Lillys Seite löste, schnurstracks an dem Imker vorbeiging und direkt auf Ryan und Tag zusteuerte. Nein, nein, nein. Das konnte nur böse enden, aber Lillys Miene war ganz ruhig. Fast ganz ruhig, bis auf einen zuckenden Kiefermuskel, und Emily begriff, dass das Getuschel mit der Situation zu tun hatte. Wahrscheinlich hatte Lilly ihre Nichte daran erinnert, Tag gegenüber Harlan nicht zu erwähnen, was wiederum Emily daran erinnerte, dass sie unbedingt mit Chloe darüber sprechen musste, wie unschön es war, Dinge zu verheimlichen oder zu lügen … Es sei denn, die eigene, sechsundzwanzigjährigeTante traf sich mit einem Mann, der so alt war wie der eigene Großvater. In diesem Fall war eine Lüge schon in Ordnung. Mehr noch. Sie war sogar zwingend notwendig. Wenn Harlan Callaghan herausfand, dass der Freund seines Töchterchens ein eingetragenes Mitglied der Grauen Panther war, dann würde es schlimm werden. Und dafür war niemand bereit, besonders nicht hier vor der Sankt-Bartholomäus-Kirche. Kirchen waren grundsätzlich nicht der beste Ort für Ehrlichkeit.

Unsicher, wie sie selbst sich in diesem kleinen Drama verhalten sollte, hielt sich Emily etwas abseits, bis Harlan auf die Taggerts zuging. Da überquerte sie rasch den Rasen und gesellte sich zu ihnen, Brooke im Schlepptau.

»Das ist der Typ, den ich am Flughafen kennengelernt habe. Komm, wir sagen Hallo.«

Sie erreichten Ryan und Tag im selben Moment wie ihr Vater. Auch Lilly stieß zu ihnen, und Gigi. Nicht sehr subtil. Die gesamte Familie Callaghan stürzte sich gleichzeitig auf die beiden Taggerts. Dmitri witterte einen Showdown, wechselte die Richtung und blieb neben ihnen stehen. Emily wollte ihn davonscheuchen wie eine seiner Bienen, aber das würde nur noch mehr Aufmerksamkeit erregen.

Mrs Bostwick wandte sich an April Mahoney und sagte etwas – zweifellos wenig Schmeichelhaftes – und Delores Crenshaw rückte ihre Brille zurecht, beugte sich vor und nickte. Es war gut möglich, dass sie sich das alles nur einbildete, aber sie schienen mittlerweile doch einige Zuschauer zu haben, die … ihnen zuschauten. Entweder weil sie immer noch fasziniert von Emilys längst überfälligem Besuch waren … oder weil zwanzig Dollar nicht ausreichten, um sich Verschwiegenheit zu erkaufen. Dmitri setzte seinen Imkerhut auf und ließ das Netz herunter.

»Gentlemen, ich glaube, wir kennen uns noch nicht. Ich bin Chief Callaghan. Offenbar sind Sie mit meiner Enkelin bekannt.« Alles, was Harlan sagte, klang wie eine Anschuldigung, was die Taggert-Männer jedoch kaltzulassen schien.

Chloe lächelte zu Harlan hinauf und klimperte mit den Wimpern. »Ja, Granpa. Das ist Ryan. Mit ihm haben wir uns das Taxi geteilt, als das Flugzeug kaputt war.«

»Ach ja, Emily hat so etwas erwähnt. Ich weiß allerdings nicht, warum Sie nicht lieber über Pellston geflogen sind, aber nächstes Mal wissen Sie es sicher besser.«

Ryan nickte und schüttelte Harlan die Hand. »Ja, Sir. Danke für den Rat. Das hier ist mein Vater John Taggert.«

Tag zuckte nicht mit der Wimper, als er ebenfalls die Hand austreckte. Aalglatt. »Schön, Sie kennenzulernen, Chief Callaghan.«

»Freut mich auch, Mr Taggert.«

»Bitte nennen Sie mich Tag.«

Emily sah zu Lilly hinüber, aber die trug eine Sonnenbrille und ihre Miene gab nichts preis.

Harlan verschränkte die Hände hinter dem Rücken und nahm eine Haltung ein, die Emily nur zu gut kannte. Er taxierte die beiden Männer, aber die Taggerts schien das nicht zu beeindrucken. Ryan fuhr sich allerdings kurz mit dem Finger unter den Kragen, und Emily sah, wie er tief Luft holte. Tag wischte sich einen leichten Schweißfilm von der Schläfe. Hm, so gelassen waren sie vielleicht doch nicht.

»Das da ist Tante Brooke«, sagte Chloe, ganz die weltmännische Gastgeberin. »Und das da sind meine Mom und Tante Lilly. Und Gigi. So. Das wären alle.«

Das hier konnte auf so viele Arten schiefgehen, aber alle lächelten einander nur höflich nickend an. Es gab ein paar unverfängliche Kommentare über das unglaublich angenehme Wetter und über die Schönheit der Insel. Brooke schien die Spannung, die in der Luft lag, zu bemerken, denn sie sah Emily mit einer hochgezogenen Braue an, aber Harlan bekam davon offenbar nichts mit. So wie er auch die Seitenblicke, die ihm die anderen Gemeindemitglieder zuwarfen, anscheinend nicht bemerkte. So viel also zu seiner Polizeiarbeit, wenn er nicht einmal in der Lage war, diese recht offensichtliche Körpersprache zu lesen.

Lillys Kiefermuskeln spannten und entspannten sich immer wieder, aber als sie begriff, dass Emily nichts verraten würde, schenkte sie ihr ein kleines, schwaches Lächeln. Als ob Emily so etwas tun würde. Ihrem Vater war es zuzutrauen, dass er den Überbringer schlechter Nachrichten lynchte, weshalb sie ihm definitiv überhaupt nichts erzählen würde. Da war Lilly auf sich allein gestellt.

»Harlan!« Eine laute Donnerstimme kam von links, und Emily erkannte sie sofort als die von Richter Murphy. Er war ein kleiner, stämmiger Mann, der angeblich mal einen ganzen Fisch mitsamt Gräten und allem gegessen hatte, nur weil jemand behauptet hatte, er könne das nicht. »Harlan, ich habe dich heute Morgen gar nicht in der Kirche gesehen. Wo warst du?«

Der Chief starrte ihn einen Moment lang nur an. »Brian, ich saß genau an dem Platz, an dem ich schon mein ganzes Leben lang sitze, und du behauptest, du hättest mich nicht gesehen?«

»Nein, ich habe auf deinem Platz nachgesehen, aber dich habe ich da nicht gesehen. Jetzt, wo ich so darüber nachdenke, siehst du auch jetzt noch etwas verschwommen aus.«

»Könnte es vielleicht sein, dass du die Brille deiner Frau aufhast statt deiner eigenen?«

»Sei nicht albern. Ich würde doch nie … Moment mal.« Er nahm die Brille ab und betrachtete sie. »Tja, verflixt. Kein Wunder, dass Mary heute Morgen schwindlig war. Die Arme kann wahrscheinlich rein gar nichts sehen. Na, wie auch immer, wir müssen unseren Pokerabend am Donnerstag zu dir nach Hause verlegen. Meine Frau hat für diesen Abend nämlich ein Buchclubtreffen organisiert. Als ob sie nicht wüsste, dass das mein Abend ist. Als ob unser Pokerabend nicht seit fünfzehn Jahren am dritten Donnerstag im Monat bei uns stattfinden würde. Also, können wir uns bei dir treffen?«

Harlan nickte. »Wüsste nicht, was dagegen spricht.«

»Bestens. Danke.« Er kniff die Augen zusammen und blinzelte Ryan und Tag an. »Tut mir leid, offenbar habe ich meine Brille nicht dabei. Kennen wir uns?«

Dmitri schlich sich noch näher heran. Er nestelte an seinem Netz herum und hob ein Glas Limonade an die Lippen. Emily hätte ihn gern ausgelacht, aber er hatte sie immerhin alle in der Hand.

»John Taggert. Und das ist mein Sohn Ryan.«

»Brian Murphy.« Sie schüttelten einander die Hände. »Bleiben Sie länger auf der Insel?«

Tag nickte. »Den Sommer über. Vielleicht länger.«

Emily hörte ein leises Quietschen aus Lillys Richtung und sah, dass ein Lächeln an ihren Mundwinkeln zupfte. Rasch senkte ihre Schwester den Blick.

»Länger, hm?« Richter Murphys Stimme hallte lauter über den Kirchhof als die Glocken. »Tja, in diesem Fall … Spielen Sie Poker?«

»Ja, allerdings.« Tag nickte.

Emily war sich ziemlich sicher, Dmitri kichern zu hören. Sollte sich der Kerl doch um seinen eigenen … Bienenhonig kümmern. Ihr Atem wurde flach, und Lilly lehnte sich ein ganz kleines bisschen gegen sie. Sie starrte noch immer zu Boden, aber nun verblasste ihr Lächeln wieder.

»Gut«, sagte der Richter. »Vertrau nie einem Mann, der nicht spielt. Das hat mein Daddy immer gesagt. Kurz vorher stand jeden 3. Donnerstag, und Sie können gern dazustoßen. Es macht dir doch nichts aus, wenn ich noch jemanden zu unserer Altherrentruppe einlade, oder, Harlan?«

Aus Lillys Kehle drang ein weiterer schwacher Laut, der dieses Mal sehr nach »Oh, Scheiße« klang.

»Ganz und gar nicht.« Selbst wenn es Harlan etwas ausgemacht hätte, wäre seine Miene so unerschütterlich wie Stonehenge geblieben. Emily hoffte, dass dasselbe auch für ihre Miene galt. Sie wagte es kaum, Tag und Ryan auch nur anzusehen. Lillys Freund würde mit ihrem Vater Poker spielen? Nicht gut. Nicht gut. Nicht gut.

Kapitel 10

»O Gigi, das Haus ist in einem viel schlechteren Zustand, als ich dachte.«

Es war Sonntagnachmittag und Emily stand mitten in dem viktorianischen Cottage, das nicht mehr renoviert worden war, seit die Frauen das Wahlrecht bekommen hatten. Sie hatte es viel hübscher in Erinnerung gehabt. Das Außengelände war zwar schön groß, und wenigstens gab es eine schöne, wenn auch baufällige Rundumterrasse, aber im Innern waren die Zimmer winzig und dunkel, und die angelaufenen Messinglampenfassungen würden modernen Richtlinien niemals standhalten. Die Rohre gluckerten verdächtig, der Küchenboden war offensichtlich schief, weshalb sämtliche Schränke etwas offen standen, und das Moos auf dem Dach war weder dekorativ noch harmlos. Sie konnte praktisch hören, wie es auf den Zedernschindeln herumschmatzte.

»Ich finde, es strahlt den Charme vergangener Zeiten aus, genau wie ich«, antwortete Gigi.

Emily seufzte resigniert. »Klar, wenn du das Höhlenartige meinst, dann ja. Es ist alles ziemlich primitiv.«

»So wie mein zweiter Ehemann. Ihm hat das Haus schließlich gehört. Während der letzten paar Sommer habe ich es an Collegestudenten vermietet, und die haben einigen Schaden angerichtet, aber du kannst doch bestimmt ein bisschen zaubern, damit es viel besser wird als diese Kellerlöcher der Mahoney-Schwestern. Ich möchte nur das Beste vom Besten, aber natürlich alles innerhalb des Budgets. Und es muss solide Arbeit sein. Kein Gemauschel.«

»Das ist so ziemlich genau das, was alle wollen, die ihr Haus renovieren lassen. Ich tue, was ich kann, aber denk dran, dass wir Elektriker und Klempner brauchen werden. Und Zimmermänner. Zu Hause habe ich eine verlässliche Mannschaft, aber hier muss ich mich auf Referenzen und Empfehlungen verlassen. Alles, was wir brauchen, muss vom Festland hergeschafft werden, und das wird nicht billig. Außerdem kann niemand wissen, was wir noch alles finden, sobald wir erst mal ein paar Wände einreißen. Das wird ein großes Projekt, Gigi.«

Ihre Großmutter tätschelte ihr leicht die Schulter. »Ich habe vollstes Vertrauen in dich, Peach. Und die gute Nachricht ist, dass ich schon eine Mannschaft von verlässlichen Männern zusammengestellt habe.«

»Du hast schon eine Mannschaft angeheuert?«

»Nur ein paar Leute von hier, aber sie sind alle stark und günstig.«

»Was ist denn das für ein Geruch?«, fragte Chloe, die gerade durch die Küchentür kam. Ihre zwei geflochtenen Zöpfe wippten beim Gehen auf ihren Schultern.

»Welcher Geruch?«, fragte Gigi. »Der saure oder der feuchtmuffige?«

»Ähm, der feuchtmuffige, denke ich?« Chloe sah ihre Mutter an, als müsste sie wissen, welcher Gestank ihre Geruchsnerven gerade angegriffen hatte.

»Ich glaube, das könnte ein totes Eichhörnchen auf dem Dachboden sein, aber sicher bin ich mir da nicht.«

Chloe hob schützend die Hände über den Kopf, als könnte das tote Eichhörnchen jeden Augenblick auf sie herunterfallen. »Das ist eklig, Gigi.«

»Oh, wenn du das schon eklig findest, dann solltest du mal ein totes Opossum riechen. Allerdings sind die Viecher schon lebendig keine Freude. Stechende kleine Augen und lange, spitze Krallen.« Gigi verengte die Augen zu Schlitzen und krümmte die Finger zu Klauenhänden, mit denen sie nach Chloes Kopf angelte. Chloe lachte.

»Vielleicht ist unter den Arbeitern, die du mir zusammengetrommelt hast, auch ein Kammerjäger?«, fragte Emily hoffnungsvoll. »Das wäre praktisch. Und wie steht es mit einem Bauführer? Ist da ein Bauführer dabei? Wenn ja, möchte ich zuerst mit ihm reden.«

Gigi nahm die Brille ab und hauchte die Gläser an, bevor sie sie mit dem Zipfel ihres Ärmels sauber rieb. »Winzig Kloosterman wäre da wohl am besten geeignet. Er ist am zuverlässigsten.«

»Winzig Kloosterman?« Der Name kam ihr vage bekannt vor, aber sie konnte ihn nicht einordnen.

»Lass dich von dem Namen nicht täuschen. Er ist stark wie ein Ochse und fast genauso groß. Außerdem kann er sich mit seiner elektronischen Fußfessel frei auf der Insel bewegen.«

Emily brauchte einen Moment, um das Gehörte zu verarbeiten. »Seine elektronische Fußfessel? Hast du mir für die Renovierung etwa eine Sträflingskolonne zusammengetrommelt?«

Schulterzuckend setzte Gigi die Brille wieder auf. »Natürlich nicht, aber wie schon gesagt, mein Budget ist knapp. Winzig hat vielleicht ein paar Probleme mit Autoritäten, weshalb er sich beim Militär nicht so gut geschlagen hat, aber er liebt es, die Faust in Trockenwände zu rammen, also ist er für Abrissarbeiten genau der Richtige.«

Beim Militär. Jetzt erinnerte sie sich wieder. Er war ein Abkömmling der Neuzugangsfamilien auf der Insel. Was bedeutete, dass seine Vorfahren erst irgendwann nach 1910 hierhergekommen waren. Gleich nach seinem achtzehnten Geburtstag hatte er sich beim Militär gemeldet, sodass er den Großteil von Emilys Kindheit fort gewesen war. Offenbar war er nun aber zurück und brauchte eine Beschäftigung.

Emily brach der Schweiß aus. Im Cottage war es trotz der Brise schon von Anfang an warm gewesen, doch was ihr wirklich einheizte, war das gewaltige Unterfangen, das sie sich da eingebrockt hatte. Dies war die erste Renovierung, die sie ohne Jewel durchführen würde. Ohne die Mannschaft, an die sie gewöhnt war. Und ihr Vorarbeiter trug eine elektronische Fußfessel. Die Chancen standen eindeutig gegen sie, aber sie würde die Sache durchziehen. Koste es, was es wolle.

»Gigi, ich glaube, ich muss mich erst einmal mit Winzig treffen, bevor wir ihn anheuern. Ich brauche jemanden, dem ich voll und ganz vertrauen kann. Hat er irgendwelche Referenzen?«

Gigi schürzte die Lippen und überlegte, wobei sie sich mit dem Zeigefinger ans Kinn tippte. »Sein Bewährungshelfer wäre da vermutlich eine gute Anlaufstelle. Oder noch besser, Richter Murphy. Er hat damals den Vorsitz bei Winzigs Verhandlung geführt, also müsste er über alles im Bild sein. Natürlich könnte ich auch deinen Cousin zweiten Grades Vater O'Reilly fragen, aber ich glaube, da dürfte es Probleme mit seiner Schweigepflicht geben.«

»Warum ist der Teppich so schwammig?« Chloe hob den Fuß und musterte die Sohle ihrer Sandale.

Gigi drehte sich um. »Keine Ahnung, aber das ist jetzt Sache deiner Mutter. Na komm, gehen wir hoch in den ersten Stock. Von da oben kann man die Petoskey Bridge durch die Fenster sehen. Ein herrlicher Ausblick.«

Jede einzelne der breiten Treppenstufen knarrte, als sie nach oben gingen, und Emily stellte im Geiste eine To-do-Liste zusammen. Ihr Gesicht wurde noch ein wenig wärmer und ihr Atem ging noch etwas schneller. Sie stand zwar einfach nur hier herum, aber innerlich lief sie auf Hochtouren. Und zwar durch einen Hindernisparcours voller Klapperschlangen und Gruselclowns. Sie brauchte frische Luft.

Sie stieß die Verandatür auf und trat hinaus, halb in der Erwartung, dass ihr Fuß durch die morschen Holzdielen brechen würde. Was nicht passierte, Gott sei Dank. Vorsichtig stampfte sie etwas auf und sprang dann waghalsig ein paarmal auf und ab, um zu sehen, ob da etwas knarrte, knackte oder splitterte. Ihre hocheffiziente Prüfung ergab jedoch, dass die Veranda entgegen dem Anschein stabil war. Mit etwas Glück würde man sie nur gründlich reinigen und neu streichen müssen.

Als sie ans Geländer trat, wusste sie eines jedenfalls mit Gewissheit – der Ausblick war schlichtweg nicht zu toppen. Das Cottage stand an einem sanften Hang in der Nähe des Anishinaabe Trails, und man blickte auf ein Wäldchen aus herrlichen alten Bäumen hinab, das zum Grundstück gehörte. Durch eine Lücke zwischen den Bäumen konnte man gerade noch das Dach des kleinen rosa Häuschens der alten Bridget O'Malley sehen, und dahinter lagen der See und die Petoskey Bridge. Es war atemberaubend. Die Sonne schien und das Wasser glitzerte golden. Die Luft roch himmlisch frisch. Das war das Kernstück des Cottages. Diese Besonderheit, die traumhafte Aussicht, war es, die Emily hervorheben musste.

Ihr Verstand begann zu arbeiten. Das Gebäude auf den Stand des einundzwanzigsten Jahrhunderts zu bringen, war ihre Toppriorität, aber es war auch wichtig, den viktorianischen Charme zu erhalten. Beinahe alle Sommerhäuschen und Cottages in Trillium Bay waren viktorianisch. Mit zahlreichen verschnörkelten Holzarbeiten, hohen Giebeldächern und verschlungener Farbgebung. In der Stadtbücherei gab es bestimmt einige alte Fotos, auf denen die ursprüngliche Farbe das Cottages zu sehen war, denn mittlerweile war es modergrün mit einigen Schimmelakzenten. Nicht sehr ansprechend. Kein Wunder, dass Gigi die Mieter flöten gingen.

Nun wollte sie, dass Emily diese schäbige Sommerabsteige in ein gehobenes Einfamilienheim verwandelte. Keine leichte Aufgabe, aber Emily schuldete ihr etwas. Nicht nur wegen des Darlehens, sondern auch, weil Gigi Vertrauen in sie hatte. Gigi glaubte, dass sie es schaffen konnte, und ehrlich gesagt brauchte sie selbst dieses Erfolgserlebnis. Wenn ihr diese spektakuläre Verwandlung gelang, würde das ihrer Familie zeigen, wie verantwortungsbewusst und verlässlich sie war. Sie *konnte* großartige Arbeit leisten und sie *war* eine erfolgreiche Geschäftsfrau, trotz ihres jüngsten Fehlgriffs. Von der Sache hing also einiges ab. Es ging nicht nur um das Haus. Es ging um ihren Ruf und um ihren Stolz. Nein, nicht nur um ihren Stolz. Um ihren *Wert.*

* * *

»Lass mich das noch mal wiederholen«, sagte Bryce am Telefon zu Ryan. »Unser Dad soll mit ihrem Dad Poker spielen? Unser Dad. Und ihr Dad. Das ist … ich weiß nicht mal, was das ist. Was zum Teufel soll ich da sagen?«

»Keine Ahnung.« Ryan schüttelte den Kopf und starrte vom Balkon seines Hotelzimmers aus in den Sonnenuntergang. »Ich weiß nur, dass ihr Vater der verdammte Chief of Police auf dieser Insel ist, was bedeutet, dass er Zugang zu Schusswaffen und Gefängniszellen hat. Wahrscheinlich könnte er Dad einfach verschwinden lassen. Ein kleiner Schubs von der Petoskey Bridge mitten in der Nacht oder so. Und dann würde er die Ermittlungen leiten! Das würde ich jedenfalls tun, wenn ich an seiner Stelle und sie meine Tochter wäre.«

»Das nenne ich Loyalität, Bruderherz.« Auf der anderen Seite der Leitung schien es hoch herzugehen. Irgendjemand brüllte, ein anderer heulte. Ein typischer Sonntagabend für Bryce, Ehefrau Nummer drei und ihre zwei Kinder.

»Ich bin loyal, Bryce. Ich habe ja nicht gesagt, dass ich Dad selbst von der Brücke werfen will, ich habe nur gesagt, dass ich es an Harlans Stelle tun würde. Das ist etwas ganz anderes.«

Die Kriminalitätsrate in Trillium Bay war quasi nicht existent, aber Harlan Callaghan kam ihm nicht wie ein leutseliger, gemütlicher Typ vor. Es schien durchaus möglich, dass die einzige plausible Lösung für dieses Problem für ihn darin bestehen würde, jemanden von der Petoskey Bridge zu stoßen.

»Du musst mitgehen«, sagte sein Bruder. »Zum Pokern. Du kannst Dad da nicht allein hinlassen. Du weißt doch, wie ethisch und ehrlich er ist. Ich kann es schon fast hören. ›Hey, Tag, ich erhöhe auf zwanzig.‹ ›Oh, okay, Chief, ich gehe mit. Ach, und übrigens gehe ich auch mit Ihrer Tochter.‹ Scheiße.«

»Ich weiß. Ich weiß. Hör zu, ich versuche es, aber eigentlich ist die Pokerrunde nur für alte Herren.« Er rieb sich so fest die Stirn, als wollte er damit sein Denken ankurbeln. In gewisser Weise funktionierte es sogar. »Weißt du, was? Vielleicht ist das gar nicht so schlecht. Wenn Tag ihrem Dad reinen Wein einschenkt, dann hat sich die Sache damit vielleicht schon erledigt.«

»Ähm … weil er Dad dann von der Brücke schubst?«

»Nein, weil Harlan ganz sicher strikt dagegen ist. Ohne den Segen ihres Vaters wird sich Tag ganz sicher nicht mehr mit ihr treffen, oder?«

»Den Segen ihres Vaters? Ich habe ja verstanden, dass es auf der Insel ein bisschen historisch zugeht, aber dir ist schon klar, dass du nicht wirklich in die Vergangenheit gereist bist, oder? Ich glaube nicht, dass er für das, was er mit ihr tut, die Erlaubnis ihres Vaters braucht.«

Trotz allem musste Ryan grinsen. »Ich greife nach jedem Strohhalm.«

»Brauchst du Verstärkung? Soll ich dir Jack schicken?« Weiteres Brüllen und Heulen im Hintergrund. Ryan liebte Bryces Kinder, aber sie waren chronisch zu laut.

»Nein. Noch nicht. Ich glaube, die Schwester des Mädchens könnte mich in der Sache unterstützen. Sie ist genauso gegen diese Beziehung wie wir.«

»Woher weißt du das?«

»Weil sie die Frau ist, die ich am Flughafen kennengelernt habe. Ich glaube nicht, dass sie mich im Moment besonders mag, weil ich ihre Schwester ein geldgieriges Flittchen genannt habe, aber wir spielen wohl gerade trotzdem im selben Team.«

»Und was für ein Team soll das sein?«

»Eines, das Dad wieder zur Vernunft und zurück nach Hause bringt.«

Kapitel 11

Joe's Coffee Shop war überfüllt mit Leuten, die ihren montagmorgendlichen Koffeinschub brauchten, als sich Emily durch das Gedränge zur Theke schlängelte. Vorbei an Hipstern mit Laptops und Ohrstöpseln, einem Müttertrupp mit pummeligen Babys in ergonomischen Bauchtragen und vorbei an April, May und June, den bösen Mahoney-Schwestern. Sie saßen mit Olivia Bostwick zusammen in einer Nische und brüteten zweifellos über ihren Hexenformeln. Sonnenlicht flutete durch die übergroßen Fenster herein und brach sich in den polierten Messingarmaturen, während draußen weitere Gäste an Holztischen saßen, den Blick auf das Wasser gerichtet, und an ihren Fünf-Dollar-Milchkaffees nippten.

»Einen Kaffee, bitte«, sagte Emily zu dem bebrillten, sommersprossigen Mädchen an der Kasse. Das Mädchen eulte sie an, blinzelte langsam und schob sich die schwarzrandige Brille mit dem Daumen ein Stück die Nase hoch. »Was für einen Kaffee?«

»Ähm, einfach einen … schwarzen Kaffee.«

»Wir haben Karamell-Krawall, Milli-Vanilli, Fofana-Banana oder Blaubeer-Bonanza. Die gibt es alle schwarz.«

Emilys Puls beschleunigte sich. Es war einfach nicht fair, einer Frau morgens vor dem ersten Kaffee so viel Auswahl zu bieten. Besonders dann nicht, wenn besagte Frau in der vergangenen Nacht so gut wie nicht geschlafen hatte. Ihr Kopf hatte sich in eine Pinball-Maschine verwandelt, die eine Idee nach der anderen für das Cottage ausspuckte, die aber alle an irgendwelchen Hindernissen abprallten. So viele Details und so viele Dinge, die schieflaufen konnten. Es war überwältigend, aber morgen würde sie sich mit ihrer Mannschaft treffen, und dann brauchte sie einen anständigen Plan, an den sie sich halten konnten. Im Augenblick bestand ihr einziger Plan darin, sich irgendwie einen verdammten schwarzen Kaffee zu besorgen.

»Haben Sie nicht irgendeinen Kaffee, der … ich weiß nicht, einfach nach Kaffee schmeckt? French roast oder Medium blend oder so?«

Das Mädchen drehte sich um und studierte die Auswahl an der Tafel hinter ihr. Als hätte sie wirklich keine Ahnung. Was vermutlich auch stimmte.

»Da!« Emily deutete über die Schulter des Mädchens. »Da ganz unten links steht Kaffee schwarz.«

»Hm. Das hat bei mir noch nie jemand bestellt.« Schulterzuckend wandte sie sich wieder der Kasse zu. »Das macht eins fünfzig.«

»Ich übernehme das.« Ryans Stimme wehte an Emilys Ohr, und als sie sich umdrehte, stand er direkt hinter ihr. Er hatte einen Sonnenbrand auf der Nase, was irgendwie süß war. Was Emily wiederum ärgerte, weil sie Ryan Taggert nicht süß finden wollte. Am Vortag in der Kirche hatte sie absichtlich nicht mit ihm gesprochen, nur damit er wusste, dass sie ihn keineswegs süß fand. Obwohl sie es trotzdem tat. Er hatte sich die Sonnenbrille in den Kragen seines hellblauen T-Shirts gesteckt, was ebenfalls irgendwie süß war und aus welchem Grund auch immer trottelig sexy, mit Logik hatte das nichts mehr zu tun. Auch das Geflatter und Gebitzel und Gesumme in ihrem Bauch nicht. Er hatte ihre Schwester ein geldgieriges Flittchen genannt, und trotz des ach so liebenswürdigen Geplauders, durch das sich die anderen während dieser Scharade vor der Kirche gekämpft hatten, wollte sie für ihn nichts Flatteriges und Bitzeliges empfinden.

»Ich kann meinen Kaffee selbst bezahlen. Ich weiß doch, wie wichtig euch Taggerts das Geld ist.«

Er verzog das Gesicht. »Ich übernehme das, Emily.« Er reichte dem Mädchen einen Zehndollarschein. »Machen Sie zweimal schwarzen Kaffee, bitte.«

Wieder zuckte das Mädchen mit den Schultern und schüttelte leicht den Kopf, als fragte sie sich, was nur aus der Welt werden sollte, wenn jetzt alle anfingen, sich geschmacklosen, nicht chemisch aromatisierten Kaffee ohne Milch, Schaum oder Streusel zu bestellen. »Wie Sie wollen.«

»Haben Sie ein paar Minuten? Ich habe gehofft, wir könnten reden«, erklärte Ryan, während sie zum anderen Ende des Tresens gingen, um dort ihren Kaffee in Empfang zu nehmen.

Sie tippte mit der Fußspitze auf den Boden. Dieser Mistkerl bedachte sie mit seinem besten Hundeblick. »Klar. Kurz habe ich Zeit.«

Als er lächelte, ging prompt das Geflatter wieder los. Verdammt.

Sie traten nach draußen und setzten sich auf weiße Plastikstühle an einen Tisch im Schatten einer gewaltigen Eiche. Ein weiterer herrlicher Tag auf der Insel, mit herzlichen Grüßen von der Touristenkommission.

»Wie haben Sie mich hier überhaupt gefunden? War das nur Zufall?« Emily nahm den Deckel von ihrem Becher und blies auf den Kaffee.

»Ich habe meinem Vater geschrieben, der wiederum Lilly geschrieben hat, die Chloe geschrieben hat. Und Chloe meinte, Sie seien hier.«

»Klingt ja, als wären Sie wild entschlossen.« Das gefiel ihr irgendwie, was sie ihm aber sicher nicht zeigen würde. »Hoffentlich haben Sie vor, sich zu entschuldigen, weil Sie meine Schwester beleidigt haben.«

»Jetzt haben Sie mir die Überraschung verdorben.« Reumütiges Lächeln. Zum Teufel mit ihm. »Ja, ich will mich entschuldigen. Ich hätte Ihre Schwester kein geldgieriges Flittchen nennen dürfen. Jedenfalls … nicht in ihrer Anwesenheit.« Er grinste, und Emily spürte, dass sie ebenfalls schmunzelte, obwohl sie es gar nicht wollte.

»Das ist eine furchtbare Entschuldigung.«

»Na ja, es ist meine erste, also habe ich da nicht viel Erfahrung. Und vielleicht wollen Sie ja jetzt die Gelegenheit nutzen und zurücknehmen, was Sie über meinen Vater gesagt haben?«

Emily richtete sich kerzengerade auf. »Warum sollte ich? Er hat kein Recht, meiner Schwester nachzuhecheln.«

Ryan räusperte sich. »Ihre Schwester ist erwachsen, Emily. Gerade so, das gebe ich zu, aber sie ist alt genug, um ihre eigenen Entscheidungen zu treffen. Es ist ja nicht so, als hätte er ihr aufgelauert und sie in die Falle gelockt. Er hat sie nicht abgefüllt und ihr auch keine Süßigkeiten angeboten. Sie hat ihn zum Tanzen aufgefordert.«

Emily schluckte den noch zu heißen Kaffee hinunter, der ihr prompt über die gesamte Länge die Speiseröhre verbrühte. »Sie hat ihn zum Tanzen aufgefordert?«

»Ja, bei irgendeinem Squaredance-Fest in der Kirche. Sie hat Ihnen doch bestimmt erzählt, dass sie sich da kennengelernt haben, oder?«

»Nein, sie war, was die Details betrifft, nicht gerade auskunftsfreudig, und seit der Katastrophe im Kuchenzelt waren wir immer von der ganzen Familie umgeben. Was sollte die Show in der Kirche eigentlich? War das geplant?«

»Anscheinend. Aber ich hatte genauso wenig Ahnung wie Sie. Mein Dad hat mir erst auf dem Rückweg zu seinem Ferienhaus erzählt, dass Lilly möchte, dass er und Ihr Vater einander kennenlernen, bevor sie ihm die Wahrheit sagt.«

»Das ist gar keine gute Idee. Mein Dad wird stinksauer sein.«

Ryan nickte. »Nichts davon ist eine gute Idee, aber so will es Ihre Schwester eben. Mein Dad ist bereit, ihr den Gefallen zu tun, auch wenn er sich Harlan lieber von Mann zu Mann stellen würde.«

»Ich bin mir nicht sicher, ob das so viel besser wäre.« Es gab einfach keine gute Art, Harlan die Sache beizubringen. »Sie haben sich also beim Squaredance kennengelernt? Und dann ist Ihr Vater gleich zum Horizontaltango übergegangen?«

Das brachte ihr ein Grinsen ein. »Sehr lustig. Jetzt haben Sie Ihre Schwester gerade selbst als leichtes Mädchen hingestellt. Sehen Sie, wie schnell das passieren kann?« Über den Rand seines Bechers hinweg sah er sie an.

»Oh, auch sehr lustig. Also, meine Schwester hat Ihren Dad also zum Tanz aufgefordert, aber das heißt doch noch lange nicht, dass er das Recht hatte, sie mit seinem geballten weltmännischen Charme zu besprühen.«

Nun lachte Ryan und lehnte sich auf seinem Stuhl zurück. Dabei rutschte sein T-Shirt ein Stück hoch und entblößte für einen kurzen Moment einen flachen, gebräunten Bauch. Auf einmal brauchte sie keinen Kaffee mehr. Sondern Riechsalz. Ihr war ganz schwummrig. Herrgott, sie brauchte wirklich mal wieder ein paar Dates. Ganz offensichtlich war das wirklich schon viel zu lange her, wenn ein kurzes Aufblitzen männlicher Bauchmuskeln sie so in Aufregung versetzen konnte. Sie schrieb es gedanklich auf die Liste von Dingen, die sie erledigen musste, sobald sie wieder zu Hause war. *Flachgelegt werden.*

»Was ist daran so witzig?« Es klang ein kleines bisschen schärfer, als sie beabsichtigt hatte.

Er lachte immer noch. »Bei Ihnen hört es sich an, als hätte er irgendeine ausgeklügelte Strategie. Aber, Emily, glauben Sie mir, mein Dad hat keine Strategie. Nicht die geringste. Er war vierzig Jahre lang mit meiner Mutter verheiratet, und ich habe ihn nie mit irgendjemandem auch nur flirten sehen, mit keiner Kellnerin, keiner Sekretärin, nie. Dieses Bild eines schmutzigen alten Playboys, das Sie von ihm haben, ist einfach lächerlich. Warum, glauben Sie, waren meine Brüder und ich so überzeugt von der Vorstellung, dass ihn da eine Frau reinlegen will? Weil er vollkommen arglos ist.«

»Arglos nach kalifornischen Maßstäben vielleicht, aber das hier ist Trillium Bay. Abgesehen von den vier Jahren Studium in Northern Michigan hat meine Schwester kaum Lebenserfahrung. Ehrlich, Ryan, allein die Tatsache, dass er aus einem anderen Bundestaat kommt, macht ihn in ihren Augen zu einer Art Star.«

Er musterte sie einen Moment. »Tja, das unterstreicht in gewisser Weise meine Theorie, dass sie ihn als Fahrkarte von dieser Insel betrachtet, oder?«

Emily presste die Lippen aufeinander. Da mochte etwas dran sein, aber das wollte sie Ryan gegenüber nur ungern zugeben. »Okay, vielleicht ist es nicht völlig abwegig, aber nicht, weil meine Schwester hinter seinem Geld her wäre. Sie würde sich nie mit einem Mann abgeben, nur damit er sie auf ein paar nette Reisen mitnimmt. Sie muss ihn wirklich mögen, warum auch immer.« Diese letzte Spitze hatte sie sich nicht verkneifen können.

Langsam trank er einen Schluck Kaffee, wobei er sie immer noch auf diese recht irritierende Weise musterte.

»Ich gebe zu, dass mir Ihre Schwester auch nicht wie jemand vorkommt, der andere ausnutzt«, räumte er schließlich ein. »Sie scheint mir weder hinterhältig noch berechnend zu sein.«

Emily beugte sich vor und stützte die Arme auf den Tisch. »Sie hat überhaupt nichts Hinterhältiges. Wenn, dann ist sie eher zu leichtgläubig. Deswegen mache ich mir ja solche Sorgen. Ich glaube, dass Ihr Dad ihr das Herz brechen wird.«

»Oder andersherum. Wenn sie beschließt, dass er ihr doch zu alt ist, dann wird sie ihn fallen lassen, und ich glaube nicht, dass ich es ertragen kann, ihn noch einmal trauern zu sehen. Meine Mutter ist vor acht Monaten gestorben, und die Zeit danach war sehr schwer für ihn. Jetzt hat er auf einmal eine Hundertachtzig-Grad-Drehung hingelegt, aber irgendwann wird er begreifen, dass sie nicht das ist, was er wirklich braucht. Ich möchte Ihre Schwester nicht beleidigen, aber wie es aussieht, werden sie am Ende beide verletzt sein.«

»Und was tun wir? Wollen wir die beiden einfach machen lassen und … später die Scherben auflesen?«

»Wahrscheinlich. Ich nehme an, je mehr wir ihnen die Sache ausreden wollen, desto entschlossener werden sie zusammenbleiben. Aber vielleicht können wir das unvermeidliche Ende ja … ich weiß nicht, ein bisschen beschleunigen. Bevor sie emotional noch tiefer reinrutschen?«

Sie nippte an ihrem Kaffee. »Und wie stellen wir das an?«

»Das ist die Frage.« Kurz ließ er den Blick über die Bucht schweifen. »Ich glaube, wir müssten sie nur mit der Nase darauf stoßen, wie schlecht sie zusammenpassen, und sie dann ihre eigenen Schlüsse ziehen lassen. Und vielleicht können wir auch für ein paar negative Assoziationen sorgen.«

»Negative Assoziationen?«

»Genau. Im Moment haben sie positive Assoziationen mit dem jeweils anderen, weil sie Spaß zusammen haben. Aber wenn sie bei ein paar Unternehmungen mal keinen Spaß haben, dann fangen sie vielleicht an, die Sache objektiver zu sehen.«

»Ich glaube nicht, dass ich das verstehe.«

Er beugte sich vor und stützte genau wie sie die Ellbogen auf den Tisch. Schöne Arme hatte er. Flatter, flatter, flatter. Verdammt.

»Okay«, fuhr er fort. »Wenn Sie ins Kino gehen und dabei Ihre Lieblingssüßigkeiten essen, wird Ihnen der Film besser gefallen, weil Ihr Gehirn ihn mit dem Genuss verbindet, den Ihnen die Süßigkeiten bereiten. Wenn Sie dabei aber Rosenkohl essen müssten, dann würde Ihnen der Film nicht mehr so gut gefallen. Und wenn Sie jedes Mal, wenn Sie ins Kino gehen, Rosenkohl essen müssten, dann wären Sie am Ende überzeugt, dass Sie eigentlich überhaupt keine Filme mögen. Alles wegen positiver oder negativer Assoziationen. Was wir brauchen, sind ein paar negative Assoziationen zwischen Ihrer Schwester und meinem Vater.«

»Jetzt klingen Sie wie ein Psychologe. Haben Sie das studiert?«

»Nein.« Er lächelte. »Aber ich habe einmal einen TED Talk gesehen, ich bin jetzt also Experte. ›Wie man sein Gehirn in drei einfachen Schritten trainiert‹ oder so. Es klingt allerdings ziemlich einleuchtend, oder?«

»Schon. Sie wollen also, dass wir ihnen irgendwie den Spaß verderben? Und wie sollen wir das anstellen?«

Ryan tippte die Fingerspitzen aneinander, als könnte er sich so besser konzentrieren. »Spielt Ihre Schwester gern Golf? Mit meinem Dad Golf zu spielen ist schrecklich. Das ist das Einzige, wobei er regelmäßig die Geduld verliert.«

»Meine Schwester liebt Golf.«

»Hmm. Könnte einen Versuch wert sein. Aber vielleicht macht es ihnen am Ende dann doch Spaß. Ich weiß was!« Er schnippte mit den Fingern. »Vielleicht bekommt sie ihn ja auf ein Pferd. Mein Dad hasst Pferde. Als er ein kleiner Junge war, hat ihn mal eins getreten, und er ist überzeugt, dass das immer wieder passieren wird. Das würde ihm gar nicht gefallen. Wenn wir es so hindrehen könnten, dass wir alle vier gehen, dann könnten wir beide zusammen dafür sorgen, dass sie, na ja, eben keinen Spaß haben.«

»Sie würden Ihren Dad auf ein Pferd setzen, obwohl Sie wissen, wie unangenehm ihm das wäre?«

Ryan nickte traurig. »Harte Zeiten.«

Emily dachte kurz darüber nach. Der Gedanke, ihre Schwester zu manipulieren, gefiel ihr nicht, aber der Gedanke, dass Lilly sich in eine zum Scheitern verurteilte Beziehung verrennen könnte, gefiel ihr genauso wenig. Sie wusste aus erster Hand, wie schlimm das sein konnte. Sie hatte sich selbst in Lillys Lage befunden. Sie hatte sich in einen Kerl verliebt, der sie von dem einzigen Zuhause, das sie jemals gekannt hatte, wegbringen wollte. Der ihr ein Leben voller Spaß und Aufregung versprochen hatte. Ein Versprechen, das die Wirklichkeit nicht hatte einlösen können. Sie wusste, wie es war, wenn die Familie des Ausererwählten einen nicht akzeptierte, und sie wusste, wie sich Harlans Enttäuschung anfühlte.

»Für negative Assoziationen sorgen«, wiederholte sie mehr für sich selbst. »Das klingt zwar ziemlich weit hergeholt, aber einen Versuch ist es wohl wert. Die andere Möglichkeit ist natürlich, dass ich meinem Dad die Wahrheit sage. Dann holt er seine Dienstwaffe raus und schießt Ihrem Vater die Eier ab. Problem gelöst.«

Ryan hob verblüfft die Brauen. »Ähm, das können wir ja erst mal als Plan B in Betracht ziehen.«

Emily lächelte. »Einverstanden. Wenn Sie das sagen.«

* * *

Sie trug ein enges, verwaschenes graues T-Shirt mit einem Cartoonhammer darauf, der gerade auf einen Cartoonnagel niedersauste. Über ihren Brüsten spannten sich die Worte: »Volltreffer!« Ehrlich, es war einfach nicht fair, dass eine ausgebleichte Jeans und ein T-Shirt an einer Frau so sexy aussehen konnten. Und es war auch nicht fair, dass ihr Haar in der Sonne ganz genau so schimmerte, wie er es sich vorgestellt hatte. Sie hatte es zu einem Pferdeschwanz zusammengebunden, der bei jeder ihrer Bewegungen hin und her schwang. Sie war umwerfend. Und die Tatsache, dass sie sich ihrer gottgegebenen umwerfenden Wirkung überhaupt nicht bewusst zu sein schien, machte sie nur noch umwerfender. Wie um alles in der Welt sollte er sich auf das Problem mit seinem Vater konzentrieren, solange Emily ihm gegenübersaß und so … na ja, eben umwerfend aussah? Das Schlimmste daran war, dass er rein gar nichts tun konnte. Emily Chambers war tabu. Sie war ganz offensichtlich keine Frau für eine Nacht, und da er für mehr nun mal keine Zeit hatte, würde es eben nichts werden.

Das ärgerte ihn. Es machte ihn nervös. Am liebsten hätte er sämtliche elektronischen Geräte aus seinen Taschen entfernt und wäre schnurstracks in den herrlich kalten Lake Huron marschiert. Stattdessen würde er sich eben mit einer eiskalten Dusche in seinem Hotelzimmer begnügen müssen.

»Ach, hallo, Peach.« Die Stimme klang, als käme sie tief aus einer rostigen Blechdose – nasal und hohl und nicht sehr angenehm. »Ich habe dich bei dem Vortrag neulich abends vermisst. Weißt du noch? Der Vortrag über die Fledermauspopulation? Hmm?«

Ryan sah auf und blickte in das strenge Gesicht einer Frau, der das glatte graue Haar fast bis zur Taille fiel. Ihre Haut war rotfleckig und die Poren groß genug, um einen Golfball darin versenken zu können. Sie trug eine marineblaue Strickjacke, obwohl es mindestens sechsundzwanzig Grad haben musste.

Sie blinzelte ins Sonnenlicht und verengte die Augen zu Schlitzen, was ihr einen recht boshaften Ausdruck verlieh. Aber Ryan vermutete, dass sie meistens so aussah. Ihre äußere Erscheinung hatte ihn so gefesselt, dass er erst etwas verspätet registrierte, dass sie Emily mit dem Namen Peach angesprochen hatte.

Emily drehte sich auf ihrem Stuhl um und lächelte angespannt. »Guten Morgen, Mrs von Meisterburger. Es tut mir leid, dass Chloe und ich es nicht zum Vortrag geschafft haben. Wir sind immer noch damit beschäftigt, uns bei Gigi einzurichten.«

»Tja, sei es, wie es will, die Weißnasenkrankheit ist nicht lustig, und jeder von uns kann seinen Beitrag dazu leisten, unsere geflügelten, nachtaktiven Freunde wieder nach Wenniway zurückzuholen. Wir brauchen unsere Fledermauspopulation, um den Bestand der geflügelten Insekten zu regulieren. Wenn deine Schwester wirklich für das Amt des Bürgermeisters kandidieren will, dann sollte sie diese Krise ganz oben auf ihre politische Prioritätenliste setzen. Wir Bibliothekarier sind eine nicht zu unterschätzende Kraft auf dieser Insel.«

Emily nickte ernst. »Ja, Mrs von Meisterburger, da bin ich sicher. Ich werde Brooke Ihre Sorgen auf jeden Fall ausrichten.«

»Wenn wir zu lange warten, wird die Moskitopopulation derartig zunehmen, dass es die Touristen vertreibt, und dann ist sie Bürgermeisterin einer Geisterstadt. Sag ihr das. Und sag ihr auch, dass sie zu mir kommen und sich meine Fledermaushöhle anschauen soll, wenn sie an meiner Stimme interessiert ist.«

Ryan bemerkte, dass inzwischen auch er die Augen zu Schlitzen verengt hatte, genauso wie Mrs von Meisterirgendwas.

»Ihre … Ihre Fledermaushöhle?«, fragte Emily nach.

»Genau. Ich bin ziemlich stolz darauf. Ich habe diese Pfadfinderjungen, die ständig vorbeikommen, etwas Nützliches zu tun gegeben und sie Fledermaushäuschen bauen lassen, und jetzt hängen Dutzende von ihnen in meinem

Werkzeugschuppen.« Sie strich sich über das lange Hexenhaar. »Fledermaushäuschen meine ich, nicht die Pfadfinderjungen. In meinem Werkzeugschuppen hängen keine Pfadfinderjungen.« Verstohlen sah sie sich um, und Ryan fragte sich unwillkürlich, ob nicht vielleicht doch jemand einen Pfadfinderjungen vermisste. »Natürlich habe ich mich um einen Zuschuss beworben, der mich für meine Auslagen entschädigen soll, aber offenbar können diese Bürohengste aus der Abteilung für Fische und Wildtiere nicht mal bis drei Fledermäuse zählen, also bin ich wohl auf mich allein gestellt. Ganz im Gegensatz zu dir, was?«

Ihr Kopf schwenkte herum, ihr Laserblick richtete sich auf Ryan und schien ihn geradezu zu durchbohren. Er fühlte sich nackter als bei einer Ganzkörperkontrolluntersuchung am Flughafen.

»Hallo«, schnurrte sie, und ihre Stimme klang nun ganz und gar nicht mehr wie Fingernägel auf einer Schultafel, sondern wie vom anderen Ende einer Sex-Hotline. »Wen haben wir denn da?«

Emily antwortete an seiner Stelle. »Mrs von Meisterburger, das hier ist Ryan. Er ist nur für ein paar Wochen auf der Insel. Wir, äh, sprechen gerade über Geschäfte.«

Ryan nickte, schwieg jedoch.

»Geschäfte, hm? Schmutzige Geschäfte vermutlich, was?« Sie warf den Kopf in den Nacken und lachte. Ryan glaubte, noch nie etwas Gruseligeres gesehen zu haben.

»Nein, Mrs von Meisterburger«, antwortete Emily über das Gelächter der Frau hinweg. »Echte Geschäfte. Ryan ist Berater.« Sie sah ihn an und nickte, sichtlich in der Hoffnung, dass er den Faden aufnehmen würde.

»Ah, ›Berater‹.« Sie strichelte Anführungszeichen in die Luft, auch wenn er nicht verstand, warum. Dann steckte sie die Hand in ihre violette Canvastasche, die sie am Arm trug, und zog ein rosa Flugblatt heraus. »Nun, jedenfalls treffen wir uns nächsten Donnerstag wieder und ich erwarte, dich dort zu sehen, Peach. Bring deine Schwester mit und diesen gut aussehenden jungen Mann auch.« Sie klimperte mit ihren kurzen, blassen Wimpern, und Ryan hätte geglaubt, dass ihr vielleicht etwas ins Auge geflogen war, wenn sie dabei nicht auch noch mit den Brauen gewackelt hätte.

»Ich werde es versuchen, Mrs von Meisterburger.«

»Wunderbar. Jetzt könnt ihr mit euren Geschäften weitermachen, und falls euch dabei ein Moskito sticht, dann wisst ihr jetzt jedenfalls, dass ich alles getan habe, was ich konnte.«

Damit wandte sie sich ab und schlenderte davon. Ryan stieß die Luft aus, er hatte nicht einmal gemerkt, dass er sie angehalten hatte. »Reizende Dame«, bemerkte er.

»Sie ist eine Plage, aber man sollte sie lieber nicht ärgern. Einmal hat unser Hund eins der Büchereibücher gefressen, und sie hat meine Schwester daraufhin für drei Monate aus der Bibliothek verbannt. Es war Winter, und Brooke hat Rotz und Wasser geheult, aber diese alte Krähe hat nicht nachgegeben.«

»Brooke? Ist das die Schwester, die Bürgermeisterin werden will?«

Emily nickte und trank einen Schluck Kaffee. »Sie denkt darüber nach, und wenn sie sich erst einmal in etwas verbissen hat, dann ist sie nicht mehr aufzuhalten, also gewinnt sie die Wahl vermutlich.«

»Dann sind Sie also bald die Schwester der Bürgermeisterin. Gibt es dafür irgendwelche Vergünstigungen?«

Sie schüttelte den Kopf und ließ den Pferdeschwanz hüpfen. »Gar keine. Wahrscheinlich führt es nur zu weiteren Begegnungen wie der gerade eben mit der Fledermausbibliothekarin. Sie wissen schon, dann kommen ständig irgendwelche Leute und wollen mich um einen Gefallen von Brooke bitten. Allerdings bin ich ja dann gar nicht mehr hier, also spielt es wohl keine Rolle.«

»Zurück nach San Antonio zum House-Flipping?«

»Das ist der Plan.«

Etwas an der Art, wie sie das sagte, klangt seltsam vage, aber ihr Tonfall verriet auch, dass sie nicht darüber sprechen wollte, also bohrte er nicht nach, sondern fragte stattdessen: »Warum hat sie Sie Peach genannt? Peach wie Pfirsich?«

Emily legte ächzend beide Hände vors Gesicht. »Bitte fragen Sie nicht. Das ist keine Geschichte, die man besonders gern erzählt.«

»Erzählen Sie sie mir trotzdem.« Jetzt musste er es einfach wissen.

Sie seufzte schwer, aber um ihre Mundwinkel spielte ein Lächeln. »Also gut, aber nur, weil Sie mir Kaffee gekauft haben. Als ich noch ein Baby war, hatte ich einen kugelrunden Kopf und so einen komischen orangegelben Haarflaum … Alle haben behauptet, ich würde aussehen wie ein Pfirsich, also ist der Name Peach irgendwie hängengeblieben.«

Sie rollte mit den Augen, aber jetzt grinste sie breit, und er konnte nicht anders, als zu lachen.

»Sogar meine Familie nennt mich meistens so. Ich merke es nicht mal mehr.«

Es war bezaubernd, und er musste es einfach aussprechen. »Das ist wirklich bezaubernd.« Genau wie die Röte, die nun auf ihren Wangen erschien.

»Na, wenn Sie das sagen.«

Kapitel 12

»Und ich sage dir, wer auf einer Baustelle ein weißes Kostüm trägt, der fordert eine Katastrophe geradezu heraus«, erklärte Gigi, während sie den Hügel hinab zum Cottage liefen. Es war sieben Uhr am Dienstagmorgen und Emily sollte gleich ihre neue Mannschaft kennenlernen. Ihr war übel vor Aufregung. In San Antonio hatten Jewel und sie Vereinbarungen mit mehreren Bauunternehmen, von denen Emily die meisten noch aus ihrer Zeit als Sekretärin kannte. Sie wusste, wem man trauen konnte, wer einen zu geringen Kostenvoranschlag machte, um im Nachhinein eine sehr viel höhere Rechnung zu stellen, und wer zum vereinbarten Zeitpunkt auch wirklich auftauchen würde. Aber hier fehlte ihr dieses Netzwerk. Das hier war ein Alleingang. Der Erfolgsdruck war immens, und das, obwohl die Arbeit noch nicht einmal angefangen hatte!

»Ich muss mich als der Boss etablieren, Gigi«, antwortete Emily. »Sonst nehmen sie mich nicht ernst. Vertrau mir. Jewel und ich haben schon oft genug mit Männern in dieser Branche zusammengearbeitet. Man muss die Regeln von Anfang an feststecken. Ich lasse nicht zu, dass sie mit mir reden, als wäre ich irgendein Dummchen, das einen Rollgabelschlüssel nicht von einem Sechskantstiftschlüssel unterscheiden kann.«

»Kannst du denn einen Rollgabelschlüssel von einem Sechskantstiftschlüssel unterscheiden?«

»Ja. Kann ich. Ich weiß außerdem, was ein Splint ist und wie man eine Bohrmaschine benutzt, und wenn es unbedingt sein muss, kann ich auch mit einer Tischsäge umgehen, aber die machen mir grässliche Angst. Gigi, der Punkt ist, dass diese Kerle an mich glauben müssen, sonst werden sie uns ausnutzen. Also behandle mich vor ihnen nicht wie deine süße kleine Enkelin. Wir müssen sie glauben lassen, ich wäre ein richtig harter Knochen.«

Langsam schüttelte Gigi den Kopf. »Wenn du willst, dass sie dich ernst nehmen, dann hättest du Jeans und ein T-Shirt tragen sollen, um ihnen zu zeigen, dass du auch die Ärmel hochkrempeln und mit anpacken kannst.«

»Das mache ich morgen. Heute bin ich der Boss, und das zeige ich ihnen mit diesem Kostüm.« Sie strich sich das Jackett glatt. Gigi schnalzte missbilligend mit der Zunge, aber Emily achtete nicht darauf. Sie war auch so schon nervös genug, ohne dass es ihre Großmutter noch schlimmer machte.

Sie näherten sich dem Cottage von links, und Emily geriet auf dem holperigen Zufahrtsweg fast ins Stolpern. Das Kostüm mochte vielleicht eine gute Idee gewesen sein, die hohen Absätze aber vielleicht doch nicht. Allerdings lag es nicht so sehr an dem unebenen Boden, dass sie etwas wackelig auf den Beinen war. Sondern an der Schurkenversammlung auf der vorderen Veranda. Das war ihre Mannschaft? Herrgott, hatte Gigi die auf der Insel der Mutanten zusammengesucht?

»Da sind sie ja!«, sagte Gigi und winkte begeistert. Dann legte sie die Hände an den Mund und rief laut: »Hey, Winzig. Gut siehst du aus!«

»Geht mir auch gut, Miss O'Reilly«, brüllte der bunt tätowierte Berg von einem Mann zurück, der an einem der Stützbalken lehnte. Grüßend hob er eine Pranke, wobei offensichtlich wurde, dass sich die Tattoos um den gesamten Arm herumwanden.

»Miss O'Reilly?«, flüsterte Emily und versuchte zu lächeln, obwohl sie am liebsten kehrtgemacht hätte und davongelaufen wäre.

»Ja, Miss O'Reilly. Weißt du, zwischen den Ehemännern nehme ich immer gern wieder meinen Mädchennamen an. Das macht mich marktfähiger. Das da im roten T-Shirt ist Winzig.«

So viel hatte Emily auch schon mitbekommen. Winzig war mindestens zwei Meter groß und trug ein zerschlissenes Red-Wings-Shirt mit abgeschnittenen Ärmeln. So einen Koloss Winzig zu nennen war ein Widerspruch in sich. Neben ihm stand ein spindeldürres Männlein mit schmutzig blonden Haaren. Breite, regenbogenfarbene Hosenträger hielten alles an ihrem Platz, worüber Emily froh war, denn, nun ja, sie wollte wirklich nicht sehen, was sich unter dieser Hose befand. Auf den Stufen saß ein untersetzter Mann mit tintenschwarzem Haar, das zu einem Zopf geflochten war. Emily kannte ihn von früher. Das war Wyatt Greenwell, und neben ihm saß … Wow. Ein junger Mann, etwa fünfundzwanzig Jahre alt, mit schulterlangem, gewelltem braunem Haar, der ganz wunderbar auf das Cover eines historischen Liebesromans gepasst hätte. Sie konnte fast sehen, wie die Pheromone seinem Körper entströmten. Schultern und Muskeln und Grübchen, meine Güte! Sexuelle Belästigung war niemals in Ordnung … aber, falls sie einmal auf den Gedanken kommen sollte, einen ihrer Angestellten anzugraben, dann den da. Aber natürlich ging das nicht. Vielleicht konnte sie ihn stattdessen Lilly zuschanzen. Immerhin passte er vom Alter her zu ihr, und irgendjemand sollte wirklich etwas von ihm haben.

Als Gigi und sie die Verandastufen erreichten, standen Wyatt und Adonis auf, und ein weiterer Mann, der offenbar auf der Veranda gelegen hatte, schirmte mit der Hand die Augen vor der Sonne ab.

»Was ist los?«, fragte er mit rauer, kratziger Stimme.

»Steh auf, Georgie, der Boss ist da«, antwortete Winzig.

Die liegende Gestalt richtete sich auf und schlurfte zum Geländer vor. Georgie war schlank, trug einen zu weiten Overall und ein weißes Tanktop darunter. Das blonde Haar war an den Seiten kurz geschoren, oben jedoch lang und zu einem Pferdeschwanz gebunden. »Diese Scheißkrämpfe bringen mich um.«

Oh? Okay. Georgie war eindeutig kein Kerl, sondern unmissverständlich eine Frau. Emily freute sich, sie im Team zu haben. Wenn die Männer sie akzeptierten, dann würde es ihnen auch leichter fallen, Emily anzuerkennen. Das waren gute Nachrichten.

Hosenträger rieb sich mit dem schmutzigen Handrücken über die Nase. »Weißt du, Geo, wenn du dich endlich abschleppen lassen und in der Küche bleiben würdest, wo du hingehörst, dann könntest du dich schön aufs Sofa legen, wenn du die Maler im Keller hast.«

»Du kannst mich mal, Garth«, gab Georgie zurück und die Männer lachten. Emily fügte ihrer mentalen To-do-Liste »für eine angenehme Arbeitsatmosphäre sorgen« hinzu.

»Benehmt euch, Kinder«, fuhr Gigi die Truppe an. »Keiner von euch ist schon zu alt dafür, dass ich eure Mütter anrufe, wenn ihr unhöflich werdet.«

Alle richteten sich etwas gerader auf. »Jawohl, Ma'am, tut mir leid, Ma'am«, antwortete Garth.

Gigi nickte. »Also gut. Falls ihr es nicht schon wisst, das ist meine Enkelin Emily Chambers. Sie ist ein harter Knochen, also legt euch lieber nicht mit ihr an. Wenn ihr euch nicht bewährt, können wir jederzeit einen Ersatz für euch finden.«

Emilys Lächeln erstarrte. Sie wusste ja, dass Gigi nicht gerade für ihre subtile Art bekannt war, aber sie hatte doch auf ein bisschen mehr Finesse gehofft. Na ja, jetzt war es eben so.

»Guten Morgen zusammen. Ich freue mich wirklich sehr auf dieses Projekt und ich möchte euch allen dafür danken, dass ihr daran mitwirken wollt. Wir werden dieses lausige alte Haus in ein wunderschönes Mietcottage verwandeln. Und jetzt stellen wir uns erst einmal vor, einverstanden?« Sie betrat die Veranda, sehr darauf bedacht, mit dem Absatz nicht in eine der Lücken zwischen den Dielen zu treten. Es würde keinen sonderlich professionellen Eindruck machen, wenn sie plötzlich nur noch einen Schuh anhatte.

»Dann lasse ich euch mal allein«, sagte Gigi. »Ich fahre jetzt mit meiner Urenkelin nach Fort Beaumont, wir gehen shoppen. Viel Spaß, Kinder.«

Alle riefen ihr artig einen Abschiedsgruß hinterher, und dann war Emily allein mit ihrer neuen Mannschaft. Sie streckte Winzig die Hand hin, die fast in seiner Pranke verschwand.

»Freut mich, dich kennenzulernen, Winzig. Ich bin Emily.«

Seine Augen waren hellblau und ein angenehmes Funkeln lag darin. Sie gestattete sich die Hoffnung, dass er vielleicht doch nicht so übel war. Möglicherweise zählte er ja zu der Sorte Grizzlybären, die einem nur die Kühltasche durchwühlten anstatt einen aufzufressen.

Er übernahm die Vorstellrunde und fügte sich damit sofort in seine Rolle als Vorarbeiter. Ein gutes Zeichen. »Das hier ist Garth Reynolds, und das da ist seine Schwester Georgiana.« Er deutete auf Hosenträger und das Mädchen mit den Krämpfen. Emily schüttelte Garth die Hand und widerstand der Versuchung, sie danach am Kostüm abzuwischen. »Schön, dich wiederzusehen, Emily«, sagte Garth. »Wahrscheinlich erkennst du mich nicht, aber wir haben früher in der Big Pine Lane gewohnt. Ich war ungefähr neun, als du mit diesem

Studententyp durchgebrannt bist. Das war *das* Thema damals. Was ist denn aus ihm geworden?«

Na, wunderbar. Genau das, worüber sie im Moment unbedingt sprechen wollte. »Ich habe ihn geheiratet, und dann habe ich mich von ihm scheiden lassen.«

Garths Schwester trat vor und stieß ihn mit der Hüfte beiseite. »Ignorier ihn einfach. Ich bin Georgie. Oder Geo. Ist egal. Hast du vielleicht eine Ibuprofen? Die Krämpfe sind echt die Hölle.«

Was Georgie an Charme fehlte, machte sie durch … fehlenden Charme wett.

»Äh, ich glaube nicht, aber das erinnert mich daran, dass wir einen Notfallkasten auf der Baustelle brauchen. Danke.«

Georgie ließ sich gegen die Wand sacken, und Emily lächelte Wyatt an und streckte ihm die Hand hin.

»Das ist Wyatt«, sagte Winzig.

»Hi, Wyatt. An dich erinnere ich mich. Wie geht's dir?« Es war schön, wenigstens ein vertrautes Gesicht in der Mannschaft zu haben. Sie war mit seiner Schwester befreundet gewesen, was ihn in gewisser Weise zu ihrem Verbündeten machte. Hoffentlich.

»Kann nicht klagen, Peach. Äh, ich meine Ms Callaghan. Oder, äh …«

»Nennt mich doch alle einfach Emily«, sagte sie zu der Gruppe.

Wyatt lächelte. »Willkommen zu Hause, Emily. Ich bin froh über den Job hier. Meine Schwester sagt, ich soll dich von ihr grüßen.«

»Grüß sie zurück. Was macht sie denn jetzt so?«

»Sie ist Lehrerin geworden und vor ein paar Jahren nach Manitou gezogen. Aber sie kommt oft zu Besuch auf die Insel.«

»Gut. Dann sehe ich sie diesen Sommer ja hoffentlich noch.«

Wyatt nickte, und Emily wandte sich Mr Sixpack zu. Verdammt. Er war wirklich verboten heiß. Sie fühlte sich wie ein Schneemann, der unter seinem dunkelblauen Blick dahinschmolz.

»Ich bin Matt«, sagte er, umfasste mit beiden Händen ihre Finger und neigte leicht den Kopf. »Namaste.«

Was? »Äh, danke?«

»Die Energie dieses Hauses ist sehr traurig, aber wir können ihm die Freude zurückbringen. Es war sehr klug von dir, weiß zu tragen.«

»Ach ja?«

Er nickte. »Das ruft das Licht. Meine Geistführer sagen mir, dass du genau das bist, was dieser Ort braucht.«

Hm. Interessant. Vielleicht könnte Matt ja ein paar seiner Pillen mit Georgie teilen, dann wären die Krämpfe bestimmt weg.

Sie entzog ihm die Hand. »Danke, Matt. Ich hoffe wirklich, dass deine Geistführer da recht haben.« Sie sah sich um. »Sind das dann alle?«

Ein Rattern kam von der Kiesauffahrt, und als Emily sich umdrehte, erblickte sie einen zerzaust aussehenden Mann, der gerade von einem rostigen Fahrrad stieg und die Treppe hinaufeilte. Er hatte sein Karohemd nur auf einer Seite in die Hose gesteckt und schien zwei verschiedene Schuhe zu tragen.

»Hi! Hallo! Hallo zusammen! Was habe ich verpasst? Tut mir leid, dass ich zu spät komme, Peach!« Er machte einen Satz auf sie zu, packte ihre Hand und schüttelte sie heftig.

Pferdi Davidson. Sie waren zusammen zur Schule gegangen, und sein Spitzname war ebenso hartnäckig hängengeblieben wie ihrer. Als Teenager hatte er große, gelbe Zähne gehabt, und als er jetzt lächelte, erkannte sie, dass seine Zähne immer noch groß und gelb waren. Und dass sie sogar noch weiter vorstanden, als sie es in Erinnerung hatte.

Garth beugte sich zu Matt vor. »Er glaubt, dass wir ihn wegen seinen Zähnen Pferdi nennen, aber meine Cousine Alma sagt da was anderes.«

Die Männer grinsten, Georgie produzierte Würgegeräusche, aber Pferdi brachte sie alle mit einem Blick zum Schweigen. »Benehmt euch, ihr Ferkel.«

»Das sind jetzt alle«, erklärte Winzig, und Emily wusste nicht, ob sie weinen, lachen oder sich einfach unter der Veranda zusammenrollen sollte. Sie hatte ein Mutantenteam. Hoffentlich offenbarten sie wenigstens bald die eine oder andere Superkraft, die sie alle zusammenschweißen und dafür sorgen würde, dass das Cottage in Rekordzeit wieder auf Vordermann gebracht war. Jedenfalls wusste sie jetzt, was auf sie zukam: Ein. Langer. Sommer.

* * *

IRGENDWELCHE FORTSCHRITTE, BRO?????

Ryan las die Nachricht von seinem Bruder und tippte als Antwort:

ARBEITE DRAN. RUF DICH SPÄTER AN.

»Herrgott, Ry, du bist ja schlimmer als ein Teenager. Kannst du nicht mal lang genug vom Handy hochgucken, um den Ausblick zu genießen?«, sagte Tag, der fünf Schritte vor ihm dem steinigen Pfad bergauf folgte. Sie waren auf dem Weg zu etwas, das sich Bent Rock nannte. Immerhin hatte Ryan seinen Vater davon überzeugen können, dass sie nicht vor Sonnaufgang aufbrechen mussten, also war es nun Mittag, sonnig, aber tierisch windig auf den hohen Klippen.

»Es gibt Leute, die müssen sich ihr Geld noch verdienen und deshalb ihre E-Mails lesen, aber davon verstehst du jetzt ja nichts mehr, oder?«

»Sehr witzig, mein Sohn. Ich bin heute Morgen schon um sechs Uhr aufgestanden und habe zwei Stunden gearbeitet, bevor du mich auch nur angerufen hast. Du bist hier derjenige, der den Hintern nicht aus dem Bett gekriegt hat. Heute Nachmittag fahren wir zum Clairmont Hotel raus und ich zeige dir, was ich bis jetzt geschafft habe.« Das Clairmont war das Zwölfzimmerhotel, an dem Tag gerade arbeitete. Über das andere Projekt hatte Ryan immer noch nichts aus ihm herausholen können.

»Ich habe das Portfolio gelesen und die Status-Updates gesehen. Klingt, als wärst du bei der Raumgestaltung schon weit gekommen.«

Sein Vater nickte und zog sich das Baseballcap in die Stirn. »Ich habe ein paar Ideen, die ich den Besitzern vorstellen möchte, aber ich hatte gehofft, du würdest vorher noch einmal drüberschauen und mir sagen, was du davon hältst. Ich würde in Richtung Boutique-Hotel gehen, aber die Eigentümer machen sich Sorgen, dass die Ausgaben so hoch werden, dass sie die Preise erhöhen müssten und sie das dann Gäste kosten könnte.«

»Zeit für eine kleine Unterrichtseinheit in Sachen Rebranding?«

»Genau. Da kommst du ins Spiel. Du warst schon immer gut darin, Leute davon zu überzeugen, dass sie Geld ausgeben müssen, um Geld zu verdienen. Ich habe eine Marktanalyse gemacht, und die Insel hat genug Kapazitäten für dieses Hotel, aber bisher besteht die Marketingstrategie der Eigentümer in einer statischen Website, auf der eine Telefonnummer steht. Man muss anrufen, um ein Zimmer zu reservieren. Ich frage mich, wie viele Gäste sie dieses antiquierte System wohl schon gekostet hat.«

»Muss an der Pferdekutschenmentalität liegen. Nichts zu Modernes.« Genau das war der Grund, aus dem er seinen Vater am liebsten gefragt hätte, warum er dieses Projekt überhaupt angenommen hatte, aber er ließ es bleiben. Im Moment hatte er mit der Sache um Lilly mehr als genug zu tun.

»Das Clairmont muss eindeutig in diesem Jahrhundert ankommen, auch wenn der Stil zeitlos bleiben soll. Apropos, das hier kommt jedenfalls nie aus der Mode. Komm hoch und sieh dir diesen Ausblick an.«

Ryan erreichte das Plateau, stellte sich neben seinen Vater und sah sich um.

»Wow, verdammt, Dad, du hattest recht. Der Ausblick ist fantastisch.« Das frische Blau des Wassers erstreckte sich bis zum Horizont, und zu ihrer Linken lag die Petoskey Bridge, die Michigans oberen und unteren Teil miteinander verband. Es war eine Hängebrücke, die sowohl in ästhetischer als auch in technischer Hinsicht beeindruckend war.

»Das da drüben ist natürlich die Petoskey Bridge«, sagte Tag. »Den Insulanern zufolge ist sie acht Kilometer lang und über eine Million Tonnen schwer. Beeindruckend, oder?«

Ryan grinste, weil er die Brücke mit demselben Wort beschrieben hätte. Sein Vater und er teilten die Bewunderung für Design und Funktionalität. »Sehr.«

»Burger von Burgers & Pattys hat mir erzählt, dass es viertausend Entwurfszeichnungen gab und fünfundachtzigtausend Blaupausen, kannst du dir das vorstellen? Da hätten sie das ganze Ding auch gleich aus dem verbrauchten Papier bauen können.«

»Zum Glück bauen wir Hotels und keine Brücken.«

»Allerdings. Aber wo wir gerade vom Bauen sprechen, dreh dich mal um.« Er deutete Richtung Osten. »Siehst du das Grundstück da drüben? Da am Hang mit dem rosa Häuschen?«

Ryan schirmte die Augen vor der Sonne ab. Es war ein ganzes Stück weit von ihrem Standort entfernt, aber er sah das Häuschen. »Ich glaube, ich weiß, was du meinst.«

»Das ist der Ort, über den ich schon mit Bryce gesprochen habe. Unglaublich viel Potenzial. Es gibt da noch ein paar Hindernisse zu überwinden, aber ich glaube, es würde sich lohnen.«

»Was denn für Hindernisse?«

»Tja, erstens gehört das Land den Investoren noch nicht.«

»Steht es denn zum Verkauf?«

»Eigentlich nicht.« Tag zögerte, lächelte und sah dann wieder zu dem kleinen rosa Häuschen hinüber.

Ryan verlor allmählich die Geduld. »Dad, ich kann nichts tun, solange du mir nicht sagst, worum es geht. Was steckt dahinter? Wer sind die Investoren?«

Sein Vater lachte tatsächlich, und Ryan wusste nicht, ob ihn das noch mehr ärgern oder milder stimmen sollte.

»April, May und June Mahoney. Drei Schwestern, alle schon über siebzig, die anscheinend schon sehr lange sparen. Sie wollen, dass Taggert Property Management dieses Grundstück für sie kauft und ein dreistöckiges Bed and Breakfast dort errichtet, aber es gibt da noch zwei Probleme. Erstens darf niemand auf der Insel wissen, dass sie die Käufer sind.«

»Warum nicht?«

»Offenbar gibt es zwischen den Mahoneys und einer anderen hier ansässigen Familie böses Blut, und die Investorinnen machen sich Sorgen, dass ihnen jemand das Grundstück wegschnappt, wenn bekannt wird, dass sie versuchen, es zu kaufen.«

»Okay, das sollte zu schaffen sein. Was ist das andere Problem?«

»Sie warten noch darauf, dass die Besitzerin des rosa Häuschens stirbt.«

»Was?« Ryan geriet etwas aus dem Gleichgewicht.

»Das ist jetzt nicht so schlimm, wie es klingt«, antwortete Tag. »Die Frau, die dort lebt, ist einhundertundzwei Jahre alt. Sie hat keine Familie mehr, weil sie alle überlebt hat, abgesehen von irgendeinem pflichtvergessenen Neffen, der irgendwo in Tampa wohnt und nie zu Besuch kommt. Die Mahoneys sind sich sicher, dass sie jeden Tag ins Gras beißen könnte, und wenn es so weit ist, wollen sie in den Startlöchern stehen. Sie wollen, dass das Gutachten und die Pläne dann schon fertig sind und so weiter.«

Ryan verschränkte die Arme und starrte seinen Vater an. »Wenn ich dich richtig verstehe, dann warten wir also darauf, dass irgendeine arme alte Dame stirbt, damit sich drei andere alte Damen ihr Grundstück unter den Nagel reißen können, bevor irgendein Neffe auftaucht und seine Ansprüche geltend macht? Charmant, Dad. Wirklich charmant. Kein Wunder, dass du mir bisher keine Details erzählt hast.«

Tag schien vollkommen ungerührt. »Was denn? Es ist ein guter Deal. Und ich wollte das mit dir persönlich besprechen, damit du sehen kannst, was für ein fantastischer Standort das ist. Perfekt für ein Bed and Breakfast. Es hat sogar Seezugang. Aber aus naheliegenden Gründen kann ich das Projekt nicht übernehmen. Ich gehe in den Ruhestand, wie du weißt, und ich kann nicht warten, bis diese arme Frau das Zeitliche segnet.«

»Ach, aber ich schon?«

Tag trat einen Schritt vor. »Ich bitte dich nur, dir die Grundlagen anzusehen. Erkundige dich, ob die bestehende Strom- und Wasserversorgung für ein Bed and Breakfast mit sechs bis acht Zimmern ausreicht. Finde heraus, ob es irgendwelche Pfändungen gibt oder ob das Haus unter Denkmalschutz steht und nicht abgerissen werden darf. Und fertige vielleicht ein paar grobe Entwürfe an. Ich habe selbst schon ein paar angefertigt. Sie befinden sich zwar schon bei den Mahoney-Schwestern, aber ich habe Kopien, die du dir ansehen kannst.«

»Hast du diesen Mulligan-Schwestern schon irgendetwas zugesagt? Haben sie einen Vertrag unterschrieben?«

»Mahoney. Und nein, aber das wollen sie so schnell wie möglich nachholen. Eine von ihnen hat mir gesagt, dass die Besitzerin des rosa Häuschens Bridget O'Malley letzte Woche in der Kirche nicht sonderlich lebhaft ausgesehen habe.«

Darüber musste Ryan dann doch lachen. »Jesus, Dad. Das ist ja eiskalt.«

Tag zuckte mit den Schultern. »So ist das Geschäft. Und glaub mir, diese Mahoneys sind keine liebenswerten alten Damen. Das sind Barrakudas. Irgendjemand wird dieses Grundstück schon sehr bald kaufen, und für das Unternehmen ist es sowieso eine Win-win-Situation. Die Mahoneys sind bereit, uns für das Entwerfen der Pläne und die Nachforschungsarbeit zu entlohnen, ganz egal, ob sie das Grundstück am Ende tatsächlich bekommen. Wie du siehst, tun sie alles, um sich bereitzuhalten. Außerdem besitzen sie schon ein paar Cottages, vier oder fünf, und sie möchten auch diese gern neu gestaltet haben. Ihr Reservierungssystem sollen wir auch digitalisieren. Darum steht es noch schlimmer als beim Clairmont. Sie haben nicht einmal eine Website. Sie verlassen sich einfach auf mündliche Empfehlungen. Das nenne ich mal antiquiert.«

»Sehr antiquiert, aber Dad, die Sache gefällt mir trotzdem nicht. Die Chancen, dass sich das totläuft, sind mir zu groß.«

Tag lachte, und Ryan musste ebenfalls grinsen, als ihm seine unpassende Wortwahl bewusst wurde.

»Ich sag dir was. Ich habe schon ein Treffen mit den Schwestern vereinbart. Sprich einfach mit ihnen und denk darüber nach. Mach einen Spaziergang zum Grundstück und sieh es dir von Nahem an. Was hast du zu verlieren? Jetzt, wo du schon mal hier bist …«

»Weißt du, für einen Mann, der sich zur Ruhe setzen will, bist du ganz schön erpicht darauf, dass dein Unternehmen neue Projekte an Land zieht.«

»Es ist eher eine Art Gefallen. Mein Fluglehrer ist April Mahoneys Sohn, und ich habe ihm versprochen, den Damen zu helfen. Das hat mir sechs Freistunden eingebracht.«

»Wenn ich mich mit ihnen treffe, sollte dann nicht auch ich die Freistunden bekommen?«

»Klar, wenn du sie willst, aber ich lasse dich nicht mein Flugzeug fliegen. Da musst du dir schon dein eigenes kaufen.«

Kapitel 13

»Ich weiß nicht, ob ich das schaffe, Jewel«, murmelte Emily gedämpft in ihr Handy. Sie saß in ihrem Zimmer in Gigis Haus. »Du solltest das Cottage mal sehen, das ich renovieren muss. Und du solltest meine Mannschaft sehen. Einer von denen ist so dürr, dass ich mir nicht sicher bin, ob er einen Hammer heben kann.«

»Du packst das schon, Süße. Du bist wie eine Katze. Du landest immer auf den Pfoten.«

Jewel war die optimistischste Person, die Emily je kennengelernt hatte. Obwohl sie den Zuspruch gerade sehr gut gebrauchen konnte, drängte sich ihr doch der Gedanke auf, dass Jewels Das-wird-schon-Haltung sie dazu gebracht hatte, das Katastrophenhaus in San Antonio zu kaufen.

»Aber diese Renovierung muss perfekt laufen«, erklärte Emily. »Das Letzte, was meine Familie von mir mitbekommen hat, war, dass ich mit irgendeinem Loser durchgebrannt bin, den ich dann auch noch geheiratet habe. Und dann kam die Scheidung. Wenn sie rauskriegen, dass ich mir Geld von Gigi leihen musste, dann kann ich das nie wieder ausbügeln. Das hier ist meine Chance, ihnen zu zeigen, dass ich erwachsen geworden bin. Dass ich jetzt eine verantwortungsbewusste Frau bin und kein widerborstiges Rotzbalg mehr.«

»Das werden sie auch begreifen, Em. Sei einfach du selbst. Ich habe immer und immer wieder gesehen, wie du trotz der widrigsten Umstände alles hinbekommst. Du kannst das.« Falls Jewel Pom-Poms hatte, dann wedelte sie im Augenblick sicher wild damit herum. Trotzdem tat es gut, so getröstet zu werden. Im Laufe der vergangenen Jahre hatten sie immerhin so einige heftige Renovierungen geschafft. Das hier war nicht Emilys erste Feuerprobe.

»Okay. Verstanden. Ich schaffe das.« *Schick mich aufs Feld, Coach, ich bin bereit.*

»Ja, du schaffst das. Schreib das mit Lippenstift auf deinen Badezimmerspiegel, damit du es nicht vergisst. Hey, wie hält sich übrigens unsere Kleine? Gibt es WLAN auf der Insel?« Es klang ebenso ernst, als hätte sie gefragt: *Gibt es irgendeine Heilungschance?*

Emily lachte. »Ja, wir haben WLAN, Gott sei Dank. Seit wir hier sind, hat sie ungefähr tausend Selfies von sich geschossen. Also eindeutig weniger als sonst.«

»Sie wird nachlässig. Sag ihr, sie soll mir welche schicken. Ich vermisse ihr Gesicht. Ich vermisse übrigens auch deins, aber Kevin leistet mir Gesellschaft.«

»Kevin, der Elektriker?«

»Genau. Seit er am Katastrophenhaus arbeitet, unternehmen wir öfter mal was zusammen. Neulich Abend hat er angeboten, zu uns nach Hause zu kommen und die kaputte Lampenfassung im Flur zu reparieren. Du weißt schon, das Ding, das manchmal funktioniert und manchmal nicht. Jedenfalls wollte er die Fassung reparieren, aber kein Geld dafür annehmen, also habe ich ihm stattdessen Abendessen gekocht. Hat Spaß gemacht.«

»Spaß, hm? Nur Spaß? Oder noch was anderes?«

Das Schweigen am anderen Ende der Leitung sprach Bände. »Ich glaube, es ist nur Spaß, aber ich halte dich auf dem

Laufenden. Heute Abend koche ich wieder für ihn. Das ist, als würde man mal mit einem Ken spielen, statt das Haus immer nur voller Barbies zu haben. Übrigens liebt er unser rosa Bad. Er sagt, das bringt seine empfindsame Seite zum Vorschein.«

Jewel klang vorsichtig hoffnungsvoll. In ihrem Liebesleben sah es sogar noch trister aus als in Emilys, also war das hier eine schöne Abwechslung. »Das klingt, als könnte daraus mehr werden als Spaß. Wehe, du hältst mich nicht auf dem Laufenden. Aber apropos Bad, wie läuft es denn mit den Rohren im Badezimmer des Katastrophenhauses?«

»Fast fertig. Ich habe die Trockenwand-Typen gerufen, damit sie die Wände in Ordnung bringen, die wegen der Löcher in den Rohren Wasserschäden abbekommen haben. Nächste Woche sollten wir mit allem fertig sein, und dann kann das Haus auf den Markt. Ich kann es gar nicht erwarten, das Ding loszuwerden.«

»Da sind wir schon zwei. Vergiss nicht, mir Bescheid zu sagen, ja?«

»Mache ich, und du erzählst mir, wie es mit dem Cottage läuft, ja? Und sag Chloe, sie soll mich anrufen. Ich würde gern hören, was sie von der Exilinsel hält.«

Emily lächelte. »Ich glaube, sie ist angenehm überrascht. Beim Fliederfestival neulich hat sie ein paar andere Kids kennengelernt, und sie hat ungefähr zehn Großcousinen und Großcousins, die etwa im selben Alter sind. Ich glaube, sie trifft sich mal mit ihnen. Und sie findet die Witze meines Vaters lustig, weshalb sie sich grade zu seinem Liebling entwickelt. Das ist echt eine riesige Erleichterung, bei unserem letzten Besuch hier hat er uns beide nämlich kaum angeschaut.«

Dieser letzte Besuch war in vielerlei Hinsicht hart für Emily gewesen. Damals hatte sie gewusst, dass ihr eine Scheidung bevorstand, und sie hatte sehen wollen, ob es vielleicht, nur vielleicht, an der Zeit war, nach Hause zu kommen. Von wegen.

Harlan war immer noch sauer gewesen, und Emily war nach Texas zurückgekehrt, ohne auch nur mit einem Sterbenswort erwähnt zu haben, dass ihre Ehe vorbei war. Erst ein Jahr später, als alles vorbei gewesen war, hatte sie ihnen davon erzählt. Bisher verlief dieser Besuch allerdings viel besser, und wie es schien, war das hauptsächlich Chloes lillyhaftem Charme zu verdanken.

* * *

»Winzig Kloosterman arbeitet in deiner Mannschaft?« Harlan schmunzelte und Emily nahm einen Bissen Schmorbraten. Er saß an einem Ende von Gigis rechteckigem Tisch, Gigi am anderen. An der einen Tischseite hatten sich Emily und Chloe niedergelassen und ihnen gegenüber Lilly und Brooke. Emily betrachtete ihre Familie und fragte sich, wie viele solcher Abendessen sie im Lauf der Jahre wohl verpasst hatte. Sie spürte ein Stechen in der Brust. Ihr war nicht bewusst gewesen, wie sehr sie das Bedürfnis, die Familie um sich zu haben, in den letzten Jahren unterdrückt haben musste. Natürlich war es nicht immer nur einfach mit der Familie, aber es war … vertraut, und das machte es zu etwas Schönem.

»Winzig ist fest entschlossen, die Gesellschaft für seine Fehltritte zu entschädigen, Harlan«, verkündete Gigi. »Gib ihm eine Chance.«

Trotz aller Nostalgie widerstrebte es Emily, ihren Vater um etwas zu bitten, ganz besonders, wenn es dabei um seine Meinung ging, aber sie musste einfach wissen, wie verlässlich ihr zusammengewürfelter Haufen von Arbeitern war. Wenn irgendjemand sie auf das Schlimmste gefasst machen konnte, dann ihr Vater.

»Für dich arbeitet ein Typ, der Winzig heißt?« Chloe griff nach der Sauciere und ertränkte ihre Quetschkartoffeln.

»Winzig ist alles andere als winzig«, erklärte Emily. »Er ist riesig, genau wie dein Kartoffelberg da. Glaubst du wirklich, du kannst das alles aufessen? Du bekommst noch Bauchweh.«

»Ja, ich bin regelkonform am Verhungern, und die Kalorien bin ich totsicher gleich wieder los, weil ich hier ja überall hinlaufen muss. Ich wünschte, ich hätte eine Fitbit. Die zehntausend Schritte am Tag krieg ich locker hin.«

»Was ist eine Fitbit?«, fragte Harlan. An diesem Abend schienen seine Augenbrauen ganz besonders buschig zu sein. Als hätte er sie beim morgendlichen Gesichtwaschen zerzaust und danach vergessen, sie wieder glatt zu streichen. Normalerweise wies Lilly ihn auf solche Dinge hin, aber die war in letzter Zeit ein wenig abgelenkt, und jetzt lenkten diese Brauen wiederum Emily ab.

»Ein Armband, das misst, wie viele Schritte man am Tag macht«, antwortete Chloe.

»Warum in aller Welt will jemand wissen, wie viele Schritte er am Tag gemacht hat?«, fragte Brooke. Sie trug auch heute wieder ein niedliches Sommerkleid. Kleegrün. Emily fragte sich, ob ihre Schwester sich so zurechtmachte, weil sie selbst am ersten Abend so overdressed zum Essen erschienen war. Es sah Brooke aber gar nicht ähnlich, sich über so etwas Gedanken zu machen. Vielleicht wollte sie wegen dieser Bürgermeistersache nur einfach etwas professioneller in Erscheinung treten.

»Man misst die Schritte für das Training. Alle Mädchen in meiner Schule haben so ein Ding, damit sie an ihrer Oberschenkellücke arbeiten können«, erklärte Chloe.

Emily schnappte nach Luft. »O mein Gott, Chloe. Bitte sag mir, dass du dir um so was keine Gedanken machst. Diese Mädchen in deiner Schule haben das aus irgendwelchen Zeitschriften mit bearbeiteten, total unrealistischen Fotos.«

»Die sind wirklich unrealistisch«, sagte Lilly und gestikulierte mit der Gabel. »Ich bin wirklich toll in Form, aber nicht mal ich habe eine Oberschenkellücke.«

»Was zum Teufel ist eine Oberschenkellücke?«, wollte Gigi wissen. »Das klingt irgendwie unanständig.«

»Das ist die Lücke, die man zwischen den Oberschenkeln hat, wenn sich die Knie berühren«, warf Chloe hilfreich ein. »Zum Beweis, dass man nicht dick ist.«

»Meine Güte, das ist ja lächerlich«, sagte Brooke.

»Total lächerlich, und Chloe, darüber haben wir uns schon unterhalten, weißt du noch? Es ist wichtig, sich gesund zu ernähren und Sport zu machen, um fit zu bleiben. Es geht nicht darum, möglichst dünn zu sein.«

Chloe rollte mit den Augen. »Ich weiß, Mom. Ich weiß. Aber Anastasia Whitcomb hat eine Oberschenkellücke, und alle halten sie für das hübscheste Mädchen der Schule.«

»Inklusive Anastasia Whitcomb«, gab Emily zurück. Sie wusste, dass sie ein zwölfjähriges Mädchen aus der Klasse ihrer Tochter eigentlich nicht kritisieren sollte, aber sie hatte Anastasia kennengelernt. Ihre Mutter und sie waren waschechte Country-Club-Snobs, und Chloe war mehr als einmal in Tränen ausgebrochen wegen irgendetwas, das Anastasia zu ihr gesagt hatte. »Sie ist kein sehr nettes Mädchen, und Nettsein ist viel wichtiger als Dünnsein. Außerdem bist du perfekt, genau so, wie du bist.«

»Das bist du wirklich«, bekräftigte Lilly. »Und lass dir von niemandem etwas anderes einreden.«

»Eine Oberschenkellücke«, murmelte Brooke kopfschüttelnd.

»Dann ist es also nichts Unanständiges?«, fragte Gigi und wirkte enttäuscht.

Harlan räusperte sich. »Ladys, bitte. Können wir über etwas anderes sprechen als über Frauenoberschenkel?«

»Klar, Granpa. Tut mir leid. Willst du einen Witz hören?«, fragte Chloe grinsend.

»Warum nicht.«

Sie sah in die Runde und vergewisserte sich, dass sie die ungeteilte Aufmerksamkeit aller besaß. »Was macht klipp-klapp, klipp-klapp, klipp-klapp. Bumm. Klipp-klapp, klipp-klapp, klipp-klapp?«

Die omnipräsenten Furchen auf Harlans Stirn vertieften sich. Dann sagte er. »Keine Ahnung. Was?«

»Eine Verfolgungsjagd mit Schusswechsel in Trillium Bay.«

Das Gelächter war eher zurückhaltend, aber Chloe schien zufrieden mit sich, und es wärmte Emily das Herz, sie so entspannt und fröhlich zu sehen.

»Der ist gut.« Harlan biss in ein Brötchen.

»Danke. Habe ich von einer neuen Freundin. Hey, übrigens, Mom, kann ich mich nach dem Essen noch mit ihr und ein paar anderen treffen? Ich habe sie beim Festival kennengelernt und sie haben mich eingeladen.«

»Was sind das für Kids?« Sofort hatte Harlan seine Polizistenstimme eingeschaltet, aber nun, da Emily die Sache von der Elternseite aus betrachtete und der Tonfall nicht ihr galt, verstand sie auf einmal viel besser, was dahintersteckte.

»Carrie Crenshaw, Susie Mahoney, Mike irgendwer und ein Junge namens John oder Jack oder Joe. Oder Leo. Ich weiß nicht mehr. Aber sie kamen mir nett vor.«

»Mahoney? Oh-oh.« Emily sah Gigi an, die jedoch nur den Kopf schüttelte.

»Die werden erst biestig, wenn sie erwachsen sind. Die Kleinen sind in Ordnung. Und diese Kinder sind prima. Wenn es die kleine Mahoney und die kleine Crenshaw sind, dann triffst du dich wahrscheinlich noch mit Mike Tupper und Joe Leonard.«

Chloe schnippte mit den Fingern und deutete auf ihre Großmutter. »Das sind sie. Sein Name war Joe, aber sie haben ihn Leo genannt. Also, Mom, kann ich mich mit ihnen treffen?«

Emily sah ihren Vater an. Wieder brachte es sie schier um, ihn nach seiner Meinung zu fragen – auch wenn sie es nicht laut tat –, aber sie würde Chloe nicht mit irgendwelchen Kids losschicken, mit denen er nicht einverstanden war. Die Geschichte würde sich nicht wiederholen. Er nickte knapp.

Emily wandte sich an Chloe. »Ich denke, das geht klar, aber lass dein Handy an, damit ich dich erreichen kann.«

Chloe hob eine Braue. »Danke, Mom. Aber wann habe ich denn jemals mein Handy ausgeschaltet?«

»Auch wieder wahr.«

Sofort zog Chloe besagtes Handy hervor und begann zu tippen, während Emily wieder ihren Vater ansah. »Und Dad, was Winzig und die anderen angeht. Was meinst du? Sind sie verlässlich?«

»Würde ich schon sagen. Winzig hat eine Menge Erfahrung auf der Baustelle. Er hat schon überall auf der Insel gearbeitet. Bisher habe ich noch keine Klagen gehört. Garth ist hauptsächlich nutzlos, aber immerhin nicht gefährlich dumm. Wyatt ist ein hervorragender Elektriker. Pferdi und Georgie sind in Ordnung, soweit ich weiß, aber ich kann dir versprechen, dass Pferdi öfter zu spät kommt als pünktlich. Wer war noch mal der Letzte?«

»Matt. Er ist erst vor ein paar Monaten aus New York hergezogen.«

Harlan nahm seine Gabel und pikte sie in ein Stück Fleisch. »Dieser Yoga-Typ? Yoga-Matt?«

Emily kicherte. »So hat er sich zwar nicht vorgestellt, aber ja, er unterrichtet Yoga.«

»Den habe ich schon mal gesehen«, sagte Lilly. »Er leitet einen Kurs in der Episkopalkirche, und alle Singlemädchen haben ein Auge auf ihn geworfen.«

»Alle Singlemädchen? Du also auch?«, hakte Gigi nach und prompt wurde Lilly rot.

»Ich habe dir doch gesagt, dass es keinen Kerl gibt, Gigi.«

»Worum geht's hier?«, fragte Harlan, offenbar verwirrt, als wäre die Unterhaltung schon wieder auf ein für ihn ungemütliches Terrain abgerutscht.

»Tja, mich interessiert jedenfalls nur, ob er einen Hammer schwingen kann«, warf Emily rasch ein, um die Aufmerksamkeit von Lilly wegzusteuern. »Und ich bin sicher, dass er sich gut schlagen wird. Wann wolltest du dich noch mal mit deinen Freunden treffen, Chloe?«

Danach wandte sich das Gespräch anderen Themen zu. Wann wohl die Gemeindehalle neu gestrichen werden würde. Brookes Bürgermeisterpläne. Die komplett durchgeknallte Vera von Meisterburger. Anschließend ging Chloe zu ihrer Verabredung und Emily war zuversichtlich, dass sie dort etwas Lustiges unternehmen würde, anstatt herumzusitzen und sich über ihre Oberschenkellücke Gedanken zu machen. Von solchem Mist war das Leben auf der Insel noch weit entfernt.

»Danke, dass du niemandem von Tag erzählt hast«, sagte Lilly leise zu ihr, als die zwei Schwestern später am Abend nebeneinander auf der Hollywoodschaukel auf der Veranda saßen. Brooke und ihr Vater waren heimgegangen, und Gigi klapperte in der Küche herum und backte Muffins für den nächsten Morgen.

»Gern geschehen, glaube ich. Ich will dich ja unterstützen, Lilly, aber du kannst die Sache mit ihm doch nicht wirklich ernst meinen. Er ist total falsch für dich.«

»Das klingt jetzt aber nicht sehr unterstützend. Und Em, das soll keine Beleidigung sein, aber du hast, was Männer angeht, auch nicht gerade eine große Erfolgsgeschichte.«

Autsch. Das tat weh.

Es stimmte zwar, aber es tat weh.

»Nein, habe ich nicht, also kannst du doch vielleicht aus meinen dämlichen Fehlern lernen. Die Sache wird ein böses Ende nehmen, und es wird dir das Herz brechen.«

»Mach dir keine Sorgen um mich. Tag ist wunderbar, und wir gehen sehr vorsichtig an die Beziehung heran. Deswegen halten wir sie ja auch noch geheim. Nicht weil wir uns schämen, sondern weil wir erst herausfinden wollen, ob es etwas Ernstes ist, bevor wir es allen sagen.«

Obwohl sie sich mit Ryan darauf geeinigt hatte, dass ein direkter Angriff nicht funktionieren würde, fühlte Emily, wie ihre Frustration überkochte. »Wie ernst kann es schon sein? Er ist mehr als doppelt so alt wie du. Was könnt ihr beide denn gemeinsam haben?«

»Eine ganze Menge. Jedenfalls eine Menge von den Dingen, die wirklich zählen. Und er ist lustig und klug und …«

»Und alt. Lilly, er hat drei Söhne, die alle älter sind als du. Kommst du dir da nicht komisch vor?« Herrgott, sie selbst kam sich ja schon komisch vor, wenn sie nur daran dachte.

»Nein, sein Alter ist mir egal.«

»Tja, das sollte es aber nicht sein. Das macht es Ryan und seinen Brüdern schwer zu glauben, dass du nicht nur wegen Tags Geld mit ihm zusammen bist oder deswegen, weil er bereit ist, dir die Welt zu zeigen.«

»Weil er bereit ist? Herzlichen Dank. Das macht mich aber ziemlich jämmerlich.« Lilly runzelte die Stirn und verschränkte die Arme.

»So habe ich es nicht gemeint. Kein bisschen. Es ist nur so, dass jeder, der euch zusammen sieht, seine Schlüsse ziehen wird.

Die Wahrheit interessiert niemanden. Sie sehen nur eine sehr junge Frau am Arm eines reichen alten Mannes.«

»Hör auf, ihn alt zu nennen. Er ist doch kein Tattergreis mit Gehhilfe und Hörgerät. Meine Güte! Du tust so, als wäre er nur noch einen Schritt vom Pflegeheim entfernt, und das ist einfach nicht wahr. Vor ein paar Tagen sind wir zum Bent Rock hinaufgewandert, und ich musste mich anstrengen, mit ihm Schritt zu halten.«

Emily schien nicht gut voranzukommen, aber sie beharrte auf ihrem Punkt. »Das verstehe ich ja, Lilly. Wirklich. Tag ist ein attraktiver Mann, und er ist fit und ausgezeichnet in Form, aber das ändert nichts daran, dass er eben viel älter ist als du, und das ändert auch nichts daran, dass er ein wohlhabender Mann ist, der sich in ganz anderen Kreisen bewegt als du.«

»Wieder sehr reizend von dir«, gab Lilly trocken zurück. »Jetzt sagst du nicht nur, dass ich zu jung für ihn bin, sondern auch noch nicht gut genug.«

»Das sage ich überhaupt nicht. Was ich meine, ist, dass nicht alle so nett sind wie du und dass sie dich vielleicht nicht herzlich aufnehmen werden. Nicks Familie hat mich nie akzeptiert, das ist einer der Gründe, warum unsere Ehe nicht funktioniert hat.«

»Sie haben dich nicht akzeptiert? Das hast du mir nie erzählt.«

»Du warst damals noch ein Teenager. Außerdem habe ich mich geschämt. Seine Eltern waren entsetzt, als wir auf ihrer Türschwelle erschienen sind, schon verheiratet, und seine Mutter hat fünf Jahre lang alles getan, um mir klarzumachen, dass ich dort nicht hingehörte. Das einzig Nette, das sie jemals für mich getan hat, war, mir einen Scheidungsanwalt zu bezahlen. Sie war so entschlossen, mich loszuwerden, dass es ihr sogar egal war, ob ich ihre Enkelin mitnehme oder nicht.«

»Und du glaubst, Tags Familie würde mit mir genauso umgehen?«

Emily zögerte. »Bisher habe ich nur Ryan kennengelernt, und er scheint ganz nett zu sein, aber ich weiß, dass seine Brüder und er dafür sorgen wollen, dass Tag sich nicht zur Ruhe setzt. Und … ehrlich gesagt machen sie sich auch Sorgen, dass ihr beiden heiraten könntet und dass du, wenn du schließlich gehst, eine ganze Menge Geld mitnimmst.«

Lilly umfasste Emilys Arm. »O mein Gott, das würde ich nie tun! Das weißt du doch.«

»Ja, das weiß ich, aber es wird nicht leicht werden, sie davon zu überzeugen.«

Die Schaukel knarrte leise, während sie sacht vor und zurück schaukelten. Emily fragte sich, ob sie die Situation gerade eigentlich verbesserte oder nur noch schlimmer machte.

»Es war nicht leicht, nachdem du gegangen bist, weißt du«, sagte Lilly kurz darauf leise.

»Was?«

»Nachdem du fort warst, ist hier alles schwieriger geworden. Ich war fünfzehn, als du mit Nick durchgebrannt bist, und Dad hat sich solche Sorgen gemacht, dass ich es dir gleichtun könnte, dass er mich unter Hausarrest gestellt hat.«

»Er hat was?«

»Na ja, nicht buchstäblich, aber praktisch gesehen schon. Jeder Erwachsene auf der Insel hat auf mich aufgepasst. Ich konnte nirgendwohin gehen, ohne dass Dad davon erfuhr. Weißt du, wie schwierig es ist, sich unter den Umständen von einem Jungen küssen zu lassen? Letztendlich musste ich den armen Percy O'Keefe hinter Colettes Reitstall schleifen und ihm einen Schmatzer aufdrücken, nur um es endlich hinter mich zu bringen.«

Emily lachte bei der Vorstellung, wie ihre Schwester – oder überhaupt irgendwer – Percy O'Keefe abknutschte, aber dann wandte sie sich wieder anderen Dingen zu. Im Grunde hatte sie nie darüber nachgedacht, wie ihr Abschied von der Insel das Leben der anderen beeinflusst hatte. Sie war so mit ihrem eigenen Drama beschäftigt gewesen, dass sie einfach angenommen hatte, das Leben auf der Insel würde ganz normal weiterlaufen. Denn wer würde sie schon vermissen? Aber im Rückblick kam es ihr nun selbstsüchtig vor.

»Tut mir leid, Lilly. Tut mir leid, dass du damit fertigwerden musstest. Und mit Dad.«

Lillys schlanke Schultern hoben und senkten sich. »Schon gut. Eigentlich habe ich erst Jahre später begriffen, was Dad da angestellt hat. Ich dachte, alle Väter wären so übermäßig beschützerisch, aber als ich dann auf dem College war, habe ich plötzlich erkannt, dass die anderen Mädchen viel mehr Erfahrungen hatten machen können als ich. Wahrscheinlich war ich die einzige Jungfrau in meinem ganzen Wohnheim, und ich bin mir ziemlich sicher, dass einige Wetten darüber liefen, wann ich meine Jungfräulichkeit verlieren würde. Den Gerüchten zufolge hätte meine Zimmernachbarin zweihundert Dollar gewonnen, wenn ich nur eine Woche länger gewartet hätte.« Ein Lachen lag in ihrer Stimme.

Emily lächelte, erleichtert, dass ihre Schwester dem Ganzen etwas Lustiges abgewinnen konnte, nun, da es hinter ihr lag.

»Genau das meine ich aber, Lil. Ich habe in meiner Jugend hier auch nicht sonderlich viele Erfahrungen gesammelt. Die paar Male mit Reed waren … unbefriedigend. Weil keiner von uns beiden eine Ahnung hatte, was wir da eigentlich machten. Dann ist Nick gekommen, und es war so leicht, mich von ihm mitreißen zu lassen, weil er ganz offensichtlich jede Menge Erfahrung hatte. Vielleicht passiert dasselbe auch gerade mit dir. Vielleicht glaubst du, das mit Tag sei etwas Besonderes, weil du so wenig Vergleichsmöglichkeiten hast. Nichts gegen ihn, aber jemand in deinem Alter wäre vielleicht doch ein bisschen … aufregender.«

Ryan wäre wahrscheinlich ziemlich aufregend im Bett, aber sie schubste diesen Gedanken mit der Wucht eines angreifenden Nashorns beiseite.

Lillys Wangen wurden rot. »Tag und ich kommen gut zurecht, danke.«

Statt sich selbst und Ryan sah Emily nun ihre Schwester mit Tag vor sich. Es war kein guter Vergleich. Tag war unbestreitbar gut aussehend für einen reiferen Mann, aber ganz egal, von welcher Seite Lilly es auch betrachten wollte, er war einfach zu alt für sie.

»Äh, das ist toll. Wirklich. Aber ein jüngerer Mann würde das vielleicht auch gut hinkriegen, und zwar ohne vorher Viagra zu nehmen. Yoga-Matt muss wahrscheinlich kein Viagra nehmen.« Yoga-Matt war ein Musterbeispiel an männlicher Vitalität.

Lillys kleines Lächeln verschwand. »Ich habe dir doch gesagt, dass Tag sehr fit ist. Er macht eine Menge Cardio-Training. Außerdem findet er mich klug und schön.«

»Du bist klug und schön. Ich verstehe, dass er dich anziehend findet, und ich verstehe auch, warum du dich von seiner Aufmerksamkeit geschmeichelt fühlst, aber ich glaube, auf lange Sicht wärst du mit jemandem in deinem Alter glücklicher.«

»Zum Beispiel mit Yoga-Matt?« Wieder verschränkte Lilly die Arme und hob herausfordernd eine Braue. Emily nahm die Herausforderung an. Yoga-Matt mochte vielleicht ein bisschen zu hoch in den Wolken schweben, um für eine Langzeitbeziehung geeignet zu sein, aber er würde Lilly definitiv von Tag ablenken können. »Klar, ich könnte euch einander vorstellen. Oder wir gehen zusammen in seinen Yogakurs. Nur damit du ihn mal kennenlernen kannst. Vielleicht funkt es ja.

Wenn du dir bei Tag so sicher bist, dann kann das doch nicht schaden, oder?«

Lilly sah aus, als würde sie sich die Sache überlegen. »Hier ist mein Gegenangebot. Ich gehe mit dir zum Yogakurs, wenn du dafür mit Tag und mir zu Abend isst. Ich möchte, dass du ihn besser kennenlernst, damit du verstehst, was ich meine.«

Abendessen? Zusammen? Sie wollte keinen ganzen Abend mit Lilly und Tag verbringen. Ryan zufolge war das schwer auszuhalten. Dem wollte sie sich nicht allein stellen müssen.

»Ähm, können wir Ryan auch dazu einladen? So kann er dich auch besser kennenlernen und sich davon überzeugen, dass du kein geldgieriges Flittchen bist.«

Lillys Miene wandelte sich von nachdenklich zu neckisch. »Ich hab dich durchschaut. Du magst ihn, stimmt's?«

»Wen? Tag?«

»Nein, Ryan. Deshalb möchtest du, dass er auch zum Abendessen kommt.«

Das war ein interessanter Einfall. Sie mochte Ryan tatsächlich irgendwie, auch wenn sie deswegen nichts unternehmen würde. Und sie wollte auch nicht, dass jemand das wusste, denn, na ja, als sie das letzte Mal jemanden gemocht hatte, hatten alle auf der Insel mit angesehen, wie sie sich zur Idiotin machte, und das wollte sie nicht noch einmal erleben. Aber wenn Lilly glaubte, sie hätte ein Auge auf Ryan geworfen, dann würde es leichter werden, gemeinsame Unternehmungen zu planen. Oh, was für ein Durcheinander.

»Er ist schon in Ordnung, denke ich. Und Abendessen klingt auch gut, aber weißt du, was noch besser wäre? Ein Ausritt.«

Kapitel 14

»Wir verstehen, dass es ein Risiko ist, Mr Taggert, aber wir sind bereit, es einzugehen.« June Mahoney rückte ihre schwarz gerahmte Brille zurecht und musterte Ryan wie ein angriffslustiger Stier. Sie war eine beeindruckende Erscheinung in ihrem marineblauen Kleid und dem Schmuck aus roten Plastikperlen. Normalerweise fiel es Ryan nicht auf, wenn eine Frau Schmuck trug, aber dieser Schmuck war nicht nur riesig, sondern auch laut. Jedes Mal, wenn sie sich vorbeugte, klackerte die Kette gegen die Tischplatte, und wann immer sie die Hand ablegte, tat ihr Armband dasselbe. Es lenkte Ryan sehr ab.

Ebenso wie die Tatsache, dass eine von Junes Schwestern neben ihr saß und unablässig strickte. Die Nadeln machten klick-klick-klick und blitzten immer wieder im Sonnenlicht auf, was ihn blendete. Er wusste nicht mehr, wie diese andere Schwester hieß, aber das schien auch nicht wichtig zu sein, denn June war eindeutig der Boss hier. Ihre Schwester wiederholte immer nur, was June gerade gesagt hatte.

»Bereit, es einzugehen«, murmelte sie jetzt und wickelte sich einen blassrosa Wollfaden um den Finger. Klick-klick-klick.

»Meine Schwestern und ich haben dieses Grundstück schon sehr lange im Auge«, fuhr June fort. »Und als mir mein Cousin Herb, der Besitzer des Clairmont Hotel, von Ihrem

Unternehmen erzählt hat, habe ich es als göttliche Fügung betrachtet. Als ich dann noch herausgefunden habe, dass auch mein Neffe Ihren Vater kennt, konnte es einfach kein Zufall mehr sein. Tag war so freundlich, uns ein paar Entwürfe für das Bed and Breakfast anzufertigen, und ich kann Ihnen gar nicht sagen, wie tief beeindruckt wir sind.«

»Beeindruckt«, wiederholte die andere Schwester.

Es war eine todsichere Sache für Taggert Property Management. Die Mahoney-Schwestern wollten sie anheuern, damit sie ihre derzeitigen Cottages renovierten. Leicht verdientes Geld. Dann sollten sie das Reservierungssystem digitalisieren. Sogar noch leichter verdientes Geld. Und sie sollten alles tun, was für das geplante Bed and Breakfast nötig war. Pläne erstellen, eine Marktanalyse durchführen, sich mit der Gemeinde in Verbindung setzen und die Grundstücksgrenzen prüfen lassen. Ein dreistöckiges Gebäude war nichts im Vergleich zu den Projekten, die sie üblicherweise betreuten, aber der Gipfel war, dass diese alten Damen bereit waren, die ganze Vorbereitungsarbeit zu bezahlen, ohne dass sie das Grundstück überhaupt besaßen.

»Haben Sie schon mit Mrs O'Malley über Ihre Pläne für ihr Grundstück gesprochen? Vielleicht gibt es eine Klausel in ihrem Testament, mit der sie das Grundstück jemand anderem vermacht. Das könnte Ihrem Projekt im Weg stehen. Wir können dieses Bed and Breakfast nicht einfach auf einem anderen Grundstück bauen, weil die geografischen Bedingungen dann andere wären.«

Er konnte sie nicht guten Gewissens für alles zahlen lassen, ohne ihnen klarzumachen, wie die Dinge standen. Leichtes Geld war eine Sache, aber Integrität und ein guter Ruf waren auch wichtig. Er wollte nicht verklagt werden, wenn das Projekt scheiterte.

June sah ihre Schwester an und richtete den Blick dann wieder auf ihn. »Um die Wahrheit zu sagen, Mr Taggert, diese Bridget O'Malley ist nicht mehr ganz klar im Kopf. Wie Sie sich bestimmt vorstellen können. Immerhin ist sie beinahe einhundertunddrei Jahre alt. Wir haben ihr angeboten, ihr das Grundstück abzukaufen und sie so lange dort wohnen zu lassen, bis sie beschließt umzuziehen oder der liebe Gott beschließt, sie für uns umzusiedeln, aber diese alte Schachtel will einfach keine Vernunft annehmen. Sie will nicht an uns verkaufen.«

»Hat sie erklärt, warum?«

»Wie schon gesagt, sie tickt nicht mehr ganz richtig, also ist auch ihre Begründung völlig sinnlos. Allerdings bin ich sicher, dass sie nur allzu gern verkaufen wird, wenn Sie mit ihr sprechen, ohne dabei unsere Namen zu erwähnen. Wir haben ihr gegenüber nie erwähnt, dass wir planen, auf ihrem Grundstück ein Haus zu bauen, also könnten Sie ihr vielleicht die Entwürfe des Bed and Breakfast zeigen, damit sie sieht, wie hübsch es wird.«

»So hübsch.« Klick-klick-klick.

»Ich bin nicht sicher, ob sie es wirklich so inspirierend finden wird, zu sehen, was nach ihrem Tod geplant ist«, gab Ryan zu bedenken.

»Packen Sie sie bei ihrer Eitelkeit, Mr Taggert. Sagen Sie ihr, dass Sie das Bed and Breakfast das O'Malley House nennen werden. Das wird ihr gefallen.«

Daraufhin zupfte Junes Schwester sie am Ärmel und schüttelte vehement den Kopf. June wischte ihre Hand fort. »Keine Sorge, April, so werden wir es natürlich nicht nennen. Das soll dieses alte Miststück doch nur dazu bringen, endlich einzuwilligen. Verzeihen Sie meine Ausdrucksweise, Mr Taggert, aber wie Sie sich vorstellen können, sind wir nicht sonderlich gut auf Mrs O'Malley zu sprechen. Auf ihr Grundstück allerdings schon. Wir sind fest entschlossen, es zu bekommen, koste es, was es wolle. Wenn Ihr Unternehmen dieser Angelegenheit nicht gewachsen ist, müssen wir uns eben jemand anderen suchen.«

Ryan erkannte das Ultimatum. Wenn die alten Damen so wild darauf waren, dieses Projekt zu verfolgen, nun, dann war es ihm lieber, wenn sein Unternehmen es übernahm und nicht ein anderes. Er hatte ohne Umschweife über die Hindernisse gesprochen, also konnte er guten Gewissens fortfahren. Er würde die Vorbereitungsarbeiten leisten und dafür bezahlt werden. Falls dann nichts aus der Sache würde, hätte sein Unternehmen keinen Schaden erlitten. Bryce würde dem Deal sicher zustimmen, auch wenn er Ryan und Tag so schnell wie möglich wieder in Sacramento haben wollte. Es war eine gute Lösung. Ryan wollte ohnehin noch eine Weile in Trillium Bay bleiben, um ein Auge auf seinen Vater zu haben. So würde er dem Unternehmen wenigstens auch ein bisschen Geld einbringen.

»Mrs Mahoney, natürlich möchte ich nicht, dass Sie ein anderes Unternehmen mit Ihrem Projekt beauftragen. Wir bei Taggert Property Management freuen uns darauf, mit Ihnen zusammenzuarbeiten. Ich werde die Verträge aufsetzen lassen und wir können uns in ein paar Tagen noch einmal treffen, um die Details zu besprechen, bevor Sie unterzeichnen. Wie klingt das?«

June Mahoney streckte ihm die Hand entgegen, und ihr Armband klackerte auf den Tisch, als sie einander die Hände schüttelten. »Mr Taggert, ich glaube, wir haben eine Abmachung.«

Kapitel 15

Der Freitagmorgen war trüb, grau und schwül heraufgedämmert. Tag, Lilly, Chloe, Ryan und Emily gingen die Blueberry Lane entlang in Richtung von Colettes Reitställen. Zu ihrer Rechten lagen der Huron Lake und die Petoskey Bridge, links reihten sich Geschäfte und ein paar Restaurants, darunter auch die Salatbar »Garten Eden«, der Süßigkeitenladen »Karamell-Sutra« und der »Go-Fly-A-Kite«-Shop, wo man – welch Überraschung – Drachen kaufen konnte.

»Hey, Mom.« Chloe deutete auf das Ladenschild. »Können wir in den Drachenladen gehen?«

»Klar. Geht schon mal vor. Ich muss erst noch zur Toilette, aber ich komme gleich nach.«

Sie ließ sich zurückfallen und zupfte Ryan am Ärmel seines grünen T-Shirts. Er wandte sich ihr zu, während die anderen das Geschäft betraten.

»Hey, ich habe eine Idee«, flüsterte sie, obwohl die anderen längst außer Hörweite waren. »Du« – das *Du* schien ihr nun, da sie quasi Verbündete waren, durchaus angebracht – »du hast doch gesagt, dass wir für negative Assoziationen sorgen sollten, oder?«

»Äh, ich habe einen TED Talk darüber gesehen, also nagel mich bitte nicht darauf fest.«

»Tu ich nicht, aber jetzt hör zu. Wenn wir wollen, dass dein Vater heute einen echt miesen Tag hat, dann könnte ich da etwas nachhelfen. Einverstanden?«

»Wie mies? Nicht gefährlich mies, oder?«

»Natürlich nicht. Nur eben auch *nicht* lustig.«

»Ja, okay. Tu, was du tun musst.« Ryan seufzte schwer. »Es ist nicht leicht, Eltern zu erziehen.«

Dann betrat er ebenfalls den Drachenladen, während Emily rasch die Straße überquerte und das kurze Stück bis zu Colettes Reitställen ging. Hier sah es noch ganz genauso aus wie in ihrer Kindheit. Es war ein langes, niedriges Stallgebäude, das von außen dunkelgrün angestrichen war. Innen befanden sich eine Reihe von Boxen und sämtliche Ausrüstungsgegenstände, die man sich als Nichtreiter ausleihen musste, wenn man einen Ausritt unternehmen wollte. Sättel, Zaumzeuge, Helme. Rechts gab es einen Tresen und daneben eine Tür mit der Aufschrift »Cowgirls«. Es roch nach Heu und Pferden, und Emily fühlte sich zwanzig Jahre zurückversetzt. Sie hatte einmal in diesem Stall ausgeholfen. Nicht sehr lang, denn wie sich herausgestellt hatte, gefiel ihr zwar das Reiten, das Ausmisten und Wegräumen der Pferdeäpfel allerdings umso weniger, und wenn man in einem Stall arbeitete, musste man eine ganze Menge Pferdeäpfel wegräumen. Im Großen und Ganzen machte ihr der Geruch nichts aus, aber der Misthaufen war heftig. Etwa eine Woche hatte sie durchgehalten, bis ihre Chefin angedeutet hatte, dass dies vielleicht nicht der richtige Arbeitsplatz für sie sei. Stattdessen hatte sie dann im Mustang Saloon angefangen.

Als sie sich umsah, entdeckte sie dennoch ein paar vertraute Gesichter, die beinahe schon so lange hier waren wie der Reitstall selbst, und mit etwas Glück würde sie auch Percy O'Keefe finden. Emily war früher einmal seine Babysitterin gewesen, und sie hatte ihn immer so viel Eis essen lassen, wie er wollte. Einmal hatte sie ihn auch dabei erwischt, wie er einen

Victoria's-Secret-Katalog in sein Zimmer schmuggeln wollte, und sie hatte es nie jemandem erzählt. Dafür schuldete er ihr etwas, und nun war es an der Zeit, die Schulden einzutreiben. Die Tatsache, dass er seit Ewigkeiten in Lilly verknallt war, würde ihr vielleicht auch zugutekommen.

»Hey, Percy!«, rief sie.

Er drehte sich zu ihr um. Sein zerzaustes schwarzes Haar stand in alle Richtungen ab. Percy hatte noch nie viel von übermäßiger Körperpflege gehalten, und selbst wenn er sich für die Kirche am Sonntagmorgen herausputzte, schien er immer noch einen Fleck im Gesicht zu haben.

»Hey, Peach. Ich habe schon gehört, dass du wieder im Lande bist. Wie geht's dir?«

Emily erreichte ihn und beugte sich vor, um ihn freundschaftlich zu umarmen. Percy tat dasselbe, hielt dann jedoch inne, kurz bevor er sie berührte. »Ich glaube, du willst mir heute lieber nicht zu nahe kommen. Ich muss schon den ganzen Tag düngen, und du weißt ja, wie das ist.«

Er war tatsächlich ziemlich schmutzig und verschwitzt, also drückte sie ihm lieber einfach die Schulter. »Mir geht's prima, Percy. Und dir?«

»Ach, du weißt schon. Alles beim Alten. Möchtest du ausreiten?«

Emily warf einen raschen Blick über die Schulter, um sich zu vergewissern, dass ihr niemand in den Stall gefolgt war. Die Luft war rein.

»Ich möchte wirklich ausreiten, Percy, aber ich wollte dich fragen, ob du mir bei einem, äh, sagen wir, bei einem Streich helfen könntest.«

Langsam hob er die Brauen, wobei Schmutzfalten auf seiner Stirn erschienen. »Ein Streich, sagst du? Na, du weißt ja, dass ich für so was immer zu haben bin. Was hast du vor?

Willst du auf Richter Murphys Türschwelle einen Pferdehaufen anzünden? Das haben wir schon lange nicht mehr gemacht.«

Emily kicherte. »Nein, nichts in der Art. Ich habe mir Folgendes überlegt …«

* * *

Eine halbe Stunde später standen die fünf Reiter im Paddock und jeder von ihnen trug einen Helm. Alle Helme waren dunkelblau. Bis auf den von Tag. Der war grellorange.

»Sind Sie sicher, dass es keinen anderen Helm gibt, der mir passt?«, fragte Tag an Percy gewandt, gerade als ein pummeliges Teenagermädchen mit pinker Zahnspange zwei Pferde aus dem Stall führte. Eines war schwarz mit weißen Beinen, das andere ein Apfelschimmel.

Percy grinste ihn an und wirkte dabei ein bisschen irre. »Ja, Sir. Tut mir leid wegen der Farbe, aber das ist der Einzige, den wir in XXL haben, und ich möchte Sie wirklich nicht beleidigen, Sir, aber Sie scheinen wirklich einen unnormal großen Kopf zu haben.«

»Das hat er nicht, Percy.« Stirnrunzelnd sah Lilly ihn an.

»Findest du nicht? Na ja, vielleicht liegt es ja auch nur an der breiten Stirn«, murmelte Percy laut genug, um von allen verstanden zu werden. Emily täuschte ein Husten vor und hielt sich die Hand vor den Mund, um ihr Grinsen zu kaschieren, und Ryan sah mit hochgezogener Braue in ihre Richtung. Percy nahm dem Mädchen die Zügel des Grauschimmels ab.

»Danke, Lydia. Kannst du bitte noch Spirit und Duke holen? Und dann noch Maiglöckchen.«

Ihre blauen Augen wurden groß. »Maiglöckchen?«

»Genau. Das habe ich gesagt.«

Das Mädchen wirkte einen Moment verwirrt, aber dann nickte sie. »Okay, wenn du es sagst.«

Percy nickte und winkte Chloe zu sich. »Okay, Prinzessin, dann bringen wir erst mal dich in den Sattel. Das hier ist Lulubelle, und sie ist das liebste Mädchen, das wir haben. Ihr zwei werdet euch prima verstehen.« Chloe strahlte, als er ihr in den Sattel half, und auch Emily musste lächeln. Das war das wirklich Schöne daran, Kinder zu haben. Man sah die Dinge durch ihre Augen. Emily war mit Pferden aufgewachsen, aber im Grunde war sie nie sonderlich pferdeverrückt gewesen. Ihre sonst nur schwer zu beeindruckende Tochter nun aber breit grinsend und unverkennbar begeistert zu sehen, tat gut.

Chloe streichelte den breiten, getupften Hals der Stute. »Hallo, Lulubelle, du bist aber wirklich eine Hübsche.« Lulubelle sah sich sichtlich gelangweilt um, aber das schien Chloe nicht zu bemerken.

»Du bist die Nächste, Peach. Tilly ist die Richtige für dich.« Er nahm dem Stallmädchen die Zügel der schwarzen Stute ab, woraufhin Lydia wieder im Stall verschwand. Er verschränkte die Hände, damit sie ein Knie daraufsetzen und sich in den Sattel schwingen konnte, und schon war sie oben. »Weißt du noch, wie das geht?«

Emily nickte. »Ich glaube schon. Einfach den Zündschlüssel rein und aufs Gas treten, richtig?«

Percy grinste. »Genau.« Er stellte ihre Steigbügel auf die richtige Höhe und zwinkerte ihr dann von unten zu. »Ich freue mich schon drauf, was du mir so erzählst, wenn ihr zurück seid.«

»Ich erzähle dir gern alles ganz genau. Danke, Percy.«

»Oh, gern geschehen, das weißt du doch.«

Lydia brachte zwei weitere Pferde heraus, zwei Dunkelbraune, die praktisch identisch aussahen. »Percy, hast du wirklich gesagt, dass ich als Nächstes Maiglöckchen holen soll?«

Percy nickte. »Jep.«

»Maiglöckchen.«

Er starrte das Mädchen an wie eine Eule, die sich gleich auf die Maus stürzen würde. »Maiglöckchen«, bestätigte er.

»O-kay«, sagte sie langsam und kehrte wieder in den Stall zurück.

»Lilly, wie wäre es mit dir und Spirit? Du kennst dich ja mit Pferden aus, und wenn ich mich richtig erinnere, kennst du dich auch ganz gut hinter Ställen aus.« Er zwinkerte ihr zweideutig zu und schnalzte dazu passend mit der Zunge. Emily senkte rasch den Kopf und tat so, als würde sie ihren Helm richtig einstellen.

Lilly schnappte ihm die Zügel aus der Hand. »Ich komm schon klar, Percy, danke.«

»Okay, Sie da, mit der Filmstar-Fassade, Sie können Duke reiten.« Percy winkte Ryan heran. »Perfekt für vollkommen unerfahrene Reiter. Wenn Sie mit einem Hund Gassi gehen können, dann kommen Sie auch mit Duke zurecht. Aber falls Sie doch Probleme haben sollten, dann lassen Sie einfach die Zügel lang, und er weiß schon, was er tun muss.«

»Ich bin schon mal auf einem Pferd gesessen«, versicherte Ryan. »Ich bin nicht vollkommen unerfahren.«

Percy nickte langsam und vielsagend. »Oh, gut zu hören. Aber es ist wirklich nichts dabei, wenn man ein bisschen Angst hat. Pferde sind sehr große Tiere.«

Finster sah Ryan ihn an. »Ich habe keine Angst vor Pferden. Das habe ich nie gesagt.«

Wieder nickte Percy, die Lippen dabei fest aufeinandergepresst. Dann beugte er sich zu Ryan vor, als wollte er ihm etwas zuflüstern, sprach aber mit unverminderter Lautstärke weiter. Wenn nicht sogar noch lauter. »Ich verstehe schon. Sie wollen sich vor den jungen Damen hier nicht blamieren, aber ein bisschen natürliche Angst ist etwas Gutes. Wenn Sie nicht wenigstens etwas nervös wären, würde ich mir Sorgen machen, dass Sie die Gefahr, in die Sie sich begeben, nicht richtig einschätzen.«

Ryan klappte den Mund auf, schloss ihn dann wieder, und Emily musste um Beherrschung kämpfen. Sie hatte Percy gesagt, er solle sich auf Tag konzentrieren, aber offenbar bekam sie zwei zum Preis von einem.

Chloe sah sie an. »Es ist nicht gefährlich, oder, Mom?«

Emily schüttelte den Kopf. »Nein, Schatz. Wir kommen schon klar.« Es war immer ein gewisses Risiko dabei, wenn man mit Tieren zusammen war, die über fünfhundert Kilo wogen, aber diese sanftmütigen, abgeklärten Mietpferde zu reiten, war etwa so gefährlich wie Enten an einem Teich zu füttern. Klar konnte man dabei ertrinken, aber von den Enten selbst ging keine Gefahr aus.

Die ganze Zeit stand Tag da und wartete in seinem Karottenhelm auf Anweisungen. Sein Blick huschte umher und er wirkte ein bisschen blass um die Nase. Fast hätte er Emily leidgetan.

Endlich brachte ihm Lydia Maiglöckchen aus dem Stall. Sie war eine Schönheit. Eine schwarz-weiße Scheckstute. Sie hatte einen langen, dichten Schweif und ihr Schritt wirkte leichtfüßig und elegant. Emily war ein bisschen enttäuscht. Sie hatte auf einen griesgrämigen alten Klepper gehofft, der die ganze Zeit versuchen würde, zum Stall zurückzukommen, aber dieses Pferd wirkte frisch und kräftig.

»Hier, bitte schön, Mister.« Percy half Tag in den Sattel und ächzte dabei, als wäre Tag einfach zu schwer. »Lassen Sie mich die Steigbügel einstellen, sie sehen irgendwie nicht richtig aus.« Er machte sich an den Riemen zu schaffen, und Emilys Enttäuschung verflog, als sie sah, wie kurz er sie verschnallte. Gewieft. Dieser Kerl war gewieft. Tag sah nicht sonderlich glücklich auf dem Pferderücken aus.

»Also, Lilly, wohin wollen wir reiten?«, fragte Emily und trieb Tilly an, damit ihre Schwester die zu kurzen Steigbügel nicht bemerken würde.

»Wenn es euch nichts ausmacht, würde ich euch den Gilbert Trail empfehlen«, verkündete Percy. »Da reitet ihr durch ein paar sehr hübsche Waldstücke, und wenn ihr die Lakeshore Avenue erreicht, könnt ihr den Pferden eine kleine Pause gönnen. Vielleicht lasst ihr sie am See trinken, es ist wirklich schwül heute. Es macht ihnen nichts aus, sich die Hufe nass zu machen.«

»Das klingt gut, finde ich. Was meinst du, Lilly?«, fragte Emily. Sie wusste zwar nicht, warum Percy diese Route vorgeschlagen hatte, aber da er sie dabei äußerst konspirativ angeschaut hatte, musste es wohl einen guten Grund geben.

»Einverstanden. Dann los.«

»Das ist fantastisch!« Chloe kicherte und Emily stimmte mit ein. Hoffentlich würde es wirklich fantastisch werden. Jedenfalls für einige von ihnen.

* * *

Ryan wusste nicht, was er zu erwarten hatte, aber heute würde er sich wortwörtlich einfach tragen lassen. Wenn er die Chance auf einen subtilen Seitenhieb erkannte, würde er zuschlagen. Dieser wildhaarige Stallbursche hatte seinen Teil jedenfalls getan. Ryan musste ein Lachen unterdrücken, als sein Blick auf Tag mit dem orangefarbenen Helm fiel. Er sah aus wie ein Kürbis. Ganz egal, wie verliebt Lilly sein mochte, dieser Helm arbeitete nicht zu Tags Gunsten. Einen Karottenhelm tragen zu müssen, war eindeutig *nicht* lustig.

Emily ritt voraus, gefolgt von Chloe, Lilly, Tag und ihm selbst am Ende. Die Aussicht auf eine Reihe Pferdehintern war zwar nicht die beste, aber immerhin konnte er so alles im Auge behalten. Lilly war heute viel ruhiger. Eine deutliche Veränderung zu dem lebhaften und geselligen Mädchen, das er am ersten Abend bei Tag kennengelernt hatte. Wahrscheinlich hatte sie immer noch daran zu knabbern, dass er sie ein geldgieriges Flittchen genannt hatte. Gewissensbisse umschwirrten ihn wie Pferdebremsen.

Die Geräusche der Main Street verklangen allmählich hinter ihnen, während sie einem breiten Weg zum Wald hinunter folgten, wo sich andere Laute erhoben. Ein Dutzend verschiedener Vogelgesänge, Klicken und Schnattern, dazu das Rauschen der Wellen und der Wind in den Bäumen. Alle behaupteten immer, dass es im Wald so friedlich und still sei, aber wenn man wirklich hinhörte, war es geradezu höllisch laut. Ein Ast peitschte ihm ins Gesicht, als sein Pferd zu nah an einer Kiefer vorbeilief. Er nahm die Zügel etwas auf und versuchte zu lenken, aber Duke hatte offenbar seine eigenen Vorstellungen.

Ein zweiter Ast traf ihn. Er zog an seinem Shirt. Die Luft war dick und stickig, aber er trug trotzdem eine Jeans, denn schwitzen war ihm immer noch lieber, als sich am Sattel wund zu reiben. Schwer, so was im Fitnessstudio zu erklären. »Ach, diese Abschürfung an der Innenseite meiner Oberschenkel? Das kommt vom Leder, aber ich will euch nicht mit Details langweilen.« So eine Unterhaltung wollte er lieber nicht führen. Nie.

»Hey, Ryan. Bitte lächeln.« Chloe drehte sich im Sattel um und hielt ihr Handy hoch, um ein paar Fotos zu schießen. In freier Natur ging doch nichts über ein Smartphone. Aber er lächelte trotzdem und hoffte, dass er im Sattel nicht allzu vertrottelt aussah. Wenigstens war sein Helm blau.

»Okay, jetzt ihr beide«, rief Chloe seinem Vater und Lilly zu. Sie ritten nebeneinander her und lehnten sich sofort näher zueinander. Toll. Das Foto konnten sie dann ja auf die Verlobungskarten drucken. Chloe lachte und wandte sich wieder nach vorn. Sie trieb ihr Pferd an, bis sie neben ihrer Mutter herritt. Nun wippten dort vorn vier Pferdeschwänze fröhlich hin und her. Während er Emily beim Reiten zusah, kam ihm ein ganz anderes Bild in den Sinn, das seinen Sattel sofort merklich unbequemer, den Ausritt aber zugleich um einiges angenehmer machte. Vermutlich sollte er seine Gedanken wirklich nicht in diese Richtung wandern lassen, aber er tat es trotzdem.

»Zeit für ein Selfie, Mom!« Chloe streckte den Arm so weit aus, wie sie konnte, und schoss ein paar Fotos von sich und Emily. Zweistimmiges Gelächter wehte heran und er musste lächeln. Sie waren süß zusammen, und Chloe schien wirklich ein liebes Mädchen zu sein.

»Alles in Ordnung da hinten?«, rief Emily ein paar Minuten später über die Schulter, als der Weg allmählich schmaler und der Wald dichter wurde. Sie sah zu ihm nach hinten. Er tippte sich kurz mit den Fingern an die Stirn.

»Bestens«, rief er, als ihn ein weiterer Kiefernast traf. Der gute alte Duke war anscheinend etwas kurzsichtig. Oder er machte das mit Absicht. Außerdem schien sein Pferd über die Maßen interessiert am Hintern von Tags Stute zu sein. Jedes Mal, wenn er ihrem großen, runden Hinterteil zu nahe kam, peitschte sie ärgerlich mit dem Schwanz und machte einen kleinen Hopser.

»Tut mir leid, dass ich dir so auf die Pelle rücke, Dad. Das mache ich nicht absichtlich.«

»Ja, bleib ein bisschen weiter hinten. Ich glaube, du machst mein Pferd nervös.« Daraufhin machte Maiglöckchen ein weiteres Mal eine Art Minibocksprung. »Hey, hey, schon gut, Mädchen.« Tag tätschelte ihren Hals und sie schüttelte heftig den Kopf.

»Ich glaube nicht, dass es nur das ist«, warf Lilly ein. »Sie kommt mir ein bisschen launisch vor. Möchtest du tauschen? Mein Pferd ist zahm wie ein Hündchen.«

»Nein, natürlich nicht«, gab Tag etwas angespannt zurück. »Ich komme schon mit ihr zurecht. Ich werde dich sicher nicht auf einem gefährlicheren Pferd reiten lassen.«

Lilly grinste. »Entschuldige, Schatz, aber ich reite seit der ersten Klasse.«

»Also seit etwa zehn Jahren?«, warf Ryan gut hörbar ein.

Sie versetzte ihm einen giftigen Blick. Wenn sie es vorher noch nicht gewesen war, dann war sie jetzt ganz sicher sauer auf ihn.

»Ich komme mit einem scheuenden Pferd besser zurecht als du«, sagte sie wieder an Tag gewandt. Ryan beugte sich ein wenig vor. Das würde interessant werden. Er hatte noch nie gehört, dass jemand zu Tag sagte, er könne etwas besser als er. Sein Vater richtete sich etwas gerader auf, sein Karottenhelm saß schief.

»Ich habe das im Griff, Lil. Alles in Ordnung. Wenn Ryan einfach ein bisschen zurückbleiben könnte.« Jetzt klang sein Vater zweifellos gereizt. Ryan zog an Dukes Zügeln, richtete damit aber nicht viel aus. Dann zog er sein Handy aus der Tasche und versuchte, ob er gleichzeitig tippen und reiten konnte. Er schickte Bryce eine Nachricht.

WEISST DU WAS? ICH SITZE AUF EINEM PFERD.

Bryce antwortete beinahe sofort. WARUM SITZT DU AUF EINEM PFERD?

AUSRITT MIT DAD UND DEM FLITTCHEN. SIE HEISST ÜBRIGENS LILLY, NICHT DAISY.

EINE ROSE MIT EINEM ANDEREN NAMEN …

SEHR LUSTIG

ICH DACHTE, DAD HASST PFERDE?

TUT ER AUCH. ICH ERKLÄR'S DIR SPÄTER.

Duke streckte die Nase vor, um Maiglöckchen am Hintern zu schnuppern, und sehr zu Ryans Verdruss wählte die Stute ausgerechnet diesen Moment, um den größten, lautesten und pferdigsten Pups loszulassen, den man sich vorstellen konnte. Ein warmer, nach muffigem Gras riechender Darmwind schlug ihm wie Pferdeabgas ins Gesicht. Unbeirrt schritt Duke durch die Wolke. Das Ganze wiederholte sich etwa noch achtmal. Laute, quietschende und ratternde Fürze, bis Maiglöckchen schließlich direkt vor ihnen einen Haufen frischer Pferdeäpfel auf dem Weg fallen ließ. Ryan tränten die Augen. Wie machten Pferde das überhaupt? Gleichzeitig laufen und äppeln? Allerdings war es äußerst effektiv. Wenn Menschen das auch könnten, würde Bryce es im Sinne des Multitaskings sicher versuchen. Wieder schrieb er seinem Bruder.

DAS PFERD IST EIN GASBALLON UND PUPST MICH DIE GANZE ZEIT AN.

HAST DU STREICHHÖLZER DABEI?

WENN ICH JETZT EINS ANZÜNDE, GEHT DER GANZE WALD HOCH. JEDER FURZ DAUERT MINDESTENS ZEHN SEKUNDEN. MIT DEM GAS KÖNNTE MAN EINEN HEISSLUFTBALLON FÜLLEN.

ABER ICH WÜRDE DANN SICHER NICHT DAMIT FLIEGEN.

ICH MUSS SCHLUSS MACHEN UND MEINE SONNENBRILLE PUTZEN, DA IST BESTIMMT PFERDEKACKE DRAN. DU BIST EIN ARSCH.

WARUM BIN ICH EIN ARSCH, WEIL DU PFERDEKACKE AUF DER SONNENBRILLE HAST?

KEIN ZUSAMMENHANG. DU WARST SCHON EIN ARSCH, BEVOR ICH PFERDEKACKE AUF DER SONNENBRILLE HATTE. ICH RUF DICH SPÄTER AN.

Er steckte sein Handy ein und zog die Sonnenbrille ab, um sie an seinem T-Shirt sauber zu wischen. Dabei sagte er sich, dass es nur ein Erdfleck war, kein Pferdedünger.

»Sie ist wirklich nicht sehr kooperativ«, erklärte Tag, als Maiglöckchen einfach den Weg verließ und stehen blieb. Duke lief ungebremst in sie hinein. Ryan ließ die Brille fallen.

»Scheiße. Äh, ich meine Scheibenkleister.«

Chloe rollte mit den Augen. »Als hätte ich nicht schon Schlimmeres gehört.«

»Bleib oben, Ryan. Ich heb sie auf.« Bevor er etwas sagen konnte, war Lilly bereits abgestiegen, hatte die Brille aufgehoben und sie ihm gereicht.

»Danke«, sagte er, als er sie entgegennahm.

»Gern geschehen.«

Maiglöckchen machte einen Seitschritt und versetzte Duke einen heftigen Stoß gegen die Nase, woran Duke aber wirklich selbst schuld war. Er ließ einfach nicht locker. Duke stand eindeutig auf Hintern.

»Wirklich, Ryan«, sagte Tag. »Könntest du bitte etwas weiter zurückbleiben?«

»Emily, lass uns die Reihenfolge tauschen, okay?«, schlug Lilly vor. »Ich reite mit Tag voraus, Chloe bleibt in der Mitte und am Schluss kommen Ryan und du.«

Kurz darauf ritten sie in besagter Reihenfolge weiter. Dass Emily nun neben ihm ritt, gefiel ihm. Sie wirkte vollkommen entspannt auf dem Pferd. Die Zügel hielt sie in einer Hand, während die andere auf ihrem Schenkel ruhte. Heute trug sie Jeans und ein rotes Trägertop, und Ryan fragte sich, wie viele unterschiedliche Versionen es von ihr wohl gab. Da war die Geschäftsfrau im weißen Kostüm, das Mädchen im fröhlichen Sommerkleid und nun das Cowgirl. Steckte irgendwo da drinnen vielleicht auch die Verführerin? Falls ja, würde er sie wirklich gern kennenlernen. Der Gedanke an sie in einem eng anliegenden Nachthemd oder besser noch ganz ohne Kleider traf ihn hart. Es war wirklich nicht sonderlich hilfreich, dass er sich so zu ihr hingezogen fühlte. Aber er schien einfach nichts dagegen tun zu können.

»Nur als kleine Vorwarnung«, sagte er und räusperte sich. »Maiglöckchen scheint da ein paar Verdauungsprobleme zu haben. Es könnte also etwas unangenehm werden, hinter ihr zu reiten.« Maiglöckchen unterstrich diese Warnung mit einem weiteren robusten Pups. »Siehst du, was ich meine?«

Emily lächelte. »Ja, so was tun Pferde nun mal. Man gewöhnt sich dran.«

»Eigentlich möchte ich mich gar nicht daran gewöhnen. In Sacramento haben wir diese neuartige Erfindung, die sich Automobil nennt. Du weißt schon, pferdelose Kutschen? Die sind gerade der letzte Schrei.«

Kleine Grübchen erschienen neben ihren Mundwinkeln. »Sicher nur eine Modeerscheinung. Wie ich gehört habe, sind der Smog und die Umweltverschmutzung nicht so schön.«

»Stimmt auch wieder. Aber normalerweise habe ich mein Gesicht ja auch nicht direkt hinter dem Auspuffrohr des Vordermanns.« Er lächelte sie an und hoffte, dabei einen möglichst geistreichen Eindruck zu machen. Dann musste er sich schnell an seinem Sattelhorn festhalten, weil Duke wieder einen Seitwärtsschlenker machte, woraufhin ein dicker Ast Ryan am Arm traf. »Nenn mich verrückt, aber ich glaube, das macht er absichtlich.«

Emily nickte und lächelte unverzagt weiter. »Du bist nicht verrückt. Das macht er auf jeden Fall absichtlich.«

»Warum? Was soll das?«

»Er will dich loswerden. Würdest du es nicht genauso machen, wenn jemand auf dir reiten würde?«

Er ließ das einen Moment sacken, bevor er antwortete. »Das kommt drauf an, wer sie wäre und wie viel Spaß wir miteinander hätten.«

Die Röte stieg von dem Ausschnitt ihres Tops immer weiter empor, bis ihre Wangen glühten, aber sie grinste verstohlen. Dann schüttelte sie den Kopf. »Schäm dich, Ryan Taggert.«

»Entschuldige, aber das war eine Steilvorlage«, sagte er und wechselte dann lieber schnell das Thema. »Wie läuft es eigentlich mit der Renovierung des Cottages von deiner Großmutter?«

Sie rollte mit den Augen und sah himmelwärts, was ihn sehr an Chloe erinnerte. »Es ist ein bisschen so, als sollte man einen Marathon in Sprintgeschwindigkeit laufen. Es muss einfach alles hergerichtet werden. Ich habe etwa acht Wochen Zeit und mein Vorarbeiter trägt eine elektronische Fußfessel.«

»Eine elektronische Fußfessel? Weswegen?«

»Betrunken reiten.«

Ryan musste lachen. »Betrunken reiten? Geht das überhaupt?«

»Klar geht das. Anscheinend haben er und ein anderer Typ in meiner Mannschaft zu viel getrunken, dann sind sie in den Stall des Nachbarn eingebrochen, haben ein Pferd geklaut und versucht, es zu reiten. Angeblich wollten sie nur zum Supermarkt und mehr Bier kaufen, aber in dem Zustand Fahrrad zu fahren, fanden sie unverantwortlich.«

»Betrunken reiten. Das wäre dann also … Trunkenheit im Sattel?«

Sie lachte, legte dabei leicht den Kopf in den Nacken und ihr Pferdeschwanz schwang hin und her. »Trunkenheit im Sattel, genau. Und Pferdediebstahl, schätze ich. Aber Winzig – so heißt er, obwohl er alles andere als winzig ist – hatte Glück. Der Nachbar, bei dem sie sich das Pferd ausgeliehen haben, hat ihn nicht angezeigt, aber mein Dad hat ihn trotzdem wegen Trunkenheit und ungebührlichem Benehmen verhaftet.«

Darüber dachte Ryan kurz nach. »Warte mal, wenn er eine elektronische Fußfessel trägt, sich aber auf der ganzen Insel frei bewegen kann, wie soll ihn das dann davon abhalten, sich wieder zu betrinken und noch ein Pferd zu klauen?«

Ihr Grinsen wurde breiter. »Tja, wie sich herausgestellt hat, ist es weniger eine Fußfessel als ein elektronisches Hundehalsband. Wenn er dem Ort seines Verbrechens, also dem Stall, zu nahe kommt, bekommt er einen Stromschlag ins Bein.«

»Das hast du gerade erfunden.« Das musste sie erfunden haben.

»Nein, habe ich nicht. Hier auf der Insel haben wir unser eigenes Rechtssystem.« Sie zwinkerte ihm zu, und er ertappte sich dabei, dass er wieder fest sein Sattelhorn umklammerte und wünschte, er könnte jetzt ein paar Minuten für sich haben. Heute Abend würde es wieder eine kalte Dusche geben.

»Doch, das erfindest du grade. Wie sollte dein Vater das überhaupt durchsetzen?«

»Es stimmt, hör dich um. Außerdem hat Winzig ein so schlechtes Gewissen, weil er dieses arme Pferd fast unter sich zerquetscht hat, dass er alles tut, was man ihm sagt. Zum Glück für mich, weil im Moment nämlich ich diejenige bin, die ihm sagt, was er zu tun hat.«

Allmählich begriff Ryan, dass die Dinge auf dieser Insel nicht ganz so liefen wie in Sacramento. »Und wie ist der Rest der Mannschaft so?«

»Einzigartig. Ungewöhnlich. Aber ehrlich. Ich glaube, sie wollen alle wirklich ihr Bestes geben. Man muss sie wohl kennenlernen, um sich ein echtes Bild machen zu können.«

»Das lässt sich vielleicht einrichten? Ich würde mir das Haus gern mal ansehen. Vom Bauen und Renovieren verstehe ich ein bisschen was, und wenn du möchtest, mache ich gern ein paar Vorschläge.« Eigentlich hatte er gar nicht vorgehabt, ihr so ein Angebot zu machen, aber nun, da es heraus war, bereute er es nicht.

Emily nickte langsam und nachdenklich. »Hm. Mein Budget ist ziemlich knapp, falls das ein Angebot sein soll, dich als Berater anzuheuern. Ich weiß ja, wie ihr Taggerts mit Geld seid, und ich möchte nicht, dass du denkst, ich wollte dich ausnutzen.« Es hätte eine Beleidigung sein können, aber ihr Lächeln verriet, dass es nicht so war. Sie zog ihn auf, und das gefiel ihm.

»Ich berechne dir natürlich nichts für meine Expertenmeinung. Alles gratis, wie die Morgenlatte neulich.«

Was? Mist.

Er schlug sich die Hand vor den Mund und sah zu Chloe hinüber. Die hatte allerdings ihre Stöpsel im Ohr und hätte durch das Gelächter ihrer Mutter ohnehin nichts verstanden. Er grinste.

»Äh, ich meinte den Latte Macchiato, also den Milchkaffee, obwohl, der war ja schwarz. Also den Morgenkaffee, die Latte ist mir nur so rausgerutscht … äh, ich meine … Mist.«

Dieses Mal kam die Wärme, die sich auf seinem Gesicht ausbreitete, nicht von einem Pferdepups. Was zum Teufel hatte er da gerade gesagt?

»Das nenne ich mal großzügig, Ryan«, brachte sie unter Gekicher hervor, und auf einmal musste er mitlachen. Morgenlatte? Echt jetzt?

»Tja, was soll ich sagen? So bin ich eben.«

Kapitel 16

Eine Viertelstunde später erreichten sie bei Potter's Pointe das Seeufer. Der Waldrand blieb hinter ihnen zurück und sie ritten auf eine Wiese mit ein paar Picknicktischen, einem öffentlichen Toilettenhäuschen und einem Trinkwasserbrunnen. Die grauen Wolken hatten sich verzogen und die Nachmittagssonne schien. Die sanfte Brise, die über das Wasser heranwehte, war eine nette Abwechslung zu der stickigen Luft im Wald.

»Das hier ist Potter's Pointe«, erklärte Emily. »Der Ort, an dem die Engländer gelandet sind, woraufhin Häuptling Adlerfeder nackt durch die Stadt geritten ist, um die Amerikaner zu warnen. So oder so ähnlich lautet die Geschichte. Ich weiß nicht, ob da was dran ist, aber wenn man das Geschichtskomitee fragt, wird diese Version heftig verteidigt.«

»Ich habe Durst, Mom, kann ich was trinken?«, fragte Chloe und deutete auf den Brunnen.

»Halt! Was zum … Halt!« Tags Ruf schallte über die Wiese, und Emily sah gerade noch rechtzeitig hin, um zu sehen, wie Maiglöckchen sich mitten auf der Wiese hinlegte. Tag landete mit einem dumpfen Aufprall und einem Ächzen im Gras, seine Füße rutschten aus den zu kurzen Steigbügeln. Er lag auf dem Boden, während sich seine Stute zufrieden wälzte und dann wieder aufstand.

»Was war das denn?«, keuchte Ryan. »Dad, ist alles in Ordnung?«

»Tag?« Lilly rutschte aus dem Sattel und war schon an seiner Seite, bevor Emily begriff, was gerade passiert war. »Alles okay?«

Er setzte sich auf und versuchte, den Helm abzunehmen. »Äh, alles gut. Ich verstehe nur nicht, was das gerade sollte. Sie hat sich einfach plötzlich hingelegt.«

»Bist du sicher, dass du dich nicht verletzt hast?«, hakte Lilly nach.

»Ähm, Leute?«, rief Chloe. »Wo will sie denn hin?«

Emilys Blick folgte Chloes Zeigefinger, dann sah sie, wie Maiglöckchen schnurstracks ins Wasser marschierte. Kurz darauf stand sie bis zum Bauch im Lake Huron und trank sich satt. Emily versuchte, ihr Lachen mit einem Husten zu kaschieren. Deshalb hatte Percy ihnen also gesagt, sie sollten hierherkommen. Er musste geahnt haben, dass die Stute diese Show abziehen würde. Allerdings war die Sache nicht ganz ungefährlich gewesen. Was, wenn Tags Bein unter Maiglöckchen geraten wäre? Lilly hätte es Emily nie verziehen, wenn sie ihren Freund versehrt hätte.

»Das ist regelkonform freakig«, kommentierte Chloe und zückte ihr Handy, um die Geschehnisse mithilfe diverser Apps zu dokumentieren.

»Ist dein Bein auch wirklich in Ordnung?«, fragte Lilly. »Sie ist nicht auf dir gelandet, oder?«

Endlich gelang es Tag, den Helm abzunehmen und ihn neben sich ins Gras zu werfen. »Nein, mir geht's gut. Das Einzige, was Schaden genommen hat, ist mein Stolz.« Er grinste. »Ich wusste gar nicht, dass Pferde so was machen.«

»Na ja, das sollten sie ja auch eigentlich nicht! Wenn wir zurück sind, muss ich mal ein ernstes Wort mit Percy O'Keefe reden. Und es ist wirklich alles okay?«

»Ja, alles gut. Hör auf, dir Sorgen zu machen.« Er stand auf und rieb sich die Hüfte, wobei er sich ein wenig zur Seite neigte. Dann richtete er sich gerade auf.

»Ähm, sollte nicht vielleicht jemand das Pferd aus dem See holen?«, fragte Chloe. »Sie geht ganz schön tief rein.«

Ryan kletterte von Dukes Rücken und reichte Emily die Zügel. »Ich mach das.«

»Hast du dein Handy dabei?«, fragte sie.

»Wir müssen niemanden anrufen. Ich hole sie schon.«

»Nein, ich meine, das solltest du nicht mit ins Wasser nehmen.«

»Was? Ach so. Stimmt. Nicht wasserdicht. Danke.« Er zog sein Handy aus der Tasche und reichte es ihr. Sie widerstand dem Drang, nachzusehen, ob das Handy passwortgeschützt war. Es wäre bestimmt lustig, einen Blick in Ryan Taggerts virtuelles schwarzes Buch werfen zu können. Vielleicht ein paar Fotos von Freundinnen zu sehen oder einfach nur das, was er für wichtig genug hielt, um es zu fotografieren. Sie könnte ja vielleicht ganz aus Versehen mal mit dem Daumen auf den Knopf kommen … jep, passwortgeschützt.

»Ich kann sie selbst holen, Ryan, sie ist immerhin mein Pferd«, sagte Tag und machte einen Schritt nach vorn, wobei er sich wieder leicht zur Seite neigte. Lilly nahm ihn am Arm und er ließ es zu.

»Ich mach das schon, Dad.« Ryan eilte zum Seeufer.

»Schuhe!«, rief Emily ihm nach, und Ryan kickte sie sich gerade noch rechtzeitig von den Füßen. Sie sah zu, wie er brusttief ins Wasser watete, bis er Maiglöckchen endlich erreicht hatte, aber die Stute schien nicht sehr erpicht darauf zu sein, schon umzukehren. Ryan zog und lockte und rutschte einmal sogar aus und verschwand komplett unter Wasser. Prustend tauchte er wieder auf und schüttelte sich das Wasser aus dem kurzen Haar. »Komm schon, du dämliches Pferd«, hörte sie ihn knurren.

Eigentlich hatte es ein schwerer Tag für Ryans Vater werden sollen, aber bisher schien Ryan den Großteil abbekommen zu haben. Als er endlich mit einer klatschnassen und offensichtlich unwilligen Stute wieder zurück ans Ufer kam, waren Emily und Chloe ebenfalls abgestiegen. Natürlich war auch Ryan klatschnass und sein T-Shirt schmiegte sich eng um all die Muskeln, die Emily schon darunter vermutet hatte. Sie hatte recht gehabt. Da waren sie. Das da war kein Mann, der seine Zeit auf dem Sofa verbrachte, und unwillkürlich rechnete Emily nach, wann sie das letzte Mal Sex gehabt hatte.

Es war schon eine ganze Weile her. Sie hatte einfach zu viel mit der Arbeit und mit Chloe zu tun, um eine Beziehung zu führen. Nicht einmal eine beiläufige Geschichte, also war Sex derzeit Mangelware. Und nun stand Ryan Taggert vor ihr, den Wellen entstiegen wie Poseidon selbst. Okay, vielleicht nicht Poseidon, sondern eher ein sehr gut aussehender Mann, der so tat, als wäre er Poseidon. Das nahm man ihm ohne Weiteres ab. Apropos abnehmen, nachdem er ihr Maiglöckchens Zügel gereicht hatte, nahm er noch etwas ab, nämlich sein Shirt.

Emily hörte einen weichen, leisen Laut, der so ähnlich klang wie das Gurren einer Babytaube. Entsetzt stellte sie fest, dass dieser Laut aus ihrer eigenen Kehle gekommen war. Sie hüstelte und reichte die Zügel an Chloe weiter, während Ryan sein Shirt zusammendrehte, um es auszuwringen.

»Tja, das war doch erfrischend. Warm ist das Wasser jedenfalls nicht«, sagte er und versuchte sich mit seinem nassen Shirt etwas abzutrocknen. Die Luft war mild, aber es ging ein ganz schöner Wind, und Emily sah, wie ihn eine Gänsehaut überlief, woraufhin auch sie prompt eine Gänsehaut bekam.

* * *

Dieses verdammte Pferd hätte zuerst seinen Vater beinahe überrollt und dann ihn selbst um ein Haar ertränkt. Ryan mochte dieses Pferd nicht. Nun stand er in nassen Kleidern im Gras und konnte nur hoffen, dass das eiskalte Wasser gewisse Teile an ihm nicht auf vorpubertäre Größe hatte schrumpfen lassen, denn er konnte schlecht vor allen Anwesenden an seiner Jeans zupfen. Er konnte sie auch nicht ausziehen und auswringen. Er musste einfach tropfend hier stehen bleiben und so tun, als wäre es ihm nicht peinlich, dass er im Wasser gelandet war. Er hatte nicht erwartet, dass der Seegrund so felsig sein würde. Ohne Schuhe hatte er darauf absolut keinen Halt gehabt.

»Danke, dass du sie geholt hast, Ryan, aber das hätte ich wirklich selbst tun können«, sagte sein Dad. »Willst du mein trockenes T-Shirt?«

Na, Klasse. Wenn er seinem Vater das T-Shirt klaute, würde es die Sache nur noch schlimmer machen. »Nein, alles prima. Ich trockne schon wieder. Irgendwann.« Er schüttelte sein Shirt ein paar Mal aus. »Siehst du, so gut wie trocken.« War es nicht. Kein bisschen.

Maiglöckchen war auch noch so dreist, ihn mit der Nase an die Schulter zu stupsen und ihn freundlich anzuschnauben, als wären sie die besten Freunde. Blödes Pferd. »Weißt du«, sagte Ryan, »Wenn sie im Wasser gepupst hätte, dann hätte sie uns mit Propellerantrieb ans Ufer katapultieren können.« Wieder stupste sie ihn an, und er wartete auf das Lachen. Es war ein ziemlich lahmer Witz gewesen und vielleicht auch etwas unpassend, aber ein leises Kichern hätte er doch erwartet. Zumindest von Chloe. Liebten nicht alle Teenager Pupswitze? Er sah zu ihr, als Maiglöckchen ihn noch einmal anstieß, dieses Mal fester.

»O. Mein. Gott.« Chloes große blaue Augen wurden rund und ihre Stimme schrill, als sie an Ryan vorbeischaute.

»Ach herrje!«, stieß Emily hervor, die in dieselbe Richtung sah wie Chloe. Lilly begann, mit den Armen zu wedeln, und rief: »Nein, nein, nein!« Maiglöckchen schnaubte dieses Mal nicht freundlich, sondern wieherte eher nachdrücklich, und endlich drehte sich auch Ryan um. Da waren sie, in all ihrer Pferdepracht. Maiglöckchen, frisch aus dem See, und Duke, der sich gründlich ins Zeug legte. Wenn Ryan zuvor schon wegen des kalten Wassers Minderwertigkeitskomplexe gehabt hatte, so wurde es nun, da er sah, was Duke zu bieten hatte, auch nicht besser. Maiglöckchen schien es jedenfalls zu gefallen.

»Heilige Scheiße«, hörte er seinen Vater sagen, aber ihm selbst hatte es offenbar die Sprache verschlagen. Er sah einfach nur zu, fasziniert und merkwürdig gefesselt. War das merkwürdig? Und eklig? Wahrscheinlich schon, aber er schob diese Gedanken beiseite und versuchte, sich einen Moment lang wie ein Erwachsener zu benehmen. Nichtsdestotrotz war er aber fasziniert, und aufhalten ließ sich die Sache jetzt sowieso nicht mehr. Immerhin dauerte es nur ein paar Minuten, und wenigstens in dieser Hinsicht fühlte sich Ryan überlegen. Er hatte viel mehr Durchhaltevermögen als Duke, und seine Partnerinnen hatten eindeutig länger etwas davon. So ... um das nur mal klarzustellen.

Dann stieg Duke wieder von Maiglöckchen herunter und sein langes Pferdegesicht zeigte weder Scham noch Überlegenheit. Tatsächlich wirkten sämtliche Pferde entspannt und gelassen. Hier gibt's nichts zu sehen. Bitte weitergehen.

Die Menschen hingegen ... Sie standen alle da, als warteten sie darauf, dass eine Bombe entschärft wurde.

»Was zum Teufel machen wir jetzt?«, fragte Lilly schließlich.

»Ihnen Zigaretten anzünden?«, schlug Tag vor.

Ryan lachte, die Frauen hingegen nicht.

»Das war regelkonform total irre. Habe ich da gerade gesehen, was ich glaube, gesehen zu haben, Mom?«, fragte Chloe.

Emily antwortete zögerlich. »Ähm, was glaubst du denn, gerade gesehen zu haben?«

»Ich glaube, gerade gesehen zu haben, wie es Duke und Maiglöckchen miteinander getrieben haben.«

Wieder musste Ryan lachen, auch wenn er das wohl lieber lassen sollte.

»Okay«, sagte Emily ruhig. »Okay, dann, ja. Du hast gerade gesehen, was du glaubst, gesehen zu haben, und wir werden das bald in allen Einzelheiten besprechen, aber jetzt ist dafür nicht der richtige Augenblick.«

Chloe nickte. Sie starrte die Pferde immer noch an, als könnten ihnen gleich Flügel wachsen. »Geht klar.«

»Ich glaube, ich rufe jetzt lieber Percy an«, sagte Emily.

Kapitel 17

»Das war also dein großer Plan? Dass sich mein Pferd am Pferd meines Vaters vergeht?«

Es war Sonntagmorgen und Emily und Ryan saßen wieder in Joe's Coffee Shop, um das Ausritts-/Orgien-Debakel vom Vortag nachzubesprechen. »Nein, natürlich war das nicht der Plan! Percy schwört, dass er nicht wusste, dass die Stute rossig war.«

»Wie kann er das denn nicht wissen?«

»Weil sie es ihm nicht gesagt hat? Keine Ahnung. Percy ist nicht der Hellste. Wie auch immer, er meint, dass Maiglöckchen dafür berüchtigt ist, in den See zu laufen, aber dass sie jemanden abwälzt, ist selten, und er hatte keine Ahnung, dass Duke … die Sache so ausnutzen würde. Das scheint Percy wirklich überrascht zu haben.«

»Ich glaube, das hat uns alle wirklich überrascht, inklusive Maiglöckchen. Und was die Assoziationen angeht, bin ich mir nicht sicher, ob sie positiv, negativ oder einfach … lehrreich waren.«

»Für Chloe war es jedenfalls ziemlich lehrreich. Nachdem wir gestern Abend wieder bei Gigi waren, haben wir uns noch lange unterhalten.«

Ryan grinste. »Das glaube ich. Was mich aber noch mehr überrascht, ist die Tatsache, wie entspannt mein Vater dabei geblieben ist. Weißt du, was er gestern Abend gesagt hat? ›Auf das Pferd kriegen mich jedenfalls keine zehn Pferde mehr.‹ Er fand es lustig. Von wegen negative Assoziationen. Wir haben versagt.«

Emily seufzte und rückte auf ihrem Stuhl ein Stück zur Seite, damit ihr die Sonne nicht direkt ins Gesicht schien. Dann schob sie sich die Sonnenbrille ins Haar. »Lilly hat es auch nicht besonders aufgeregt. Sie war sauer auf Percy und ich bin ziemlich sicher, sie ahnt, dass ich dahinterstecke, aber wütend war sie nicht. Ich glaube, Tag und sie hatten trotz allem einen tollen Tag. Also stimme ich dir zu, wir haben versagt.«

Traurig schüttelte Ryan den Kopf. »Mein Bruder sagt, das liegt an den Chemikalien in ihren Hirnen und dass man dagegen nichts machen kann.«

Wo es gerade um Gehirne ging, ihr eigenes hatte sich mittlerweile in Brei verwandelt, weil Ryan ein weißes Polohemd trug, zu dem seine gebräunte Haut einfach verboten sündig aussah. Und nun starrte sie auf seine Finger, die er um seinen Kaffeebecher gelegt hatte. In der vergangenen Nacht hatte sie kein Auge zugemacht, weil sie ihn ständig vor sich gesehen hatte, am Seeufer, während Wasserrinnsale über seinen Körper strömten. Wenn es einen Wet-Shirt-Contest für Männer gab, dann würde Ryan Taggert ihn sicher gewinnen.

»Chemikalien in ihren Gehirnen«, wiederholte sie. »Ist dein Bruder Arzt?«

»Nein. Aber er hat mal einen TED Talk darüber gesehen.«

»Ah.« Sie nickte. »Dann ist er jetzt also Experte, richtig?« Sie riss den Blick von seinen Händen los und sah ihm in die Augen, was aber auch nicht besser war. Sie setzte sich die Sonnenbrille wieder auf.

»Genau. Ich habe gestern Abend mit ihm telefoniert, und seinen ausgedehnten Recherchen zufolge – also zwanzig Minuten im Internet – werden bei verliebten Menschen alle möglichen Stoffe ausgeschüttet, wie zum Beispiel Dopamin. Das bringt sie dazu, sich total unvernünftig und verrückt zu benehmen, weil sie die Konsequenzen nicht abschätzen können. Bryce sollte das wissen. Er ist jetzt zum dritten Mal verheiratet und der größte Idiot, den ich kenne.«

Ryan lächelte wieder. Er musste dringend damit aufhören, weil es nicht hilfreich war, was er damit *ihrem* Hirn antat. Das ganze Geflatter, Gebitzel und Gesumme in ihrem restlichen Körper tat sein Übriges.

»Dopamin, hm? Und gibt es da ein Gegenmittel?«, fragte sie hoffnungsvoll. Falls ja, konnte sie eine Portion davon vertragen.

»Nur Zeit und Ablenkung, aber eigentlich sollte mein Dad ja abgelenkt genug sein. Nämlich mit seinem derzeitigen Hotelprojekt. Allerdings scheint das nicht zu reichen, um seine Gedanken von ihr fernzuhalten.«

»Oder seine Hände.« Tag war sehr körperbetont mit ihrer Schwester. Sogar Chloe war das aufgefallen.

»Stimmt. Ich habe gestern zugesehen, wie sie sich voneinander verabschiedet haben. Da ist es selbst Romeo und Julia leichter gefallen, sich zu trennen. Wenn sich mein Dad schon in jemanden verlieben muss, warum dann nicht in eine Frau aus Sacramento?«

»Ich weiß. Warum konnte sich Lilly nicht einen Kerl von hier aussuchen? Ich versuche gerade, sie mit einem der Männer aus meiner Mannschaft zu verkuppeln. Wenn wir Glück haben, überträgt sie den ganzen chemischen Gefühlsrausch einfach auf ihn. Auf jemanden in ihrem Alter.«

»In ihrem Alter? Also sechzehn?«

»Sehr witzig. Du weißt genau, dass sie sechsundzwanzig ist. Ich glaube, Matt ist fünfundzwanzig, und ich habe gehört, wie er den anderen neulich erzählt hat, dass er eine Weile als Unterwäschemodel gearbeitet hat. Aber die ständige Fokussiertheit auf sein Äußeres hat ihn in *spiritueller* Hinsicht ausgelaugt, also hat er stattdessen mit Yoga angefangen und ist auf Reisen gegangen. So ist er letztendlich hier gelandet.«

»Du hast einen reisenden Yogi in deiner Mannschaft, der früher mal Unterwäschemodel war?« Ryan klang nicht sehr glücklich darüber, was Emilys Laune aus irgendeinem Grund hob. Natürlich konnte seine scheinbar eifersüchtige Reaktion auch einfach auf Stolz und männliches Ego zurückzuführen sein, aber die Tatsache, dass es ihm etwas auszumachen schien, dass es in ihrem Leben zumindest einen weiteren attraktiven Mann gab … Nun ja. Doch. Das hob ihre Laune in der Tat.

»Ja, er ist sehr charmant und, o mein Gott, einfach unglaublich attraktiv«, schwärmte sie, um ihn noch ein bisschen zu ärgern. Das war für *ihren* Stolz und für *ihr* Ego.

Er rollte mit den Augen und fächerte sich mit der Hand Luft zu. »Charmant und attraktiv. Hör auf, bitte, ich bin schon ganz wuschig. Klingt ja fantastisch.«

* * *

Na, wunderbar. In ihrer Mannschaft arbeitete also ein Kerl, der früher mal Model gewesen war. Ein Unterwäschemodel? Ein charmantes, attraktives Unterwäschemodel? Das gefiel ihm überhaupt nicht. Aber was ging es ihn an? Hatte er eine Ahnung, ob in San Antonio nicht fünfzehn Unterwäschemodels auf Abruf für sie parat standen? Aber irgendwie glaubte er das nicht.

Ryan hatte an so einigem, was Bryce gesagt hatte, seine Zweifel. Tatsächlich hatte er im Grunde an allem, was er sagte, seine Zweifel, aber an dieser Chemiesache im Hirn war vielleicht etwas dran. Tatsächlich hatte das, was sein Bruder ihm am vergangenen Abend über das Telefon erklärt hatte, alarmierend logisch geklungen, denn was auch immer in letzter Zeit mit seinem eigenen Hirn nicht stimmte, musste ja eine Ursache haben. Dass er sich so sehr von Emily angezogen fühlte, war nicht nur etwas zu viel für ihn, es sah ihm außerdem gar nicht ähnlich. Es war also in gewisser Weise eine Erleichterung, zu erfahren, dass es für seinen Zustand eine wissenschaftliche, biologische Erklärung gab. Da er nun davon wusste, konnte er entschieden dagegen vorgehen. Er war klug genug, um zu wissen, dass er sie vergessen würde, sobald er von dieser Insel herunterkam. Bis dahin musste er eben auf der Hut sein und nicht auf die Rauschmittel in seinem Hirn hören. Was im Grunde immer eine gute Strategie war.

Leider trug sie heute aber eine Jeansshorts, und verdammt noch mal, er stand auf Jeansshorts.

»Wenn du willst, kannst du ihn dir selbst mal ansehen«, fuhr sie fort. »Du hast doch gesagt, du würdest gern mal einen Blick auf das Cottage werfen. Möchtest du am Montag vorbeikommen? Vielleicht mit einer Morgen-Latte – … Macchiato?« Sie zog ihn auf. Allerdings war er ja nun keine dreizehn mehr, und es machte ihn nicht mehr fertig, wenn ein Mädchen beinahe ein versautes Wort sagte, aber fest stand, dass sie beide in diesem Moment an Erektionen dachten. Woraufhin er tatsächlich rot wurde, als hätte sie das versaute Wort durch den ganzen Coffeeshop gerufen.

»Das würde mir gefallen«, gab er in so neutralem Ton wie möglich zurück, aber sie lachte trotzdem. »Nur am Montag geht es nicht. Da besteht Tag darauf, dass ich mit ihm eine Flugstunde nehme.«

»Eine Flugstunde? Ist er Pilot? Oh, warte, lass mich raten. Er hat mal einen TED Talk darüber gesehen.« Sie nahm den Strohhalm ihres Eistees zwischen die Lippen und saugte daran.

Flirtete sie etwa mit ihm? Es kam ihm so vor, als würde sie mit ihm flirten. Normalerweise hatte er für so etwas ganz gute Antennen, aber vielleicht funktionierten die auf dieser abgelegenen Insel nicht. So wie das WLAN in seinem Hotel. Dämliche Gehirnchemie.

»Leider sind es dieses Mal echte Unterrichtsstunden«, antwortete er. »Wir haben einen Fluglehrer dabei. Ich schaue nur zu, aber vielleicht sollte ich vorher trotzdem noch meine Angelegenheiten regeln, nur für alle Fälle. Wenn ich am Dienstag mit zwei gebrochenen Beinen auftauche, weißt du, wie es gelaufen ist.«

»Hey, hey, Peach. Schön, dich zu sehen.« Ein Farbstrudel tauchte am Rand von Ryans Blickfeld auf. Als er sich umdrehte, erblickte er eine Frau in Batikkleid und limonengrünen, knöchelhohen Turnschuhen.

»Hallo, Gloria«, antwortete Emily, und ein Hauch von Sorge huschte über ihre Miene. »Wie geht's dir?«

Die Frau seufzte, verzog ein wenig das Gesicht, schüttelte die Hände aus und stampfte leicht mit dem Fuß auf.

»Ich sag dir eins, Peach. Kennst du solche Tage, an denen man einfach schlechte Laune hat und gar nicht weiß, warum, und man ständig auf der Suche nach Streit ist? So einen Tag habe ich heute.«

»Oh, das tut mir leid, Gloria. Kennst du Ryan schon?«

Die Frau streckte ihm die Hand hin, die in einem weißen Handschuh steckte. »Freut mich, Sie kennenzulernen. Haben Sie irgendwelche Sorgen, die Sie so sehr belasten, dass Sie sich gern mit mir darüber streiten möchten?«

»Äh, nein?« Dieser Coffeeshop schien wirklich ein paar schräge Vögel anzuziehen.

Wieder seufzte sie. »Na gut, dann suche ich mal weiter. Übrigens Peach, Bethany Markum organisiert heute einen Schwipspuzzleabend. Wenn du auch kommen möchtest, um sieben geht's los. Tut mir leid, der Herr. Männer sind nicht erlaubt.«

Langsam entschwand das Batikkleid, und Ryan sah Emily an. »Schwipspuzzleabend?«

Sie lächelte. »Ich hatte keine Ahnung, dass sie das immer noch machen.«

»Was zum Teufel ist denn ein Schwipspuzzleabend?«

»So ziemlich genau das, wonach es sich anhört. Man sitzt um ein Puzzle herum, und wenn man ein passendes Teil findet, muss ein anderer einen Schnaps trinken. Soweit ich mich erinnere, haben wir das Puzzle nie fertig gekriegt.«

»Klingt lustig. Wie etwas, das man auf dem College macht. Womit habt ihr euch hier draußen sonst noch so die Zeit vertrieben?«

Sie schob sich die Sonnenbrille wieder ins Haar, was ihn freute. Er mochte es, ihr in die Augen zu sehen, auch wenn er sich dabei immer ein bisschen atemlos und nicht ganz als Herr der Lage fühlte.

»Wir haben eine ganze Menge angestellt, und über das meiste war mein Vater nicht sonderlich glücklich. Es gibt gute Gründe, warum ich auf der Liste seiner Lieblingstöchter den letzten Platz belege.«

»Oh, das kann doch gar nicht stimmen.« Aber sie schien es ernst zu meinen. Sie wirkte seltsam sachlich bei dieser Feststellung. Er konnte sich nicht vorstellen, wie er sich fühlen würde, wenn er der Letzte auf Tags Liste wäre. Das war nämlich eindeutig Bryce.

»Doch, es stimmt. Ich war eine echte Plage. Meine Freunde und ich haben uns immer zum Trinken im Wald getroffen, und ich habe Süßigkeiten aus den Karamellläden geklaut.«

»So schlimm klingt das jetzt auch nicht. Da habe ich Schlimmeres angestellt.«

»Schon, aber ich war die Tochter des Chief of Police, deshalb war es für ihn natürlich besonders peinlich, wenn ich bei so was erwischt wurde.« Einen Moment lang sah sie ihn an, als wollte sie ihre Worte abwägen. »Und einmal hat er mich beim Nacktbaden mit einem Jungen im Pool des Imperial Hotel erwischt.«

Auch nicht so übermäßig schockierend. Er würde gern mal mit ihr nacktbaden. »Hmm. Wie alt warst du da?«

»Neunzehn.«

»Also eigentlich volljährig.«

»Klar, aber es war trotzdem nicht legal, um Mitternacht nackt in einem Hotelpool rumzuplanschen. Dad war ziemlich sauer.«

Ryan nahm einen Schluck von seinem Eistee. »Das verstehe ich. Immerhin ist er ja dein Vater und so. Aber trotzdem, *so* schlimm ist es jetzt auch wieder nicht.«

Sie zögerte einen Moment, dann fuhr sie fort: »Er hat mir verboten, mich noch einmal mit diesem Jungen zu treffen, also bin ich mit ihm durchgebrannt und habe ihn geheiratet. Dad war zwar schon vorher nicht gerade begeistert von mir, aber das hat die Sache besiegelt. Ich kann an einem Finger abzählen, wie oft wir seither eine vernünftige Unterhaltung geführt haben. Wir auf Wenniway Island haben irische Vorfahren. Mit anderen Worten, wir sind ziemlich nachtragend.« Sie sagte das so beiläufig, als würde sie über das Wetter sprechen und nicht über etwas, das in ihrer Familie einen gravierenden Einschnitt bedeutet hätte.

Ryan und seine Brüder hatten ebenfalls so einiges angestellt, aber ganz egal, was oder wie schlimm es gewesen war, Ryan hatte nie daran gezweifelt, dass seine Eltern ihn liebten.

»Das ist … das kann ich mir gar nicht vorstellen. Tut mir leid.«

Sie strich sich eine Haarsträhne aus dem Gesicht. »Schon gut. Chloe und ich sind jetzt hier, und bisher verläuft der Besuch ziemlich gut. Ich glaube sogar, dass mein Vater langsam ein bisschen auftaut. Solange ich nichts verbocke, ist das vielleicht der Anfang einer etwas besseren Beziehung. Apropos Dinge verbocken, ich muss jetzt wirklich los zu Gigis Cottage. Als ich gestern Abend nach Hause gegangen bin, hingen die Lampenfassungen an den Kabeln von der Decke, und außerdem haben wir immer noch nicht herausgefunden, woher ein ganz bestimmter Geruch kommt. Nicht mal der Karamellduft kann dagegen anstinken.«

Ryan nickte und stand auf. »Ich sollte wohl auch mal los zum Clairmont. Dad hat ein paar Entwurfszeichnungen, die er mir zeigen möchte.«

»Das Clairmont? Ist das euer derzeitiges Projekt?«

Eigentlich nicht. Aber von den Mahoneys konnte er ihr nichts erzählen, weil es in dem Vertrag, den sie gestern unterzeichnet hatten, eine strikte Geheimhaltungsklausel gab. Er übernahm zwar auch ein paar Aufgaben beim Clairmont Hotel, aber er würde so bald wie möglich zur alten Bridget O'Malley rausfahren und versuchen, sie um den Finger zu wickeln, damit sie ihm ihr Grundstück verkaufte.

»Ähm, ja. Das Clairmont.«

»Dann arbeitet ihr also für den Feind.« Emily schob ihren Stuhl unter den Tisch und lächelte entspannt.

»Für den Feind?«

»O ja. Eine echte Fehde. Herb Mahoney ist der Besitzer des Clairmont, und die Callaghans und die Mahoneys sind sich nicht mehr grün seit … na ja, seit einer Ewigkeit. Keine Ahnung, warum.« Sie lachte ein bisschen und ging los. »Es ist wirklich albern, aber Gigi und June Mahoney sind fest entschlossen, die Fehde weiterzutragen. Im Augenblick liefern sie sich einen Mietshäuserkrieg. Das ist zum Teil der Grund, warum ich hier bin.«

Er ging neben ihr her. »Wegen der Fehde?«

Sie nickte. »Gigi ist fest davon überzeugt, dass die Mahoneys versuchen, ihr die Sommermieter wegzuschnappen, und wahrscheinlich stimmt das sogar. Deshalb ist die Renovierung ja auch so wichtig für sie. Gigi möchte, dass ihre Cottages hübscher sind als die der Mahoneys.«

Ryan geriet fast ins Stolpern. So ein Mist. Wenn das stimmte, dann arbeitete er tatsächlich für den Feind. »Hier gibt es doch sicher genug Touristen und Mieter für alle.«

»Ganz sicher sogar. Es geht im Grunde nur ums Prinzip. Wie schon gesagt, es ist eine alberne Fehde.«

Das war es. Das war es wirklich, aber trotzdem fühlte sich Ryan nicht ganz wohl bei der Vorstellung, ein weiteres Grundstück für June Mahoney zu kaufen. Das würde Gigi und vielleicht auch Emily nicht sonderlich gefallen, aber der Vertrag war nun mal unterschrieben. Daran konnte er nichts mehr ändern. Geschäft war immer noch Geschäft.

Kapitel 18

Am Sonntagmorgen in der Kirche hatte Emily Kopfweh. Ein zwar nur leichtes, aber penetrantes dumpfes Pochen. Sie war müde und kam sich schwerfällig vor. Die Schwipspuzzlenacht hatte ein bisschen zu viel Spaß gemacht. Eine ganze Reihe ihrer alten Freundinnen wiederzusehen und mit ihnen in alten Zeiten zu schwelgen, war genau das, was Emily gebraucht hatte. Irgendwo in Texas hatte sie vergessen, wer sie wirklich war, aber hier in Trillium Bay, umgeben von ihren Freunden und ihrer Familie, fiel es ihr allmählich wieder ein. Dieses Mädchen von früher? So schlimm war es eigentlich gar nicht. Impulsiv? Sehr sogar. Aber abgesehen von den Reibereien mit Harlan war das Leben auf Wenniway ziemlich gut gewesen.

An diesem Morgen fühlte es sich allerdings nicht so toll an. Sie hatte einen ganz und gar nicht altersgerechten Kater und Gigi brummelte die ganze Zeit etwas über die Mahoney-Schwestern vor sich hin. Sie war richtig in Fahrt, weshalb von ihr zum Glück nicht viel Zuspruch nötig war. Sie nickte nur ab und zu und gab an passender Stelle mitfühlende Geräusche von sich.

»Da ist ja Grandpa«, sagte Chloe. Sie winkte ihm zu, als er zu ihnen herüberkam, und fast hätte er tatsächlich gelächelt, als er sich neben sie setzte.

»Guten Morgen, Ladys. Wie geht's euch?«

»Prima, Grandpa. Alles Gute zum Vatertag.«

Mist. Heute war Vatertag? Kein Wunder, dass Harlan sie nicht mochte. Sie wusste nicht einmal, welcher Tag das war. Einige der anderen Männer hatten Rosenknospen im Knopfloch ihrer Jacketts, aber Harlan trug kein Jackett. Tatsächlich trug er seine Uniform, vermutlich, weil er schon geahnt hatte, dass für ihn niemand eine Party schmeißen würde. Irgendjemand hätte sie daran erinnern sollen. Wo zum Teufel war Brooke? So etwas war doch normalerweise ihre Sache, oder?

»Rate mal, was ich neulich gesehen habe?«, fragte Chloe gerade ihren Großvater.

»Schildkröten?«

»Nein.«

»Einen Frachter?«

»Nein. Ich habe gesehen, wie zwei Pferde es miteinander getan haben.«

Emily keuchte. »Chloe! Wir sind hier in der Kirche!«

Schnell zog Harlan ein Taschentuch hervor und tat so, als müsste er sich die Nase putzen, aber wenn Emily es nicht besser gewusst hätte, wäre es durchaus möglich gewesen, dass er hinter diesem kleinen Stoffstück grinste. Hoffentlich würde ihm das Lachen nicht vergehen, sobald er herausfand, dass sie den Vatertag vergessen hatte!

Kurz darauf glitt Lilly neben sie auf die Kirchenbank. Ihre Wangen waren gerötet und sie strahlte. Sie lächelte Emily an, die daraufhin die Augen verdrehte. Herrgott. Sie könnte genauso gut ein Schild um den Hals tragen, auf dem stand: »Ich hatte gerade herrlichen Sonntagmorgensex.« Es war so offensichtlich, dass Vater O'Reilly sie sicher für ihre Lüsternheit rügen würde. Allein der Gedanke rief eine ganze Reihe an Empfindungen in ihr wach. Bestürzung. Missbilligung. Neid.

Moment mal. Neid? Worauf sollte sie denn neidisch sein?

Ach ja. Auf den Sex. Sie war neidisch auf den Sex. Weil ihre Schwester sich offenbar noch vor einer Stunde auf dem Bett herumgewälzt hatte, und das mit einem Mann, der sie zu vergöttern schien, wohingegen sie selbst eine Kopfschmerztablette und ein paar Vitaminpräparate eingeworfen und Chloe angefahren hatte, sie solle ihren heidnischen kleinen Hintern aus dem Bett schaffen. Dann hatte sie sich mit Gigi darüber gestritten, wie viele Löffel Kaffeepulver in die Maschine gehörten, nur weil sie an diesem Morgen eben einen besonders starken Kaffee gebraucht hatte.

Außerdem hatte sie nach einigem Denksport und Durchsicht ihres Handykalenders herausgefunden, dass es genau ein Jahr und sieben Monate her war, dass sie selbst das letzte Mal Sex gehabt hatte. Und an diesem letzten Mal war wirklich rein gar nichts Bemerkenswertes gewesen. Sie wusste nur deshalb, dass es dieser bestimmte Abend gewesen war, weil der Name des Restaurants noch immer im Kalender stand. An die Morchel-Linguine erinnerte sie sich nämlich noch. Sie waren köstlich gewesen und hatten sie einem Orgasmus sehr viel näher gebracht als ihr Datepartner.

Wie so oft in der Kirche ließ sie die Gedanken schweifen. Sie dachte an Linguine. Und an Sex. Und an ihr Verlangen nach Sex. Es hatte etwas ganz und gar Ungezogenes, in der Kirche daran zu denken. Als wäre sie Gott hier irgendwie näher und es wäre deshalb wagemutiger, daran zu denken. Sie ließ ihre Fantasie noch etwas weitere Kreise ziehen … und stieß auf Ryan Taggert. Erst mit der roten Krawatte, dann in seinem klitschnassen T-Shirt. Meine Güte. Und dann Ryan ohne sein klitschnasses T-Shirt. Mist. Mist. Mist. Sie konnte ihn in ihren Gedanken wirklich nicht gebrauchen. Vor allem nicht in der Kirche und erst recht nicht, wenn sie ohnehin schon an Sex dachte. Aber da tauchte das Bild vor ihr auf, wie er aus dem See gekommen war und die Wassertropfen von seinen Muskeln perlten.

Dieser Linguine-Typ, an dessen Namen sie sich kaum noch erinnerte, war nicht gerade muskulös gewesen. Ryan schon. Und überhaupt war er, ach, verdammt noch mal, jetzt würde sie in die Hölle kommen, weil ihre Gedanken sich um all diese wundervoll sündigen Vorstellungen rankten. Ryan, der so muskulös und gut aussehend war und so schöne Hände hatte.

Und der direkt neben ihr im Mittelgang stand.

Das war nicht mehr nur ihre Vorstellungskraft. Er stand wirklich dort, und Emily konnte nur beten – haha –, dass ihr die verruchten Gedanken nicht ins Gesicht geschrieben standen. Ryan lächelte sie an und schob sich hinter seinem Vater ein Stück weiter den Gang entlang. Dann setzten sie sich nur ein paar Bankreihen vor Emily und ihre Familie. Alles in allem war das ziemlich mutig von Tag, wenn man bedachte, wie er in den Morgen gestartet war. Aber was ging sie das eigentlich an?

Lilly holte tief Luft und ließ sie langsam wieder entströmen. Dann beugte sie sich zu Emily vor. »Wir erzählen es heute Dad.«

»Was?« Emilys Stimme war eine ganze Oktave zu hoch, und rasch sah sie sich um, ob es jemand bemerkt hatte. Das verursachte ein Stechen in ihrem Kopf. Zum Glück war die Akustik in der alten Kirche miserabel, weshalb niemand sagen konnte, woher der Ausruf gekommen war. »Ihr könnt es ihm heute nicht sagen«, flüsterte sie eindringlich. »Heute ist Vatertag.«

Lillys Augen wurden rund. »Wirklich? Warum hat Brooke uns das nicht gesagt?«

»Schhh«, zischte Gigi, was die Unterhaltung fürs Erste beendete.

»Hey, schaut mal«, flüsterte Chloe und deutete unverhohlen mit dem Finger auf die Taggerts. »Da vorn sind Tag und Ryan.«

»Wer?«, fragte Harlan und reckte ein wenig den Hals.

Emily schob Chloes Hand nach unten und beugte sich zu ihrem Vater vor. »Du hast sie letzten Sonntag kennengelernt. John Taggert und sein Sohn Ryan.«

Du weißt schon. John Taggert, der ständig Sex mit Lilly hat, und Ryan, der Typ, von dem ich mir wünschen würde, dass er Sex mit mir hätte.

Der Gedanke war nicht gerade angemessen, aber immerhin durfte man in der Kirche ja nicht lügen.

Und die Wahrheit war nun mal …, dass sie wirklich gern Sex mit Ryan Taggert gehabt hätte. Sie wollte nicht einfach nach San Antonio zurückkehren und sich dort nach irgendeinem anderen Kerl umsehen. Sie mochte Ryan. Aber das war nun mal nicht möglich. Weil … ähm … Warum eigentlich nicht? Sie war immerhin eine erwachsene Frau. Sie war für ihren Körper und ihr Leben selbst verantwortlich. Sie wusste, wie man gewisse Dinge ohne Risiko genießen konnte. Er war nett und sexy, und er brachte sie zum Lachen, und er brachte sie dazu … na ja, offenbar brachte er sie vor allem dazu, Sex mit ihm haben zu wollen. Nicht, dass sie das sonderlich überrascht hätte. Männer wie er weckten diesen Wunsch wohl in den meisten Frauen.

Was nicht bedeutete, dass es auch dazu kommen würde. Eigentlich dürfte es nicht dazu kommen. Oder wenigstens wäre es nicht sehr klug, denn wenn Lilly und Tag heirateten, dann wären Emily und Ryan … Wie sollte das funktionieren? Herrgott, das war wirklich ein blöder Zeitpunkt für einen Kater. Sie wollte gerade etwas herausfinden. Mal sehen … Ryan wäre Lillys Stiefsohn. Tag wäre Emilys Schwager. Dann wäre Ryan … ihr Stiefneffe? Echt jetzt? Das Pochen setzte wieder ein, und die Orgelmusik untermalte ihre Gedanken mit angemessener Dramatik, als Delores Crenshaw in die Tasten haute. Da-da-daaaa.

Natürlich würden Tag und Lilly auf keinen Fall heiraten. Auf gar keinen Fall. Dafür würden Ryan und sie schon irgendwie sorgen, aber … aber was, wenn sie versagten, und wenn sein Vater dann doch ihre Schwester heiratete? Dann wären Ryan und sie in gewisser Weise verwandt. Das konnte sie wirklich nicht gebrauchen. Sie brauchte einen gelegentlichen Sexpartner, den sie wieder loswerden konnte, wenn sie mit ihm durch war. Nicht jemanden, der jedes Jahr auf der Weihnachtskarte ihrer kleinen Schwester zu sehen war. Nein, Sex mit Ryan war gestrichen. Es war einfach eine ganz dumme Idee.

Aber träumen konnte man ja mal, oder? Also fantasierte sie in der kommenden Stunde voller Chorgesang und Vater O'Reillys Predigt darüber, wie man mit seinen Nächsten umgehen sollte, wie sie am liebsten mit Ryan umgehen würde.

Nach der Messe folgte das übliche Brimborium, bei dem alle herumstanden und miteinander redeten. Lilly machte sich rasch aus dem Staub, aber dafür tauchte endlich Brooke auf. Sie trug ein kurzes blaues Kleid und ein breites weißes Stirnband.

»Du siehst aber hübsch aus«, rief Gigi.

»Wo warst du denn?«, wollte Emily wissen.

»Ich habe das Buffet für den Vatertag in der Gemeindehalle organisiert. Das hast du doch nicht vergessen, oder?« Sie hob eine Braue, weil sie die Antwort schon wusste.

»Natürlich nicht.« So viel zur Ehrlichkeit in der Kirche. Aber weil sie nun ja auf dem Rasen davor standen, zählte es vielleicht nicht.

»Chief. Chief Callaghan, auf ein Wort bitte.«

»Ich hätte da ein Wort für sie. Sogar gleich drei. Wie wär's mit ›Ach, du Schande?‹«, murmelte Brooke ihr zu, und Gigi schnaubte.

Als Emily sich umdrehte, sah sie Vera von Meisterburger auf sie zukommen.

»Chief Callaghan, jemand macht sich an den Schlössern meines Schuppens zu schaffen. Man will mir meine

Fledermaushäuschen stehlen. Ich möchte, dass ein Beamter dort abgestellt wird, bis die Schuldigen gefasst sind.«

Harlan sah sie an, mürrisch wie immer. »Sie wollen, dass einer meiner Officer die ganze Nacht vor Ihrem Schuppen steht, um Ihre Fledermaushäuschen zu beschützen?«

»Ja, genau das will ich. Das Weißnasensyndrom darf nicht auf die leichte Schulter genommen werden. Stellen Sie sich mal vor, wie viele Officer Sie benötigen werden, wenn die Moskitos erst anfangen, kleine Kinder wegzutragen.«

»Vera, so etwas tun Moskitos nicht.«

»Nein, natürlich nicht. Und zwar, weil ich alles in meiner Macht Stehende tue, um sie im Zaum zu halten, aber denken Sie an meine Worte. Wenn wir uns dieses Fledermausproblems nicht annehmen, tja, dann werden die Kinder vielleicht nicht weggetragen, aber dafür wird ihnen ihr kostbares Blut ausgesogen. Überall auf der Insel werden leblose, blutleere Hüllen von Kindern herumliegen. Stellen Sie sich das nur vor.«

»Ich werde sicher den ganzen Tag an nichts anderes mehr denken, Vera«, sagte er und tätschelte ihren Arm.

»Und du solltest auch daran denken, junge Dame.« Mrs von Meisterburger fuhr herum und deutete auf Brookes Gesicht. »Das wird der erste Skandal deiner Amtszeit sein, wenn du nichts dagegen unternimmst.«

»Noch bin ich nicht Bürgermeisterin, Mrs von Meisterburger, aber falls ich zur Wahl antrete und ich gewinne, dann werde ich mich der Sache ganz sicher annehmen. Und ich werde Sie ganz sicher in die Task Force mit aufnehmen.«

Da lächelte Mrs von Meisterburger. »Eine Task Force. Braucht man dafür eine Uniform?«

»Ähm, hätten Sie denn gern eine?«

»Ja.«

»Dann werde ich auch dieser Frage zu gegebener Zeit nachgehen.« Brooke stieß langsam die Luft aus, als die verrückte

Fledermaustante wieder abzog. »Wie kommt es, dass mir diese Frau immer noch solche Angst macht?«

Emily lächelte. »Die macht allen Angst, aber du gibst jedenfalls eine hervorragende Politikerin ab. Du hast ihr gerade mit todernster Miene diesen ganzen Quatsch verkauft.«

»Das ist wohl eine gute Übung.«

»Ach, lass dich von der nicht ins Bockshorn jagen, Brooke«, warf Gigi ein. »Sie hält sich für etwas ganz Besonderes, nur weil sie sich mit Fledermäusen auskennt. Tja, wenn ihr mich fragt, hat sie nicht mehr alle Fledermäuse im Glockenturm, und außerdem wissen alle auf der Insel, dass ihre Pie-Krusten immer durchgeweicht sind.«

Harte Worte in einer Stadt, in der die Backkünste einer Frau über ihren sozialen Status entschieden. Ein einziger glitschiger Gugelhupf, und schon war das öffentliche Ansehen für immer ruiniert.

»Harlan, begleite mich doch zur Gemeindehalle, ja?« Gigi hakte sich bei ihm unter. »Mädels, wir sehen uns dort.«

»Ich glaube, Gigi will mir Zeit verschaffen, damit ich Dad noch schnell eine Karte kaufen kann«, sagte Emily, während Gigi und Harlan davongingen.

»Hmm, vielleicht ist Lilly deshalb so schnell verschwunden.«

»Lilly? Wo hast du sie denn gesehen?«

Brookes Feixen hätte Butter zum Schmelzen bringen können. »Sie ist die Marquette Street hinuntergelaufen, mit diesem attraktiven alten Taggert. Du weißt schon, der, mit dem sie ins Bett steigt.«

Emily schnappte nach Luft. Es wäre wirklich nett, wenn ihre Schwester damit aufhören könnte, sie heute so in die Mangel zu nehmen. Ausgerechnet heute, wo sie einen Kater und ziemlich nervige Kopfschmerzen hatte. »Was? Wer hat dir das gesagt?«

Nun wurde aus dem Feixen ein breites Lächeln. »Ach, komm schon, Emily. Warst du wirklich so lange weg, dass du vergessen hast, wie das hier läuft? Hat Lilly ehrlich geglaubt, zwanzig Dollar wären genug, um Dmitri Krushnic zum Schweigen zu bringen?«

»Heilige Scheiße, Brooke. Wie viele Leute wissen davon?«

»Hm, lass mal überlegen.« Brooke zählte es an den Fingern ab. »Eins, zwei, drei … Ach ja. Alle. Alle wissen es. Außer Dad natürlich.«

»Niemand hat es ihm gesagt?«

»Verdammt, nein. Niemand will der Überbringer der schlechten Nachricht sein. Das bleibt ganz Lilly überlassen.«

»Weiß Gigi es auch?«

Brooke lachte. »Wer, glaubst du, hat es mir gesagt?«

»Was genau hat sie denn gesagt?«

Brooke zog einen Lippenpflegestift aus der Tasche und strich sich damit über die Lippen, bevor sie antwortete. »So etwas wie: ›Wie soll ein altes Mädchen wie ich denn mithalten, wenn die Männer stattdessen Lilly haben können?‹«

»Nur darüber hat sie sich Sorgen gemacht? Über ihre schrumpfende Männerauswahl?«

»Gigi hat ihre ganz eigenen Prioritäten. Außerdem hat sie eine neue Urne, aber noch niemanden, den sie da reinfüllen kann.« Sie steckte den Lippenstift wieder ein. »Weißt du, die Situation mit Lilly und dem alten Kerl ist ein ziemlicher Hammer. Ich glaube, ich kann verstehen, warum du damals mit Nick abgehauen bist, ohne jemandem etwas zu sagen.«

»Damals kam es mir so vor, als wäre es so am leichtesten, aber letztendlich habe ich damit mehr Probleme verursacht als umgangen. Wusstest du, dass Lilly es heute Dad sagen will?«

Brooke wirkte erschrocken. »Heute? Heute darf sie es ihm nicht sagen. Am Vatertag. Ist sie verrückt? Tja, ich glaube, die Antwort darauf kennen wir schon. Allerdings sehen die beiden Männer wirklich gut aus …« Ihre Stimme verklang, und ihr Blick ging an Emily vorbei.

Emily wandte sich um, und da stand Ryan, todschick in Anzughose und Hemd.

»Hi«, sagte sie ein wenig atemlos.

»Hi. Wie war der Schwipspuzzleabend?«

»Lustig, aber die anderen haben sich gegen mich verschworen. Wir haben das Puzzle nicht fertig bekommen. Hast du zufällig deinen Dad irgendwo gesehen? Oder meine Schwester?«

»Mein Dad ist direkt nach dem Gottesdienst gegangen. Warum?« Er nickte Brooke zu, die daraufhin kurz winkte.

»Hallo«, sagte sie. »Dann lasse ich euch beide mal allein. Anscheinend habt ihr einiges zu besprechen. Wir sehen uns in der Gemeindehalle, Em. Vergiss nicht, dass Vatertag ist.«

»O Mist. Heute ist Vatertag?«, fragte Ryan.

Kapitel 19

Um acht Uhr am Dienstagmorgen ging Emily den Weg zum Cottage ihrer Großmutter hinauf in der Hoffnung, ihre Mannschaft emsig bei der Arbeit vorzufinden. Normalerweise legten sie um sieben los. Alle außer Pferdi, der – genau wie Harlan vorausgesagt hatte – immer aus irgendeinem Grund zu spät kam. Einmal hatte sich seine Fahrradkette gelockert, ein anderes Mal hatte seine Scheunenkatze Junge bekommen und er hatte das Gefühl gehabt, bei ihr bleiben zu müssen. Er sei zwar nicht der leibliche Vater, fühle sich aber durch und durch als solcher. Dann war da noch der Tag gewesen, an dem er neben seiner Müslischüssel wieder eingeschlafen war. Die Cornflakes in seinen Haaren bestätigten die Geschichte.

An diesem Morgen stand sein Fahrrad jedoch bereits neben der Gartentür, was ein gutes Zeichen war. Winzig, der auf den Stufen der vorderen Veranda saß, war dagegen *überhaupt* kein gutes Zeichen. Neben ihm saß Georgie, den Arm um seine breiten, hängenden Schultern gelegt. Als er Emilys Schritte hörte, hob er den Kopf. Das omnipräsente Funkeln in seinen Augen war erloschen.

Garth hockte auf dem Geländer und sah genauso bummelantenhaft aus, wie er war. »Morgen, Boss. Wie geht's, wie steht's an diesem schönen Tag?«

»Sehr gut. Aber noch besser würde es mir gehen, wenn ihr alle drinnen bei der Arbeit wärt. Was ist hier los? Stimmt etwas nicht, Winzig?«

Garth wischte sich mit der Hand über die Nase, und Emily wünschte, er würde sich endlich ein Heuschnupfenmedikament besorgen.

»Alles in Ordnung«, antwortete Winzig. »Ich bin nur ein bisschen geknickt. Nichts, was ein Tag guter, harter Arbeit nicht wieder hinbiegen könnte.«

Emily klatschte in die Hände. »Wunderbar. Freut mich zu hören. Dann lasst uns mal loslegen.« Sie ging einen weiteren Schritt auf die Haustür zu, aber Georgie tätschelte Winzig den Rücken und sah mit besorgter Miene zu Emily auf.

»Wir sind gleich da«, sagte sie.

Dies war der Punkt, an dem die wahre Emily eigentlich den echt harten Hund von der Leine lassen müsste, aber Winzig sah wirklich traurig aus. So herzlos konnte nicht mal der echt harte Hund sein.

»Kann ich irgendwie helfen?«

Garth klärte sie auf. »Winzig ist schon seit einer Ewigkeit in dieses Mädel verschossen. Deshalb guckt er heute wie ein alter, triefäugiger Bernhardiner.«

»Halt die Klappe, Garth, du hast doch keine Ahnung«, fuhr Georgie ihn an.

Winzig ließ den Kopf wieder hängen. »Nee, er hat schon recht. Ist nur eine dumme Schwärmerei. Das vergeht schon wieder.«

»Es muss nicht vergehen, Winz. Sag ihr einfach, was du für sie empfindest. Vielleicht geht es ihr mit dir ja genauso.« Wer hätte gedacht, dass Georgie so gefühlvoll war? Bei den ganzen Tattoos und Piercings und dem chronischen PMS.

Das Sonnenlicht schimmerte auf Winzigs kahlem Schädel, als er den Kopf schüttelte. »Eine exotische Schönheit wie sie?

Eine Frau wie sie würde sich niemals für einen Esel wie mich interessieren.«

»Da bin ich mir nicht so sicher. Geben wir ihr doch eine Chance. Wenn sie klug ist, wird sie begreifen, was für einen Glücksgriff sie mit dir tun würde.«

Georgies weiche Seite war einnehmend, aber um welche Frau es sich da auch immer handelte, und ganz egal, wie aufrichtig Winzigs Zuneigung auch war, Emily konnte sich einfach nicht vorstellen, dass sich irgendein Mädchen auf die Gelegenheit stürzen würde, seine Freundin zu werden. Immerhin bekam man mit ihm hundertfünfzig tätowierte Kilo schlechtes Urteilsvermögen. Er trug ein Hundehalsband um den Knöchel, Herrgott noch mal. Und als wäre das nicht schon schlimm genug, hatte Garth ihm auch noch einen kleinen, rosa Hundehalsbandanhänger in Knochenform besorgt, auf dem »Winzig« stand. Nun klingelte Winzig leise, wenn er ging. Wie ein großer, böser Weihnachtsmann.

»Ähm, ich will ja nicht neugierig sein, aber weil wir das nun einmal während der Arbeitszeit besprechen, würde ich doch gern wissen, wer die Glückliche ist«, sagte Emily.

»Na, ob sie so glücklich darüber ist, weiß ich nicht.« Garth grinste.

»Halt die Klappe, Garth«, fuhren Emily und Georgie ihn gleichzeitig an.

Die Fliegengittertür fiel zu und Pferdi kam auf die Veranda heraus. Gerade biss er mit seinen riesigen Zähnen in einen Apfel. »Was geht ab, ihr Tussis? Oh, tut mir leid, Boss. Dich habe ich nicht gemeint. Ich habe dich nicht gesehen.«

Er wurde rot, aber Emily lächelte nur.

»Kein Problem. Wir diskutieren gerade über Winzigs Liebesleben.«

»Ach, dann hat er dir also von Gloria erzählt, hm?«

»Gloria?«, wiederholte sie ungläubig. »Doch nicht … Gloria Persimmons.«

Winzig hob seinen gewaltigen Kürbiskopf, und seine Wangen wurden rot. »Kennst du sie?«

»Natürlich kenne ich sie. Ich bin hier aufgewachsen, schon vergessen? Gloria und ich sind Freundinnen.«

»Wirklich?« Es klang ehrfurchtsvoll, und Emily fragte sich, ob sie wirklich dieselbe Gloria Persimmons meinten. Walrossgesichtig, zu laut und ständig Kaugummi kauend. Aber es konnte wohl kaum eine zweite Gloria Persimmons auf der Insel geben. Sie war ein echtes Original.

Wieder flog die Fliegengittertür auf, und Matt und Wyatt gesellten sich zu ihnen. Emily fand sich damit ab, dass sie die Arbeit nicht fortsetzen würden, bevor dieses Thema erschöpfend abgehandelt war. Während der vergangenen Tage war die Arbeit immer wieder wegen wichtiger Diskussionen ins Stocken geraten. Etwa weil es für das Wort »Bank« zwei Pluralformen gab – nämlich Banken und Bänke, je nachdem, was gemeint war. Oder aufgrund der Frage, ob die Mondlandung wirklich stattgefunden hatte, gefolgt von einer hitzigen Debatte über Area 51 und darüber, warum alle glaubten, ein Baum, der im Wald umfiel, würde dabei kein Geräusch verursachen, solange es niemand hörte. Dann gab es da natürlich noch die Yogapausen, die Matt ganz offensichtlich brauchte und die auch Georgie jedes Mal dazu veranlassten, in ihrer derzeitigen Tätigkeit innezuhalten und ihm verstohlen zuzusehen. Es brauchte nicht viel, um diese Truppe abzulenken, aber dafür umso mehr, um sie wieder auf Kurs zu bringen.

»Was ist hier los?«, fragte Matt und blickte in die Runde.

»Nichts, was du nachvollziehen könntest, Kumpel«, antwortete Pferdi. »Nicht mit deinem Männerhaarknoten und deinen Kamel-Sutra-Yoga-Posen, du Weiberheld.« Er schaukelte hin und her und ließ langsam die Arme kreisen. Offenbar hielt er das für … eine Yoga-Haltung? *Bitte lass es eine Yoga-Haltung sein und keine Sexstellung.*

Matt lächelte und die Engel lächelten zurück. »*Kamasutra.*«

»Was?« Ein Stück Apfel fiel Pferdi aus dem Mund.

»Es heißt *Kamasutra.* Nicht Kamel Sutra.«

»Tja, siehst du?« Pferdi riss die Hände hoch. »Deshalb bekommst du die ganzen Schnecken und wir nicht.«

Das war nicht der Grund. Na ja, vielleicht war es tatsächlich der Grund dafür, dass Matt die ganzen Schnecken bekam, aber es war nicht der Grund, warum die anderen keine bekamen. Es gab eine erschöpfend lange Liste von Gründen, warum die anderen schäbigen Gestalten in ihrer Mannschaft keine Schnecken bekamen. Angefangen bei mangelndem Interesse an der eigenen Körperpflege bis hin zu … noch mehr mangelndem Interesse an der eigenen Körperpflege.

»Winzig ist sich sicher, dass Gloria Persimmons niemals mit ihm ausgehen würde, aber ich versuche, ihn davon zu überzeugen, dass er sie doch wenigstens mal fragen sollte«, sagte Georgie. »Wer nicht wagt, der nicht gewinnt. Und der kriegt auch keine Gloria, richtig?«

Matt nickte und setzte sich auf Winzigs andere Seite. »Du hast sie nicht mal gefragt, Kumpel? Warum denn nicht?«

»Weil sie … bezaubernd ist. Wie eine Prinzessin. Hast du schon mal ihr Haar gesehen? Wie gesponnenes Gold.«

Gesponnenes Gold, das aus dunkler Erde hervorwuchs. Emily hatte Gloria gerade erst gesehen, und ihr dunkler Haaransatz war so breit wie Winzigs dicker Daumen. Jede Frau konnte sich Goldhaar aus der Packung zulegen.

»Hast du wenigstens schon mal mit ihr gesprochen?«, fragte Emily. »Ich glaube nicht, dass sie gerade mit jemandem zusammen ist.« Besser gesagt wusste sie das ganz genau, denn während des Schwipspuzzleabends hatten sie endlos darüber debattiert.

»Natürlich ist sie mit niemandem zusammen. Wer auf dieser Insel wäre ihrer denn würdig?«, sagte Winzig.

Perspektive war schon eine seltsame Sache. Vielleicht war ja auch Winzigs Hirn voll im Dopaminrausch, was ihn für einige von Glorias ungewöhnlicheren Eigenschaften blind machte.

»Du bist ihrer würdig«, antwortete Georgie. »Ich glaube wirklich, dass sie Ja sagen würde, wenn du sie fragst.«

»Weißt du, dass sie jeden Montag in meinen Yogakurs kommt? Vielleicht solltest du auch mitmachen, dann hättest du Gelegenheit, mit ihr zu reden«, schlug Matt vor.

»Oh, ich glaube, das ist keine so gute Idee«, platzte Emily heraus. »Ich meine, ja, du solltest auf jeden Fall mit ihr reden, aber ich glaube nicht, dass der Yogakurs dafür der beste Rahmen ist.«

»Warum nicht?«, fragte Pferdi und biss wieder in seinen Apfel.

»Warum nicht?« Garth lachte. »Glaubst du, wenn sie Winzig vor sich hat und dabei zusieht, wie er die Kojotenhaltung macht – oder wie das heißt – und dabei seinen Fettarsch in die Luft streckt, dann denkt sie: ›O ja, den muss ich haben?‹«

Georgie funkelte ihren Bruder böse an. »Halt die Klappe, Garth! Gott, du bist so gemein. Hör nicht auf ihn, Winzig. Er ist nur neidisch, weil er weiß, dass Gloria zu dir wahrscheinlich Ja sagt, ihm aber ganz sicher einen Korb geben würde.«

Genau genommen hatte Emily dasselbe gedacht wie Garth, aber sie hätte es auf jeden Fall behutsamer formuliert. Oder es gleich ganz umgedreht. Etwa so: »Winzig, was ich meine, ist, dass Gloria oft ein bisschen introvertiert ist, und wenn sie dich im Yogakurs sieht, dann fühlt sie sich vielleicht schüchtern oder gehemmt. Aber wenn du sie an einem anderen Ort ansprichst, dann hast du bestimmt mehr Glück.«

»Glaubst du? Du bist ihre Freundin. Glaubst du denn, ich hätte wirklich eine Chance?«

So wie sie Gloria kannte … ja. Winzigs Chancen standen sogar recht gut. »Ja, das glaube ich.«

Das brachte das Funkeln in seine strahlend blauen Augen zurück.

»Zufällig weiß ich, dass sie manchmal mittwochabends in die Sankt-Bartholomäus-Kirche zum Squaredance geht. Ich könnte herausfinden, ob sie diese Woche auch dort ist.« Sie würde ihm alles versprechen, wenn er sich dann nur endlich an die Arbeit machen würde.

Winzigs Miene wurde wieder trüb. »Squaredance? Oh, das ist nicht gut. Dann müsste ich am Ende nur zuschauen, wie sie Spaß mit den ganzen anderen Kerlen hat, weil ich nämlich nicht tanzen kann.«

»Ich kann's dir beibringen«, warf Wyatt ein. »Ich bin ein ganz passabler Caller.«

»Wie willst du ihm das allein beibringen?«, fragte Pferdi. »Squaredance wird in Paaren getanzt. Und man braucht mindestens …« Er zählte es an den Fingern ab. »Vier Paare. Und vier Paare sind …« Wieder zählte er es an den Fingern ab. »Das sind acht Leute.«

»Na ja, wir sind hier ja immerhin schon zu siebt«, sagte Georgie.

»Sechs Tänzer. Ich bin der Caller«, sagte Wyatt.

Emily brauchte ihre Mannschaft heute wirklich im Einsatz. Nicht beim Squaredance. Aber Winzig sah so traurig aus, und Tatsache war, dass Gloria und er wirklich ein verdammt gutes Paar abgeben würden. Wenn sie die beiden verkuppelte, würde das vielleicht das schlechte Karma wieder ausbügeln, das sie sich mit dem Versuch auflud, Lilly und Tag zu trennen.

»Ich gehe Chloe und Gigi holen«, sagte sie.

* * *

Ryan hatte während seiner Zeit auf dieser Insel schon eine ganze Reihe interessanter Dinge gesehen. Ein rosa Restaurant, Menschen in historischen Militäruniformen während einer Tour durch das Fort mit Tag sowie die Herstellung von Karamellplatten. Er hatte dabei zugesehen, wie sein Vater ein Flugzeug flog und Fahrrad fuhr, und er war Zeuge geworden, wie zwei Pferde zur Sache kamen. Kurz gesagt, er hatte gelernt, hier auf das Unerwartete vorbereitet zu sein. Trotzdem hätte er nicht damit gerechnet, an diesem milden Dienstagnachmittag im Vorgarten eines viktorianischen Cottages eine Truppe bunt zusammengewürfelter Gestalten in Arbeitsstiefeln zu fröhlicher Countrymusik tanzen zu sehen. Die Klänge plärrten aus zwei winzigen Lautsprechern auf der Veranda. Unter den Tänzern befanden sich ein tätowierter Riese mit Glatzkopf, ein Mädchen mit Irokesenschnitt und noch mehr Tattoos sowie ein Typ, der so dürr war, dass eine starke Brise ihn einfach weggeweht hätte. Und dann war da noch ein Kerl, der überhaupt nicht zum Rest passte und bei dem es sich um den berüchtigten Yoga-Matt handeln musste. Chloe und Gigi waren auch da, und mittendrin Emily, breit grinsend. Ihr Lachen war das lauteste von allen.

»Nein, ich habe Promenade gesagt, Garth. Nicht den Partner drehen.« Ein dunkelhaariger Mann mit langem Zopf saß auf der Veranda neben den Lautsprechern.

»Das ist deine linke Hand, Pferdi, nimm die rechte«, rief Chloe über das allgemeine Chaos einem Mann mit Pferdezähnen zu.

»Dann führe ich also mit dem rechten Fuß?«, fragte jemand.

»Nein, mit dem linken«, antwortete ein anderer.

Was auch immer da vor sich ging, niemand schien recht zu wissen, wer hier den Ton angab. Ryan sah dem Treiben eine Weile zu, bis er sich dabei ertappte, dass er im Takt zur Musik nickte. O nein, ganz sicher nicht! Er würde nicht auch noch anfangen, sich für Squaredance zu erwärmen. Schlimm genug, dass Tag davon so begeistert war. Ryan trat aus dem Schatten und näherte sich der Gruppe.

»Hallo?« Die Musik verstummte, und alle sahen in seine Richtung.

»Hey, Ryan«, rief Emily ein wenig atemlos und strich sich eine verirrte Haarsträhne aus der Stirn. Sie war rotwangig und zerzaust, und ihr Anblick traf ihn in den Magen wie ein Faustschlag. So musste sie wohl auch nach einer ausgedehnten Bettenschlacht aussehen, und auf einmal geriet sein Entschluss, ihre Beziehung aufs rein Geschäftliche zu beschränken, arg ins Wanken. Dämliches Dopamin. Kein Wunder, dass sein Vater auf einmal auf Squaredance abfuhr.

»Selber hey. Du hast mir zwar gesagt, dass ich vorbeischauen soll, aber mir war nicht klar, dass ihr hier eine Party feiert.«

»Weniger eine Party als vielmehr eine Tanzstunde. Komm, ich stell dich allen vor. Chloe kennst du natürlich schon.«

»Hi, Ryan.« Sie winkte ihm so enthusiastisch zu, als würde sie ein breiter Graben trennen und nicht nur zwei Schritte Wiese.

»Und meine Großmutter hast du ja auch schon kennengelernt. Gigi O'Reilly-Callaghan-Harper-Smith. Ihr gehört das Cottage.«

Sie ging die Runde durch, sagte Namen wie Winzig und Pferdi, und er schüttelte eifrig Hände. Sie waren höflich, aber abgesehen von Yoga-Matt schienen sie ihn allesamt – sogar die junge Frau – misstrauisch zu beäugen. Diese Reaktion hatte er bei Baumannschaften schon häufiger hervorgerufen. Wenn man keine Schwielen an den Händen hatte, trauten sie einem nicht.

»Tja, ich würde sagen, das war für heute genug Squaredance, Leute«, rief Emily. »Wie wäre es, wenn ihr Mittagspause macht, während ich Ryan herumführe?«

»Klar, Boss.« Winzig nickte, woraufhin sich die Gruppe einem schattigen Plätzchen zuwandte, auf dem ein ramponierter Picknicktisch stand.

Emily, Chloe und die Großmutter, die ihn nach wie vor unverhohlen mit Blicken auszog, standen am Fuß der Verandastufen, und Ryan wandte sich nun dem Haus zu, um es sich zum ersten Mal gründlich anzusehen.

»Und, was hältst du von der Fassade?«, fragte Emily.

Ryan musste lächeln. »Ich denke, es ist ein bisschen irreführend, es Cottage zu nennen. Ein Haus in dieser Größe würde in Sacramento nicht mehr als Cottage durchgehen.«

»Die meisten Häuser auf der Insel nennt man Cottages, weil sie im neunzehnten Jahrhundert als Sommerhäuser für die reichen Holzbarone und so erbaut wurden. Das Haus hat etwa zweihundertachtzig Quadratmeter, aber leider hat man davon nur etwa einen halben Quadratmeter der Küche gewidmet. Also überlege ich gerade, wie ich das optimieren kann, ohne dabei den Charme des Hauses zu zerstören.«

»Okay, dann lass uns doch mal reingehen und einen Blick darauf werfen.«

Zwei Stunden später waren Chloe und die Großmutter gegangen, und die Mannschaft veranstaltete im Erdgeschoss einen Höllenlärm, während Emily und er in einem der oberen Schlafzimmer standen. Er hatte ihren Plänen für das Cottage gelauscht, und die Zeit war dabei nur so verflogen. Ihr Enthusiasmus war ansteckend, und er war durchaus beeindruckt von ihrer Fachkenntnis. Nicht, dass er etwas anderes erwartet hätte.

»Wenn ich diese Fenster durch energieeffizientere ersetzen könnte, ohne den historischen Charakter zu verderben, wäre das großartig. Da fehlt mir bisher noch die richtige Idee. Außerdem würde ich sie gern vergrößern, weil die Sicht von diesem Zimmer aus die schönste im ganzen Haus ist. Siehst du den Flieder da unten? Der ist etwa hundert Jahre alt.«

Ryan wandte sich zum Fenster, neben dem sie stand. Von hier aus konnte man den kleinen Vorgarten sehen. Dahinter fiel der Hügel leicht ab bis zu einem knorrigen Baum, der aussah wie aus einem Märchenbuch. Er ließ den Blick noch weiter schweifen. Dort unten stand ein weiteres Cottage und dahinter erstreckte sich der See. Aber er sah vor allem das Cottage. Es war rosa.

Er war sich beinahe sicher, dass dies das Grundstück war, das die Mahoney-Schwestern so unbedingt kaufen wollten. Er war vorhin aus einer anderen Richtung zu Gigis Haus gekommen, weshalb es ihm erst jetzt auffiel. Aber da war es. Gleich da unten. Das rosa Cottage.

»Ist die Aussicht nicht herrlich?«, fragte Emily, während er dastand und nicht wusste, was er sagen sollte. Denn richtig wäre Folgendes gewesen: »Mein Unternehmen wurde von den Mahoney-Schwestern damit beauftragt, das Grundstück da unten zu kaufen und ein dreistöckiges Bed and Breakfast hochzuziehen, was dir deine herrliche Aussicht ziemlich sicher ruiniert.«

»Ein toller Blick. So ein rosa Cottage sieht man nicht oft«, war das Beste, was er zustande brachte.

Emily trat näher an ihn heran, und er konnte die Wärme ihres Körpers fühlen. Oder vielleicht war es auch nur die Wärme der Sonne, die durch die schlecht isolierten Fenster hereinschien? Nein, es war Emily. Sie roch an diesem Tag wirklich gut. Es war heiß und er hoffte, dass sein Deo nicht versagt hatte, aber sie duftete nach Blumen, strahlte Wärme aus wie die Sonne und ihre Haut leuchtete. Obwohl Emily tabu war und obwohl man ihn damit beauftragt hatte, ihr die Aussicht zu verderben, wollte er nichts lieber, als seinen eher primitiven Begierden nachzugeben und sie noch mehr zum Leuchten zu bringen. Was würde wohl passieren, wenn er sie jetzt einfach küsste?

»Das rosa Haus da gehört Bridget O'Malley«, erklärte Emily und wischte einen Fleck vom Fenster. Sie hatte seine Gedanken ganz eindeutig nicht erraten. »Sie wird demnächst einhundertunddrei, aber soviel ich weiß, backt sie immer noch ihr eigenes Brot. Allerdings sagt Gigi, dass sie allmählich vergesslich wird. Der Feuerwehr wäre es jedenfalls recht, wenn sie bald mit dem Kochen aufhören würde, weil sie jedes Mal ausrücken müssen, wenn sie vergisst, etwas aus dem Ofen zu nehmen.«

Bridget O'Malley, hm? Er unterdrückte ein Seufzen. Es war fraglos das Grundstück, für das sich die Mahoney-Schwestern interessierten. Er wünschte, er könnte es Emily sagen, aber das ging nicht. »Einhundertunddrei? Das ist ja erstaunlich. Wenn mein Vater so lange lebt, hat er noch fünfundvierzig Jahre vor sich.«

»Klar, und Lilly hat noch siebenundsiebzig. Hast du ihm übrigens erzählt, dass ihr Techtelmechtel das am schlechtesten gehütete Geheimnis der ganzen Insel ist?«

Er schüttelte den Kopf. »Hast du es deiner Schwester gesagt?«

»Noch nicht, aber wenigstens weiß mein Vater noch nichts davon. Ich habe Lilly dazu überredet, noch eine Weile mit der Enthüllung zu warten. Mein Besuch hier läuft so gut, und ehrlich gesagt will ich nicht, dass Harlan wieder griesgrämig wird und dann alles verdorben ist. Komm, setzen wir uns auf die Veranda. Hier oben ist es ganz schön stickig.«

Er folgte ihr die Treppe hinunter, und sie traten ins Freie und setzten sich buchstäblich *auf* die Veranda, denn Stühle gab es hier nicht. Die Brise war allerdings erfrischend, und er konnte ein bisschen Abkühlung gut brauchen.

»Was soll ich deiner Meinung nach mit der winzigen Küche machen?«, fragte sie und zog die Knie an die Brust.

Ah, endlich. Ein Problem, das Ryan lösen konnte. »Ich habe da ein paar Ideen. Hast du Papier und einen Stift?«

»Ich glaube schon.« Sie sprang auf und eilte ins Haus. Kurz darauf war sie mit einem Notizblock und einem Stift zurück.

Er sprach, während er zeichnete. »Wenn du die Gästetoilette links von der Küche herausreißt, kannst du den Raum nach dahin erweitern und in der Mitte eine Kochinsel aufstellen. Hier drüben kann noch eine Schrankreihe hin.«

»Die Idee gefällt mir«, sagte sie. »Daran hätte ich nie gedacht. Du bist ziemlich gut in dieser Bausache, was?«

Er wusste, dass er gut darin war, aber sie das sagen zu hören, während sie ihn mit leuchtenden Augen ansah … Er fühlte sich wie der König der Welt.

»Ich habe eine ganze Menge Ideen.« So war es tatsächlich. Allerdings verschwieg er ihr lieber diejenigen, die sie und eine Matratze beinhalteten, und konzentrierte sich stattdessen auf die Renovierung. Eine Stunde später waren sie von herausgerissenen Notizblättern umgeben, die mit Entwurfszeichnungen übersät waren.

»Wow, ganz ehrlich, du bist wirklich gut«, sagte sie und hielt eine Zeichnung von zwei kleinen Schlafzimmern hoch, die er in eine große, luxuriöse Suite verwandelt hatte. »Du bist praktisch ein Superheld. Wie … Renovierungsman oder Ironarchitekt oder so.«

»Sehr witzig.« Er blätterte um und begann mit einer neuen Zeichnung.

Sie beugte sich vor, um ihm zuzusehen, und ihr Haar kitzelte ihn an der Nase. Er lachte und hob die Hand, um die Strähnen fortzuschieben. Zum Teufel, ihr Haar war tatsächlich genauso weich, wie er es sich vorgestellt hatte. Er schloss die Hand und ließ es durch seine Finger gleiten. Überrascht sah sie auf, und das Verlangen, sie zu küssen, wurde übermächtig. Ihre Blicke trafen sich und der Moment dehnte sich. Ihre Lippen waren ihm so nahe, und sie sahen so weich und verlockend aus. Er beugte sich vor, berührte ihren Mund schon fast, und dann … Krach!

Gefolgt von weiterem klirrendem Gepolter im Haus. Ryan und Emily fuhren auseinander, als hätten sie einen Stromschlag bekommen.

»Nichts passiert!«, rief Georgie. »Alles gut. Hab nur ein verdammt großes Glas mit Nägeln die Treppe runtergeworfen.«

»Tollpatsch!«

»Halt die Klappe, Garth!«

Ryan sah wieder zu Emily, die nun den Blick fest auf ihre Schuhe geheftet hatte. Der Moment war verflogen.

Kapitel 20

»Ich habe beschlossen, Fudge in allen Geschmacksrichtungen und alle Eissorten auf der Insel einmal durchzuprobieren«, erklärte Chloe und leckte ein Rinnsal geschmolzenen Triple-Karamells von der Seite ihrer Eiswaffel.

Es war ein schöner Abend, und nach einem harten Tag, an dem sich Emily mit Schränken hatte herumschlagen müssen, die in der falschen Ausführung geliefert worden waren, an dem Pferdi wieder mal zu spät gekommen war, weil sein Schnürsenkel gerissen war und er sich erst einen neuen hatte kaufen müssen, an dem das Bauamt von Trillium Bay vorbeigekommen war, um sie wissen zu lassen, dass sie noch ein paar weitere Formulare ausfüllen musste, und an dem sie sich mit dem Hammer den Daumen zerquetscht hatte, als sie vor ihrer Mannschaft mit ihren Heimwerkerfähigkeiten hatte angeben wollen, hatte sie beschlossen, dass dies eine jener Gelegenheiten war, in denen man mit dem Dessert anfangen musste. Chloe hatte ihr da nicht widersprochen, weshalb sie nun im Trillium Park auf einer Bank saßen, ein Eis aßen und den Enten zusahen, wie sie im Wasser herumpaddelten.

»Alle Eissorten? Das sind aber eine ganze Menge«, antwortete Emily. Sie hatte sich einen Erdbeerbecher gegönnt wie damals in ihrer Kindheit, wenn Gigi mit ihr Eisessen gegangen war. In San Antonio aß sie nie einen Erdbeerbecher, warum, war ihr nicht ganz klar. Dort schmeckte er wahrscheinlich genauso gut wie hier. Vielleicht aber auch nicht, weil Texas eben nicht Trillium Bay war.

»Jep«, bestätigte Chloe und schleckte noch einmal über ihr Eis. »Aber du sagst doch immer, wie wichtig es ist, Ziele im Leben zu haben. Ich glaube, morgen früh probiere ich Kaffeeeis. Du weißt schon, den Morgen mit einem Kaffee beginnen und so.«

»In dem Punkt bin ich mir zwar nicht so sicher, aber es freut mich zu hören, dass dir Ziele wichtig sind. Also, was hast du heute so gemacht?«

»Ich bin mit Susie Mahoney zu Holmes Point hochgelaufen. Ich weiß, wir sollen die Mahoneys eigentlich nicht mögen, wegen der Fehde und so, aber ich mag sie wirklich. Ich mag alle in meinem Alter hier. Sie sind so nett.«

»Mach dir wegen der Fehde keine Gedanken, Schatz. Daran denkt niemand mehr, außer den alten Leuten, und sogar von denen halten die meisten sie für albern. Ich bin froh, dass du ein paar nette Freunde gefunden hast. Es klingt, als wäre dein Sommer bisher gar nicht so schlecht.«

Chloe nickte, ohne dabei die Eiswaffel vom Mund zu nehmen. »Stimmt. Das ist der beste Sommer aller Zeiten. Können wir nächstes Jahr wieder herkommen?«

Nächsten Sommer? Gott allein wusste, was nächsten Sommer sein würde. »Ähm, vielleicht. Wenn du das möchtest.«

»Möchte ich. Kann ich Reitunterricht nehmen? Ich habe diesen Percy getroffen, und er hat gesagt, dass er immer dienstag- und freitagmorgens Gruppenstunden gibt.«

»Reitunterricht?« Das würde einiges kosten. Aber wenn Chloe es wirklich wollte, würde Emily das schon hinkriegen. »Ja, kannst du. Das klingt nach Spaß. Halt dich nur von Duke und Maiglöckchen fern, ja?«

Chloe kicherte. »Abgemacht. Kann ich dich noch was fragen? Wahrscheinlich sagst du Nein, aber ich hoffe wirklich, wirklich sehr, dass du doch Ja sagst.«

Das war ja eine Vorrede. Es musste etwas Wichtiges sein. »Frag ruhig.«

»Kann ich am Dienstag mit ein paar Mädchen campen gehen? Es sind keine Jungs dabei, und Carrie Crenshaws Mom und Tante kommen auch mit.«

»Campen? Im Freien? Bist du sicher, dass du draußen schlafen und neben einen Baum pinkeln willst?«

Chloes Miene zeigte Entrüstung. »Wenn du das schaffst, bekomme ich es auch hin.«

Emily war sich nicht sicher, ob das gerade eine Beleidigung gewesen war oder ob ihre Tochter nur zuversichtlich hatte klingen wollen. Sie beschloss, von Letzterem auszugehen.

»Lass mich morgen mal mit Carries Mutter sprechen. Wenn sie sagt, dass es okay ist, habe ich auch nichts dagegen.«

»Omeingott, danke!« Chloe umarmte sie, was Emily sehr zu schätzen wusste. Weniger wusste sie zu schätzen, dass dabei eine Ladung Eiscreme in ihrem Haar landete. Sie waren gerade dabei, den Schaden zu beseitigen, als Ryan auftauchte. Das tat er in letzter Zeit oft. Auftauchen. Drei Tage in Folge war er nun beim Cottage erschienen, seit er auf der Veranda die ersten Entwürfe für sie gezeichnet hatte. Er hatte ihr ein paar weitere Vorschläge mitgebracht und erzählt, was sein Vater und er mit dem Clairmont Hotel anstellten. Sie hatte ihn dabei helfen lassen, ein paar Bretter zurechtzusägen, nur um damit angeben zu können, wie gut sie mit einer Tischsäge umgehen konnte, und sie hatte ihm erzählt, dass Gigi ihre Reservierungen noch mithilfe eines Spiralblocks managte – woraufhin er auf sehr komische Weise das Gesicht verzogen hatte. Sie hatten auch noch über alles mögliche andere gesprochen, etwa darüber, dass es ganz einzigartige Schwierigkeiten mit sich brachte, auf einer Insel an neue Teppiche oder Haushaltsgeräte heranzukommen. Sie hatte ihm erklärt, dass man seine Bestellungen am besten dadurch zügig von den Anlegedocks geliefert bekam, indem man die Kutschfahrer mit einem Kasten Bier oder einer guten Flasche Whiskey bestach. Sie waren nicht wirklich korrupt. Nur eben so nett, daraufhin die gewünschte Fracht zuerst aufzuladen.

Ihre Gespräche waren freundschaftlich gewesen, und sie hatten auch ein bisschen geflirtet. Nicht sehr, aber der Schmetterlingsschwarm in ihrem Bauch schien dennoch immer größer zu werden. Neulich auf der Veranda hatte er sie fast geküsst. Und sie hätte es fast zugelassen. Was eine ganz schlechte Idee gewesen wäre. Aber die Verlockung war groß und an diesem Abend genügte schon sein Anblick, um den Schmetterlingsschwarm in Aufregung zu versetzen. Es wurde immer schwerer, sich an die Gründe zu erinnern, warum eine Affäre mit Ryan gar nicht gut wäre. Aber es wäre nicht gut. Wirklich nicht. Erstens gab es da die Tag-Lilly-Verbindung, darüber hinaus begriff Emily aber allmählich auch, dass sie so zögerlich war, weil sie Ryan ein wenig *zu sehr* mochte. Die Wahrheit war, dass sie ihn zu sehr mochte, um Sex mit ihm zu haben. Oder jedenfalls, um Sex mit ihm zu haben und ihn dann wieder zu vergessen. Sie wusste, dass genau das die Art von weiblicher Logik war, wegen der Männer Frauen für verrückt hielten, aber so war es nun mal.

»Hi, Ryan«, rief Chloe und winkte mit ihrer Waffel.

»Herrgott, Chloe, mit dem Ding bist du ja eine Gefahr für die Allgemeinheit. Rück ein Stück weg, bevor du mir noch eins auf die Nase gibst«, sagte Emily lachend.

Chloe rutschte bis zum anderen Ende der Bank.

»Perfekt«, kommentierte Ryan und machte es sich zwischen ihnen bequem. »Also, was treibt ihr beiden so?«

»Mom sagt, ich kann Reitstunden nehmen und campen gehen«, antwortete Chloe.

»Cool«, antwortete er. Chloe hob die nicht eisverschmierte Hand und er klatschte sie ab. »Das klingt nach Spaß. Ich glaube, meine Tage als Reiter sind gezählt, aber Campen ist toll.«

»Ich war noch nie Campen.«

»Noch nie? Warum nicht?« Er sah Emily an, als wäre das ein dickes Versäumnis auf ihrer elterlichen To-do-Liste.

»Ich glaube, es hat sich einfach nie ergeben.«

Er wandte sich wieder an Chloe. »Tja, freut mich, dass du endlich auch in den Genuss kommst. Aber pass auf die Grizzlybären auf. Die können nämlich Reißverschlüsse öffnen, und sie kommen in die Zelte, während man schläft.«

Emily lachte leise, aber Chloe war so klug, ihm kein Wort zu glauben.

»Erstens, nein, sie können keine Reißverschlüsse öffnen. Sie haben nämlich keine Daumen, aber netter Versuch. Und zweitens gibt es keine Bären auf der Insel.«

»Ach ja? Bist du sicher? Ich glaube nämlich, ich habe einen gesehen, als ich mit meinem Vater wandern war. Entweder war es das oder ein riesiger, menschenfressender Dachs. Mit Fangzähnen. Vielleicht hatte er sogar Schaum vorm Maul. Da kann man wirklich Angst kriegen.«

»Tja, wenn Mann da wirklich Angst kriegen kann, ist es ja gut, dass ich ein Mädchen bin.« Sie warf das Haar zurück, und Ryan musste lachen. Er gab auf.

»Okay. Schon gut. Aber heul dich nicht bei mir aus, wenn dieser Dachs in eurem Zeltlager auftaucht.« Er wandte sich an Emily. »Gehst du auch mit zum Campen?«

Sie schüttelte den Kopf, während sie sich wünschte, sie hätte sich etwas Hübscheres angezogen. Sie trug ein gestreiftes T-Shirt-Kleid, das sie schon vor Ewigkeiten hätte aussortieren sollen. Er trug braune Shorts und ein Trillium-Bay-Shirt, das brandneu aussah.

»Nein. Dieses Mal nicht. Ich muss am Cottage weiterarbeiten. Da klebt eine fünfzig Jahre alte Tapete an der Wand, die da jemand mit Schellack befestigt haben muss. Seit Tagen kratzen wir die jetzt schon ab. Natürlich mussten wir gestern eine Pause einlegen, um Winzig bei seinen Tanzschritten zu helfen. Außerdem besteht er darauf, dass ich am Mittwochabend mit zum Squaredance komme. Als moralische Unterstützung. Er ist endlich bereit, sich an Gloria heranzuwagen. Letzte Woche hat er sich gedrückt.«

Ryan grinste. »Er hat also ein Auge auf ein Mädchen geworfen? Tja, ich hoffe, sie ist … stabil gebaut.«

Chloe stand auf und warf ein Stück Waffel ins Wasser, auf das sich sofort die Enten stürzten. »Ich finde, Winzig und Gloria würden ein perfektes Paar abgeben. Ich finde es richtig süß und romantisch.« Sie drehte sich wieder zu ihnen um. »Du solltest auch zum Squaredance gehen, Ryan. Immerhin haben sich dein Dad und Tante Lilly dort kennengelernt. Sie hat mir erzählt, dass sie überall Glitzerlichter aufstellen, und es sieht total verzaubert aus und so.«

Ihre Tochter war subtil wie ein Nebelhorn, aber Emily wollte nicht, dass Ryan glaubte, Chloe und sie hätten ein Komplott geschmiedet, wie sie ihn in die Falle locken konnten. Eine Taggert-Callagan-Kombination war mehr als genug.

»Wahrscheinlich bleibe ich nicht lang. Sobald Winzig und Gloria miteinander tanzen, schleiche ich mich weg«, fügte Emily hinzu.

Chloe zog ihr Handy aus der Tasche und warf einen Blick auf das Display. »Apropos wegschleichen, kann ich mich mit Susie und Carrie und diesen Jungs treffen? Sie haben mir gerade geschrieben, dass sie bei Leo zum Schwimmen sind. Er hat einen Pool.«

»Wir sind hier auf einer Insel. Komplett von Wasser umgeben. Und dieser Junge hat einen Pool?«, fragte Ryan.

»Der See ist meistens kalt. Du warst drin, du solltest das wissen. Und, Mom, kann ich gehen?«

Emily wollte Nein sagen, weil es sie ehrlich gesagt nervös machte, mit Ryan allein zu sein. Im Cottage waren immer irgendwelche anderen Leute dabei, aber wenn Chloe jetzt ging, dann wären es nur noch Emily und Ryan, und dann konnte alles Mögliche passieren. Sie traute sich selbst nicht über den Weg, aber das konnte sie ihrer Tochter kaum erklären.

»Wir wollten doch einen Spaziergang machen. Ich wollte dir den alten Leuchtturm zeigen und den Platz, wo Brooke, Lilly und ich früher ein Baumhaus hatten.«

Es war offensichtlich, dass sich Chloes Interesse an diesen Dingen sehr in Grenzen hielt. Vorhin war sie bei dieser Vorstellung noch ziemlich begeistert gewesen, aber offensichtlich war Emily von einem Jungen mit Pool aus dem Rennen geworfen worden. »Na gut. Wir können das ja ein anderes Mal machen. Sei aber um acht wieder zu Hause.«

»Um neun?«

»Fünf vor acht. Willst du weitermachen?«

Chloe kicherte und wandte sich um. »Okay«, rief sie schon im Laufen. »Dann bis um acht.« Sie war ungefähr drei Meter weit gekommen, als sie noch einmal kehrtmachte und auf sie zustürmte, um sie zu umarmen, und da wusste Emily, dass sie nicht wirklich von einem Jungen mit Pool aus dem Rennen geworfen worden war. Jedenfalls nicht auf Dauer.

»Wir sehen uns, Ryan. Geh du doch mit meiner Mom spazieren, ja? Sie hat sonst nichts zu tun.«

Verdammtes Mädchen.

* * *

Ryan mochte das Mädchen. Sie brachte ihn zum Lachen, und sie wusste, wann sie verduften sollte. Die perfekte Mischung aus Charme und Intelligenz. Sie musste nach ihrer Mutter kommen. Er lächelte Emily zu und sah sie erwartungsvoll an.

Ein Lächeln umspielte ihre Mundwinkel. »Ähm, ja, das ist jetzt ein bisschen peinlich, denn offensichtlich hat mich mein Date für den Abend gerade sitzengelassen.«

»Diese Kinder heutzutage. Also … zeigst du mir jetzt den Leuchtturm?«

»Würdest du ihn denn gern sehen?«

»Ich glaube schon.« Ganz eindeutig ja.

Sie ließen die Geschäfte und Restaurants der Main Street hinter sich und kamen an der hellblauen Bibliothek, am Reitstall und am Drachenladen vorbei. Dabei plauderten sie fröhlich über nichts Bestimmtes.

»Wusstest du, dass mein Vater letzten Donnerstag mit der Altherrenrunde deines Vaters Poker gespielt hat?«, fragte Ryan.

»Himmel hilf. Ist irgendetwas Interessantes passiert?«

»Ich habe jedenfalls nichts gehört, was wohl heißt, dass alle immer noch dichthalten. Vielleicht sind die alten Knacker ja die Einzigen, die noch nichts von Tags Mai-Dezember-Romanze wissen«

Sie gab ein nicht sehr damenhaftes Schnauben von sich, das ihm aber trotzdem irgendwie gefiel. »Wohl eher eine Februar-Dezember-Romanze. Wie stehen die Dinge mit dem Clairmont?«

Am Clairmont-Projekt hatte er in letzter Zeit nicht viel gearbeitet, denn er war zu sehr damit beschäftigt gewesen, Informationen über Bridget O'Malleys Grundstück einzuziehen. Was er ihr natürlich nicht sagen konnte. »Nicht übel.«

Das Gespräch wandte sich persönlicheren Themen zu. Sie unterhielten sich über gute Filme, die sie gesehen hatten, verhasste Schulfächer und geliebte Haustiere.

»Als ich fünfzehn war, hatte ich einen Hund«, erzählte er ihr. »Fünfundvierzig Kilo reine, sabbernde Trotteligkeit. Er hat alles gefressen, was er finden konnte. Sogar sein Gehorsamkeitszertifikat von der Hundeschule.«

Emily lachte. Jedes Mal, wenn sie das tat, fühlte er, wie er sich über seine Zukunft im Allgemeinen unsicherer wurde und dafür in einem anderen Punkt umso sicherer: Er würde diese Insel nicht verlassen, ohne sie wenigstens einmal geküsst zu haben. Wohin das führen würde, konnte niemand wissen, aber er war es leid, dagegen anzukämpfen. Die Anziehungskraft war unumgänglich, und er war ein Mann, der Gelegenheiten nutzte, wenn sie sich ihm boten. Und an diesem Abend würde er schon dafür sorgen, dass sich eine bot.

»Dein Hund hat sein Gehorsamkeitszertifikat gefressen?« Sie grinste. »Böser Hund. Allerdings hat unser Hund ja mal das Büchereibuch gefressen. Das habe ich dir schon erzählt, oder?«

Jetzt lachte er. »Ach ja, stimmt. Woraufhin dich die gruselige Bibliothekarin aus der Bücherei verbannt hat.«

Sie schüttelte den Kopf. »Nein, nicht mich, sondern Brooke. Ich war nicht oft genug in der Bücherei, um verbannt werden zu können. Ich war zu sehr damit beschäftigt, mich in Schwierigkeiten zu bringen. Möchtest du den Tatort einiger meiner Verbrechen sehen?« Sie lächelte verspielt, und um nichts in der Welt hätte er Nein gesagt.

»Unbedingt. Zeig mir den Weg.«

Sie gingen noch ein Stück und bogen dann auf einen breiten Wanderweg in den Wald ein. Das sah vielversprechend aus für den Kuss. Sie führte ihn zum Eingang einer kleinen Höhle.

»Hallo?«, rief sie hinein. Keine Antwort. »Hast du eine Taschenlampe im Handy?«

Er zog sein Telefon aus der Tasche, schaltete die Lampe ein und reichte es ihr.

Sie sah spitzbübisch aus, was ihn beinahe um den Verstand brachte.

»Eigentlich sind wir weit oberhalb der Altersgrenze für den Zutritt hier, aber ich bin eine Alumni, also geht das bestimmt in Ordnung.« Sie betrat die Höhle, und er folgte ihr dicht auf den Fersen. Die Höhle war nicht sehr groß. Vielleicht sechs Meter tief und etwa drei Meter breit, aber überall standen Werkzeugkisten, Taschen, Plastikboxen und diverse andere Behältnisse herum, jede davon mit einem Sicherheitsschloss versehen und mit ein oder zwei Worten beschriftet.

Sie warf ihm über die Schulter einen Blick zu. »Gut zu wissen, dass sich manche Dinge nie ändern. Willkommen in der Schnapsbank.«

»Die Schnapsbank?«

Emily kicherte. »Ich kann nicht glauben, dass sie ihre Vorräte immer noch hier aufbewahren, aber ganz offensichtlich tun sie es. Man könnte sagen, das hier ist der Tresorraum, und die Kisten sind die einzelnen Schließfächer. Siehst du die Beschriftungen? Jeder hier hat einen Codenamen, und die Behältnisse sind voller verbotener Sachen. Schnaps, Gras, was auch immer. Die Kardinalsregel lautet, dass man sich nie, niemals an den Vorräten eines anderen zu schaffen macht. Außerdem verrät man auf keinen Fall die Codenamen der anderen, vor allem nicht den Erwachsenen.«

Ryan lachte und konnte die moralische Flexibilität dieser gesetzesbrecherischen Jugendlichen nur allzu gut nachvollziehen. Er selbst war damals nicht besser gewesen. »Ehre unter Dieben, was? Gefällt mir.«

»Als ich noch ein Teenager war, sind ab und zu Polizisten hier im Wald aufgetaucht. Sie haben so viel Lärm gemacht, dass alle rechtzeitig abhauen konnten, und dann haben sie so getan, als könnten sie die Höhle nicht finden.« Emily lachte so sehr, dass sie Mühe hatte, genug Luft zu bekommen, was auch Ryan ein wenig atemlos machte. Sie hatte ein fantastisches Lachen. Das war ihm vorher noch nie bei einer Frau aufgefallen, und er fragte sich, ob er sie wohl mochte, weil ihm ihr Lachen so gefiel, oder ob ihm ihr Lachen so gefiel, weil er sie mochte. Aber egal … er mochte sie und ihm gefiel ihr Lachen.

»Jetzt ist mir natürlich klar, dass mein Dad ganz genau gewusst hat, wo die Höhle ist. Wahrscheinlich haben schon er selbst, Richter Murphy und Vater O'Reilly hier ihren Schnaps versteckt, als sie noch Radaubrüder waren.«

»Der Chief of Police, der Richter und der Pfarrer waren einmal Radaubrüder? Klingt wie der Auftakt eines Witzes.«

Emily nickte, immer noch glucksend. »Mein Vater tut gern so heilig, aber Gigi hat mir einmal verraten, dass er wirklich kein Engel war. Irgendwie mag ich ihn deshalb gleich ein bisschen lieber.«

Sie lächelte weiter, aber für Ryan war es wieder schwer zu verdauen, dass sie sich nicht mit ihrem Vater verstand. Sosehr ihn sein Vater und seine Brüder auch ärgerten, im Grunde waren sie doch eine große, glückliche Familie. Nichts würde daran etwas ändern. Nicht einmal die Tatsache, dass sein Vater eine Beziehung mit einer viel zu jungen Frau hatte.

Emily und er verließen den Wald wieder und schlenderten an der Straße entlang. Ab und zu streiften sich ihre Schultern, oder ihre Hand stieß ganz aus Versehen gegen seine. Wie ein kleiner Junge verspürte er das fast übermächtige Verlangen, einfach ihre Hand zu nehmen. Er tat es nicht. Aber er wollte es.

Zehn Minuten später kam ein roter Leuchtturm in Sicht. Er war klein für einen Leuchtturm, etwa drei Stockwerke hoch, und er sah aus, als wäre er schon sehr lang nicht mehr in Betrieb. Eine rostige Leiter führte hinauf zu einem schmalen Laufgang.

»Bist du bereit für einen weiteren Blick in meine finstere Vergangenheit?«

»Natürlich.«

»Das ist übrigens nicht die Tour, auf die ich Chloe mitgenommen hätte. Ihr hätte ich von den vielen verletzten Tieren erzählt, die ich gerettet habe, und davon, wie ich immer Waldblumen gesammelt und zwischen den Seiten meines Tagebuchs gepresst habe.«

»Allmählich bekomme ich den Eindruck, dass dein Tagebuch eine recht spannende Lektüre sein muss.«

»Darauf kannst du wetten. Und jetzt hoch mit dir.« Sie deutete auf die rostige Stiege.

»Ich zuerst?«

Sie deutete auf ihre Hüften. »Kleid.«

»Verdammt. Das war's mit meiner Chance auf einen kurzen Blick.«

Sie mochte vielleicht so tun, als wäre sie ein wildes Mädchen, aber Emily Chambers wurde trotzdem jedes Mal rot, wenn er etwas auch nur im Mindesten Anzügliches sagte. Sie war einfach nicht so böse und verrucht, wie sie offensichtlich glaubte. Er war schon mit dem einen oder anderen Vamp zusammen gewesen, und Emily war ganz anders. Sie war sowieso ganz anders als jede Frau, mit der er jemals zusammen gewesen war, jetzt, wo er so darüber nachdachte. Was das bedeutete, musste er erst noch herausfinden, aber im Moment wollte er nichts hinterfragen. Er ging einfach mit einem Mädchen spazieren und erklomm nun einen Leuchtturm, um herauszufinden, was es von dort aus wohl zu sehen gab.

Er kam oben an und musste sich unter dem Geländer hindurchducken, dann drehte er sich um und wollte Emily helfen, aber sie schien keine Hilfe zu brauchen. Schon stand sie neben ihm und warf einen Blick in die Mitte des Leuchtturms, wo früher einmal das große Licht gewesen sein musste. Die meisten Fenster waren zerbrochen, und in dem kleinen Raum lagen Hunderte von großen Steinen auf dem Boden herum.

»Wow«, stieß sie hervor. »Da scheinen die Kids ja schwer beschäftigt gewesen zu sein.«

»Soll heißen?«

Sie lachte, als sich der Wind in ihrem Haar fing und es ihr um den Kopf wirbelte. Sie hob beide Arme, um es zu bändigen, wobei der Saum ihres Kleids ein paar Zentimeter an ihren Oberschenkeln hinaufrutschte. Einem Gentleman wäre so etwas sicher nicht aufgefallen. Aber es war schwer, das zu übersehen. Ihre Beine waren so unglaublich lang.

Mit einer Hand hielt sie weiter ihr Haar fest, während sie den anderen Arm wieder senkte. »Ich weiß nicht genau, wann es mit dieser Tradition losging, aber wenn man in meiner Generation seine Jungfräulichkeit verloren hat, dann sollte man einen Stein in die Mitte des Leuchtturms werfen. Ein paar haben sogar ihre Initialen auf die Steine geschrieben. Meistens die Jungs. Als Mädchen ist man da eher etwas diskreter.«

Ryan senkte den Blick wieder auf die Steine und entdeckte, dass tatsächlich einige von ihnen mit Initialen beschriftet waren. Manche trugen sogar zwei Initialpaare. Die standen bestimmt für das jeweilige Pärchen.

»Wow«, sagte er und nickte ehrfürchtig. »Das nenne ich mal einen Schrein der vorehelichen Unzucht. Ist einer der Steine von dir?«

»Natürlich nicht.« Aber ihr Grinsen sagte etwas anderes, und sein Verlangen, sie zu küssen, vervierfachte sich. Sie ging um den Leuchtturm herum auf die andere Seite, wo es ein wenig windgeschützter war. Die untergehende Sonne berührte nun fast den Horizont. Der Himmel war rosa, blau und sogar violett. Wenn er diese Farbpalette auf einem Bild sehen würde, dann würde er denken, dass es der Maler wohl ein bisschen übertrieben hatte, hier war es jedoch ein fast schon alltägliches Schauspiel.

Sie lehnten sich gegen eines der Fenster, das nicht zerbrochen war. Das Sims bot eine schmale Sitzfläche. Emily zog den Saum ihres Kleids herunter, womit sie ein weiteres Mal bestätigte, dass ihr Böses-Mädchen-Getue eine Übertreibung war. Schade. Sehr schade, dass sie nicht der Typ für einen bedeutungslosen One-Night-Stand war. Allerdings machte sie genau das noch so viel attraktiver. Das war ein Problem, über das er sich später den Kopf zerbrechen würde. Er stand auf einem Leuchtturm, am Horizont ein magischer Sonnenuntergang, und neben ihm eine schöne Frau, deren Lächeln sein Herz schmerzen ließ. Mist. Das war wirklich ein Problem.

Er wandte den Kopf und sah sie an, suchte nach einem Weg, ihr zu erklären, wie es ihm ging. Nach einem Weg, wie er sie betören und zu der Einsicht bringen konnte, dass es eine tolle Sache war, ausgerechnet mit ihm hier zu sein. Er wollte etwas Geistreiches und Überzeugendes sagen, aber sie wandte sich ihm im selben Augenblick zu, in dem er sich zu ihr drehte. Ihr Blick wirkte einladend, und er brachte nicht mehr heraus als: »Gott verdammt, ich möchte dich wirklich gern küssen.«

Sie zögerte nur den Bruchteil einer Sekunde. »Ich auch«, flüsterte sie dann.

Mehr brauchte er nicht, und schon lag sie in seinen Armen. Er küsste sie heftig, ohne Vorgeplänkel, ohne kunstvolle Verhandlungen oder verführerische Intrigen. Nur hungrige Küsse, die seinen Verstand durcheinanderbrachten, dicht gefolgt von seinem ganzen Körper. Sie erwiderte seine Küsse mit derselben Begeisterung, eine Hand auf seiner Brust, die andere fest um seinen Nacken geschlungen. Sie zog ihn enger an sich. Ihr Mund war süß, so süß, wie er es sich ausgemalt hatte, und ihre Lippen waren so weich, dass er, wäre er in diesem Moment vom Leuchtturm gefallen, sicher geglaubt hätte, der Schwindel käme nur von ihrer Berührung.

Doch dann stieß ihn die Hand auf seiner Brust plötzlich weg, die Hand in seinem Nacken verschwand, und Emily löste sich atemlos keuchend von ihm.

»Ähm …« Sie presste die Lippen zusammen, als wollte sie den Kuss so festhalten. »Äh, ja, ich wollte dich auch küssen. Ganz offensichtlich.« Ihr kurzes Auflachen klang nun verlegen. »Aber du lebst in Sacramento.«

»Was stimmt nicht mit Sacramento?« Warum redete sie jetzt über Sacramento?

»Nichts, es ist nur … Ich lebe in San Antonio, und das ist sehr weit weg von Sacramento. Und außerdem vögelt dein Vater meine Schwester.« Sie sah ihn an, ihre großen Augen wirkten unsicher. »Tut mir leid. Das klang jetzt ziemlich harsch, aber so ist es nun mal. Es macht alles noch komplizierter, verstehst du?«

Ja, das verstand er. Es war ihm aber egal. Oder jedenfalls war es ihm nicht wichtig genug, um deshalb mit dem Küssen aufzuhören. »Das sind doch nur Details. Darüber können wir uns später Sorgen machen.«

Ihre Hand auf seiner Brust blieb, wo sie war. »Ich mag dich, Ryan, wirklich, aber das letzte Mal, als mich jemand auf diesem blöden Leuchtturm geküsst hat, habe ich total den Kopf verloren und ein paar sehr schlechte Entscheidungen getroffen. Ich hätte dich nicht hier hochbringen sollen.«

Der Anflug von Reue in ihrer Stimme gefiel ihm überhaupt nicht. »Ich bin froh, dass du mich hergebracht hast, und ich will dich nicht zu etwas überreden, das du nicht möchtest. Ich würde dich nur sehr gern weiter küssen.«

»Oh, im Moment wäre es gar nicht schwer, mich zu irgendetwas zu überreden. Ich würde diese kleine Eskapade selbst sehr gern fortsetzen, aber das Timing ist einfach mies, und die Hindernisse sind groß, und in meinem Leben passiert gerade eine Menge, das ich … in Ordnung bringen muss. Davon darf ich mich nicht ablenken lassen. So gern ich mich auch ablenken lassen würde.«

Genau das war es. Genau in diesem Punkt unterschieden sich Männer von Frauen. Wenn er von seinen Sorgen abgelenkt werden wollte, wäre Emily Chambers die Erste auf der Insel, die er anrufen würde. Tatsächlich wäre sie wohl die Einzige, die er anrufen würde. Wahrscheinlich sogar dann, wenn er *nicht* auf der Insel wäre. Aber Frauen wollten immer alles geordnet und etikettiert haben, *bevor* es mit den genussreichen und unterhaltsamen Ablenkungen losging. Das hatte für ihn noch nie viel Sinn ergeben, auch wenn er es nicht zum ersten Mal hörte.

Er lehnte sich wieder gegen das Fenstersims und legte ihr einen Arm um die Taille. »Was musst du denn in Ordnung bringen? Etwas mit Chloes Dad? Oder mit deinem Dad?«

»Nein, nichts in der Art. Es geht eher um Berufliches als um Privates. Diese Renovierung hier muss einfach gut über die Bühne gehen. Sie muss einfach, und …« Sie zögerte, als wollte sie ihre Worte abwägen und entscheiden, ob sie ihm vertrauen konnte oder nicht. »Kannst du ein Geheimnis für dich behalten?«

»Ich kann ohne Vorbehalte sagen, dass dein Geheimnis bei mir sicherer ist als bei jedem anderen auf der Insel.«

Das brachte ihm ein schwaches Lächeln von ihr ein. »Da ist dieses Flip-Haus in San Antonio, das meine Geschäftspartnerin gerade zu verkaufen versucht. Seit der Schlüsselübergabe war das Ding ein einziger Albtraum. Wir hatten so viele Probleme damit, dass die Renovierung ein bisschen, na ja, aus dem Ruder gelaufen ist. In finanzieller Hinsicht. Ich habe mir Geld von Gigi geliehen, und deshalb renoviere ich jetzt ihr Cottage für sie. Sozusagen als Anzahlung für den Betrag, den ich ihr schulde.« Sie wirkte erleichtert, es ihm erzählt zu haben, aber dann fügte sie noch hinzu: »Niemand weiß davon. Nur Gigi und ich, also bitte behalte es für dich. Du darfst es auch deinem Vater nicht erzählen, weil der es dann Lilly weitersagen würde und weil es dann auch alle anderen wissen. Siehst du? Deshalb dürfen wir uns nicht küssen. Weil ich dir nämlich immer mehr Geheimnisse erzählen werde, wenn ich dich küsse, und dann wirst du mir auch deine Geheimnisse erzählen, und dann müssen wir beide alles Mögliche vor unseren Familien geheim halten, und dann wird alles total verwirrend.«

»Wir müssen einander keine Geheimnisse verraten. Wir müssen überhaupt nicht sprechen. Wir könnten uns einfach, du weißt schon, küssen … und so.«

Das bescherte ihm ein Augenrollen. Er fand seine Lösung ziemlich einleuchtend, aber sie wollte da nicht mitziehen. Er stand auf und zog sie an sich. Seine Hand ruhte auf ihrer Hüfte und er sah sie an. »Emily, ist es möglich, dass du dir ein bisschen zu viele Gedanken machst?«

Es dauerte einen Moment, bis sie seinem Blick begegnete, und ein kaum wahrnehmbares Lächeln zupfte an ihren Mundwinkeln.

»Vielleicht. Wahrscheinlich. Aber bevor ich mir da nicht sicher bin, sollten wir das mit dem Küssen lieber lassen.« Sie klang streng, wie eine Lehrerin, die ihm sagte, er solle still sein. Er fühlte sich zwar gemaßregelt, hatte seine Lektion aber ganz und gar nicht gelernt.

»Nur noch ein Kuss?« Er hob Daumen und Zeigefinger, um »einen ganz kleinen« anzudeuten. »Nur noch einer? Ich glaube nicht, dass ich gerade mein Bestes gegeben habe, und was, wenn das unsere einzige Gelegenheit für einen Kuss bleibt? Dann denkst du für den Rest deines Lebens, dass ich es nicht besser hinbekommen kann. Ich glaube nicht, dass mein Stolz das erträgt.«

Natürlich wollte er ganz und gar nicht, dass dies ihre einzige Gelegenheit für einen Kuss blieb. Genau genommen würde er verdammt noch mal dafür sorgen, dass es nicht so kam. Aber im Moment schien dieser Ansatz zu wirken. Er sah, dass sie wankte. Er beugte sich zu ihr, bis seine Lippen ihren Mund beinahe berührten. Flatternd schlossen sich ihre Lider, als er flüsterte: »Nur noch einer.«

Kapitel 21

»Ich gehe in den gottverdammten Yogakurs, Emily, weil wir nun mal eine Abmachung hatten, und ja, ich finde auch, dass Yoga-Matt als Covermodel durchgeht, aber ich kann mir trotzdem nicht vorstellen, dass ich Tag nur wegen irgendeines Yogalehrers so einfach vergesse. Außerdem, selbst wenn er mir gefällt, müsste ich mich erst hinter etwa fünfzehn anderen Frauen anstellen. Er ist wie der Rattenfänger von Hameln. Hast du die Schlange all der zukünftigen Miss Yoga-Matts nicht gesehen?«

Emily und Lilly gingen auf dem Weg zum montagabendlichen Yogakurs in der Episkopalkirche den Anishinaabe Trail entlang. Beim Schwipspuzzleabend hatte Emily gehört, dass Matt bei seinen Instruktionen durchaus gern mal Hand anlegte. Weshalb einige von ihnen ständig absichtlich falsche Haltungen einnahmen, nur damit er kam und ihr Becken in die richtige Position brachte.

Emily wollte allerdings nicht, dass Yoga-Matt ihr Becken in die richtige Position brachte. Der Einzige, den sie in der Nähe ihres Beckens haben wollte, war Ryan. Verflucht, was sollte sie nur machen? Am Samstagabend hatte er sie auf diesem Leuchtturm mindestens eine halbe Stunde lang geküsst, und wahrscheinlich wären sie immer noch da oben, wenn nicht eine Bande rüpelhafter Jungen auf Fahrrädern vorbeigekommen wäre und sie johlend angefeuert hätte. Das hatte ihr gerade noch gefehlt. Ein paar Kids, die sie dabei erwischten, wie sie in der Öffentlichkeit herumknutschte, woraufhin die Gerüchte irgendwie auch bei ihrem Vater landen würden. Wenigstens war es nicht Dmitri Krushnic, der sie gesehen hatte.

Danach hatte Ryan sie zur Main Street zurückgebracht und angeboten, auch noch mit zu Gigis Haus zu kommen, aber sie hatte das abgelehnt. Sie musste sich erst noch etwas sammeln, bevor sie Gigi unter die Augen treten konnte, denn sonst würde ihre Großmutter nach einem einzigen Blick in ihr Gesicht wissen, dass sie etwas angestellt hatte. Gigi konnte zwar nicht mehr gut genug sehen, um sich zwei zueinanderpassende Schuhe anzuziehen, aber unsichtbare Küsse erkannte sie auf eine Meile Entfernung.

Der Sonntagmorgen in der Kirche war besonders unerträglich gewesen. Vater O'Reilly hatte über … irgendetwas schwadroniert. Sie hatte nicht zugehört. Sie war zu beschäftigt damit, sich vorzustellen, wie Ryan bei ihr im Cottage auftauchen würde, mit einem Picknickkorb voller Weintrauben, Käse und Wein, und wie er sie dann auf der Veranda verführen würde … Was eine wirklich lächerliche und unvernünftige Fantasie war, weil sie im Cottage immer verschwitzt und schmutzig war und ihre abgetragensten Klamotten trug. Außerdem würde sie niemals Sex auf der Veranda haben, wo sie jeder sehen könnte. Also hatte sie noch einmal ganz von vorn angefangen. Dieses Mal hatte sie sich zwar auch im Cottage befunden, aber auf wundersame Weise frisch geduscht und in einem Sommerkleid. Ryan hatte auch keinen Käse mitgebracht, weil der an den Zähnen klebte und den Kussteil der Fantasie ruinieren würde. Aber dann tauchten natürlich Pferdi oder Georgie auf und machten alles kaputt. Echt jetzt? Was war nur los mit ihr? Nicht einmal in ihrem Tagtraum konnte sie die Straßensperren umgehen. Es war, als hätte Gott eine mentale Firewall um ihr Gehirn errichtet, weil sie in der Kirche nun einmal nicht an Sex denken sollte.

Es war auch nicht sonderlich hilfreich, dass Ryan und Tag nur drei Reihen vor ihnen saßen und dass Ryans Haar immer noch ein bisschen feucht von der Dusche war. Sie wollte es so gern berühren und mit den Fingern hindurchfahren. Sie wusste genau, wie weich es sich anfühlte, weil sie da oben auf dem Leuchtturm die Faust darum geschlossen hatte, und nun sehnten sich ihre Handflächen danach, es wieder zu spüren. Stattdessen verschränkte sie die Hände ineinander und hoffte, dadurch züchtig und andächtig zu erscheinen statt verzweifelt und sündig. Als Ryan und Tag die Kirche unmittelbar nach der Messe verließen, wusste sie nicht, ob sie deswegen froh oder ärgerlich sein sollte.

Im Lauf des Tages hatte er ihr dann geschrieben, dass Tag und er nach Seneca Falls in Northern Michigan hinüberfliegen würden, um dort ein paar Tage mit Fliegenfischen zu verbringen, was sie sowohl erleichterte als auch verwirrte. Erleichterte, weil sie nun erst einmal nicht entscheiden musste, ob sie ihn wieder küssen sollte, konnte oder würde, und verwirrte, weil sie es so dringend wollte.

Nun war es Montagabend und Emily hoffte, ein bisschen Berghaltung würde ihr den Seelenfrieden zurückbringen. Vielleicht würde sie doch zulassen, dass Matt ihr Becken in die richtige Position brachte. Sie war sein Boss, na und? Und eigentlich hoffte sie ja, dass Lilly auf ihn anspringen würde, aber na und? Das war ihr eigentliches Ziel für diesen Abend. Es war ein allerletzter Versuch, die Zuneigung ihrer Schwester auf jemanden in ihrem Alter zu lenken, aber danach würde Emily die Sache aufgeben. Da jeder in der Stadt Bescheid wusste, niemand aber Harlan die Wahrheit sagen wollte, glaubte Emily nicht, dass ihre doch recht oberflächlichen Anstrengungen irgendeinen Eindruck auf Lilly machen würden.

Sie bogen auf die Marquette ein. »Okay, okay«, sagte sie zu Lilly. »Ich will dich ja nicht zwingen, aber wie schon gesagt, wir hatten eine Abmachung. Ich bin mit euch ausreiten gegangen und habe Zeit mit Tag verbracht, genau wie du gesagt hast.«

Lilly schnaubte. »Klar, und ganz nebenbei hast du Percy gesagt, er soll uns das schlimmste Pferd aller Zeiten geben. Darauf bin ich schon gekommen, bevor wir überhaupt den Stall verlassen haben.«

»Das habe ich ihm nicht gesagt – nicht genau –, und außerdem wollte ich doch nur ein paar negative Assoziationen kreieren und so das Dopamin in deinem Hirn umleiten.« Es klang prägnant und ein bisschen lächerlich.

»Das was?«

»Ach, nichts. Nur so ein dummer TED Talk. Egal. Ich werde jedenfalls nicht mehr versuchen, dir die Sache auszureden. Du kennst meine Meinung, die Entscheidung liegt bei dir. Behalte nur im Hinterkopf, dass Dad die Geschichte sicher hart trifft, und es ist wichtig, dass du auch mal darüber nachdenkst, wie alles in fünf bis zehn Jahren aussieht.«

»Was ist denn in fünf bis zehn Jahren?«

»In zehn Jahren ist Tag fast siebzig und du bist sechsunddreißig.«

»Ich kann Mathe, Emily. Ich weiß, wie alt wir dann sind. Was noch?«

»Tja, das weiß ich nicht so genau. Darum geht's ja. Du musst darüber nachdenken, was du dir von deiner Zukunft erhoffst, und dann entscheiden, ob Tag dazu passt.«

Leichte Runzeln erschienen auf Lillys glatter Stirn. »Sieht dein Leben denn jetzt so aus, wie du es dir vor zehn Jahren ausgemalt hast?«

Emily seufzte. »Kein bisschen. Genau deshalb versuche ich ja, dich zu warnen. Ich war nicht gerade ein gutes Vorbild, aber vielleicht kann ich dir wenigstens ein Negativbeispiel sein. Tag spricht davon, sich zur Ruhe zu setzen und hierherzuziehen. Das sind große Entscheidungen, und ihr kennt euch erst seit Kurzem.«

»Es geht nicht darum, wie viel Zeit man miteinander verbringt, sondern darum, wie man sich in dieser Zeit fühlt.«

Emily versuchte nicht einmal, ihre Verachtung angesichts dieser Binsenweisheit zu verbergen. »Das ist süß, Lilly, aber leider nicht wahr. Ich mache mir Sorgen darüber, dass du es später bereuen könntest.«

»Aber wer sagt denn, dass ich es nicht bereuen würde, wenn Tag aus meinem Leben verschwindet, ich ihn nie wiedersehe und keinen anderen Mann mehr finde, mit dem ich mich so fühle wie mit ihm?«

Tja, Mist. Das war eine sehr gute Frage, auf die Emily keine Antwort hatte. In Wahrheit hatte Ryan ihr selbst auf diesem Leuchtturm ein verdammt gutes Gefühl gegeben. Genau genommen gab er ihr immer ein verdammt gutes Gefühl, wenn er bei ihr war. Was, wenn *sie* nie wieder einen Mann fand, mit dem sie sich so fühlte? Vielleicht war sie drauf und dran, eine Chance auf etwas wirklich Gutes zu opfern, nur weil sie Angst hatte, dass es schiefgehen könnte. Jetzt war sie noch verwirrter.

»Dir ist doch klar, dass mittlerweile die ganze Insel Bescheid weiß, oder?«, sagte sie eine Weile später. Abrupt blieb Lilly stehen, mitten auf dem Gehweg.

»Die ganze Insel weiß Bescheid? Über Tag und mich? Hat es schon jemand Dad gesagt?«

»Spricht er denn noch mit dir?«

»Ja.«

»Dann hat es ihm noch niemand gesagt.«

Sie gingen weiter. »Die ganze Insel?«, hakte Lilly noch einmal nach.

»Brooke zufolge schon. Sie hat es von Gigi, die es von Maggie Schofield gehört hat, und so weiter. Ich nehme an, dass Dmitri Patient null ist, aber er war nicht der einzige Zeuge im Kuchenzelt.«

»Was sagen die Leute denn über uns?«

»Das weiß ich nicht. Ich denke nicht, dass sie damit ausgerechnet zu mir kommen würden.«

Schweigend gingen sie ein paar Minuten weiter, bevor Lilly wieder das Wort ergriff. »Tja, es geht jedenfalls niemanden außer Tag und mich etwas an. Und wenn es sowieso schon alle wissen, dann können wir vielleicht auch mit der Heimlichtuerei aufhören. Ich habe es Dad am Vatertag nur deshalb noch nicht gesagt, weil du mich darum gebeten hast. Aber vielleicht sollten wir es endlich öffentlich machen.«

»Mmmmm … Da bin ich mir nicht so sicher. Verleugnung ist doch eine schöne Sache, und solange ihr alles unterm Radar haltet, bleibt das Gleichgewicht der Mächte sozusagen erhalten. Ich glaube, du solltest der Situation noch ein bisschen Zeit geben, bevor du es Dad ins Gesicht schleuderst.«

»Es ihm ins Gesicht schleudern? Das hört sich nicht sehr schön an.«

»Ich weiß, aber genau so wird er es auffassen. Es wird ihn in Verlegenheit bringen, Lilly. Es wird schwierig für ihn sein. Weißt du nicht mehr, wie es war, als er Nick und mich beim Nacktbaden erwischt hat?«

»Aber meine Situation mit Tag ist ganz anders.«

Allerdings. Sie war schlimmer. Es gab nicht den Hauch einer Chance, dass Harlan gelassen reagieren würde, aber auf einmal kam Lilly ihr so traurig vor, dass sie ihr den Arm um die Schulter legte.

»Tut mir leid. Ich will dich nicht traurig machen, ich weiß nur, wie es sich anfühlt, Dad zu enttäuschen. Aber wer weiß? Vielleicht ist es ja auch okay für ihn?« *Na klar.* »Und außerdem habe ich bei der Schwipspuzzlenacht erfahren, dass Matt magische Hände hat. Nach dem Yoga geht es dir bestimmt besser.«

Die Sankt-Augustin-Episkopalkirche war voller Frauen, unter die sich auch eine Handvoll Männer gemischt hatte, als sie ein paar Minuten später dort eintrafen. Emily schleppte Lilly nach ganz vorn und zwängte sie beide zwischen Gloria Persimmons und Jenny Mahoney. Jenny warf ihnen einen giftigen Blick zu, allerdings wusste Emily nicht, ob sie sich den eingehandelt hatten, weil sie Jenny zur Seite gedrängt hatten oder weil sie Callaghans waren. Wie auch immer, jedenfalls standen Lilly und sie nun ganz in der Mitte der ersten Reihe.

»Hey, Boss!« Matt winkte, was Emily noch ein paar weitere giftige Blicke einhandelte. Sie winkte zurück, woraufhin Matt zu ihnen kam.

»Hey, Matt. Kennst du schon meine Schwester Lilly? Lilly, das ist Matt.«

Er knipste sein atemberaubendes Lächeln an, legte die Handflächen aneinander und neigte leicht den Kopf.

»Namaste, Lilly.«

Lilly starrte ihn an. »Mm-hmm«, murmelte sie, und Emily erkannte, dass Lilly nicht ganz so immun war, wie sie erwartet hatte. Yoga-Matt war eben nun mal heiß.

»Ich bin so froh, dass ihr beide hier seid. Möge es euch Frieden und Erfüllung bringen.«

»Okay«, antwortete Lilly, und Emily lächelte. Matt war so hübsch, dass man sich erst einmal daran gewöhnen musste.

»Okay, meine Freunde«, wandte er sich dann an alle. »Wir haben uns hier versammelt, um zu feiern. Um unseren Körper zu feiern und die wundervollen Dinge, die wir damit tun können. Wer möchte mich auf dieser Reise begleiten?«

Ein Chor aus »Ich-ich«-Rufen erhob sich.

Lilly beugte sich zu Emily vor und flüsterte ihr ins Ohr: »Da würde ich mich auch als Freiwillige melden.«

Emily grinste. »Hab ich dir doch gesagt.«

»Ja, das hast du, und du hattest recht, aber das heißt trotzdem nicht, dass ich Tag aufgebe.«

Kapitel 22

»Ich bin beeindruckt!«, sagte Brooke. Sie stand im Cottage und bewunderte die Fortschritte, die Emily und ihre Mannschaft bereits erzielt hatten.

Es war Mittwochmorgen, und seit der kurzen Nachricht am Sonntag hatte Emily nichts mehr von Ryan gehört. Was sie eigentlich nicht weiter kümmern sollte, weil sie sich ja darauf geeinigt hatten, diese Kussgeschichte in Zukunft sein zu lassen. Trotzdem vermisste sie ihn. Sie wollte ihn nicht vermissen, aber sie tat es.

Zum Glück hob das Lob ihrer Schwester ihre Stimmung beträchtlich, und sie musste zugeben, dass das Haus tatsächlich allmählich Gestalt annahm. Die Fassade war abgekratzt, dampfgestrahlt und neu gestrichen worden. Hellgrün und Lavendelblau, Überall sonst hätte das albern ausgesehen, aber auf diese Insel passte es wunderbar. Die Böden waren abgeschliffen und neu lackiert worden, und nun glänzten sie sehr hübsch. In den meisten Zimmern hing eine neue Tapete in Vintagedesign. Es waren sogar schon ein paar der bestellten Möbel angekommen, darunter mehrere schmiedeeiserne Betten, dazu passende Matratzen, charmant gealterte Kommoden, die Emily in den Antiquitätengeschäften in der Stadt gefunden hatte, ein rotes Samtsofa und sogar ein altes Pianoforte.

»Danke, es war auch ein ganzes Stück Arbeit«, stimmte Emily ihr zu und sah sich um.

»Das glaube ich. Als ich das letzte Mal hier war, hatte sich eine Waschbärenfamilie in einem der oberen Schlafzimmer eingenistet. Die sind nicht mehr da, oder?«

»Die müssen sich schon vor meiner Ankunft nach einer hübscheren Unterkunft umgesehen haben. Komm, wir setzen uns nach draußen. Winzig hat gerade eine Hollywoodschaukel auf der Veranda aufgebaut, und du darfst sie mit deinem Hintern einweihen.«

»Mein Hintern fühlt sich geehrt.«

Emily schnappte sich zwei Flaschen Wasser aus dem frisch eingebauten Kühlschrank und gesellte sich zu ihrer Schwester auf die Veranda.

Mit einem entspannten Seufzen ließ sich Brooke auf der Schaukel nieder und nahm die Wasserflasche von Emily entgegen. »Es ist wirklich hübsch hier, Em. Du hast großartige Arbeit geleistet. Gigi sollte dich alle ihre Häuser renovieren lassen. Was hältst du davon?«

»Das würde von San Antonio aus schwierig werden.« Sie setzte sich neben Brooke.

»Mmm, ja, wahrscheinlich.« Brooke öffnete ihre Flasche und trank einen Schluck, während sie auf den See hinausblickte. »Wie läuft es zwischen dir und Dad? Mir kommt es so vor, als hätte die Spannung jedenfalls nachgelassen.«

»Das stimmt auch. Er mag Chloe. Das hilft. Sie sind sogar zusammen wandern gegangen, also kann er sich offensichtlich mit ihr gut verstehen, ohne mir dafür erst vergeben zu müssen. Das muss reichen.«

»Ich glaube, er hat dir längst vergeben. Und ich bin sicher, dass er sich freut, dich hier zu haben, auch wenn er das nie zugeben würde.«

»Sicher?« Emily hob eine Braue. »Das ist ein großes Wort.«

Brooke lächelte sie an. »Okay, ich bin mir zu neunundneunzig Prozent sicher, dass er sich freut, dich hier zu haben. Außerdem weiß ich, dass ich mich freue, dich hier zu haben. Es ist schön, dass du wieder da bist.«

Brooke war, was ihre Gefühle und Komplimente anging, ebenso zurückhaltend wie Harlan, weshalb diese Worte eine große Sache waren. Ob es nun an der beruhigenden Wirkung der Schaukel lag oder an dem nostalgischen Gefühl, hier neben ihrer Schwester zu sitzen, jedenfalls erkannte Emily, dass es ihr genauso ging.

»Ich bin auch froh, wieder hier zu sein. Dieser Sommer läuft besser als erwartet, trotz der ganzen Arbeit.« Sie deutete mit dem Daumen auf die Tür. »Chloe und ich haben auch schon ein paar lustige Sachen unternommen. Hey, apropos lustig, Gloria hat mir erzählt, dass sie nächste Woche den nächsten Schwipspuzzleabend veranstaltet. Du solltest auch mitkommen.«

Brooke schüttelte den Kopf. »Tut mir leid. Ich kann nicht. Ich bin spaßresistent.«

Emily lachte. »Das bist du nicht. Sei nicht albern.«

»Ich bin nicht albern. Genau das meine ich ja. Beim Schwipspuzzleabend geht es doch nur ums Albernsein. Hey, ist das da vorn nicht Ryan?« Sie beugte sich vor, um den Hügel hinunterzuspähen.

Ryan? Der lang verlorene Ryan, der ihr am Samstag mit seinem Kuss den Verstand geraubt, sie seither aber nicht einmal angerufen hatte? Emily stand auf, und wirklich, da kam er den Hügel herauf. Sie beugte sich über das Geländer und winkte. Er winkte zurück, und fast wäre sie in Gekicher ausgebrochen, obwohl ihre Schwester neben ihr saß.

»Ach du Schande, du nicht auch noch!«, murmelte Brooke. »Haben wir mit Lilly und Tag nicht schon genug Sorgen?«

So viel also zu ihrer Diskretion. Emily drehte sich zu ihr um und zuckte mit den Schultern. »Ich weiß nicht, was ich dagegen tun soll. Ich mag ihn.«

»Tja, dann hör damit auf.«

»Ich glaube nicht, dass ich das kann.«

Brooke hatte recht, und Emily wusste es. Sie sollte wirklich damit aufhören, Ryan zu mögen, aber ihr war klar, dass es nicht so kommen würde. Seinen Rat einzuholen und ihre Ideen wegen des Cottages mit ihm zu teilen, hatte Spaß gemacht. Der Ausritt und der Spaziergang und das Kaffeetrinken – das alles hatte Spaß gemacht. Und Himmel! Natürlich hatte auch der Kuss Spaß gemacht. Mehr als das. Es war umwerfend gewesen, und in ihrem Leben hatte sie schon lange nichts mehr umgeworfen.

Ihre Schwester seufzte und stieß sich von den knarrenden Verandadielen ab, woraufhin sich die Schaukel sacht vor und zurück wiegte. »Ich kümmere mich jetzt einfach wieder um meinen eigenen Kram. Es hört ja sowieso niemand auf mich.«

Kurz darauf erreichte Ryan die Veranda, und Emilys ganzer Körper vibrierte vor Vorfreude, was sie aber entschlossen zu verbergen versuchte. Sie konnte sich ihm schließlich nicht einfach an den Hals werfen. Selbst wenn Brooke nicht da gewesen wäre.

»Hi«, sagte sie. »Du bist wieder da.«

»Ich bin wieder da«, antwortete er. Dann standen sie einfach nur da und sahen einander dümmlich grinsend an.

»Ach herrje«, murmelte Brooke.

Überrascht wandte sich Ryan ihr zu. »Oh, hi, Brooke. Ich habe dich gar nicht gesehen.«

»Ach, das wundert mich jetzt aber.« Sie stand auf. »Bist du gerade durch Bridget O'Malleys Garten gekommen?«

Er warf einen Blick über die Schulter zurück. »Was? Nein. Ich meine, keine Ahnung. Ich bin nur da hochgekommen, weil, äh, ich mich verlaufen habe.«

»Verlaufen.«

»Genau. Ich war auf dem Weg hierher, aber dann muss ich wohl irgendwo die falsche Abzweigung genommen haben.«

»So funktioniert das mit dem Verlaufen normalerweise, ja«, gab Brooke freundlich zurück.

»Ja. Hey, hör mal, Emily, ich kann nicht lang bleiben, weil Tag beim Clairmont auf mich wartet, aber, ähm, wir sind zurück aus Seneca Falls, offensichtlich, und er will mich heute Abend zum Squaredance mitschleifen. Ich habe ein bisschen Angst. Hast du immer noch vor hinzugehen? Um Winzig zu helfen?«

»Natürlich tut sie das«, warf Brooke ein, trat zum Geländer vor und stützte die Unterarme darauf. »Das würde sie um nichts in der Welt verpassen. Stimmt's, Em?«

»Dann bist du also dort?« Er sah zu Emily hoch, und seine Miene wirkte so optimistisch und durchtrieben, dass sie ihm auf keinen Fall würde widerstehen können, wenn er sie noch einmal küssen wollte.

»Bin ich. Dann sehen wir uns also dort.«

»Ganz bestimmt. Okay, dann bis später.« Sein Lächeln wirkte ein bisschen trottelig, und da war eindeutig ein leichtes Hüpfen in seinem Gang zu erkennen, während er den Hügel wieder hinunterlief. Die Schwestern sahen ihm nach. Schließlich stützte Brooke das Kinn auf die Hand. »Ich frage mich, ob er weiß, wohin er da geht.«

Kapitel 23

»Oh, Mom, das sieht aber wirklich wie im Märchen aus, oder?« Langsam drehte sich Chloe um die eigene Achse.

Emily war geneigt ihr zuzustimmen. Der Kirchhof von Sankt Bartholomäus war mithilfe einiger billiger weißer Lichterketten vollkommen verwandelt worden. In der Mitte durchgeschnittene alte Weinfässer dienten als Sitzgelegenheiten, und Vater O'Reilly hatte sich ein rotes Tuch über den schwarz-weißen Priesterkragen gebunden und einen Cowboyhut aus Stroh aufgesetzt. Clancy – auch bekannt als »Der nackt reitet« – hatte dankenswerterweise seine Kleider wieder angelegt und spielte das Banjo. Jimmy der Postbote und Tom der Tierarzt hielten Gitarren in den Händen, und Gladys, die Bankangestellte, stand am Keyboard.

Gigi hielt an einer Seite des Patios Hof, inmitten ihrer greisen Freundinnen mit steifgesprühten Frisuren, während Mrs Bostwick und die Mahoney-Schwestern an einem Tisch in der Nähe der Punschschale saßen. Eisige Blicke flogen hin und her. Man konnte sie praktisch vorbeizischen hören.

»Jetzt Circle Left«, rief Vater O'Reilly über die Musik und das Gelächter. »Und Shoot the Star.«

Emily ließ den Blick auf der Suche nach Ryan durch die Menge schweifen.

»Hi.«

Sie drehte sich um, und da stand er und sah genauso gut aus wie immer. Ihr Herz machte einen Satz.

»Hey, Ryan.« Chloe kam angelaufen und gab ihm einen Faustcheck. »Schön, dich zu sehen. Jetzt muss ich aber wieder los. Ich treffe mich mit ein paar Freunden.«

»Hey, warte mal«, rief Emily ihr lachend nach. »Was ist mit mir?«

Chloe zuckte übertrieben mit den Schultern und warf ihr einen Blick zu, der wohl sagen sollte: *Was soll denn mit dir sein?* »Du wolltest doch, dass ich neue Freunde finde, oder? Mission erfolgreich abgeschlossen. Bis später.« Und schon war sie verschwunden.

Emily wandte sich an Ryan, sie war gleichzeitig verlegen und begeistert. »Das ist jetzt schon das zweite Mal, dass mich das Mädel versetzt.«

»Das gefällt mir so an ihr.«

Emily spürte, dass sie rot wurde, aber sie lächelte. »Also, was machen wir jetzt?«, fragte sie.

»Alles außer tanzen.«

»Jetzt Acey-Deuce nach rechts«, rief Vater O'Reilly, gerade als Ryan einen Schritt auf sie zuging.

»Ich habe da einen Vorschlag«, raunte er ihr leise ins Ohr, obwohl sie über das Getöse hinweg ohnehin niemand verstehen konnte.

Auch ihr würde da so einiges einfallen, allerdings war sie im Augenblick zu abgelenkt davon, wie breit seine Schultern waren, um ihm antworten zu können. Inzwischen wusste sie auch, dass diese Schultern reine Muskeln waren.

Bevor ihr irgendeine schlagfertige Erwiderung eingefallen war, fühlte sie eine Berührung am Ellbogen.

»Peach? Endlich! Ich habe dauernd gehört, dass du wieder in der Stadt bist, aber ich konnte es nicht glauben.«

Sie drehte sich um, und vor ihr stand Reed Bostwick. Und er steckte in einem Militärkostüm aus der Kolonialzeit. Vor Überraschung entwich alle Luft aus ihren Lungen. Dreizehn Jahre. Dreizehn Jahre waren vergangen, seit sie ihn das letzte Mal gesehen hatte, und abgesehen von dem Outfit und der britischen Perücke auf dem Kopf sah er noch ganz genauso aus, wie sie ihn in Erinnerung hatte. Vielleicht ein bisschen breiter. Außerdem war sein Gesicht das eines Mannes, nicht mehr das eines Teenagers, aber ansonsten war er immer noch Reed. Ein gelangweilt aussehendes Strichmännchen von einer Frau mit großen Augen und einer kleinen Brille stand – ebenfalls in historischer Verkleidung – neben ihm.

»Reed, o mein Gott! Wie geht's dir?«, rief sie und beugte sich zu ihm vor. Die Umarmung war nur ein kleines bisschen merkwürdig, und auch das hauptsächlich deswegen, weil ihm dabei die weiße Perücke vom Kopf rutschte. Das Strichmännchen beugte sich automatisch vor und reichte Reed die Perücke wieder. Das musste Mrs Reed Bostwick sein, und ihrer *furchtbar* gelangweilten Miene zufolge war sie kein großer Squaredance-Fan. Oder vielleicht gefiel es ihr auch nur nicht, ein Kostüm zu tragen. Oder der wahrscheinlichste Grund? Sie hatte Emilys Namen schon einmal gehört, und das nicht in sonderlich schmeichelhaftem Kontext. Herzlichen Dank, Olivia Bostwick.

»Mir geht es sehr gut, danke. Fantastisch sogar. Ich arbeite für den Gouverneur, weißt du, und ich bin furchtbar wichtig. Meint meine Mutter jedenfalls.« Er lachte und bewies damit, dass er seine Mutter für ebenso prahlerisch hielt wie alle anderen. Auch sein Lachen klang noch genau so, wie sie es in Erinnerung hatte. Laut und ehrlich. Wahrscheinlich war sie wirklich dumm gewesen, ihn zu verlassen. Das hatte sie schon oft gedacht, aber nun, da sie ihn wiedersah? Da regte sich nichts in ihr, abgesehen von mildem Interesse an einem alten Freund und einer Welle der Nostalgie. Kein Geflatter, Gebitzel und Gesumme. Kein Bedauern. Nicht wirklich.

»Ja, das hat mir deine Mutter schon erzählt, aber ich habe mich sehr gefreut zu hören, dass es dir so gut geht. Und das ist deine Frau?«

Diese Frage schien ihn zu überraschen, als hätte er ganz vergessen, dass das Strichmännchen auch noch da war. »Was? Ach, ja. Emily, das ist Marissa. Marissa, das ist Emily. Ich habe dir doch von ihr erzählt.«

Das Strichmännchen lächelte knapp. »Nur etwa tausendmal. Schön, Sie kennenzulernen, Emily.«

Irgendwie glaubte Emily nicht, dass Marissa das wirklich schön fand. »Gleichfalls.«

Ryan neben ihr räusperte sich.

»Oh, Reed, das ist … mein Freund Ryan. Ryan, Reed Bostwick. Er arbeitet für den Gouverneur und ist furchtbar wichtig.« Reed und sie lachten. Marissa und Ryan nicht.

Reed streckte Ryan die Hand hin, wobei er vergaß, dass er ja immer noch die Perücke hielt, woraufhin er sie rasch in die andere Hand wechselte, gefolgt von einem nervösen Auflachen und einem Augenrollen von Marissa.

»Schön, Sie kennenzulernen.« Sie schüttelten sich sehr männlich einmal die Hand.

»Also, was soll der Aufzug, Reed?«, fragte Emily. »Du wirkst übrigens sehr überzeugend.«

Er verbeugte sich kurz, ganz wie ein echter Kolonist. »Ich trage gerade die britische Uniform des achten Regiments Seiner Majestät, weil ich vorhin die zweifelhafte Ehre hatte, während einer Aufführung im Fort Captain John MacGillicuddy darzustellen. Wie du dich sicher erinnerst, ist MacGillicuddy der Kerl, der das Fort an die Amerikaner verloren hat.«

»Tja, hätte schlimmer kommen können. Man hätte dich auch als Häuptling Adlerfeder rekrutieren können.«

Er lachte und nickte. Dann wandte er sich an Marissa. »Häuptling Adlerfeder war derjenige, der …«

»Ja. Ja, ich weiß. Er war der Typ, der nackt durch die Stadt geritten ist. Ich war schon mal hier, Reed, ich habe die Geschichte schon ungefähr tausendmal gehört.«

Er wandte sich wieder Emily zu, kein bisschen beleidigt von Marissas Bemerkung, was wohl bedeutete, dass er dergleichen gewohnt war.

»Man munkelt, dass du eines der Cottages deiner Großmutter renovierst. Welchem Ehemann hat es noch mal gehört?«

Emily grinste. »Dem zweiten.«

Reed stellte ihr noch ein paar weitere Fragen, und die Einheimischen beobachteten sie, verloren dann aber rasch das Interesse, als sie begriffen, dass es hier nichts zu sehen gab, über das es sich zu tuscheln lohnte. Reed erwähnte eine besonders wilde Party in den Wäldern in der Nähe von Croton Hill, damals, als sie etwa sechzehn gewesen waren, und schon bald lachten sie beide über zahlreiche gemeinsame Erinnerungen. Doch noch immer regte sich nichts in ihr, abgesehen von dem dreizehn Jahre alten Schuldgefühl, das sich allmählich in Luft auflöste. Sie hatte sich immer gefragt, wie es wohl sein würde, ihn wiederzusehen. Ob er noch wütend und verletzt war, und ob er beleidigend und abschätzig reagieren würde. Nein. Er war einfach nur Reed. Der gut gelaunte, umgängliche Reed. Derselbe, den sie damals verlassen hatte.

Marissa tippte sich mit ihrem Kolonialfächer gegen das Handgelenk und versuchte nicht einmal, Interesse zu heucheln. Nach ein paar weiteren Minuten rückte Ryan ein Stück näher, und seine Schulter berührte ihre. Eine nicht allzu subtile Klärung der Besitzverhältnisse. Dann legte er ihr den Arm um die Taille. Das traf Emily unvorbereitet, aber sie tat so, als hätte sie es gar nicht gemerkt.

Reed schien es allerdings aufzufallen. »Tja, dann überlasse ich euch beide mal wieder eurem Abend. Emily, lass uns doch bald mal einen Kaffee zusammen trinken und noch ein bisschen über alte Zeiten plaudern. Wie wär's?«

»Unbedingt. Das machen wir. War nett, Sie kennenzulernen, Marissa.«

Marissas blasse Augen hinter der Brille blinzelten einmal. »Mm-hm. Sie auch.«

Reed und seine Frau gingen weiter zu einer Gruppe alter Freunde, und Emily wandte sich an Ryan. Sie hob eine Braue. »Sehr subtil.«

Er ließ den Arm sinken. »Ich habe nur versucht, dich zu beschützen. Hast du nicht gemerkt, wie giftig dich seine Frau angeschaut hat?«

»War das Reed?«, fragte Lilly, die gerade neben ihnen aufgetaucht war. Sie klang ein wenig aufgeregt. »Wie ist es gelaufen?«

»Gut«, antwortete Emily. »Nur zwei alte Freunde, die ein bisschen plaudern.«

Lilly kicherte. »Freut mich zu hören. Ihr beide tanzt doch auch mit, oder?«

»Nein«, sagten sie wie aus einem Mund.

»Entschuldigung, Boss?« Eine weitere Stimme von der Seite. Auf einmal verstand Emily, wie sich ihr Vater nach dem Gottesdienst immer fühlen musste. Sie drehte sich ein weiteres Mal um, und da stand Winzig. Er steckte in dem größten Karohemd, das sie jemals gesehen hatte.

»Hi, Winzig. Wie geht's dir?«

»Mir geht es sehr gut, danke der Nachfrage. Und dir?«

Matt hatte ihm ein paar Dinge in Sachen zwischenmenschlichem Umgang erklärt, und das schien eindeutig Wirkung zu zeigen. »Mir geht es auch gut, danke. Winzig, du kennst doch meine Schwester, oder? Und erinnerst du dich noch an Ryan?«

Winzig nickte. »Schön, dich zu sehen, Lilly. Mr. Taggert. Darf ich anmerken, wie bezaubernd die Damen heute Abend aussehen?«

»Danke, Winzig. Du siehst in diesem Hemd aber auch sehr gut aus.« Sie tätschelte seinen baumdicken Arm.

»Danke. Matt hat vorgeschlagen, dass ich eine von euch zum Tanz bitte, um ein wenig Übung zu bekommen. Er sagt, wenn ich mit einer von euch tanze, wird Gloria mich sicher bemerken.«

Es bestand kaum eine Chance, dass Gloria ihn *nicht* bemerken würde. Er war so unauffällig wie ein Nilpferd im Tutu.

»Hey, wo wir gerade von Matt sprechen«, sagte Lilly. Sie beugte sich vor und senkte die Stimme. »Habt ihr schon gehört, dass man ihm eine Rolle in einem Pornofilm angeboten haben soll?«

»Wirklich?« Emily schnappte nach Luft.

»Jep. Er hat aber abgelehnt. Man munkelt, dass er zu diesem Zeitpunkt *spirituell erwacht* ist und beschlossen hat, aus New York wegzugehen. Ratet mal, wie der Film heißen sollte? Pimmelnokio.«

»Iiih.« Emily zog eine Grimasse, aber Winzig und Ryan grinsten wie Teenager um die Wette.

»Ja, oder?«, sagte Lilly, ohne auf die Männer zu achten. »Aber wenigstens hat er abgelehnt.«

»Da hat er ein gutes Urteilsvermögen bewiesen, wenn du mich fragst. Und er ist süß, findest du nicht?«, bohrte Emily aus reiner Gewohnheit nach.

»Jep. Er ist süß. Ist aber egal.«

»Wie steht es mit dem Tanz?«, fragte Winzig noch einmal.

»Ach ja, der Tanz. Okay, Winzig, ich habe da einen besseren Vorschlag. Vertraust du mir?« Emily wollte den Ball ins Rollen bringen und alles unter Dach und Fach haben, damit sie sich wieder Ryan widmen konnte.

»Äh, ja. Ich glaube schon.« Er wirkte zweifelnd, aber bereitwillig.

»Wunderbar. Warte hier. Nicht bewegen.«

Emily sah sich um, und es dauerte nicht lange, bis sie Gloria entdeckte. Sie trug ein limonengrünes Kleid mit weißen Punkten und Sandalen, die über und über mit Strasssteinchen besetzt waren. Ihr Haar aus gesponnenem Gold hatte sie hochgesteckt und mit Gänseblümchen-Haarclips dekoriert. Sie trank eine Dose Orangenlimonade durch einen Strohhalm. Eine Mischung aus grellen Farben und zweifelhaften Entscheidungen. Winzig keuchte, als Emily direkt auf das Mädchen seiner Träume zusteuerte.

»Hi, Gloria.«

Gloria stand mit dem Rücken zu ihnen, und Emily ging rasch um sie herum, damit es auch so blieb. »Peach! Wie geht's dir, Süße? Hast du dich von der Schwipspuzzlenacht erholt?« Sie beugte sich vor und hauchte ein Luftküsschen neben Emilys Ohr. »Wie läuft es mit der Renovierung?«

»Das ist schon ein Abenteuer, aber es läuft alles gut. Ich habe eine großartige Mannschaft.« Das war vielleicht ein wenig übertrieben, aber warum sollte sie Gloria reinen Wein über das Kaliber ihrer Arbeiter einschenken? »Außerdem habe ich das Glück, einen wirklich tollen Vorarbeiter zu haben. Winzig Kloosterman. Kennst du ihn?«

»O ja, natürlich. Alle kennen Winzig. Man kann ihn ja auch schwer übersehen!« Sie warf den Kopf in den Nacken und lachte, wodurch sie ebenfalls schwer zu übersehen war. Allerdings war sie das in diesem Kleid auch schon vorher gewesen. Verschwörerisch lehnte sich Emily noch weiter zu ihr und kam sich dabei vor, als wäre sie zwölf und müsste Zettelchen überbringen. »Was hältst du von ihm?«

»Von wem?« Gloria schloss die glänzenden pflaumenfarbenen Lippen um den Strohhalm und schlürfte geräuschvoll den letzten Schluck ihrer Limonade.

»Von Winzig. Ich bin mir zwar nicht ganz sicher, aber ich glaube, dass er vielleicht ein bisschen in dich verschossen ist.« Das war die Untertreibung des Jahrhunderts, aber sie wollte es nicht überstürzen.

»Verschossen? In mich? Wirklich?« Sie stellte die Dose ab und hob die Hand an ihr Haar. Sie steckte eines der Gänseblümchen wieder fest und sah sich im Kirchhof um. Winzig wich einen Schritt zurück und versuchte, sich hinter Lilly zu verstecken, was natürlich keinen Sinn hatte, weil er dreimal so breit war wie sie.

»Ich glaube, ja. Soll ich ihn mal fragen, ob er mit dir tanzen möchte?«

Gloria lächelte breit. »Klar, du weißt doch, wie gern ich tanze. Genau genommen habe ich vorhin noch zu mir gesagt: ›Gloria, heute solltest du wirklich mal wieder das Tanzbein schwingen‹. Wenn er also auch gern tanzen möchte, dann sage ich da sicher nicht Nein.«

»Wunderbar. Warte hier. Nicht bewegen.« Emily ging zurück zu Winzig. Wenn es nur genauso leicht wäre, Lilly und Tag zu trennen, wie Gloria und Winzig zusammenzubringen. Das Leben wäre so viel einfacher. »Okay, Winzig. Ich habe den Boden bereitet. Der Rest liegt an dir. Wenn du sie jetzt fragst, ob sie mit dir tanzen möchte, sagt sie Ja.«

Er zog ein Taschentuch hervor und wrang es in den Händen. »Bist du sicher? Was hast du denn zu ihr gesagt? Bist du sicher, dass sie nicht einen anderen gemeint hat?«

»Wie viele Winzig Kloostermans kennst du denn auf der Insel?«

Er dachte kurz nach und es sah ein bisschen wie Kopfrechnen aus. »Einen.«

»Richtig, und das bist du.« Sie klopfte ihm auf die breite Brust. »Ich habe ihr gesagt, dass du vielleicht gern mit ihr tanzen würdest, und sie hat gesagt, das wäre toll und dass sie auch gern mit dir tanzen würde. Von hier an bist du auf dich allein gestellt. Aber Winzig, ich glaube wirklich, dass du eine Chance hast, also sei einfach du selbst. Und sei mutig.«

Er nickte. »Sei mutig, sei mutig«, murmelte er und ging mit winzigen Schrittchen in Glorias Richtung. Als er sie erreicht hatte, drehte sie sich um, stürzte sich praktisch auf ihn und zog ihn auf die Tanzfläche.

»Hast du dich gerade als Kupplerin betätigt, Emily Callaghan Chambers?«, fragte Lilly.

»Das hoffe ich doch.«

* * *

Es war beinahe elf Uhr, als Emily und Ryan die Kirche endlich verließen. Chloe war schon eine Stunde vorher mit Gigi heimgegangen, und nun stand der Mond hoch am Himmel und die Sterne funkelten. Aus der Ferne hörte Ryan Musik aus dem Park schallen, aber sie würde bald verstummen. Er hatte gelernt, dass es auf der Insel schon lange vor Mitternacht ruhig wurde und nur eine Handvoll Pubs noch bis in die frühen Morgenstunden geöffnet hatte. Nun schlenderten sie eine blumengesäumte Straße entlang, und außer ihnen war weit und breit niemand zu sehen. Emily trug ein weißes Kleid, das im Licht der Straßenlaternen zu leuchten schien, und überall schwebten Glühwürmchen umher.

»Sie sind hübsch, nicht wahr?«, fragte sie. »Die Glühwürmchen?«

»Mm-hm.« In Wahrheit dachte er aber gar nicht an die Glühwürmchen. Sondern an ihre Haut. Und an ihr Haar und ihren Mund. An so ziemlich alles an ihr.

»Früher habe ich sie geliebt. Als wir noch klein waren, hat meine Mom immer alle Lichter ausgemacht und dann haben wir uns hinters Haus auf die Terrasse gesetzt und versucht, sie zu zählen. Sie hat uns erzählt, dass die blauen eigentlich gar keine Glühwürmchen sind. Sondern Engel, die darauf warten, in den Himmel zu kommen.«

Ihr Ton war sehnsüchtig. Kein Wunder. Ihre Mutter war gestorben, als Emily noch ein Kind war. Viel zu jung. Seine Mutter war letztes Jahr gestorben, als er dreiunddreißig war, und selbst für einen erwachsenen Mann war es ein schwerer Schlag gewesen.

»Das ist süß«, sagte er weich.

»Ja. Schon. Aber ich weiß noch, wie es am Tag ihrer Beerdigung war. Niemand hat wirklich mit mir gesprochen. Alle haben immer nur versucht, mir was zu essen zu geben. Wahrscheinlich wussten sie einfach nicht, was sie sagen sollten, und ich hätte es vielleicht auch gar nicht verstanden. Sie ist so unerwartet gestorben.«

Auf einmal fühlte er einen Druck auf der Brust, der nichts damit zu tun hatte, sie küssen zu wollen. Stattdessen wollte er sie einfach in den Arm nehmen, bis die Trauer verging. Aber natürlich funktionierte Trauer nicht so. Man konnte sie nicht vertreiben oder *darüber hinwegkommen*. Man musste sie *durchleben*. Sie war wie ein Spinnennetz, das einem auf der Haut klebte. Manchmal fühlte man es kaum, obwohl man wusste, dass es da war. Er schob die Hand in ihre und drückte sie. Sie fuhr fort, langsam, so als spräche sie über eine alte Erinnerung, die sie gerade in einer Truhe auf dem Dachboden gefunden hatte.

»Sobald es an dem Tag dunkel wurde, bin ich mit einem Marmeladenglas in den Garten gegangen und habe versucht, so viele Glühwürmchen wie möglich zu fangen, weil ich sicher war, sie wäre eins davon.«

»Das tut mir leid«, sagte er, weil er nicht wusste, was er sonst sagen sollte.

»Ja, ich habe mich richtig angestrengt. Dann ist mein Dad in den Garten gekommen und hat mich angeschrien, weil ich an einem so furchtbaren, traurigen Tag Glühwürmchen gejagt habe. Ich wollte es ihm erklären, aber er hat nur immer lauter gebrüllt und mich dann in mein Zimmer geschickt. Ich habe lange geglaubt, dass er mir damit meine letzte Chance genommen hat, mich von ihr zu verabschieden.« Sie seufzte leise, ihr Ton war nachdenklich. »Ich war so lange wütend auf ihn, und er wusste nicht einmal, warum. Irgendwann, als ich älter war, habe ich natürlich begriffen, dass es einfach nur Käfer sind, und dann bin ich wütend auf meine Mutter geworden, weil sie mich angelogen hat.«

Sie atmete kurz und scharf durch, als wollte sie diese Gedanken fortpusten. »Wie auch immer. Daran ist niemand schuld. Dad hat es nicht verstanden, und sie wollte uns nur eine schöne Geschichte erzählen.«

»Hast du ihm das jemals erzählt?«

Sie sah ihn an, ihre Augen schimmerten im Mondlicht. »Nein. Genau genommen habe ich noch nie jemandem davon erzählt. Ich habe überhaupt nicht mehr daran gedacht, aber die Glühwürmchen haben mich wohl daran erinnert.«

»Vielleicht solltest du es ihm erzählen.«

Sie lachte leise, aber entschieden. »Ich glaube nicht, dass das einen Sinn hätte. Erfolgreiche Kommunikation liegt uns nicht gerade im Blut, und außerdem spielt es im Grunde keine Rolle. Aber schau – wir sind schon da.« Ihr Lächeln wurde um einiges fröhlicher, als sie auf das blassblaue Haus deutete, das ein Stück weiter oben an der Straße lag.

»Da wohne ich gerade. Gigis Haus.«

Sie gingen weiter, und er hielt immer noch ihre Hand. Er hatte ganz und gar nicht die Absicht, ohne ein paar weitere

Küsse heimzugehen, besonders nicht jetzt, nachdem sie ihm diese traurige Geschichte anvertraut hatte. Er war fest entschlossen, sie aufzumuntern.

»Ich glaube, den Rest schaffe ich allein«, sagte sie und drehte sich zu ihm um.

Er hob ihre ineinander verschränkten Hände. »Da bin ich sicher, aber da dies hier ein so altmodischer Ort ist, habe ich beschlossen, ein altmodischer Gentleman zu sein. Ich begleite dich bis zur Haustür. Und dann hoffe ich, dass du mich einlädst, noch ein kleines Weilchen auf der Hollywoodschaukel auf der Veranda zu sitzen.«

Sein lahmer Versuch, charmant zu sein, schien wider Erwarten zu wirken. »Noch ein kleines Weilchen?«

»Hat man das früher nicht so gesagt? Ich bin sicher, dass ich das mal in einem Film gesehen habe.«

»Ah, klar. Da kann ich wohl nicht widersprechen. Also, Mr Taggert, würden Sie gern noch ein kleines Weilchen mit mir auf der Hollywoodschaukel auf der Veranda sitzen?«

»Das würde mir sehr gefallen, Miss Chambers.«

»Zauberhaft.« Sie gingen das letzte Stück und erklommen die Stufen zur Veranda. Neben der Tür hing eine Lampe und verströmte gelbliches Licht, aber im Haus war alles dunkel. Ryan entdeckte die Hollywoodschaukel, auf der sich geblümte Kissen türmten. Sie sah sehr einladend aus. Genau der richtige Ort, um sich einen Kuss zu stehlen. Sogar noch besser als auf einem Leuchtturm, obwohl er da nicht wählerisch war. Er würde sie überall küssen.

»Ich glaube, das Root Beer ist uns gerade ausgegangen, aber im Kühlschrank müsste noch das eine oder andere kalte Bier stehen. Oder ein Glas Wein?«, fragte sie.

»Aber, Miss Chambers, wollen Sie mich etwa betrunken machen, um die Situation auszunutzen?«

Emily lächelte. »Sie klingen ja sehr zuversichtlich, Mr Taggert. Also, Bier oder Wein?«

Tja nun, er war auch zuversichtlich. »Egal. Dasselbe wie Sie. Solange es Bier ist.«

Die Schaukel gab ein charmantes, vorhersehbares Knarren von sich, als er sich darauf niederließ, und kurz darauf ging das Licht neben der Tür aus und Emily kehrte mit zwei Flaschen Bier zurück. Sie setzte sich neben ihn, drehte sich zur Seite und winkelte ein Bein an. Dann reichte sie ihm eine der Flaschen.

»Danke, Miss.«

»Gern geschehen, Sir.«

Sie stießen an und tranken einen Schluck. Ryan dachte darüber nach, wie anders die Dinge hier waren. Langsam und ruhig und friedlich. Wenn Xanax ein Dorf wäre, dann dieses hier. Zum Teufel. Tag hatte recht. Es gefiel ihm hier. Dieser Ort zog ihn an wie ein Magnet, subtil, aber unnachgiebig.

Ryan streckte den Arm auf der Rückenlehne der Schaukel aus und berührte Emilys Schulter.

»Warum hast du das Licht ausgeschaltet?« Er hoffte, dass ihre Absichten unzüchtig waren.

»Um die Motten fernzuhalten.«

Absolut nicht das, was er hatte hören wollen. Er trank einen Schluck.

»Wer war der Typ in der Militäruniform? Erzähl mir von ihm.«

»Ach, das war nur Reed.«

Er glaubte nicht, dass dieser Typ *nur* irgendwer gewesen war. »Und? Ich möchte die Geschichte hören.«

»Du möchtest die Geschichte nicht hören.« Sie schüttelte den Kopf, und dabei rutschte ihr das Haar über die Schultern.

»Doch, möchte ich.«

»Warum?« Neugierig, aber nicht misstrauisch sah sie ihn an.

»Weil ich hier neben einem hübschen Mädchen im Mondschein sitze, ein herrlich kühles Bier in der Hand halte und gern eine Geschichte hören möchte.« *Und weil du weitersprechen musst, denn wenn du es nicht tust, muss ich dich küssen.*

Sie lächelte. »Wow, der Internetmangel hier auf der Insel setzt dir allmählich wirklich zu, was?«

»Hör auf, mir auszuweichen. Erzähl mir von dem Typ mit der Perücke und seiner dürren, frustrierten Ehefrau.«

Sie lachte, und jedes Mal, wenn sie das tat, fühlte es sich an, als hätte er den Hauptpreis gewonnen. »Okay. Reed war mein Freund auf der Highschool. Alle dachten, wir würden einmal heiraten, sogar ich. Bis Nick aufgetaucht ist.«

»Nick ist Chloes Vater?«

»Genau der. Wie du dir vorstellen kannst, ist die Auswahl an Heiratsmaterial hier nicht sehr groß, und es gibt eine unausgesprochene Regel, die besagt, dass sich die Mädchen nicht mit Collegejungs aus einem anderen Staat einlassen. Es ist eine gute Regel, aber ich habe sie gebrochen.«

»Er war der Nacktbader, richtig?«

Sie nickte und trank einen großen Schluck aus ihrer Flasche. »Jep. Wenn ich damals schon über das Dopamin Bescheid gewusst hätte, dann hätte mir das vielleicht eine Menge Ärger erspart. Stattdessen habe ich mich bis über beide Ohren verliebt, und ich dachte, es wäre für immer und ewig. Als er nach dem Sommer abgereist ist, bin ich mit ihm nach Texas gegangen. Wir haben allerdings noch einen Abstecher nach Las Vegas gemacht und dort geheiratet.«

Ryan nahm einen langen Zug. »Das klingt doch irgendwie romantisch. Zum Scheitern verurteilt, aber romantisch.«

»Genau. Ich glaube, Nick hat damit genauso rebelliert wie ich. Seine Eltern hatten ganz bestimmte Erwartungen an ihn. Er sollte Anwalt werden und dann Richter, genau wie sein Vater.«

»Und das wollte er nicht?«

»Ich bin nicht sicher, ob er überhaupt wusste, was er wollte, aber eine Weile lang hat er sich selbst davon überzeugt, dass ich es bin, die er will. Als wir schließlich begriffen, was für einen großen Fehler wir gemacht hatten, war ich schon schwanger. Harlan hat danach etwa ein Jahr lang kein Wort mehr mit mir gesprochen. Brooke hat schließlich einen Friedensvertrag ausgehandelt, aber perfekt ist es nicht. Jetzt, da ich selbst eine Tochter habe, verstehe ich in gewisser Hinsicht, wie sich mein Dad gefühlt haben muss. Die gute Nachricht ist, dass es Anzeichen für Tauwetter gibt. Vielleicht. So, jetzt weißt du alles über meine Familie. Erzähl mir etwas über deine. Du hast zwei Brüder, richtig?«

Ryan nickte. »Jack und Bryce.«

»Und einer davon war schon dreimal verheiratet?« Sie klang ein wenig ungläubig, und das aus gutem Grund.

»Jep. Das ist Bryce. Wir sagen immer, dass er noch nie eine Frau getroffen hat, von der er sich nicht gern eines Tages scheiden lassen würde.«

* * *

Emily musste einfach lachen. Zum Teil, weil es witzig war, und zum Teil, weil sie sich freute, mit Ryan Taggert hier auf Gigis Veranda zu sitzen. »Was ist mit deinem anderen Bruder? Ist Jack verheiratet?«

Ryan grinste und blickte auf sein Bier hinunter. »Nein, Jack hat nie geheiratet.«

»Was ist daran so lustig?«

»Tja, er hat einmal ein Mädchen gefragt, aber sie hat Nein gesagt.«

Er klang außerordentlich fröhlich.

»Hmm, ich verstehe immer noch nicht, was daran so komisch ist. Mir kommt es eher hundsgemein vor.«

Sein Grinsen wurde zu einem herzhaften Lachen. »Es war schrecklich, besonders weil er ihr den Antrag während der ersten zehn Minuten eines Heißluftballonflugs gemacht hat.« Er prustete los.

»Nein, hat er nicht!« Sie hob eine Hand vor den Mund und versuchte, sich diese Demütigung vorzustellen.

»Doch, hat er. Es war sehr peinlich. Ich war auch dabei und habe alles gefilmt.«

»Nein.« Gewisse Momente im Leben sollten nicht auf Video gebannt werden, und diese Sache gehörte eindeutig dazu. Trotzdem brachte Ryans gute Laune sie zum Kichern. Für ihn war dies ganz offensichtlich keine schmerzliche Erinnerung, auch wenn sein Bruder das wohl anders sah.

»Das ist das Traurigste, was ich jemals gehört habe. Sie hat Nein gesagt, und dann mussten sie trotzdem weiter zusammen in diesem Weidenkorb herumhängen, bis der Ballon gelandet ist? Wie lang hat das denn noch gedauert?«

»Eine volle Stunde. Der Pilot konnte nicht früher landen, weil die Landetruppe noch nicht bereit war. Leider hatte Jack auch ein paar Freunden erzählt, dass er einen Antrag machen wollte, und sie haben uns alle auf dem Boden erwartet. Ich glaube, das Einzige, was Jack davon abgehalten hat, aus dem Korb zu springen, war die Vorstellung, dass er sich dabei vielleicht nur ein Bein brechen könnte, statt von seinem Leiden erlöst zu werden.«

»Das ist furchtbar.« Das war es wirklich, aber trotzdem musste sie jetzt auch lachen.

»Jep. Alle haben gejubelt, als wir gelandet sind, aber sobald sie unsere Gesichter gesehen haben, sind sie sehr schnell ruhig geworden. Wenigstens hat Jack seine dreihundert Dollar zurückbekommen. Er hat dem Piloten so leidgetan, dass er ihm das Geld erstattet hat. Jack und ich haben es danach für

Tequila ausgegeben. Der Rest des Abends ist ein bisschen verschwommen. Den nächsten Morgen würde ich allerdings gern vergessen.«

»Ein bisschen verkatert?«

»Ein bisschen.«

Sie lachten zusammen, tranken beide einen Schluck, und dann musste Emily einfach fragen: »Was ist mit dir? Warst du je verheiratet?«

Sie saßen einander zugewandt da. Sein Arm lag noch immer auf der Rückenlehne, jedes beiläufige Streicheln jagte ihr ein angenehmes Kribbeln durch den Körper.

»Nein, ich war nie verheiratet.«

»Warst du mal nah dran?«

Er zögerte, sah aber nicht weg. »Es gab da mal ein Mädchen. Ich dachte, sie wäre die Richtige, aber unser Timing war mies. Ich glaube, es wäre böse ausgegangen, wenn wir die Sache fortgesetzt hätten. Das ist allerdings schon ziemlich lange her, und ich habe seither nicht mehr oft daran gedacht.«

»Nicht?«

Er stellte seine Flasche auf die Veranda. »Nein, eigentlich nicht. Weißt du, woran ich in letzter Zeit aber sehr oft denke? Quasi ununterbrochen?«

»An was?«

Er nahm ihr die Flasche ab und stellte sie neben seine.

»Daran, dich zu küssen.« Er rutschte näher. »Sacramento. San Antonio. Tag. Lilly. Das ist mir alles egal.« Er umfasste mit einer Hand ihr Gesicht. »Ich weiß nicht, was nächste Woche sein wird, Emily, oder nächsten Monat, aber ich bin mir absolut sicher, dass ich dich mag. Ich bin gern mit dir zusammen, und es gefällt mir unheimlich gut, dich zu küssen.«

Die Liste von Hindernissen, Gründen und Konsequenzen in ihrem Kopf löste sich bei seinen Worten und seiner Berührung in nichts auf. Ryan hatte recht. Hier auf der Veranda im

Mondlicht spielte das alles keine Rolle. Über die Details konnten sie sich später Gedanken machen. Jetzt, in diesem Moment, brauchte sie ihn. So hatte sie sich nicht mehr gefühlt, seit … So hatte sie sich noch nie gefühlt.

Seine Hand lag warm an ihrem Gesicht, und nun beugte er sich vor und strich mit den Lippen über ihre Wange. »Nur ein kleiner Kuss«, flüsterte er, aber sie wollte mehr. Sie wollte, dass er sie immer und immer wieder küsste. Und dann noch einmal. Die Schaukel knarrte und quietschte, als sie näher zusammenrückten. Er schob die Hände in ihr zerzaustes Haar, als wollte er den Moment so festhalten, dann endlich küsste er sie. Sein Atem war warm, seine Lippen weich, aber fordernd, und Emily überließ sich all diesen Empfindungen. Die köstliche Erwartung, das herrliche Gefühl, ihn an sich zu ziehen, der Genuss, mit ihm zusammen zu sein. Küsse und Zärtlichkeiten, Seufzen und Flüstern. Sie war wie verzaubert. Die Schaukel protestierte wieder, aber sie achteten nicht darauf. Er schob ein paar Kissen beiseite, um mehr Manövrierraum zu haben.

»So, jetzt komme ich besser an dich heran«, flüsterte er an ihrem Hals und lächelte.

Sie hatte einen Arm um seine Schultern geschlungen und eine Hand an sein Kinn gelegt. Sie rieb mit der Handfläche über die rauen Stoppeln und genoss das leichte Kratzen auf der Haut. Er küsste ihren Hals, was sie zum Kichern brachte, also küsste er sie wieder auf den Mund. Allmählich wurden seine neckenden Liebkosungen drängender. Er ließ die Hand zu ihrer Brust gleiten, und sie wölbte sich ihm entgegen, ermutigend, einladend. Ein leiser Seufzer kam ihr über die Lippen.

Da fiel irgendwo eine Tür ins Schloss. Allerdings dauerte es einen Moment, bis ihr Verstand das Geräusch einordnen konnte. Sie war definitiv ein bisschen abgelenkt. Doch dann ging die Küchenlampe an, und der Lichtschein fiel durchs

Fenster wie der Strahl einer Taschenlampe. Sie fuhren hoch und rutschten auseinander, wobei die Schaukel laut knarrte.

»Hallo?«, rief Chloe, und Emily hätte vor Enttäuschung beinahe laut aufgestöhnt.

»Ich bin's nur, Schatz«, rief sie. »Geh wieder schlafen.«

»Was machst du denn da?«

»Nichts.« *Außer mich wunderbar betatschen zu lassen.*

»Da ist eine Spinne in meinem Zimmer. Sie ist regelkonform riesig.«

Omeingott, im Ernst? Sie sah Ryan an. Sein Lächeln war enttäuscht, aber verständnisvoll.

»Kannst du die Spinne nicht selbst töten?«, rief Emily.

»Ich komme nicht ran. Sie sitzt an der Decke, und wenn ich jetzt wieder einschlafe, dann lässt sie sich auf mein Gesicht fallen und legt Eier in meinen Haaren.«

Ryan lachte leise und flüsterte: »Soll ich mich darum kümmern?«

Emily schüttelte den Kopf. »Nein, aber ich fürchte, das war's für heute.« Sie wandte sich wieder dem Fenster zu. »Ich komme gleich, Chloe.«

Ryan legte die Stirn an ihre. »Okay«, seufzte er. »Aber können wir das morgen noch mal machen? Zufällig habe ich ein sehr schönes Zimmer unten im Rosebush Hotel. Ich würde es dir gern mal zeigen.«

Emily lächelte und stand widerstrebend auf. »Ein sehr verlockendes Angebot, Mr Taggert. Wirklich sehr verlockend, und ich würde es gern annehmen, aber hier in Trillium Bay gehen wir die Liebeswerbung langsam an.«

Er seufzte tief und schwer und strich ihr über die Arme, bis er ihre Hände erreichte. »Das habe ich schon vermutet, aber die Einladung steht. Denk darüber nach.«

»Ich schätze, ich werde wohl kaum noch an etwas anderes denken. Aber in der Zwischenzeit muss ich erst mal eine riesige Spinne töten.«

»Okay, und ich springe dann besser mal in den eiskalten See.« Er beugte sich vor und gab ihr einen letzten Kuss. Am liebsten hätte sie sich ihm an den Hals geworfen. Sie kam sich vor, als wäre sie wieder siebzehn, aber das hier war so viel besser, weil sie nun wusste, dass es nicht nur das Küssen war, das ihr so gefiel. Es war die Tatsache, dass sie *Ryan* küsste.

Schließlich löste er sich von ihr, stand auf und wich einen Schritt zurück. »Okay. Jetzt muss ich wirklich gehen. Wo lang geht's zum See?«

Kapitel 24

»Morgen, Mom«, sagte Chloe, als Emily mit verquollenen Augen auf der Suche nach Kaffee die Küche betrat. In der vergangenen Nacht hatte sie nicht viel Schlaf bekommen. Nachdem sie eine tatsächlich ganz regelkonform riesige Spinne plattgemacht hatte, war sie wach im Bett gelegen und hatte an Ryan gedacht. Und daran, Ryan zu küssen und Ryan zu berühren und ganz und gar nackt mit Ryan zu sein. Dann hatte sie sich all die Gründe in Erinnerung gerufen, warum dies vollkommen unpraktikabel und unvernünftig wäre. Aber trotzdem unvermeidlich.

Beim Anblick ihrer Tochter – wach, angezogen und offenbar startklar – blieb sie abrupt stehen.

»Warum bist du denn schon so früh auf den Beinen?«

»Das Bootsrennen. Weißt du noch? Das habe ich dir doch erzählt. Ich gehe mit Susie und den anderen zum Rennen, aber weißt du was?«

»Was?«

»Wenn die Boote kentern, fällt das Rennen ins Wasser.« Chloe wackelte mit den Brauen, woraufhin Emily ächzte.

»Neue Regel. Keine Wortspiele vor meinem ersten Kaffee.« Sie griff nach ihrem Handy, das auf dem Küchentresen lag. Um ein Uhr morgens war eine Nachricht von Ryan eingegangen. Dort stand einfach: ICH DENKE AN DICH.

Sie lächelte, wandte aber rasch das Gesicht ab, damit Chloe nicht sah, wie sie rot wurde.

Da war noch eine andere Nachricht, sie kam von Jewel: RUF MICH AN. UND SAG CHLOE, DASS ICH SIE VERMISSE.

»Jewel möchte, dass ich sie anrufe. Sie sagt, sie vermisst dich.«

»Sag ihr, ich vermisse sie auch.« Chloe stand auf, schnappte sich ihren Rucksack vom Tisch und stellte ihre leere Müslischale in die Spüle. »Ich vermisse sie wirklich, aber weißt du, was irgendwie komisch ist, Mom?«

»Die Tatsache, dass Gigi immer Jogginganzüge trägt, aber nie joggen geht?«

Chloe kicherte. »Das auch. Aber ich dachte, San Antonio würde mir wahnsinnig fehlen, tut es aber überhaupt nicht. Ich finde, wir sollten die Sommer unbedingt hier verbringen, und vielleicht können wir auch manchmal im Winter herkommen. Ich würde so gern mal echten Schnee sehen, und Leo sagt, über die Eisbrücke zu fahren ist besser als jede Achterbahn.«

»Ich habe die Winter hier geliebt«, antwortete Emily. Die sich wandelnden Jahreszeiten und das Gemeinschaftsgefühl während der langen verschneiten Monate fehlten ihr. Sie hatte sich nie isoliert gefühlt, sondern geborgen, aber irgendwie hatte sie das bis jetzt vergessen. Dieses Mal war ihre Heimkehr so, als würde sie sich auf ihr Lieblingssofa sinken lassen.

Sie zog Chloe in eine Umarmung. »Es freut mich sehr, dass es dir hier gefällt, Süße, wirklich. Ich würde auch gern öfter nach Hause fahren.«

»Vielleicht sollten wir einfach ganz herziehen.«

Für eine so radikale Bemerkung war es eindeutig noch zu früh am Morgen. Emily neigte den Kopf, um ihre Tochter zu mustern. »Herziehen?«

»Ja. Ich weiß auch nicht. Es gefällt mir einfach, dass es hier so viele nette Leute gibt. Bisher hat mich noch niemand Giraffe genannt, und meine Freunde zu Hause merken anscheinend gar nicht richtig, dass ich weg bin. Zuerst haben wir uns noch dauernd geschrieben, aber das hat dann irgendwie, du weißt schon … aufgehört?«

»Und was ist mit Jewel?«

Chloe lächelte. »Sie könnte doch auch herkommen.« Dann drückte sie Emily noch einmal kurz an sich, und Emily war sehr froh, dass ihre Tochter offenbar der Meinung war, mit zwölf Jahren noch nicht zu alt für Umarmungen zu sein.

»Dann viel Spaß, und ich drücke die Daumen, dass das Rennen nicht ins Wasser fällt.« Sie zog ihre Tochter am geflochtenen Zopf.

Chloe lachte. »Danke, Mom. Bis später.«

Emily füllte ihre Kaffeetasse auf und setzte sich an den Küchentisch, um Jewel anzurufen. *Bitte hab gute Nachrichten. Bitte hab gute Nachrichten.*

Jewel klang etwas außer Atem, als sie den Anruf annahm. »Hey, Süße. Du hast mich gerade beim Workout erwischt, aber ich bin froh, dass du anrufst. Ich habe gute Nachrichten und wahnsinnig gute Nachrichten, obwohl du sie vielleicht nicht so ganz für richtig gute Nachrichten hältst. Aber es sind gute Nachrichten. Nur bist du vielleicht nicht so ganz begeistert. Ich meine, auf eine Weise bist du bestimmt total begeistert, aber auf eine andere Weise, na ja …«

Jewel war noch nie gut darin gewesen, auf den Punkt zu kommen, und ihre Kurzatmigkeit machte es noch schwieriger, sie zu verstehen. »Jewel, ich habe nur noch fünfundsechzig

Prozent Akku. Kannst du es bitte einfach ausspucken? Was willst du mir sagen?«

Eine längere Pause entstand, gefolgt von ein paar tiefen Atemzügen. »Lass mich nur kurz einen Schluck Wasser trinken.«

Emily trommelte mit den Fingern auf Gigis Küchentisch herum, während sie hörte, wie Jewel mehrere große Schlucke nahm.

»Okay«, sagte Jewel endlich. »Fangen wir mit den richtig guten Nachrichten an. Wir haben ein Angebot für das Katastrophenhaus. Kein Wahnsinnsangebot, aber es ist okay. Es ist gut genug.«

»Wie lautet es denn?«

Jewel sagte es ihr, und Emily sank das Herz wie ein Stein, den man in den Lake Huron geworfen hatte. Es war genug, um für die Renovierungskosten aufzukommen, und es würde ihr ein kleines Polster zwischen Liquidität und Pleite verschaffen. Für eine Weile würden sie sich und Chloe damit über Wasser halten können, aber ein weiteres Flip-Haus würden sie sich nur leisten können, wenn Jewel bereit war, noch etwas zusätzlich beizusteuern.

»Die potenziellen Käufer wurden schon als kreditwürdig eingestuft, wir könnten die Sache also schon sehr bald unter Dach und Fach bringen«, fuhr Jewel fort. »Schon in ein paar Wochen. Kannst du dafür nach Hause kommen?«

»Ich glaube schon. Ich muss mir mal die Flüge anschauen.« Und wieder eine ganze Stange Geld dafür hinlegen. Wenigstens würde sie Chloe solange bei Gigi lassen und den Rückflug gleich im Anschluss buchen können. Dass sie Winzig solange die volle Verantwortung für die Renovierung übertragen musste, war nicht ideal. Wahrscheinlich würde in ihrer Abwesenheit nicht allzu viel Produktives geschehen. Allerdings würden sich dafür seine Squaredance-Fähigkeiten bestimmt verbessern. Sie könnte ja Ryan bitten, ein Auge auf die Baustelle zu haben. Vielleicht.

»Ich denke, wir sollten das Angebot annehmen, Em. Es gibt nicht viele Interessenten für das Haus, und ich glaube, je früher wir dieses Monster loswerden, desto besser für uns alle. Normalerweise würde ich erst ein Gegenangebot machen, aber ich weiß, dass die Käufer schon in den Startlöchern für ein anderes Haus stehen, falls sie unseres nicht zu ihrem Wunschpreis bekommen.«

Emily war ebenso erpicht darauf, das Hausdebakel hinter sich zu lassen, wie Jewel. Es war ein finanzieller Schlag, aber wer wusste schon, ob es überhaupt noch einen weiteren Interessenten geben würde? Dieses Projekt hatte von Anfang an unter einem schlechten Stern gestanden.

»Okay. Nehmen wir an, bevor das Dach einstürzt oder ein Heuschreckenschwarm einfällt oder so. Ich versuche, so früh wie möglich zu kommen. Und was sind das für andere Nachrichten?« Unwillkürlich kniff sie leicht die Augen zusammen, so als wollte sie sich für einen Einschlag wappnen. Jewel holte ein paarmal tief Luft.

»Tja, eigentlich wollte ich damit warten, bis du hier bist, aber ich kann es einfach nicht mehr für mich behalten.«

Es würde definitiv ein Einschlag werden. Sie hörte Jewel an, dass es um etwas Wichtiges ging.

»Kevin und ich werden heiraten! Ist das nicht unglaublich?« Jewels Stimme wurde ohrenbetäubend laut, und auf ihre Worte folgte ein schrilles Kreischen, das Emily direkt ins Trommelfell stach. Wow, das hatte wirklich wehgetan. Lief da Blut aus ihrem Ohr? Vielleicht. Aber das war nichts im Vergleich zu dem Schock, der ihr in die Brust fuhr. Heiraten? Jewel würde heiraten? Kevin, den Elektriker?

»Wirklich?« Ihre eigene Stimme klang fast genauso laut und schrill. Na toll. Jetzt bluteten beide Ohren. »Wie zum Teufel ist das denn passiert? Ich meine … o mein Gott! Das ist … das ist fantastisch?« War es nicht. Es war überhaupt nicht fantastisch.

Jewel kannte ihn doch kaum! »Äh, also, erzähl mir alles.« Das war höflich formuliert, denn was sie wirklich fragen wollte, war: *Hast du den Verstand verloren?*

»Ich weiß, oder? Seit du in Michigan bist, haben wir fast jeden Tag miteinander verbracht, und es fühlt sich einfach so richtig an. Ich bin ja so glücklich.«

»Schatz, ich freue mich auch für dich. Das tu ich wirklich, aber bist du dir auch ganz sicher? Ich meine, sehr lang seid ihr ja noch nicht zusammen.«

»Nicht offiziell, nein. Aber ich kenne Kevin jetzt schon seit einem Jahr. Ich habe viel öfter mit ihm zusammengearbeitet als du, und wie sich herausgestellt hat, wollte er mich schon die ganze Zeit näher kennenlernen. Er war nur zu schüchtern, um sich etwas anmerken zu lassen. Und sein Antrag war das Süßeste, was du dir vorstellen kannst.«

»Erzähl schon.« Was wiederum sehr höflich formuliert war, denn mittlerweile ging ihr eigentlich durch den Kopf: *O Scheiße, o Scheiße, was bedeutet das für unsere Wohngemeinschaft?*

»Es war zum Dahinschmelzen, ehrlich. Gestern Abend waren wir im Supermarkt in der Backwarenabteilung, und ich habe mir gerade die Baguettes angeschaut. Kevin war schon die ganze Zeit irgendwie komisch, und ich wollte mich genau genommen gerade ein bisschen ärgern, weil er ständig gesagt hat: ›Willst du nicht noch ein paar Schokokringel?‹ Und ich habe immer wieder geantwortet: ›Nein, wir brauchen keine Schokokringel.‹ Woraufhin er dann wieder gesagt hat, er sei sicher, dass ich ein paar Schokokringel wollen würde, bis ich mich dann endlich umgedreht habe und ihn anfahren wollte, dass wir keine verdammten Schokokringel brauchen, und da hat er vor mir gekniet und mir den Ring hingehalten. Er hat gesagt: ›Ich liebe dich, Babe. Heirate mich, dann kannst du, wenn du wirklich keine Schokokringel willst, dafür diesen Diamantkringel dein ganzes Leben lang tragen.‹«

Emily versuchte zu atmen. Dieser Antrag klang … süß. Ein bisschen idiotisch, aber süß, und eindeutig besser als der Antrag, den sie selbst von Nick bekommen hatte. Seiner war eher postkoitaler Natur und nicht sehr durchdacht gewesen. Er hatte ihr den Verlobungsring mit einem Filzstift an den Finger gemalt. Sobald sich die Farbe abgewaschen hatte, hätte sie die Beine in die Hand nehmen und abhauen sollen, aber damals hatte sie das alles für unglaublich romantisch gehalten.

Liebe machte einen ja so dumm. Nein, halt, Liebe war großartig, aber manchmal machte einen der Sex einfach dumm. Das sollte sie auf ein Kissen sticken lassen.

Und es dann Jewel schenken.

»Wie romantisch«, sagte Emily. »Das ist, äh … so romantisch.« Sie wollte wirklich eine gute und unterstützende Freundin sein, aber Jewel wollte ihre ehrliche Meinung im Augenblick nicht. »Habt ihr schon irgendetwas entschieden? Wird es eine lange Verlobung?« *Bitte?* »Habt ihr schon ein Datum festgelegt?« Wieder machte sie sich auf das Schlimmste gefasst.

»Der dreizehnte August.«

Atmen, atmen.

»Nächsten August?« *Bitte, lass es nächsten August sein. Bitte, lass es nächsten August sein.*

Jewels Stimme war voller Mitgefühl, was auch immer das jetzt nützen sollte. »Nein, Süße. Diesen August. Wir freuen uns wirklich unglaublich darauf, unser gemeinsames Leben zu beginnen.«

Wo ist hier eine Papiertüte? Hat Gigi irgendwelche Papiertüten? Emily war drauf und dran, zu hyperventilieren. »Wow, das ist … sehr bald!« *Wow, ich stecke ja so tief in der Scheiße.*

»Ich weiß, aber es passt einfach alles zusammen. Wir heiraten draußen auf der Kibble Ranch. Kevins Schwester arbeitet dort und konnte die Festscheune für uns reservieren. Und Em, da ist noch etwas, das du wissen solltest.«

»O mein Gott. Noch mehr?«

»Ich habe einen Job. Einen echten Job in einem Büro.«

Gab es Vulkane auf Wenniway Island? Denn auf einmal schien der Boden zu beben, und das lag sicher nicht nur an der erdrutschartigen Nachrichtenflut. Oder vielleicht doch.

»Du hast einen Bürojob? Ich wusste nicht mal, dass du auf der Suche warst.« Sie stützte sich auf der Lehne des Stuhls neben sich ab.

»War ich auch nicht, aber diese Gelegenheit hat sich einfach ergeben, und sie war zu gut, um sie abzulehnen. Ich arbeite im selben Unternehmen wie Kevin. Ich weiß, das ist ein ganz mieses Timing für dich, Em, aber vielleicht ist es ja Glück im Unglück. Dieser letzte Flip war so ein Albtraum, dass ich nicht sicher bin, ob ich so etwas noch mal packe. Ich wollte es dir schon vor Kevins Antrag sagen. Mir ist klar geworden, dass ich für dieses Geschäft nicht geschaffen bin. Es ist zu riskant, und ich möchte einen Job, der mir ein paar Vergünstigungen und Sicherheit bietet. Tut mir leid.«

Dies war eine der Gelegenheiten, bei denen man lügen musste, um eine gute Freundin zu sein. »Das muss dir nicht leidtun, Jewel. Ich verstehe das. Ich bin natürlich traurig, weil ich gern mit dir zusammengearbeitet habe. Und …« Sie konnte nicht verhindern, dass ihre Stimme ins Stocken geriet, als sich ein Kloß in ihrer Kehle bildete. »Und ich habe auch wirklich gern mit dir zusammengewohnt. Ich will nicht unsensibel klingen, aber hast du darüber auch schon nachgedacht? Über das Haus? Ich nehme an, Chloe und ich müssen ausziehen, hm?«

Auch Jewels Stimme zitterte. »Ich glaube, es geht nicht anders. Ich möchte nicht, dass ihr auszieht, aber ich …«

»Ich weiß. Ich verstehe. Und ich verstehe es wirklich. Es war einfach toll von dir, dass Chloe und ich so lang bei dir wohnen durften. Das war ein riesiges Glück für uns.« Ihr Mund sagte diese Worte, die sie zum größten Teil auch so meinte, aber in ihrem Hinterkopf brach Panik los. Jewel gehörte das Haus. Punkt aus. Und sie hatte Emily für eine winzige Miete dort wohnen lassen. Das war ein echter Segen gewesen, doch nun wurde sie mit nur ein paar Wochen Vorlaufzeit auf die Straße gesetzt. Wo sollte Emily eine Wohnung im selben Schulbezirk finden, die sie nicht das Dreifache an Miete kostete? Und wie sollte sie sich überhaupt darum kümmern, wenn sie doch in Trillium Bay bleiben und an Gigis Cottage arbeiten musste?

»Ich helfe dir dabei, eine neue Bleibe zu finden«, versprach Jewel. »Ich fange sofort an zu suchen. Na ja, ich meine, wenn ich nicht gerade mit den Hochzeitsvorbereitungen beschäftigt bin. Das wird wahrscheinlich ziemlich zeitintensiv. Aber ich helfe dir auf jeden Fall beim Packen. Oder ich mache das für dich und bringe deine Sachen in einem Lager unter. Mir ist klar, dass ich dir überhaupt keine Zeit zum Planen lasse.«

Nein, das tat sie wirklich nicht. Keine Zeit und keine Vorwarnung. Sich zu verloben war eine Sache, aber nach nur ein paar Wochen zu heiraten, das war … tja, vielleicht war es sogar süß und romantisch, aber vielleicht war es auch dumm und kurzsichtig.

»Jewel, bist du dir bei dieser Sache sicher? Warum kommt das alles so übereilt? Könnt ihr nicht erst mal eine Weile verlobt bleiben?«

»Ich muss nicht mehr warten, Em. Ich bin mir sicher. Wie schon gesagt, ich kenne Kevin seit fast einem Jahr. Freu dich für mich.«

»Tue ich ja. Wenn du glücklich bist, dann bin ich es auch.« Emily holte tief Luft. Es war Jewels Leben und ihre Entscheidung. Sie hatte bereits genug Energie mit dem Versuch verschwendet, ihre Schwester und Tag auseinanderzubringen, und das, obwohl auch sie selbst nicht immun gegen solche Dinge war. Sie hatte Ryan erst ein paar Mal geküsst, aber ihr Herz steckte schon ganz schön tief drin. »Ich finde, Kevin ist ein kluger Kerl, und er hat großes Glück, dass du ihn heiratest, aber ich muss zugeben, dass ich dich unglaublich vermissen werde.«

»Ich weiß, ich weiß, und ich werde dich genauso vermissen, aber wir werden uns trotzdem noch dauernd sehen. Das weißt du doch.«

Natürlich würden sie das, aber dann würde es anders sein.

»Und nur, falls das nicht sowieso schon klar ist: Du wirst meine Trauzeugin.«

Trauzeugin. Wow. Das sollte sie eigentlich freuen. Sollte es wirklich, und unter anderen Umständen wäre Emily begeistert gewesen, aber im Moment konnte sie nur daran denken, dass dies mit zusätzlichen Ausgaben verbunden war. Ein Kleid für sie und für Chloe. Vielleicht ein Junggesellinnenabschied für Jewel. Während sie eigentlich weiter auf der Insel arbeiten und gleichzeitig eine neue Wohnung in Texas finden sollte. Verdammter. Mist. Mist. Mist.

»Wirklich? Ich? Das ist toll«, log sie. »Ich fühle mich geehrt.«

»Jemand anderes kommt gar nicht infrage. Es wird natürlich nur ein sehr kleines Fest, weil uns nicht viel Zeit zum Planen bleibt.«

Sie sprachen noch ein paar Minuten weiter, und Jewel erzählte davon, wie sie sich nach einem Kleid umsehen wollte, für welche Farben sie sich entscheiden würde und wie süß Kevin am vergangenen Abend gewesen war, als er sie auf einer Party allen als seine Verlobte vorgestellt hatte. Emily wollte sich wirklich darüber freuen, aber es kam einfach alles so plötzlich. Seit ein paar Wochen lief sie quasi auf Tempomat. Sie arbeitete an Gigis Cottage und wartete darauf, dass das Haus in San Antonio verkauft wurde. Sie hatte geglaubt, dass sie danach über ihre Möglichkeiten nachdenken konnte. Doch nun hatte sie auf einmal keine Möglichkeiten mehr. Es war, als würde sie am Rand eines Sprungbretts stehen und sich auf einen sehr komplizierten Sprung vorbereiten, und dann schubste sie jemand von hinten, bevor sie bereit war. Nun befand sie sich im freien Fall und wartete darauf, auf dem Wasser aufzuschlagen.

»Ich freue mich so für dich, Süße.« Schließlich hatte sie genug und fiel Jewel ins Wort. »Ich würde gern weiterreden, aber jetzt muss ich wirklich los zu meinem Job hier. Ich rufe dich später wieder an.«

Sie verabschiedeten sich voneinander, und endlich konnte sie auflegen. Keinen Moment zu früh, denn nun traf sie die Realität mit voller Wucht, und sie musste dringend ein bisschen weinen. Was zum Teufel sollte sie jetzt nur tun? Jewel würde heiraten, und sie hatte einen neuen Job. Also hatte Emily kein Zuhause mehr, zu dem sie zurückkehren konnte. Keine Geschäftspartnerin mehr, auf die sie sich verlassen konnte. Und kein Geld. Sobald die Renovierung für Gigi fertig war … würde sie nirgendwo hinkönnen und nichts mehr zu tun haben. Außer sich Sorgen zu machen. Verdammter. Mist.

* * *

Als Emily eine Stunde später beim Cottage eintraf, fand sie dort nur Georgie vor.

»Hey, wo sind denn die anderen?«, fragte sie, als sie die Küche betrat, in der eine nagelneue Reihe Einbauschränke in genau der richtigen Farbe prangte. Leider war noch keiner dieser Einbauschränke wirklich eingebaut. Sie hatte geglaubt, dass dies schon am Vortag erledigt worden war.

Georgie kratzte sich am Kopf, woraufhin ihr Haarknoten auf dem Scheitel zur Seite kippte. »Ähm, das ist eine interessante Geschichte.«

»Das ist es immer. Was ist diesmal passiert?«

»Winzig ist auf die alte Leiter gestiegen, um auf das Dach zu kommen und diese lose Schindel zu befestigen. Du weißt doch, welche Leiter ich meine?«

»Ist das denn wichtig?«

»Ich glaube nicht. Obwohl, wenn du wüsstest, welche Leiter ich meine, dann wüsstest du auch, dass sie jemanden wie Winzig auf gar keinen Fall aushalten könnte. Aber er war heute Morgen so fröhlich, weil er Zeit mit Gloria verbracht hat, dass er überzeugt war, er wäre schon auf dem Dach, bevor die Leiter auch nur merken würde, dass jemand an ihr hochklettert. Dann wollte er die Schindel befestigen und schnell wieder runterkommen.«

»Im Ernst? Und ihr habt ihn da hochklettern lassen?« Jetzt wusste sie, um welche Leiter es ging. Sie hatte nicht einmal Chloe da hochklettern lassen, und das, obwohl sie gut hundert Kilo weniger wog als Winzig.

Georgie zuckte mit den Schultern und kratze sich wieder am Kopf. »Tja, er ist der Vorarbeiter, und außerdem war er sehr überzeugend. Er hat gesagt, das würde sie schon aushalten.«

»Okay, und was ist dann passiert?«

»Wie sich herausgestellt hat, lag er falsch.«

Emily verschränkte die Arme. »So viel habe ich mir schon gedacht. Geht's ihm gut?«

»Ich weiß nicht. Er ist bis zur sechsten Sprosse gekommen, und dann ist das Ding einfach zusammengeklappt und er ist runtergefallen. Die Sprossen, die er nicht mit den Füßen zertrümmert hat, sind unter seinem Dickschädel zusammengekracht. Die ganze Leiter ist durchgebrochen. Es sah eigentlich ganz cool aus. Aber als Winzig auf dem Boden gelandet ist, hat er sich den Knöchel schlimm verdreht. Er glaubt nicht, dass er gebrochen ist, aber Matt meinte, er solle das auf jeden Fall im Krankenhaus überprüfen lassen.«

Auf Emilys To-do-Liste stand immer noch, die Unfall- und Haftpflichtversicherungen ihrer Arbeiter zu überprüfen.

»Ja, ich bin froh, dass Matt ihm das gesagt hat, aber das erklärt nicht, wo die anderen alle sind.«

»Winzig konnte nicht laufen, und sie mussten ihn alle zusammen tragen.«

»Sie mussten ihn tragen? Ist denn niemand auf die Idee gekommen, ein Kutschentaxi zu rufen oder so?«

Emily konnte sehen, wie der Gedanke bei Georgie einrastete. »Das wäre eine wirklich gute Idee gewesen.«

»Ja, wäre es. Dann sind sie jetzt also alle im Krankenhaus?«

Georgie nickte und kratzte sich ein weiteres Mal am Kopf, wobei der Haarknoten wieder auf die andere Seite fiel.

»Wann war das?«

»Vor etwa einer Stunde, aber ehrlich gesagt glaube ich nicht, dass sie schnell im Krankenhaus waren. Er ist ziemlich schwer.«

Von da an ging es bergab. Es dauerte Stunden, bis ihre Mannschaft aus dem Krankenhaus zurück war, obwohl Emily jedem von ihnen eine Nachricht geschrieben und sie zur Eile gedrängt hatte. Pferdi musste natürlich noch einen Umweg machen, weil seine Mutter Milch, Eier und Hämorridensalbe von O'Doul's brauchte. Matt war der Meinung gewesen, dass ihnen etwas Yoga guttäte, um sich nach dem schlimmen Anblick von Winzigs Sturz wieder zu sammeln. Von den Verspannungen im Rücken, nachdem sie ihn getragen hatten, ganz zu schweigen. Und Georgie hatte natürlich mal wieder Krämpfe.

Winzig tauchte am Nachmittag auf. Immerhin war er tatsächlich auf den Gedanken gekommen, für den Rückweg ein Taxi zu rufen, und nun saß er mitten im Wohnzimmer auf einem roten Samtsofa, das Emily für eines der Gästezimmer bestellt hatte, und rief Anweisungen. Er trug einen gewaltigen Schutzstiefel. Laut dem Arzt war der Fuß glücklicherweise nur verstaucht, aber das bedeutete trotzdem, dass er ein paar Tage lang mehr oder weniger ausfallen würde. Wenigstens war es nicht der Fuß mit dem Hundehalsband.

Gegen vier Uhr hatte Emily genug von ihnen allen und schickte sie nach Hause. Sie wollte ein bisschen allein sein, um wieder zu sich zu kommen. Sie musste dringend ihr Leben ordnen, das nur noch aus beweglichen Teilen bestand, die nicht sonderlich gut geölt waren. Den ganzen Tag schon dachte sie über Jewels Anruf nach und über Chloes Bemerkung, sie könnten doch einfach herziehen, und über Ryans Küsse und was das zu bedeuten hatte. Große Veränderungen. Das bedeutete es. Ob gut oder schlecht, groß würden sie in jedem Fall sein, und sie hatte nicht das Gefühl, irgendetwas davon unter Kontrolle zu haben.

Sie öffnete die Fliegengittertür, um sich für ein paar Minuten auf die Veranda zu setzen und nachzudenken. Die Tür hing schief in den Angeln. Wenigstens dieses Problem konnte sie tatsächlich lösen. Das konnte sie selbst in Ordnung bringen. Jedenfalls glaubte sie das, aber diese verdammte Tür weigerte sich mitzuarbeiten. Die Schraube war durchgedreht und man kam nur schwer an sie heran. Außerdem knallte ihr die Tür nicht nur einmal, sondern gleich zweimal auf den Finger, während sie versuchte, die Schraube festzudrehen. Diese blöde Tür wollte sie eindeutig ärgern, also verpasste sie ihr einen kräftigen Schlag. Wenn man sich einen Faustkampf mit einer Fliegengittertür lieferte, gab lustigerweise früher oder später immer das Fliegengitter nach. Sodass man dann eine kaputte Fliegengittertür hatte.

»Scheiße«, rief sie und verpasste der Tür noch einen Faustschlag, nur um ihr zu zeigen, wer hier der Boss war. Und dann noch dreimal, um ihren Standpunkt ganz klar zu machen. »Scheiße, Scheiße, Scheiße!« Krach. Krach. Krach.

»Ähm … Was hat diese Tür dir denn getan?« Ryans Stimme kam vom Fuß der Treppe herangeschwebt … woraufhin Emily prompt in Tränen ausbrach.

Er kam auf die Veranda und nahm sie in den Arm. Sie ließ es zu, obwohl sie eigentlich niemals, wirklich niemals zuließ, dass jemand sie weinen sah. Aber jetzt ging es einfach nicht anders. Er war so groß und stark, und sie fühlte sich in seinen Armen sicher. »Hey, hey, hey. Was ist denn los?«

Sie wollte es ihm nicht erzählen. Sie wollte ihm nicht diese ganzen Probleme aufbürden. Sie hatte ihm gegenüber bereits zugegeben, dass sie sich Geld von Gigi geliehen hatte, aber sie wollte nicht, dass er erfuhr, wie viel Geld es war und dass sie nun kein Zuhause mehr hatte, aber es platzte einfach aus ihr heraus. Die ganze Wahrheit rauschte auf einer Welle weiterer Tränen hinaus.

Er hatte sie schon bei den ersten Anzeichen eines Dammbruches ins Haus gezogen, und nun saßen sie nebeneinander auf dem Samtsofa. Zu Ryans Gunsten musste man sagen, dass er sich sehr gut hielt. Sie wusste, dass die meisten Männer mit solchen emotionalen Zusammenbrüchen nicht gut umgehen konnten, aber er hörte zu und nickte und strich ihr das Haar aus dem Gesicht. Dann holte er ihr ein paar Taschentücher aus dem Badezimmer, als sie sich dringend die Nase putzen musste.

»Ich muss ja schlimm aussehen«, sagte sie schließlich. Sie fühlte sich beschämt, nun, da die Flut größtenteils eingedämmt zu sein schien.

»Du siehst prima aus. Nur ein bisschen … rosa und verschwollen.«

»Toll.«

Sie stand auf und ging zum Spiegel im Badezimmer. »Autsch. Mehr als rosa und verschwollen. Ich sehe aus wie nach einer Bienenschwarmattacke.«

Ryan trat hinter sie und drehte sie behutsam zu sich um. Die Hände ließ er auf ihren Schultern ruhen. »Weißt du, was du jetzt brauchst?«

»Eine Million Dollar und eine neue Arbeitsmannschaft?«

Er grinste und legte die Hände um ihr Gesicht. Langsam strich er ihr mit dem Daumen über das Kinn. »Na ja, das auch, aber das habe ich leider gerade nicht parat. Dafür habe ich« – er beugte sich zu ihr und drängte sie mit seiner breiten Brust gegen den Schminktisch – »ein wirklich hübsches Hotelzimmer.«

Sie lehnte sich ein Stück zurück und musterte ihn. »Ryan Taggert, versuchst du etwa gerade, meine momentane Verletzlichkeit auszunutzen?«

Er wirkte kein bisschen zerknirscht. »Das ist wohl eine Frage der Sichtweise. Eigentlich möchte ich nur, dass du dich besser fühlst. Die Tatsache, dass ich mich dadurch auch besser fühlen würde, ist nur ein zusätzlicher Gewinn.« Sanft küsste er sie auf die Schläfe. »Also, wie wäre es, wenn wir in mein sehr hübsches Hotelzimmer gehen, ein paar schöne Drinks nehmen und über mögliche Lösungen dieser Probleme sprechen? Oder wir setzen uns einfach auf den Balkon und genießen die schöne Abendluft. Klingt das nicht gut?«

»Drinks auf dem Balkon? Das schlägst du vor?«

Er zuckte mit den Schultern. »Oder so was Ähnliches. Du weißt schon. Deine Entscheidung.«

Das war ein echtes Prachtexemplar von einem Tag gewesen. Chloes Umzugswunsch, Jewels verrückte Neuigkeiten, Winzigs Knöchel, der Angriff der Killerfliegengittertür und der ganze Stress mit ihrer ungewissen Zukunft. Es war einfach zu viel. Ryan hatte recht. Sie brauchte eine Pause. Eine Ablenkung. Meine Güte, das brauchte sie wirklich. Ein Jahr und sieben Monate waren eindeutig zu lang gewesen, und außerdem mochte sie ihn. Sehr sogar. Er gab ihr ein gutes Gefühl, und wenn sie ihn ließ, konnte er ihr vielleicht ein noch viel besseres Gefühl geben.

»Ich kann nicht mit dir in dein Hotelzimmer gehen, Ryan.«

Seine optimistische Miene verschwand. »Nicht?«

Sie strich ihm über die muskulösen Arme und verschränkte dann die Hände in seinem Nacken. »Nein, so lang kann ich nicht mehr warten.« Sie stellte sich auf die Zehenspitzen, bis ihr Gesicht seinem ganz nahe war. Sein seelenvoller Blick, sein schiefes Lächeln. »Genau genommen kann ich überhaupt nicht mehr warten.« Sie drückte die Lippen auf seinen Mund und küsste ihn mit all dem Verlangen, das sich seit Wochen in ihr aufgebaut hatte. Ryan gab ein kehliges Geräusch von sich, schlang die Arme um ihre Taille und zog sie an sich.

»Das gefällt mir.«

»Mir gefällt eine ganze Menge an dir«, flüsterte sie, den Mund an seiner Wange.

»Oh, du hast ja keine Ahnung, was dir da noch bevorsteht.«

Rückwärts wich er aus dem Badezimmer ins Wohnzimmer zurück, ohne sie dabei loszulassen. Es war ungelenk und dümmlich und herrlich erregend, sich so an ihn gepresst vorwärtszubewegen. Dort, wo ihr Körper weich und kurvig war, setzte er ihr harte Flächen und Kanten entgegen, und trotzdem passten sie perfekt zusammen. Er ließ sich auf das Samtsofa sinken und zog sie mit sich, sodass sie rittlings auf seinem Schoß saß. Seine … Begeisterung war nun mehr als offensichtlich.

Sie fühlte sich atemlos und leicht und ganz und gar weiblich, auf die allerbeste Art.

Er wippte ein wenig auf und ab, ließ sie los und drückte prüfend auf die Sofakissen. Dann schüttelte er den Kopf. »Das Ding ist zu schmal und nicht annähernd robust genug für das, was ich mit dir vorhabe.« Das Lachen blieb ihr im Hals stecken, und sie machte große Augen, als sie seinem intensiven Blick begegnete. Sie hatte das für einen Scherz gehalten, aber nun war sie sich da nicht mehr so sicher. Auch gut. Mit den Küssen auf dem Leuchtturm hatten sie den Motor vorgeglüht. Auf der Hollywoodschaukel neulich abends hatten sie das Gaspedal angetippt, und nun war es Zeit für den Ritt. Einen schnellen Ritt. Und sie war ja so bereit dafür.

Er ließ die Hände mit gespreizten Fingern an ihren Beinen hinauf bis zu ihrer Hüfte gleiten, wobei seine Daumen an der

Innenseite ihrer Schenkel entlangstrichen – gefährlich nah daran, sie dort zu berühren, wo sie seine Berührung am meisten spüren wollte.

Er sah ihr fest in die Augen. »Bist du dir auch sicher? Eigentlich will ich dich in deinem verletzlichen Zustand nämlich nicht ausnutzen.«

»Ich bin sicher. Vollkommen sicher. Aber …«

»Was?«

»Ähm, Verhütung?«

Sein Lächeln war zu gleichen Teilen selbstzufrieden und dankbar. »Alles abgedeckt. Im wortwörtlichen Sinn.« Er beugte sich zur Seite, wobei auch sie leicht in Schieflage geriet, und fischte den Geldbeutel aus der hinteren Tasche seiner Jeans. Daraus förderte er ein Metallfolienpäckchen zutage.

»Das trägst du zufällig mit dir herum?«

»Genau. Ich warte schon seit Wochen auf das hier.«

»Seit Wochen? Ehrlich?« Sie wurde über und über rot.

Rasch nickte er. »Eigentlich schon seit dem Tag, an dem wir uns kennengelernt haben. Ich bin Optimist.«

»Ich weiß nicht, ob ich mich geschmeichelt fühlen soll oder eher so, als wäre ich in eine Falle getappt.«

»Geschmeichelt. Auf jeden Fall geschmeichelt.«

Das war sie, und sie würde das Beste daraus machen. Chloe war mit Freunden unterwegs, Gigi war beim Bingospielen in der Gemeinschaftshalle und ihre Mannschaft war längst gegangen. Niemand erwartete sie allzu bald irgendwo, also würde die kommende Stunde ganz allein ihr und Ryan gehören. Sie beugte sich vor und küsste ihn, packte den Saum seines Shirts und zog es hoch, wobei sie den Kuss nur gerade lange genug unterbrach, um ihm das Shirt über den Kopf zu ziehen. Sein Atem stockte und er richtete sich auf, als sie ihm über die nackten Schultern strich. Seine Haut war glatt, sein Körper muskulös. In Samt gehüllter Stahl unter ihren Händen. Sie würde diese Chance nutzen, so gut sie konnte.

»Weißt du, was du bist, Emily Chambers?«, murmelte er, die Lippen an ihrem Hals. »Du bist die Art von Frau, der ein Mann Versprechungen machen möchte.«

»Gut«, sagte sie. »Dann versprich mir, dass das hier fantastisch wird.«

Ein leises Lachen drang tief aus seiner Brust. »Das verspreche ich. Es wird fantastisch.«

Kapitel 25

»Nachdem wir alle offenen Rechnungen für das Katastrophenhaus bezahlt haben, und nachdem ich dir dein Geld zurückgezahlt und alle anderen Schulden beglichen habe, müsste ich noch genug übrig haben, um Chloe und mich für sechs bis acht Monate über Wasser halten zu können. Vorausgesetzt, ich finde eine gute Wohnung.«

Emily und ihre Großmutter saßen an Gigis Küchentisch und tranken ihren Morgenkaffee, während Emily ihr alles über die jüngsten Ereignisse berichtete. Nun, nicht über die allerjüngsten. Von Ryan sagte sie natürlich kein Wort, aber die Sache mit Jewel und dem Haus in San Antonio erzählte sie ihr.

»Jewel hat eine lächerlich niedrige Miete von mir verlangt, also werden sich diese Kosten vermutlich verdreifachen. Dazu kommen Nebenkosten und Steuern und so weiter. Auf jeden Fall werde ich mich nach einem anderen Job umsehen müssen, denn ein weiteres Flip-Haus kann ich mir nicht leisten. Vielleicht wird Chloe sogar die Schule wechseln müssen.«

»Das wäre super!«, rief Chloe, die gerade den Kopf um die Ecke steckte. »Ich hasse meine Schule.«

»Du sollst nicht lauschen.« Emily hatte geglaubt, Chloe würde noch schlafen.

»Ich spare nur Zeit. Du weißt doch, dass es auf dieser Insel keine Geheimnisse gibt. Ich würde es irgendwann sowieso rauskriegen.« Punkt für sie. Es war Allgemeinwissen, dass die meisten Geheimnisse auf dieser Insel Allgemeinwissen waren.

»Können wir hierherziehen, Mom? Ich würde so gern hier wohnen.« Chloe hopste fast in ihren Plüschpantoffeln und dem Harry-Potter-Schlafanzug.

Gigi lächelte. »Natürlich könnt ihr herziehen. Problem gelöst. Möchte irgendjemand einen Martini?«

»Das löst meine Probleme überhaupt nicht, Gigi. Ich kann nicht wieder hier leben. Chloe, das geht nicht. Gigi, du sollst um halb neun Uhr morgens keinen Martini trinken.« Waren denn alle plötzlich verrückt geworden?

»Warum können wir nicht herziehen?«, fragte Chloe. »Du hast keinen Job, wir haben kein Zuhause mehr und ich muss sowieso die Schule wechseln. Dann können wir doch genauso gut gleich hierbleiben. Es wäre echt cool, auf dieselbe Schule zu gehen wie du früher. Dann wäre Tante Brooke meine Lehrerin, wenn sie nicht Bürgermeisterin wird. Und ich könnte sehen, wie die Winter hier sind. Ich wollte schon immer mal Winter ausprobieren.«

»Aber was ist mit deinen Freunden in Texas?«

»Ähm, meinst du die Freunde, die mich Giraffe nennen und sich über meine Sommersprossen lustig machen? Diese Freunde? Tja, von denen muss ich mich wohl schweren Herzens trennen.«

»Gut, und was ist mit meinen Freunden?«, setzte Emily nach.

Chloe schwieg einen Moment und sah sie an, als wüsste sie nicht so recht, wie sie es ihr sagen sollte. »Ähm, ich will wirklich nicht fies sein, Mom, aber wer sind denn deine Freunde? Ich meine, ich weiß schon, dass du manchmal auch ausgehst, aber meistens arbeitest du oder unternimmst etwas mit Jewel und mir.«

»Willst du damit andeuten, dass ich keine Freunde habe? Ich habe Freunde. Da wäre … äh, schauen wir mal. Da wäre … Okay, gut, dann habe ich eben nicht tonnenweise superenge Freunde, aber dafür ein ausgedehntes Netzwerk oberflächlicher Bekanntschaften.«

»Hier hast du Freunde«, mischte sich Gigi ein. »Gloria und die Mädels von der Schwipspuzzlenacht. Und du hast deine Schwestern und mich und deine Cousins und Cousinen. Ich glaube, damit wäre alles geklärt.«

»Es ist nicht alles geklärt. Bitte, Gigi, mach es mir nicht noch schwerer.«

»Ich will es gar nicht schwerer machen. Ich will es dir leichter machen. In diesem Haus gibt es sechs Schlafzimmer, und ich wohne ganz allein hier. Ich habe mehr als genug Platz. Außerdem möchte ich, dass du auch noch meine anderen Cottages renovierst.«

»Oh! Siehst du, Mom? Jetzt hast du sogar schon einen Job hier. Denk doch wenigstens drüber nach. Bitte. Du hast doch gesagt, du möchtest, dass es mir hier gefällt, oder? Das hast du geschafft. Gut gemacht! Ich gehe gern Wandern und Fahrradfahren. Und ich mag Fudge. Du magst Fudge doch auch, oder?« Chloe nickte und hob die Brauen.

Emily lächelte. »Mag ich.«

»Wunderbar, es ist entschieden«, trällerte Gigi. »Jetzt werde ich diesen Mahoney-Schwestern zeigen, wer hier die Mietshauskönigin ist. Ganz zu schweigen davon, dass Bridget O'Malley letzte Woche in der Kirche gar nicht gut ausgesehen hat. Es kann nicht mehr lange dauern, bis sie diese Welt verlässt, Gott segne ihr altersschwaches Herz. Wir könnten unser Geld zusammenwerfen und ihr Grundstück kaufen. Ich würde meinem Angebot gern noch ein weiteres Ferienhaus hinzufügen. Und so müsste ich dafür nicht einmal jemanden heiraten!«

Emily spürte, wie sie von Dankbarkeit erfüllt wurde, aber zugleich blieb sie auf der Hut. »Ach, Gigi, das ist so großzügig von dir, wirklich, aber ich kann nicht zulassen, dass du mir einfach alles abnimmst. Ich muss selbst für Chloe und mich sorgen … auf eigene Faust.«

»Das wirst du auch. Ich möchte dich anstellen, das soll kein Almosen sein. Glaubst du denn, ich würde irgendjemand anderen finden, dem ich vertrauen kann und der so viel Blut, Schweiß und Tränen in meine Häuser steckt wie du? Du hast mit meinem Cottage fantastische Arbeit geleistet, und bisher bist du schnell gewesen und innerhalb des Budgets geblieben. Um ehrlich zu sein, hatte ich am Anfang meine Zweifel, Kleine, aber jetzt bin ich sicher, dass du es packst.«

»Du hast nicht geglaubt, dass ich es schaffe?«

»Nein. Aber ich bin immer bereit, im Zweifelsfall auf dich zu setzen.«

Irgendwo in diesen Worten war wohl ein Kompliment versteckt. Vielleicht. »Tja, Gigi, du solltest den Tag lieber nicht vor dem Abend loben. Noch ist das Cottage nicht fertig.«

»Da mache ich mir überhaupt keine Sorgen, und hör mal, Delores Crenshaw hat letzte Woche in der Kirche auch einen etwas schwächlichen Eindruck gemacht, und ihr Cottage liegt gleich neben dem, das du gerade renovierst. Weißt du, ich habe mir gedacht, dass ich ja deine Geschäftspartnerin sein könnte. Natürlich würde ich nicht wirklich arbeiten, aber ich könnte dir sagen, wer vermutlich bald stirbt, damit wir als Erstes ein Angebot abgeben können.«

»Wow. Das ist ziemlich makaber. Aber irgendwie auch clever.« Emily stand auf. »Ihr zwei habt mir eine Menge Stoff zum Nachdenken gegeben, aber jetzt muss ich erst einmal zum Cottage und nachsehen, wie sich meine Mannschaft schlägt.

Gestern haben sie eine Stunde mit dem Versuch vergeudet, einen Wasserhahn zum Laufen zu bringen, bevor ihnen eingefallen ist, dass Pferdi das Wasser abgestellt hatte, um oben an den Rohren zu arbeiten.«

Gigis Vertrauen war möglicherweise nicht gerechtfertigt. Es gab immer noch eine Menge zu tun. Und Chloes Wunsch, hierherzuziehen, war sicher die Folge davon, dass sie hier in den vergangenen Wochen nun mal Urlaub gemacht hatte. Sobald das Wetter schlecht wurde und sie zur Schule gehen musste, würde sie ihre Meinung vielleicht ändern. Trotzdem war es eine Überlegung wert.

Oder?

KAPITEL 26

»Werden wir Zeuge Ihrer Fähigkeiten mit der gefetteten Stange werden, Mr Taggert?«

Es war Independence Day in Trillium Bay, und Vera von Meisterburger war verantwortlich für Spaß und Spiele. Was Ryan ziemlich ironisch fand, denn nichts an ihr deutete auf Spaß und Spiele hin. Außer vielleicht auf Hungerspiele. Sie schien genau die Sorte Mensch zu sein, die in einer Schreckensherrschaft, in der Kinder gegeneinander kämpfen mussten, bestens gedeihen würde.

»Hier kann man sich eintragen«, sagte sie und winkte mit einem Klemmbrett. »Es gibt auch Wettbewerbe im Wassermelonenkernweitspucken, im Hotdogwettessen und im Kuchenwettessen. Oder wenn Ihnen Karnevalsspiele lieber sind, von denen haben wir auch so einige, wie Sie sehen.« Sie deutete auf den Trillium Pointe, auf dem buntes Treiben herrschte. Pavillons, Papierdrachen, Flaggen und so viel Rot, Weiß und Blau, dass niemand übersehen konnte, welcher Tag heute war.

Ryan sah sich um, in der Hoffnung, Emily zu entdecken. Beim Gedanken an sie hämmerte es in seiner Brust. Seit den vergangenen romantischen Begegnungen mit ihr war er gefährlich nahe daran, zu verstehen, wie es Tag mit Lilly ging. Irgendetwas an diesen Callaghan-Frauen war einfach unwiderstehlich. Während der letzten Tage hatten sie ein paar gestohlene Momente für sich gehabt und das Beste aus jedem einzelnen gemacht. Verdammt, wenn er nicht sofort an etwas anderes dachte, würde er gleich sein eigenes Zelt aufschlagen.

Vor der Bibliothek sah er den Bienenhüter, der neben einem Mann mit Banjo das Akkordeon spielte. Ein patriotischer kleiner weißer Hund saß neben ihnen, man hatte ihn mit roten und blauen Streifen verziert. Überall rannten Kinder umher, und die Erwachsenen lächelten und lachten. Es war ein Stück pures Amerika.

»Die gefettete Stange, Mr Taggert«, wiederholte Mrs von Meisterburger und tippte ihm mit dem Klemmbrett auf den Arm. »Ich bin sicher, dass wir alle gern sehen würden, wie Sie mit einem dicken Mast zurechtkommen.«

»Wie bitte? Oh, nein. Tut mir leid, kein Fahnenmastklettern für mich heute.« Er schlenderte auf einen Hotdogstand zu, vor dem Brooke und Gigi an einem Picknicktisch saßen. Sie winkten lächelnd. Yoga Matt warf Bälle auf eine Zielscheibe, während ein halbes Dutzend junger Frauen ihn anfeuerten. June Mahoney und ihre Schwestern gingen vorbei und taten so, als würden sie ihn nicht kennen, und Bridget O'Malley saß auf einer Bank und trug eine riesige Sonnenbrille.

Nun schlenderte er schon eine Viertelstunde umher und immer noch keine Spur von Emily. Immerhin fand er endlich seinen Dad. Sie begrüßten einander, und Ryan fiel auf, wie müde sein Vater wirkte.

»Ist alles in Ordnung, Dad? Du siehst etwas geschafft aus.« Er legte ihm eine Hand auf die Schulter.

Tag schüttelte den Kopf. »Gestern ist es mit Lilly nur ein bisschen spät geworden.«

»Oh, alles klar. Bitte keine Details.«

»Nein, nicht das. Wir haben uns gestritten. Sie will ihrem Vater immer noch nichts von uns erzählen, weil Emily sie davon überzeugt hat, dass Harlan dann nie wieder ein Wort mit ihr sprechen wird. Ich glaube, je länger wir warten, desto schlimmer wird es. Schließlich tun wir nichts Falsches.«

Unwillkürlich verzog Ryan leicht das Gesicht. »Na ja …«

Tag runzelte die Stirn. »Wenn man von den Altersunterschiedvorurteilen einmal absieht. Lilly und ich sind beide verantwortungsbewusste, alleinstehende Erwachsene. Dieses ganze Herumschleichen ist doch lächerlich, und ich mag es nicht, Dinge geheim zu halten. Das liegt mir einfach nicht.«

»Das weiß ich, Dad. Falls es dich beruhigt, ich glaube nicht, dass es noch ein großes Geheimnis ist. Mir kommt es eher so vor, als wüssten es schon alle. Außer Harlan.«

»Tatsächlich? Nun, damit steht es fest. Ich sage es Harlan heute.«

»Heute? Mit all diesen explosiven Gegenständen in der Nähe? Vielleicht denkst du darüber lieber noch mal nach.« Ryan sah sich um und versuchte auszumachen, welche der besagten Gegenstände im näheren Umkreis Harlan als Waffe einsetzen könnte.

»Nein.« Tags Ton war unnachgiebig. »Ich denke nicht noch einmal darüber nach. Wir haben es auf Lillys Art versucht, aber damit fühle ich mich nur wie ein Betrüger und irgendwie auch wie ein Trottel. Weißt du, ich spiele jetzt schon seit drei Wochen Poker mit Harlan, und ich kann ihn einfach nicht länger hintergehen. Dafür ist mir meine Integrität zu wichtig. Außerdem mag ich ihn.«

»Du magst ihn?« Ryan sah seinen Vater an.

»Ja.«

»Harlan Callaghan?«

»Ja.«

»Chief of Police Harlan Callaghan?«

»Ja. Hör schon auf. Du weißt, von wem ich spreche.«

»Na dann.« Ryan schüttelte den Kopf. »Ich hoffe, du magst ihn genug, um sein Schwiegersohn zu werden, denn die Chancen stehen nicht schlecht, dass er verlangen wird, dass du das Richtige mit seiner Tochter tust. Deshalb fühle ich mich verpflichtet, dich daran zu erinnern, dass er eine Schusswaffe hat.«

»Das weiß ich, aber er trägt sie nie.«

»Das ist deine Chance. Das gibt dir Gelegenheit abzuhauen, solange er weg ist, um sie zu holen und zu laden.«

Tag schien seinen Humor nicht zu schätzen zu wissen. »Du bist unausstehlich. Habe ich dir das schon mal gesagt?«

»Ja, aber ich glaube auch, dass ich dieses Mal recht habe. Sag es ihm nur, wenn du willst, aber vielleicht nicht gerade dann, wenn er dabei ist, diesen ganzen Volksfestzirkus und die zusätzlichen Touristen zu überwachen. Er ist heute ziemlich beschäftigt, und ich denke, für diese Unterhaltung solltet ihr lieber beide sitzen und eine Zigarre und einen Whiskey in der Hand haben.«

Tag wirkte frustriert, aber Ryan sah, dass er darüber nachdachte. »Da hast du wohl recht«, lenkte er schließlich ein. »Auf ein paar Tage mehr oder weniger kommt es wohl nicht mehr an.«

»Genau, und bis dahin können wir ja ein paar Wassermelonenkerne spucken. Klingt das nicht lustig?«

* * *

»Mom, wir sollten Grandpa ein Eis bringen«, sagte Chloe und deutete auf den Hügel, wo Harlan stand und die Festivitäten im Blick behielt. »Er sieht aus, als wäre ihm heiß, findest du nicht?«

Emily beschattete die Augen und spähte zu ihm hinauf. Er stand an einem seiner Lieblingsorte, auf dem Kamm des Leelanau Hill, und lehnte an einem Zaunpfahl. Sie wusste, dass er von dort oben den Großteil des Parks im Blick hatte und alles, was dort geschah, überwachen konnte. Wie ein Leuchtturmwächter.

Sie war nicht gerade scharf darauf, diesen Hügel zu erklimmen, aber es würde sie nicht umbringen, etwas Nettes für ihn zu tun. Neulich hatte er einen kurzen Abstecher zu Gigis Cottage gemacht, und um ein Haar hätte er gesagt, dass sie einen annähernd akzeptablen Job hinlegte.

»Okay, dann los«, willigte sie ein. Sie standen fünf Minuten in der Warteschlange, während Mrs Bostwick dem armen Teenager, der das Eis ausgab, erklärte, dass ihr Sohn Reed für den Gouverneur arbeitete und furchtbar wichtig war. Endlich waren sie an der Reihe und bestellten ihr Kirscheis. Doch noch während Emily zahlte, erhielt Chloe ein besseres Angebot.

»Mom, Susie Mahoney schreibt, ich soll mich mit ihr beim Popcornstand treffen. Die anderen sind auch alle da. Darf ich?«

»Ich dachte, du wolltest Grandpa ein Eis bringen?«

»Kannst du das nicht machen?«

»Ganz allein?« Ihr fiel selbst auf, wie erbärmlich das klang.

Streng sah Chloe sie an. »Er ist nicht so übel, wie du sagst, Mom. Ich glaube, er ist sogar sehr nett. Gib ihm eine Chance. Sagst du mir das nicht immer wieder? Dass man den Leuten einen Vertrauensvorschuss geben soll?«

Sagte sie das? Für einen Teenager schien das ein guter Rat zu sein, aber wenn es um Harlan ging, war sie sich da nicht so sicher. Allerdings hatte sie nun schon zwei Becher mit Kirscheis in der Hand, und Chloe war abmarschbereit. »Na gut. Geh zu deinen Freunden.«

Emily machte sich auf den Weg den Hügel hinauf, wobei sie albernerweise nervös war, weil sie mit ihrem eigenen Vater allein sein würde. Auf einmal begriff sie, dass sie zum ersten Mal, seit sie auf der Insel war, zu zweit sein würden. Der Kalte Krieg war noch immer nicht beendet, aber vielleicht war es an der Zeit, einen neuen Versuch zu wagen. Außerdem konnte Lilly ihm jetzt jederzeit von Tag erzählen und damit ihren Status als Lieblingstochter einbüßen. Womit Emily immerhin auf dem vorletzten Platz landen würde. Das musste sie ausnutzen, solange es ging.

Als sie sich dem Hügelkamm näherte, rief sie: »Hi, Dad. Ich hab dir ein Eis mitgebracht. Chloe fand, dass du aussiehst, als wäre dir warm.«

»Danke.« Er nahm ihr das Eis ab.

»Gern geschehen.« Am liebsten wäre sie gleich wieder hinuntermarschiert und hätte nach Ryan Ausschau gehalten, aber sie fühlte sich irgendwie verpflichtet, wenigstens ein paar Minuten bei ihm zu bleiben. Also setzte sie sich neben ihn auf den Zaun, und eine Weile vertilgten sie schweigend ihr Eis.

»Wie läuft dein Tag?«, fragte sie schließlich.

»Hatte schon bessere. Und schlechtere.«

Wunderbar. Das war doch hilfreich. So hielt man eine Unterhaltung in Gang.

Nach einer vollen Minute fuhr er schließlich fort. »Und wie läuft dein Tag so?«

Ihr Tag war fantastisch. Weil sie seit ein paar Tagen fantastischen Sex mit Ryan hatte. »Ziemlich gut«, antwortete sie.

»M-hm.« Wieder schwieg er eine Weile. Dann: »Ich weiß von diesem Taggert.«

Emily verschluckte einen Eisklumpen, der groß genug war, um die Titanic zu versenken. Wie konnte es sein, dass er schon von ihr und Ryan wusste? Vielleicht – hoffentlich – hatte sie sich verhört. »Was hast du gesagt?«

»Ich weiß von diesem Taggert.«

Nein, sie hatte sich nicht verhört. Aber Ryan und sie waren doch so diskret gewesen. Unglaublich diskret. Abgesehen von dem Leuchtturm. Mist. So viel also zur Geheimhaltung.

»Ich wollte es dir sagen, Dad. Er ist ein guter Kerl, und ich bin jetzt viel klüger und sehr vorsichtig.«

»Was? Du? Ich rede von deiner Schwester und diesem John Taggert. Wovon redest du denn?«

Ach herrje. Sie war so daran gewöhnt, von ihm gerügt zu werden, dass sie gestanden hatte, noch bevor sie erwischt worden war. Sie nahm einen weiteren riesigen Eiscremebissen und murmelte darum herum: »Ich? Ähm, gar nichts. Wovon … wovon redest du denn?« Zeit, sich dumm zu stellen. Was offenbar nicht besonders schwierig werden würde.

Er warf seinen leeren Eisbecher in einen der Abfalleimer und verschränkte die Arme. Er wirkte streng. Aber so wirkte er eigentlich immer. »Ich weiß, dass sich Lilly mit diesem Mann trifft. Tag.« Er schnaubte. »Welcher erwachsene Mann nennt sich denn noch bei seinem Spitznamen?«

»Keine Ahnung. Chief.« Sie presste die Lippen aufeinander. Hatte er ihren Sarkasmus bemerkt?

»Es gehört sich einfach nicht. Er ist in meinem Alter. Er sollte sich schämen. Und was ist nur los mit euch Mädchen? Warum könnt ihr euch nicht jemanden aus einer netten Familie auf der Insel suchen?«

»Äh … Für Lilly kann ich nicht sprechen, Dad, aber vergiss nicht, dass wir hier mit der Hälfte aller Bewohner verwandt sind. Und die andere Hälfte sind Mahoneys. Da bleibt nicht viel Auswahl.«

Er tippte mit dem Absatz seines Schuhs auf einem Grasbüschel herum. »Was ist mit Reed? Er war ein guter Junge. Er arbeitet jetzt für den Gouverneur, und er ist furchtbar wichtig.«

Mrs Bostwick musste ihm kürzlich über den Weg gelaufen sein.

»Reed war ein guter Junge, und jetzt scheint er ein netter Kerl zu sein. Wie sich herausgestellt hat, ein viel besserer Kerl als Nick. Ich hätte nicht einfach so abhauen sollen, Dad. Das war falsch. Das weiß ich jetzt, und es tut mir leid.«

Ein weiterer Moment verging. Harlan ließ die Arme sinken und schob die Hände in die Taschen. Emily glaubte schon, damit wäre die Unterhaltung vorüber, aber das war sie nicht.

»Weißt du, im Leben eines Mannes gibt es gewisse Tage, auf die er sich freut. Tage, die wichtig sind. Der Schulabschluss. Die Hochzeit. Der Tag, an dem man seine Kinder zum ersten Mal sieht.« Seufzend ließ er den Blick in die Ferne schweifen. »Ich erinnere mich noch gut an den Tag, an dem du geboren wurdest. Der kälteste Winter, den wir seit Jahren hatten, und Mary ist dick eingepackt in den Wehen zu Dr. Pines Haus gelaufen. Sie wollte mich keinen Schlitten rufen lassen. Sie hat gesagt, sie würde lieber laufen. Dann kamst du, und du warst ganz orange und hast dich lauthals beschwert. Du sahst so wütend aus, dass ich einfach lachen musste.«

Er hielt inne, schüttelte den Kopf und schmunzelte tatsächlich. Doch dann seufzte er wieder. »Ich weiß es noch so genau, als wäre es gestern gewesen. Ich habe dich an meiner Brust gehalten, und ich habe gedacht: ›Eines Tages muss ich dieses kostbare kleine Mädchen den Mittelgang entlangführen und einem anderen Mann übergeben.‹ Aber die Sache ist die, Peach, du hast mir nie die Chance dazu gegeben. Du hast sie mir weggenommen. Du bist einfach mit diesem Schnösel durchgebrannt, der dich nicht einmal genug wertgeschätzt hat, um mich um deine Hand zu bitten, wie es ein echter Mann getan hätte. Weißt du, was mir daran am meisten zu schaffen macht? Was mich immer noch jeden Tag schmerzt? Die Tatsache, dass das für dich in Ordnung zu sein schien.«

Emily fühlte sich, als wäre die Sonne eine Million Kilometer näher gerückt und würde sie nun verbrennen. Seit einer Ewigkeit hatte ihr Vater nicht mehr so viel zu ihr gesagt, und dann das? Etwas so Ehrliches und Offenes? Wäre sie nicht auf dem Zaun gesessen, wäre sie vermutlich unter der plötzlichen Last zusammengebrochen.

»Es tut mir leid, Dad. Es tut mir wirklich leid. Ich wollte dir nie wehtun, und ehrlich, als ich damals mit Nick abgehauen bin, da dachte ich nicht, dass es dir etwas ausmachen würde. Ich dachte, du wärst vielleicht sogar erleichtert.«

Er wandte sich zu ihr und sah sie an, offenbar aufrichtig überrascht. »Erleichtert? Über das Wissen, dass du irgendwo lebst, wo ich dich nicht beschützen kann? Es war meine Aufgabe, dich zu beschützen.« Er deutete auf seine Brust. »Ich habe deiner Mutter versprochen, dass ich auf dich aufpassen würde, aber das habe ich nicht getan. Ich konnte es nicht tun, weil du weggegangen bist. Jedes Mal, wenn du als Kind oder Teenager in Schwierigkeiten geraten bist, habe ich versucht, das zu tun. Dich zu beschützen. Das war der einzige Teil der Vaterschaft, bei dem ich dachte, ich wäre vielleicht ganz gut darin.« Er schnaubte und richtete den Blick wieder nach vorn. »Bei dir habe ich meine Sache allerdings nicht sehr gut gemacht, oder? Und jetzt sieht es so aus, als hätte ich es auch bei deiner Schwester nicht gut gemacht. Sie wird mit diesem Taggert abhauen, und es werden auch bei ihr Jahre vergehen, bis ich sie wiedersehe.«

Emily spürte Tränen in den Augen brennen. Das hier war viel größer, als sie erwartet hatte, als sie mit einem Eis den Hügel hinaufgestiegen war. Bis jetzt hatte sie alles immer nur aus ihrer Sicht betrachtet und über seine nie wirklich nachgedacht. Während ihrer Teenagerjahre war seine Missbilligung schon so selbstverständlich für sie geworden, dass ihr nie in den Sinn gekommen wäre, es könnte mehr dahinterstecken. Doch nun hatte sie selbst ein Kind, und sie begriff, welche Ängste das Elterndasein mit sich brachte. Die konstante Sorge verschwand nie ganz. Der Drang, sein Kind zu beschützen, koste es, was es wolle.

»Ich weiß nicht, was ich sagen soll, Dad, außer dass ich aus ganzem Herzen wünschte, ich könnte die Zeit zurückdrehen und wieder in Ordnung bringen, was ich kaputtgemacht habe. Wegzulaufen war ein Fehler, aber Chloe ist mein Ein und Alles. Ich will nicht, dass sie sich jemals fragt, ob ich es bereue, sie bekommen zu haben, denn das tue ich nicht. Wir können das, was hinter uns liegt, nicht ändern, aber wenn du möchtest, dann können wir in Zukunft vielleicht einen neuen Weg einschlagen?«

Er presste die Lippen zusammen, und Emily begriff, dass es ihm tatsächlich die Kehle zugeschnürt hatte. Gefühle unter dieser rauen Schale. Endlich nickte er. »Sie ist ein gutes Mädchen, Emily. Das hast du gut gemacht. Wahrscheinlich bist du in dieser Elternsache viel besser als ich.«

Hatte Harlan Callaghan etwa gerade eingeräumt, vielleicht nicht perfekt zu sein?

»Ich weiß, dass ich Fehler gemacht habe«, fuhr er fort. »Aber ich möchte Lilly nicht vertreiben, so wie ich damals dich vertrieben habe.«

Kurz überlegte Emily, ob sie ihm vielleicht den Rücken tätscheln sollte, aber das kam ihr dann doch ein bisschen viel vor. Sie wollte ihn nicht überfordern, also behielt sie ihre Hände bei sich. »Tja, diese Elternsache wird man allerdings sein Leben lang nicht mehr los, Dad. Du kannst zwar nicht noch mal von vorn anfangen, aber das heißt nicht, dass man nichts anders machen kann. Es liegt an dir, wie du mit Lilly umgehst. Und was mich angeht – ich schätze, mich wirst du auch nicht mehr los, wenn du also versuchen möchtest, etwas zu retten, dann bin ich dabei. Deshalb bin ich hier.«

»Hier auf diesem Hügel oder hier auf dieser Insel?«

»Beides, schätze ich.«

Er sah sie an und tätschelte ihr Knie. Fast wäre sie vom Zaun gefallen bei dieser robusten Zuneigungsbekundung. »Ich bin froh, dass du hier bist.«

Ihr Herz barst wie Fliederknospen im Frühlingssonnenschein, denn auf eine so ausdrückliche Liebeserklärung hätte sie nicht einmal zu hoffen gewagt.

»Ich bin auch froh, dass ich hier bin, Dad. Auf der Insel und genau hier auf dem Hügel bei dir.«

Kapitel 27

»Hey, hey, Peach! Einen fröhlichen Independence Day«, rief Gloria Persimmons und winkte enthusiastisch.

Emily und ihr Vater waren bald, nachdem ihre Unterhaltung beendet war, gemeinsam den Hügel hinuntergestiegen. Er hatte sich auf die Suche nach Richter Murphy und Vater O'Reilly gemacht – vermutlich, um mit ihnen in Erinnerungen an jene guten alten Tage zu schwelgen, an denen sie selbst noch die Unruhestifter gewesen waren –, und Emily hatte nach Ryan Ausschau gehalten. Nun saßen sie nebeneinander an einem der Picknicktische und sahen Garth und ein paar anderen beim Kuchenwettessen zu. Für einen so dürren Kerl verdrückte Garth die Bananencremetorte überraschend schnell.

Auf Glorias Rufen hin sah Emily auf und musste sich schwer zusammenreißen. Ihre Freundin war von Kopf bis Fuß in ein Stars-and-Stripes-Outfit gehüllt, das sogar Uncle Sam als zu patriotisch empfunden hätte. Ihre Tennisschuhe waren glitzerrot und in ihren Zopfgummis steckten amerikanische Miniflaggen. Das war mal ein Aufzug. Neben ihr stand Winzig und stützte sich auf die gewaltigsten, stabilsten Krücken, die Emily je gesehen hatte.

»Dir auch, Gloria. Winzig, wie geht's deinem Knöchel?«, fragte sie.

»Nicht übel. Und Glo-Glo hilft mir dabei, den Schmerz zu vergessen. Sie ist mein Engel.«

Gloria kicherte und stieß ihn an, wobei sie ihn in ihrer Begeisterung fast von den Krücken gefegt hätte, aber dann schlang sie ihm gerade noch rechtzeitig die Arme um die Taille, um ihn aufrecht zu halten.

»Und du bist mein ungezogener kleiner Teufel.«

Über Glorias Kopf hinweg strahlte er Emily an und formte mit den Lippen das Wort »Danke«.

Emily erwiderte das Lächeln, aber ihre Gedanken waren bei »Glo-Glo«. Echt jetzt? Ein Squaredance und schon waren sie bei gegenseitigen Kosenamen angekommen? Was war nur mit den Leuten los? Tag und Lilly verliebten sich im Eiltempo. Bei Jewel und Kevin ging es sogar noch schneller. Und jetzt auch noch Winzig und Gloria? War sie denn die Einzige hier mit einem Funken gesunder Vorsicht? Doch dann drückte Ryan unter dem Tisch den Oberschenkel gegen ihren, und sie begriff, dass sie auch nicht besser war als die anderen.

Es war gleichzeitig wundervoll und schrecklich. Wundervoll, weil es sich so verdammt gut anfühlte, den taumelnden Rausch eines neuen Liebesabenteuers zu erleben. Wundervoll, weil Ryan einfach alles hatte, was sie sich an einem neuen Partner gewünscht hätte. Er war klug, lustig, attraktiv, großzügig. Sexy. Und nicht zu vergessen sexy. Aber es war auch schrecklich, weil die Sache mit Tag und Lilly wirklich ernst zu sein schien. Wenn es bei ihnen vieren so weiterging, Herrgott, dann wäre ihr Familienstammbaum irgendwann knotiger und verwachsener als der hundert Jahre alte Flieder bei Gigis Cottage. Was, wenn Tag und Lilly einen Sohn bekamen? Dann wäre er Ryans Halbbruder und Emilys Neffe. Und was, wenn es mit Ryan und ihr weiterging und sie auch irgendwann einen Sohn bekamen? Dann wäre er Tags Enkel und Lillys Neffe. Und wie wären die beiden Jungen dann miteinander verwandt? Das war für ihren

Geschmack dann doch etwas zu viel griechische Tragödie. Wer weiß, vielleicht war das in einigen Staaten sogar illegal.

Außerdem gab es da natürlich noch das nicht zu vernachlässigende Problem mit der Geografie. Sie dachte gerade ernsthaft darüber nach, zurück auf die Insel zu ziehen, aber Ryan würde schon bald nach Sacramento zurückkehren. Die Entfernung war zu groß, um machbar zu sein. Natürlich musste sie auch an Chloe denken, aber die spielte ja schon seit ein paar Wochen nachdrücklich im Team Ryan, also wäre sie vermutlich einverstanden.

Es gab so vieles zu bedenken, so viele Blickwinkel, aus denen man die Sache betrachten musste. Aber immerhin war heute der amerikanische Unabhängigkeitstag und am Abend würde es ein Feuerwerk geben. Mehr als eins, hoffte sie.

»Weißt du, was?«, flüsterte sie Ryan zu, nachdem Winzig und Gloria wieder gegangen waren.

»Was denn?«

»Chloe übernachtet heute bei Brooke, also habe ich die ganze Nacht kinderfrei.«

»Ach, tatsächlich?« Er schob die Sonnenbrille ein Stück herunter und sah sie über den Rand hinweg an.

»Ja, und weißt du noch was?« Die Sache machte ihr jetzt schon Spaß.

»Was denn?« Seine Stimme klang etwas rau.

»Gigi schläft wie ein betäubter Elefant und kriegt nie mit, wann ich nach Hause komme.«

Er hob die Brauen angesichts ihrer skandalösen Andeutung. »Aber Miss Chambers, schlagen Sie da etwa gerade vor, bis nach der Ausgangssperre fortzubleiben?«

»Ganz genau. Ich würde an diesem vierten Juli gern auch meine eigene Unabhängigkeit ein bisschen feiern. Wie wäre es also mit ein wenig Romantik unterm Sternenbanner in deinem Hotel?«

»Der Vorschlag gefällt mir.«

»Wie schon gesagt, mir gefällt eine ganze Menge an dir.«

* * *

»Emily Chambers, du bist ja so klug. Du hattest absolut recht. Ein privates Feuerwerk ist viel besser als ein öffentliches.« Ryan lächelte zufrieden und rollte sich auf seinem Hotelbett zur Seite, wobei er sie mit sich nahm. Sie war weich und warm und so verlockend, dass sein Körper sich schon wieder regte. Aber erst brauchte er eine kleine Pause. Das war eine ganz schöne Fitnesseinheit gewesen.

Sie räkelte sich neben ihm wie eine Katze in der Sonne. »Ich bin klug. Ganz besonders hat mir das große Finale gefallen.«

»Danke. Ich habe versucht, etwas Besonderes daraus zu machen, immerhin haben wir heute ja den vierten Juli.«

»Wie patriotisch von dir«, gab sie kichernd zurück.

»Ich bin immer dabei, wenn es darum geht, einen Fahnenmast aufzustellen.«

Hier in seinem Hotelbett zu liegen, mit Emily in den Armen, war ein herrliches Gefühl. Mit ihr zusammen zu sein war so natürlich und leicht. Es war nicht so, als würde er sie für selbstverständlich nehmen, es fühlte sich eher nach einer Schatz-ich-bin-zu-Hause-Sache an. Vielleicht lag es an all der öffentlichen Zurschaustellung von Zuneigung, die er an diesem Tag mit angesehen hatte, oder auch daran, dass er schon lange in keiner Beziehung mehr gewesen war, doch tief im Innern fühlte es sich einfach … richtig an. Im Grunde wusste er, dass es an keinem der genannten Dinge lag. Auch nicht an positiven Assoziationen oder an irgendwelchen Chemikalien, die durch sein Hirn rauschten. Sondern an ihr. Emily. Es waren ihr Lachen und ihr Lächeln und ihre Begeisterung für ihre Arbeit. Es war die Art, wie sie mit ihrer Tochter umging. Es war einfach alles an ihr. Ryan war ein Mann der Gelegenheiten, und wenn seine Mutter noch gelebt hätte, dann hätte sie ihm jetzt gesagt: »Ryan, sieh zu, dass du das Mädel heiratest, bevor sie wieder weg ist.« Natürlich war es noch viel zu früh, um über solche Dinge nachzudenken. Aber er dachte trotzdem darüber nach.

»Emily?«, fragte er leise. War sie vielleicht eingeschlafen? Das Zimmer wurde nur vom Schein der Straßenlaternen erhellt. Sie hatten das Fenster offen gelassen, und die Vorhänge tanzten einen langsamen Walzer in der Brise.

»Hmm?«

»Ich mag dich.«

Er fühlte ihr Lachen mehr, als dass er es hörte, aber dann hob sie den Kopf von seiner Schulter und lächelte ihn an. »Ich mag dich auch.«

»Anscheinend mag ich dich sogar sehr.«

Sie nickte. »Geht mir genauso.«

»Ich weiß nicht, was ich damit tun soll. Mit … uns. Ich weiß nur, dass ich … gern hätte, dass es ein Uns gibt. Verstehst du?«

Ihr Lächeln verblasste und in ihrer Miene spiegelte sich das, was er selbst empfand. Unsicherheit darüber, wie ihre Chancen standen, aber auch die ehrliche Hoffnung, dass sie es irgendwie hinbekommen würden.

»Geht mir genauso.«

Er fühlte ihr Herz an seiner Brust pochen, als er sie auf sich zog, so als wollte er auf jede nur mögliche Weise von ihr umgeben sein. Ihr Haar fiel um sein Gesicht wie ein Vorhang, der sie vor der Welt verbarg.

»Da ist etwas, das ich vielleicht erwähnen sollte.« Im Dämmerlicht sah sie ihn an. »Ich denke darüber nach, wieder hierherzuziehen. Auf die Insel.«

»Tatsächlich?«

»Chloe würde gern. Es sieht so aus, als hätte ich hier einen guten Platz bei meiner Familie. Das hatte ich seit Jahren nicht mehr. Außerdem möchte Gigi, dass ich noch ihre anderen Cottages renoviere. Wir haben sogar darüber gesprochen, dieses Häuschen unten am Hang zu kaufen.«

Er wusste, welches sie meinte. Er wusste es sofort, aber sie sprach noch weiter.

»Mrs O'Malley, das Fossil, dem das kleine rosa Häuschen gehört, sah neulich in der Kirche offenbar nicht sehr gut aus, und Gigi meint, wir sollten unser Geld zusammenwerfen und es als weiteres Ferienhaus für sie kaufen, aber ich weiß nicht recht. Es ist nur so eine Idee.«

Sie konnte dieses Haus nicht kaufen, weil es bereits Taggert Property Management gehörte. Eigentlich sollte er ihr das sofort sagen, aber er musste auch an seine Klienten denken. Außerdem hing Emilys Umzugsentscheidung nicht von diesem Häuschen ab. Falls es so wäre, dann hätte sie ihm das sicher gesagt. Er konnte einen echten Plan von einem fantasievollen Gedankenspiel unterscheiden. Wie sie gesagt hatte, es war nur so eine Idee.

Trotzdem fühlte er sich schuldig. Er wollte es ihr sagen, aber er konnte es nicht. Ein Vertrag war bindend. Er würde sich etwas einfallen lassen, um es ihr zu erklären, aber nicht jetzt. Denn jetzt lächelte Emily auf ihn herab, und ihre Miene war voller Verlockungen.

»Bis dahin …«, sagte sie. »Bis uns eingefallen ist, wie wir mit uns weitermachen wollen, schlage ich vor, dass wir einfach immer wieder das hier tun.«

Dann küsste sie ihn, und er war voll und ganz ihrer Meinung.

Kapitel 28

»Also, die Katze ist aus dem Sack, das Kind ist in den Brunnen gefallen und die Kacke ist am Dampfen«, erklärte Ryan seinem Bruder am Telefon. »Ich bin nicht sicher, welcher dieser Ausdrücke am besten zutrifft, aber Tatsache ist, dass Chief of Police Harlan Callaghan jetzt weiß, dass unser Vater seine Tochter vögelt.«

»Ey, Mann«, krächzte Bryce verschlafen. »Hast du eine Ahnung, wie spät es ist?«

Ryan warf einen Blick auf die Uhr auf seinem Nachttisch. Es war Punkt sieben. »Oh, Mist. Tut mir leid, hab die drei Stunden Zeitunterschied vergessen. Guten Morgen. Ich dachte, du willst die Neuigkeiten sicher als Erster hören. Na ja, zumindest als Erster, der sich nicht auf der Insel befindet. Was die Leute hier betrifft, so weiß es inzwischen, glaube ich, jeder.«

»Mann, im Ernst, können wir das nicht später besprechen? Ich befinde mich noch im REM-Schlaf.«

»Später kann ich nicht. Ich muss jetzt duschen, und dann gehe ich mit Chloe und Emily frühstücken, bevor wir uns eine Aufführung im Fort anschauen.«

»Wer ist Chloe?«

»Emilys Tochter.«

»Wer ist Emily?«

»Lillys Schwester.«

»Wer ist Lilly?«

»Das geldgierige Flittchen. Hast du Schlaftabletten geschluckt? Was ist denn los mit dir?«

»Es ist vier Uhr morgens, du Arschloch, und du hast mich aufgeweckt. Das ist los mit mir. Und was ist los mit dir? Du bist viel zu wach und zu fröh...Oh, Scheiße. Du treibst es mit der Schwester des Flittchens, was? Die Braut vom Flughafen? Ich wusste es. Ich wusste, dass dir nicht zu trauen ist.«

Das hätte beleidigend sein sollen, aber Bryce hatte recht. Ryan war fröhlich und er trieb es mit der Schwester des Flittchens. Tatsächlich hatte er sie soeben nach Hause begleitet. Sie hatten sich hinten um das Hotel herum durch die Büsche geschlagen, damit niemand sie sah. Der Walk of Shame, wie damals im College. Nur dass er sich dieses Mal nicht schämte. Es ging ihm prächtig.

»Entspann dich, Bryce. Das ist kein Problem. Alles ist gut.«

»Gut? Dann hast du Dad also davon überzeugt, nicht in den Ruhestand zu gehen?«

»Nein, er geht immer noch in den Ruhestand, aber soweit ich weiß, hat der Chief of Police ihn noch nicht von der Brücke geschubst.«

»Schlaf weiter, Schatz«, sagte Bryce sanft zu seiner Frau. »Es ist nur Ryan, und er ist high auf Dopamin. Was? Nein, kein Dope. Dopamin. Egal. Schlaf weiter.«

»Sag Trish, es tut mir leid, dass ich sie aufgeweckt habe.«

»Das sollte dir auch leidtun, und es sollte dir außerdem leidtun, dass du Dad noch nicht zur Vernunft gebracht hast. Ich schicke euch Jack da raus.«

»Nein, das ist nicht nötig. Hör zu, Dad ist beinahe fertig mit dem Clairmont Hotel und dann ist er hier sowieso weg. Ich glaube, Lilly und er haben irgendeine Reise oder so geplant. Er war ein bisschen zurückhaltend mit den Details.«

»Natürlich war er das, aber da ist immer noch der Mahoney-Job. Das wird Monate dauern. Hast du vor, so lange auf der Insel zu bleiben? Oder pendelst du hin und her oder was?«

Das war der Teil, auf den Ryan nicht zu sprechen kommen wollte, aber realistisch gesehen war es wohl besser, dass Bryce so früh wie möglich davon erfuhr. »Ich glaube, es besteht die ernsthafte Möglichkeit, dass aus dem Mahoney-Deal nichts wird. Wir sind hier auf ein paar Probleme gestoßen.«

»Was? Warum? Du hast doch gesagt, es wäre eine todsichere Sache.« Ryan hörte, wie Bryce aus dem Bett aufstand und dann eine Schiebetür öffnete und wieder schloss. Sein Bruder war wohl auf den Balkon hinausgetreten.

»Dieses Grundstück, auf dem sie das Bed and Breakfast errichten wollen, hat eine Eins-a-Lage, aber ein dreistöckiges Gebäude würde die Aussicht für die Häuser dahinter ruinieren.«

»Das ist das Problem der Leute, denen diese Häuser gehören, nicht unseres, solange mit der Zonierung alles in Ordnung ist, und du hast gesagt, das wäre geregelt. Du hast gesagt, die hundertzehn Jahre alte Dame hat den Kaufvertrag unterschrieben.«

»Sie ist hundertzwei, und ja, sie hat unterschrieben, aber ich fühle mich einfach nicht wohl dabei.«

»Was willst du mir damit sagen?«

Bryce kannte ihn zu gut.

»Hör zu, Emily renoviert gerade das Cottage hinter dem Grundstück für ihre Großmutter. Sie hat eine Menge Arbeit da reingesteckt, aber wenn wir das Bed and Breakfast dort bauen, wird der Wert des Cottages rapide sinken. Von der uneingeschränkten Sicht auf den See und die Brücke wäre dann nur noch die Sicht auf die Rückseite eines anderen Gebäudes übrig.«

»Willst du mir gerade erklären, dass du einen äußerst lukrativen Deal sausen lassen willst, nur wegen irgendeiner Gefühlsduselei für eine Frau?«

»Wie ironisch, dass das ausgerechnet von einem Typen kommt, der dreimal geheiratet hat. Willst du mir etwa erklären, dass du das nicht – dreimal – aus Gefühlsduselei getan hast?«

Bryce hustete. »Klar, ich habe geheiratet, aber ich habe nie ein Geschäft sausen lassen. Ich bin kein Idiot. Du musst das von der strategischen Seite betrachten. Du hast doch gesagt, das Cottage hinter dem Bed and Breakfast ist sowieso nur ein Ferienhaus. Es ist ja nicht so, als würdest du jemandem die Sicht verbauen, der dort lebt. Und du hast gesagt, sie ist eine Haus-Flipperin, also liegt ihr vermutlich ohnehin nicht viel daran. Wenn sie wirklich eine so kluge und versierte Geschäftsfrau ist, wie du sagst, dann wird sie verstehen, dass es hier nur ums Geschäft geht. Du reagierst über.«

Allmählich fühlte sich Ryan in die Defensive gedrängt. Er wollte nicht, dass Bryce ihm die Sache ausredete. Er schuldete es Emily. »Tu ich nicht. Ich sage dir, dass wir diesen Vertrag mit den Mahoney-Schwestern revidieren müssen. Emily möchte das Grundstück selbst kaufen, und sie braucht es dringender als wir.«

»Was? Wie kommst du denn darauf?«

»Ihre Großmutter und sie wollen es kaufen. Emily wird es renovieren, und dann wird ein weiteres Ferienhaus daraus.«

»Aber wir haben es schon für unsere eigenen Klienten gekauft. Ryan, wenn du dich aus diesem Deal zurückziehst, können uns die Mahoneys verklagen. Außerdem habe ich die Daten überflogen, und es ist ein großartiges Projekt. In ein paar Monaten hast du die Sache erledigt, und wir sind raus. Sag deinem Betthäschen einfach, dass sie ein anderes Cottage kaufen soll. Es wird ja wohl nicht das einzige dort sein. Sie wird das verstehen. Jetzt ist es viertel nach vier, was bedeutet, dass mir nur noch fünfundvierzig Minuten Schlaf bleiben, bis das Baby aufwacht. Und dann muss ich Trish wecken, damit sie sich um ihn kümmert, und das macht Trish immer grantig, also lege ich jetzt auf. Ich rufe dich später wieder an, aber sag auf keinen Fall den Mahoney-Deal ab.«

Ryan widersprach, aber dann fiel ihm auf, dass er nur noch mit sich selbst redete. Bryce war weg. Diese Unterhaltung war ziemlich genau so verlaufen, wie er erwartet hatte. Der Geschäftsteil seines Gehirns stimmte seinem Bruder zu. Der Deal war zu gut und zu einfach für Taggert Property Management, um ihn aus einem so fadenscheinigen Grund aufzugeben. Der andere Teil seines Gehirns, der Teil, der vollauf mit der Vorstellung von Emily im Bett neben sich beschäftigt war, hatte ihn irgendwie umgekrempelt. Er musste ihr von dem Vertrag erzählen, und zwar bald, denn sie konnte jederzeit nach San Antonio zurückfliegen, um den Verkauf ihres Flip-Hauses abzuschließen. An diesem Abend würde er mit ihr darüber sprechen. Bryce hatte recht. Sie war klug und vernünftig. Sie würde es verstehen. Es war nichts Persönliches. Es war rein geschäftlich.

Kapitel 29

All die Erinnerungen daran, wie sie als Teenager heimlich umhergeschlichen war, kamen Emily wieder in den Sinn, als sie mit gesenktem Kopf die Lobby des Rosebush Hotel durchquerte. Es war fast Abendessenszeit, und sie hatten sich für »Zimmerservice und Romantik« entschieden. Ryans Worte. Also stand sie nun vor seiner Zimmertür. Sie hob die Hand, um zu klopfen, aber da ging die Tür schon auf und er zog sie hinein, schlug die Tür wieder zu und drückte sie mit dem Rücken dagegen.

Sie keuchte. »Oha. Hallo, Mr Taggert.«

»Hallo, Miss Chambers«, antwortete er lächelnd. »Ich habe gehört, dass die Brautwerbung hier in Trillium Bay eine langsame Angelegenheit ist, aber jetzt sind Sie in *meinem* Zimmer, und ich glaube nicht, dass diese Regeln hier gelten.«

»Wie grässlich tyrannisch von Ihnen.« Sie legte die Hände auf seine Hüfte und zog ihn zu sich.

Ein tiefes, zufriedenes Grollen drang aus seiner Kehle. »Vielleicht, aber irgendetwas sagt mir, dass wir uns einig sind.«

»Ich glaube, das sind wir.«

»Gut, weil ich nämlich den ganzen verdammten Tag schon an dich denke.«

»Ich auch.«

Die Tür knarrte in ihrem Rahmen, als er sich vorbeugte, um sie zu küssen, was Wellen des Genusses durch ihren Körper sandte und alle Gedanken vertrieb. Er war wirklich gut darin.

Sie schubste ihn von sich, und kurz wirkte er verwirrt, bis er begriff, dass sie ihn in Richtung Bett schubste. Sein Blick wurde hungrig, und rasch zog er sich das Shirt aus.

Verdammt, diesen Anblick würde sie nie leid werden. Die Formen und Linien seines Oberkörpers. Er ließ das Shirt auf den Boden fallen und zog sie an sich.

»Dein Kleid gefällt mir«, sagte er.

»Tatsächlich?« Damit strich sie sich einen der Träger von der Schulter.

»Ja. Sehr sogar.«

»Das ist gut.« Sie strich sich den anderen Träger von der Schulter und ließ das Kleid hinabgleiten. Es fing sich an ihrer Hüfte, und wie hypnotisiert sah Ryan zu, als sie die Daumen in den Stoff hakte und das Kleid schließlich ganz abstreifte.

»Verdammt«, keuchte er, und Emily fühlte sich zugleich machtvoll und vollkommen machtlos unter seinem Blick. So viele Hindernisse konnten sie letztendlich voneinander trennen, aber nichts davon war wichtig, wegen all der Dinge, die sie zueinander hinzogen. Ryan schlang die Arme um sie, und als sie auf die Matratze fielen, begriff Emily Chambers, dass sie drauf und dran war, sich zu verlieben.

* * *

»Ich glaube, wir brauchen jetzt diesen Zimmerservice. Hast du Hunger?«, fragte Ryan einige Zeit später, als sie eng umschlungen in die Laken verwickelt dalagen.

»Was glaubst du denn? Ich bin ausgehungert.«

Er lachte und küsste sie ein weiteres Mal, wobei er beinahe eine Kettenreaktion in Gang gesetzt hätte, die das Essen mindestens noch eine weitere Stunde hinausgeschoben hätte. Sie stieß ihn vor die Brust.

»Im Ernst. Ich bin regelkonform am Verhungern. Ich brauche Essen.«

»Okay, okay, ich rufe sofort an.« Er beugte sich über den Bettrand, um sein Handy aus dem Kleiderhaufen hervorzukramen. Emily behielt ihn im Blick, um das faszinierende Spiel seiner Muskeln bewundern zu können. Schließlich fand er das Handy und zog es aus der Jeanstasche. »Hey, mein Bruder hat angerufen. Ich sollte mich eigentlich heute Nachmittag bei ihm melden, er ist bestimmt schon ganz durch den Wind. Macht es dir etwas aus, wenn ich ihn kurz anrufe, nachdem ich uns Essen bestellt habe?«

»Natürlich nicht. Macht es dir etwas aus, wenn ich schnell unter die Dusche springe?«

»Nicht wenn ich dazukommen darf.«

»Ich werde nie etwas zu essen bekommen, hm?«

»Ich verspreche, ich lasse dich essen. Was möchtest du denn?«

»Überrasch mich.« Sie zog sich sein T-Shirt über und steuerte das Badezimmer an.

»Ich liebe Frauen, die mich entscheiden lassen«, rief er ihr nach.

»Gewöhn dich nicht zu sehr dran.« Damit schloss sie die Tür hinter sich.

Das Badezimmer war winzig, und die großen Blumenmuster auf der Tapete ließen es noch winziger wirken. Die Dusche war gerade mal groß genug für sie allein. Auf keinen Fall würde sich Ryan noch dazuzwängen können, also beschloss sie, sich nur kurz abzubrausen, und ihm dann das Badezimmer zu überlassen. Fünf Minuten später trocknete sie sich schon wieder ab und hörte, wie er telefonierte. Sie sah in den Spiegel und fragte sich, wie aufwendig es wohl werden würde, sich wieder vorzeigbar zu machen. Weder ihre Großmutter noch ihre Tochter durften ihr ansehen, was sie getrieben hatte. Erst recht nicht ihre Tochter.

»Genau das wollte ich dir ja vorhin erzählen, Bryce, aber da warst du noch mit Schlaftabletten vollgepumpt. Es sind nur ein paar kleine alte Damen, ich glaube, mit denen komme ich schon zurecht«, hörte sie Ryan sagen. Es schien eine merkwürdige Bemerkung zu sein, und sie konnte einfach nicht anders, als sich noch ein Stück näher zur Tür zu beugen und zu lauschen. Doch noch im selben Moment wünschte sie, sie hätte es nicht getan.

»Nein, Dads Entwürfe sind für ein dreistöckiges Bed and Breakfast genau vor dem Cottage, an dem Emily gerade arbeitet.« Er lachte über etwas, das sein Bruder gesagt hatte, und fügte hinzu: »Ja, das rosa Häuschen mit der alten Dame drin. Genau deshalb wollen diese Mahoney-Schwestern ja, dass wir dort bauen. Ich habe selbst mit ihnen gesprochen, und sie wären sogar bereit, ihr Geld in den Sand zu setzen, wenn sie damit nur den Callaghans eins auswischen können. Irgendeine alte Inselfehde.«

Emilys Herz, das nur Augenblicke zuvor so freudig geschlagen hatte, schien ins Bodenlose zu stürzen. Was hatte er da gerade gesagt? Ein Bed and Breakfast genau vor Gigis Cottage? Die Mahoney-Schwestern?

Sie musste sich irren. Sie musste das falsch verstanden haben.

Nachdem sie sich fertig abgetrocknet hatte, schlang sie sich das Handtuch um den Körper. Ryan schwieg eine Weile und lauschte offenbar seinem Bruder, dann hörte sie wieder seine Stimme. »Ja, wir haben das Grundstück schon gekauft. Ehrlich gesagt kann ich gar nicht fassen, dass das immer noch ein Geheimnis ist, so wie hier auf der Insel getratscht wird. Deshalb bestehen die Mahoneys ja darauf, dass niemand in Trillium Bay erfährt, dass sie unsere Klienten sind. Alles sehr geheimnisvoll.«

Wieder lachte er, dann ging die Unterhaltung noch eine Weile hin und her. Emily hatte sich nicht verhört. Er arbeitete für die Mahoneys. Wie hatte er ihr das verschweigen können? Er wusste doch, dass sie an dem Cottage interessiert war, aber demzufolge, was er gerade gesagt hatte, gehörte es bereits seinem Unternehmen. Das ergab keinen Sinn. Überhaupt keinen. Demütigung überlief sie wie zuvor das heiße Wasser der Dusche, und ihr Atem wurde flach. Er hatte sie an der Nase herumgeführt, und ihr fiel einfach kein entschuldbarer Grund dafür ein. Sie musste irgendwie aus diesem Hotelzimmer entkommen.

Sie verließ das Badezimmer und er hob den Blick. Sein Lächeln wurde schelmisch, als er das Handtuch sah. Er saß in einem Sessel vor dem Fenster und hatte die Füße auf das Sims gelegt. Inzwischen trug er wieder seine Shorts, und sie kam sich auf einmal sehr verletzlich und sehr nackt vor.

»Ich muss jetzt Schluss machen, Bryce. Habe Besseres zu tun, als mit dir zu telefonieren. Ja, die Details klären wir später.« Er warf das Handy aufs Bett und stand auf. »Tut mir leid, dass es so lang gedauert hat. Bryce will immer übers Geschäft reden.« Er kam zu ihr und küsste sie auf den Hals. Am liebsten hätte sie ihm ins Gesicht geschlagen. Er hätte ihr von dem Grundstück erzählen müssen. Warum hatte er es nicht getan? Aber vielleicht irrte sie sich ja doch. Sie musste sich irren. Seine Worte kreisten in ihrem Kopf, während sie versuchte, sich irgendeinen anderen Reim darauf zu machen.

»Ich weiß doch, dass es euch Taggerts immer nur ums Geschäft geht«, gab sie zurück und hörte selbst, wie tonlos ihre Stimme klang. Sie konnte es nicht verbergen.

Ryan wich einen Schritt zurück und sah sie an. »Alles in Ordnung?«

»Ja, alles bestens. Die Dusche ist zu klein für zwei. Ich muss mich anziehen.«

»Okay, ja. Dann springe ich auch schnell rein. Fühl dich wie zu Hause, ich bin gleich wieder da. Ich habe genug Essen für fünf Personen bestellt. Du wirst Energie brauchen.« Wieder lächelte er, aber sie nickte nur. Sein Lächeln geriet etwas ins Wanken. »Sollte gleich da sein. Bist du sicher, dass alles in Ordnung ist?«

Sie nickte nachdrücklich. Sie sollte ihn einfach fragen, aber sie wusste, was sie gehört hatte, und sie wollte nicht, dass er nun alles zu verdrehen versuchte. Sie wollte die Entschuldigung, es sei doch nichts Persönliches, nicht hören. Es war rein geschäftlich. Aber für sie fühlte es sich persönlich an. Er wusste, was sie in diese Renovierung gesteckt hatte, und nun wollte er das alles ruinieren? Nur damit die Mahoney-Schwestern ein Bed and Breakfast bauen konnten? Das durfte nicht wahr sein.

Sie lächelte etwas lahm. »Ja, alles gut. Geh duschen.«

Er schloss die Tür hinter sich, und sie zog sich an, so schnell sie konnte. Während ihr Verstand diverse Möglichkeiten durchspielte, fiel ihr der Schreibtisch in der Zimmerecke auf. Er war übersät mit Papieren. Sie lagen ganz offen da. Was konnte es schaden, wenn sie einen kurzen Blick riskierte? Sie zog sich die Schuhe an und dann steuerten ihre Füße sie von ganz allein in diese Richtung. Es waren Zeichnungen von Gigis Cottage, Ideen, die er ihr noch nicht gezeigt hatte. Auch ein paar Skizzen für geringfügige Veränderungen an der Fassade.

Ein paar der Blätter ganz unten im Stapel hatten Eselsohren und waren an den Rändern eingerissen, so als hätte man sie in einer etwas zu kleinen Mappe herumgetragen. Sie dachte an Ryans vollgestopfte Laptoptasche mit den hervorquellenden Papieren, damals am Flughafen in Wawatam. Sie zog die Papiere heraus, um sie sich anzusehen, und der Stein, der während der vergangenen Viertelstunde in ihrem Magen gewachsen war, bekam Stacheln. Es waren Entwürfe für ein dreistöckiges Bed and Breakfast, genau dort, wo jetzt noch das rosa Cottage stand. Es waren auch Landmarken auf der Zeichnung, wie der alte Fliederbaum, den sie selbst Ryan gezeigt hatte. Es war eindeutig.

Sie brauchte frische Luft. Sie brauchte Distanz, um nachdenken zu können. Sie zog die Schublade des Nachtschränkchens auf und fand einen Stift mitsamt Papier. Rasch kritzelte sie eine Nachricht für Ryan.

Tut mir leid. Es hat sich etwas ergeben. Musste nach Hause. Ich melde mich.

Es war eine feige Flucht und sie verabscheute es. Normalerweise ging sie die Dinge lieber direkt an, aber jetzt musste sie vom Tatort verschwinden, um zu entscheiden, wie sie sich fühlte, bevor sie mit ihm sprechen konnte. Sie ließ die Nachricht neben seinem Handy liegen, verließ das Zimmer und zog die Tür mit einem nachdrücklichen Klicken hinter sich ins Schloss.

* * *

Wo zum Teufel war sie? Ryan sah sich eine ganze Weile in dem kleinen Zimmer um, bevor er die Nachricht auf dem Bett fand. *Es hat sich etwas ergeben?* Er hoffte, es war nichts Ernstes. Oder irgendetwas mit Chloe. Er wählte Emilys Handynummer, aber es meldete sich nur die Mailbox.

»Hey, ich bin's. Ich hoffe, es ist alles in Ordnung. Ruf mich zurück, wenn du kannst.«

Der Zimmerservice klopfte an, und Ryan fand sich damit ab, allein essen zu müssen. Er war versucht, zu Gigis Haus zu gehen und nachzusehen, ob wirklich alles okay war. Warum hatte sie nicht wenigstens an die Badezimmertür geklopft, um ihm zu sagen, dass sie ging? Unruhe breitete sich in seinem Bauch aus.

Sie hatten doch eine tolle Zeit miteinander gehabt, oder? Eine richtig tolle Zeit. Seit Wochen genossen sie ihre Zweisamkeit, und jedes Mal, wenn er sie sah, wollte er sie noch mehr. Er dachte, das hätte er unmissverständlich klargemacht.

Warum war sie also so abrupt gegangen? Warum hatte sie sich nicht verabschiedet? Er las ihre Nachricht noch ein paar Mal, aber da war nicht mehr. Er sah sich im Zimmer um, auf der Suche nach Hinweisen, aber nichts fiel ihm ins Auge. Es war nur ein Hotelzimmer mit all den Dingen, die man üblicherweise darin fand. Sein Koffer, seine Kleider, sein Laptop und seine Laptoptasche, der Papierstapel und die Entwurfszeichnungen seines Dads. Nichts, was erklären würde, warum sie gegangen war.

Erst einmal konnte er jedenfalls nichts daran ändern. Wahrscheinlich hatte sich Chloe nur wegen irgendeiner Kleinigkeit regelkonform aufgeregt, oder Gigi brauchte jemanden, der ihr einen Martini mixte. Emily würde ihn später anrufen oder spätestens morgen.

Er verdrückte sein Abendessen, und dann verdrückte er auch ihres, wobei er sich wünschte, sie wäre hier. Tatsächlich wünschte er sich eigentlich immer, sie wäre bei ihm. Immer. Falls sie wirklich zurück auf die Insel zog, nun, dann wäre das furchtbar unpraktisch. Allerdings war San Antonio von Sacramento aus auch nicht viel besser. Er konnte Sacramento nicht verlassen. Das war *sein* Zuhause. Dort lebten seine Brüder und seine Freunde. Er wollte all das nicht aufgeben. Klar, im Augenblick war er zwar öfter auf Reisen als daheim, aber es war trotzdem sein Zuhause. Aber vielleicht war »Zuhause« ja weniger ein Ort, an dem man sich befand, als vielmehr eine Person, mit der man zusammen war. Er wusste nur, dass er sich fühlte, als wäre er heimgekommen, wann immer er Emily in den Armen hielt.

Kapitel 30

Emily beugte sich tief über den Küchentisch und trank einen Schluck von dem Martini, den Gigi für sie gemacht hatte. Er war bitter und herb und passte perfekt zu ihrer Laune. Nachdem sie Ryans Hotelzimmer verlassen hatte, war sie schnurstracks zu Bridget O'Malley gegangen und hatte sie nach dem Verkauf ihres kleinen rosa Häuschens gefragt. Nun wünschte sie fast, sie hätte es nicht getan.

»Nur damit ich das nicht falsch verstehe«, fasste Gigi zusammen. »Ryan hat Bridget O'Malley gesagt, dass sein Unternehmen ihr Grundstück kaufen will, um dort ein Bed and Breakfast zu bauen, das O'Malley House heißen soll?« Gigi war schon bei ihrem zweiten Martini, aber da sie eine geübte Trinkerin war, beeinträchtigte sie das offenbar kaum. Emily dagegen spürte bereits die Auswirkungen der ersten paar Schlucke. Vielleicht, weil Ryan ihr nie das versprochene Essen gegeben hatte. Dieser Lügner. Dieser Betrüger. Dieser Mistkerl.

»Genau, Gigi. Mrs O'Malley hat mir sogar die Entwurfszeichnungen gezeigt, und sie stimmen fast ganz genau mit den Zeichnungen in Ryans Hotelzimmer überein.«

»Müssen wir darüber sprechen, was du in Ryans Hotelzimmer zu suchen hattest?«

»Lieber nicht.«

»Dachte ich mir. Tja, wie auch immer, bist du sicher, dass er die Mahoney-Schwestern erwähnt hat? Denen würde Bridget niemals irgendetwas verkaufen. Ich habe einmal gesehen, wie sie sich geweigert hat, April beim Kuchenverkauf einen Reiskräcker zu überlassen.«

»Ja, ich habe genau gehört, wie er die Mahoneys erwähnt hat. Ryan hat mir mal erzählt, dass viele seiner Klienten lieber anonym bleiben, um genau so eine Situation zu vermeiden. Ich nehme an, deshalb hat June ihn angeheuert. Sie wusste, dass Bridget O'Malley ihnen das Grundstück nicht verkaufen würde, und sie weiß auch, dass ein dreistöckiges Gebäude an diesem Standort die Sicht aus deinem Mietcottage total ruinieren würde. Zwei Fliegen mit einer Klappe für diese Mahoney-Miststücke.« Allmählich verstand sie, warum ihre Großmutter diese Sippe nicht ausstehen konnte. Emily konnte sie gerade ebenfalls nicht ausstehen. Und die Taggerts genauso wenig. »Ich kann einfach nicht fassen, dass Ryan es nicht einmal erwähnt hat, als ich ihm erzählt habe, dass wir darüber nachdenken, das Grundstück zu kaufen. Kein Wort, keine Andeutung, nichts.«

»Warum sagen wir den Taggerts dann nicht einfach, dass sie dort nicht bauen sollen?«, fragte Chloe und steckte den Kopf um die Ecke. Emily musste dringend mal mit ihrer Tochter über das Lauschen sprechen, aber es lag dem Mädchen nun mal im Blut.

Stattdessen stand sie auf und umarmte Chloe.

»Wir können es versuchen, Schatz, aber Geld ist Männern wie den Taggerts sehr wichtig. Ryan und seine Brüder sind entschlossen, Geld zu machen und es zu behalten.« Deprimiert ließ sie sich wieder auf ihren Stuhl fallen. »Die gute Nachricht ist wohl, dass Jewel mich vorhin angerufen und mir gesagt hat, dass der Kaufvertrag für das Haus in San Antonio übermorgen unterzeichnet werden soll. Gigi, wenn es dir nichts ausmacht, ein paar Tage ein Auge auf Chloe zu haben, dann nehme ich den nächstmöglichen Flug nach San Antonio.«

»Natürlich macht mir das nichts aus. Chloe und ich werden viel Spaß haben. Wir machen jede Menge Selfies.«

»Ich glaube nur, wir haben nicht alle Informationen, die wir brauchen, Mom«, warf Chloe ein. »Ich meine, wie hast du überhaupt von der Sache erfahren?«

Geheimnisse. Geheimnisse. Geheimnisse. Wenigstens fragte Chloe nicht, was sie in Ryans Hotelzimmer zu suchen gehabt hatte. Dieser Teil musste ihr entgangen sein. »Äh, ich war mit Ryan zusammen und habe gehört, wie er am Telefon mit seinem Bruder darüber gesprochen hat, und dann habe ich ein paar der Entwurfszeichnungen gesehen.«

»Aber du hast ihn nicht danach gefragt? Du solltest ihn fragen.«

Damit hatte Chloe wahrscheinlich recht. Emily sollte ihn fragen, aber im Augenblick war sie wütend und verletzt. Irgendwann zwischen »Hi, ich bin Ryan« und »Ich muss dich einfach küssen« hätte er ihr doch erzählen können, dass er für die Mahoneys arbeitete, oder?

Gigi stand auf und leerte ihren Martini. »Tja, meine Süßen, wir können morgen weiter darüber sprechen. Ich brauche meinen Schönheitsschlaf.« Sie beugte sich vor und küsste Chloe auf die Stirn, dann ging sie um den Tisch herum und küsste auch Emily auf die Stirn. »Mach dir nicht zu viele Sorgen, Schatz. Normalerweise regeln sich die Dinge immer irgendwie, und bei dieser Sache wird es genauso sein.«

Zum dritten Mal, seit sie Ryans Hotelzimmer verlassen hatte, summte Emilys Handy. Dieselbe Nachricht in etwas anderen Worten. Er hatte ihr auch eine Sprachnachricht hinterlassen.

»Hey, ich mache mir irgendwie Sorgen. Ich hoffe, es ist alles okay. Ruf mich zurück.«

Sie wollte nicht am Telefon darüber sprechen, aber sie wollte auch keine Konversation via Textnachrichten führen. Sie wollte ihn einfach ignorieren.

Ryan Taggert war ein Arschloch. Er hatte sie absichtlich getäuscht. Und nicht nur sie, sondern auch eine gutgläubige einhundertzwei Jahre alte Frau, und das nur, um Kapital daraus zu schlagen. Er war ganz und gar nicht der Mann, für den sie ihn gehalten hatte.

Sie beugte sich vor und schnappte sich ihren Laptop vom Küchentresen, dann klappte sie ihn auf, um nach Flügen zu suchen. »Chloe, geh doch am besten hoch ins Bett. Ich muss noch den Flug buchen, dann gehe ich auch schlafen.«

»Okay, aber ich finde trotzdem, wir sollten Mrs O'Malley einfach darum bitten, das Grundstück nicht zu verkaufen, dann tut sie es bestimmt auch nicht. Oder, wenn sie es schon getan hat, dann sollten wir einfach Ryan und Tag bitten, dort nicht zu bauen.«

Emily tätschelte ihr den Arm. »Ich hoffe, du hast recht, Schatz. Ich frage sie, wenn ich aus San Antonio zurück bin.«

»Wie lange bleibst du weg?«

»Vier oder fünf Tage. Ich muss zu Hause – ich meine, bei Jewel zu Hause – alle unsere Sachen packen und sie irgendwo einlagern, bis wir uns überlegt haben, wo wir leben wollen.«

»Wäre das jetzt ein guter Zeitpunkt, um anzumerken, dass ich gern hier leben möchte? Vielleicht nicht für immer, aber mal für ein Jahr oder so? Bis meine Brüste gewachsen sind. Dann können wir zurück nach San Antonio, und ich sage Anastasia Whitcomb, dass sie mich mal kann.«

Zum ersten Mal seit mehreren Stunden musste Emily lächeln. »Glaubst du wirklich, dass du gern hier leben möchtest?«

Chloe kam zu ihr und umarmte sie. »Ich glaube, es würde Spaß machen. Wir könnten Tante Brooke dabei helfen, Bürgermeisterin zu werden, und ich könnte das ganze Jahr über reiten gehen. Außerdem mag ich meine neuen Freunde. Susie Mahoney ist die beste Freundin auf der ganzen Welt.«

Chloe wirkte so ernst und hoffnungsvoll. Wogegen wehrte sich Emily noch? Hier hatte sie alles, was sie brauchte. Taggert Property Management würde irgendwann seine Projekte hier beenden und von der Insel verschwinden. Sie war diejenige, die das Recht hatte, hier zu sein. Nicht die Taggerts.

»Wahrscheinlich, Schatz. Ich kann dir heute Abend keine endgültige Antwort geben, weil ich wegen ein paar Dingen ziemlich verwirrt bin, aber ich verspreche, dass ich darüber nachdenke.«

»Willst du wissen, warum ich noch hierherziehen möchte?«

»Warum?

»Die Leute haben angefangen, mich Krümel zu nennen. Ist doch irgendwie süß.«

* * *

»Danke, dass du mich zum Bootsanleger bringst, Dad.« Emily saß an diesem Morgen neben ihrem Vater in der Polizeikutsche. »Das hättest du wirklich nicht tun müssen.«

»Ich weiß, dass ich das nicht hätte tun müssen, aber ab und zu kannst du schon mal etwas Gutes von mir annehmen.«

»Okay, mache ich. Kann ich dich dann um noch einen Gefallen bitten?«

»Natürlich.«

»Kannst du ein-, zweimal pro Tag beim Cottage vorbeischauen und dich davon überzeugen, dass die Mannschaft dort auch arbeitet und nicht nur Yoga macht oder Squaredance übt oder einfach ganz allgemein Zeit verschwendet?«

»Das mache ich auf jeden Fall. Kannst du dann auch etwas für mich tun?«

»Ich kann es versuchen.«

»In Ordnung. Ich werde dir nicht sagen, dass du zurück nach Hause kommen sollst, weil ich glaube, dass mich das nichts angeht. Du musst tun, was du für das Beste für dich und Chloe hältst, aber ich möchte, dass du mir versprichst, öfter zu Besuch zu kommen. Und falls du dich entschließt, doch herzuziehen, dann könnte mein Haus eine Renovierung vertragen. Nichts zu Aufwendiges, aber vielleicht wird es Zeit für eine Spülmaschine oder ein paar andere Küchengeräte.«

»Bietest du mir gerade einen Job an?«

»Einen Job, einen Ort zum Wohnen, was auch immer du brauchst.«

Rasch wandte sie sich ab, um eine Träne fortzuwischen. Wenn Harlan sie weinen sah, würde er es vermutlich bereuen, überhaupt etwas gesagt zu haben. »Ich glaube, ich würde gern nach Hause kommen, Dad. Vielleicht nicht für immer, aber lange genug, damit Chloe mal einen Winter in Michigan erleben kann. Also bleiben wir vielleicht erst einmal ein Jahr und schauen, wie es läuft?«

»Die Idee gefällt mir. Die Idee gefällt mir sogar sehr.«

Sie lächelte. »Mir auch.«

So. Diese Entscheidung war getroffen. Sie würde in San Antonio ihre Sachen packen und sie hierherschicken lassen. Sie würde Jewel vermissen wie verrückt, aber da ihre Freundin nun ja einen neuen Job und einen neuen Verlobten hatte, würde sie realistisch betrachtet ohnehin nicht viel Zeit für Emily haben. Sie würde eben einfach den Sommerurlaub in Trillium Bay verbringen müssen.

»Kann ich dich etwas fragen, Peach?«, setzte Harlan ein paar Minuten später wieder an.

»Klar.«

»Was soll ich deiner Meinung nach wegen deiner Schwester und diesem Taggert tun?«

Er fragte sie nach ihrer Meinung. Das war eine ziemlich große Sache.

»Ich weiß es nicht, Dad, aber ich würde vorschlagen, dass du Lilly nicht ausschließt. Es ist dir vielleicht nicht bewusst, aber manchmal ist es nicht ganz einfach, mit dir zu sprechen.«

Seine Mundwinkel zuckten. Das war Harlan Callaghans Version eines Lachanfalls, also war sie zufrieden.

»Könnte stimmen. Also, ich werde es versuchen. Aber leicht wird das nicht. Es war schlimm genug, als du abgehauen bist, aber damals konnte ich wenigstens verstehen, warum du es getan hast. Aber das hier? Sie und er? Er ist in meinem Alter. Weißt du, wie falsch es sich für mich anfühlen würde, mit jemandem in ihrem Alter zusammen zu sein? Es ist unpassend.«

»Ich weiß nicht, was ich dazu sagen soll. Ich begreife es auch nicht, aber es ist Lillys Leben, und sie muss die Konsequenzen ihrer Entscheidungen tragen, genau wie ich damals.«

Offensichtlich war sie noch immer dabei, diese Lektion zu lernen, denn ihr Urteilsvermögen, was Männer betraf, schien sich während der vergangenen fünfzehn Jahre keinen Deut verbessert zu haben. Auf der Insel würde sie in näherer Zukunft vermutlich auch niemanden kennenlernen, aber das fühlte sich im Moment eher an wie ein Segen.

»Da sind wir«, sagte ihr Vater und zog an den Zügeln. Gemächlich blieben die Pferde stehen, und Emily schnappte sich ihre Tasche.

»Danke noch mal, Dad.« Sie blinzelte eine weitere Träne fort. »Ich bin in fünf Tagen wieder da. Bis dann.«

»Ich freue mich schon.«

Sie kletterte von der Kutsche und lächelte ihn an. »Ich mich auch, Dad.« Und sie meinte es.

Kapitel 31

Das Erste, was Emily Chambers auffiel, als sie fünf Tage später die Fähre verließ und das Dock hinab zur Main Street in Trillium Bay lief, war Dmitri Krushnic, der mit seinem Imkerhut vor Joe's Coffee Shop saß und einen Kaffee mit Sahne und Streuseln zu sich nahm.

»Hey, hey, Peach. Schön, dass du wieder da bist. Wie war es in San Antonio?«

Sie zuckte mit den Schultern und rückte den Tragegurt ihrer Reisetasche zurecht. »Schon okay, schätze ich, aber kannst du ein Geheimnis für dich behalten?« Natürlich nicht.

Feierlich legte er die Hand aufs Herz. »Ich werde es mit ins Grab nehmen.«

Das war angesichts seiner Vorgeschichte ein riskantes Versprechen. »Ich habe beschlossen, wieder nach Hause zu ziehen. Hierher auf die Insel.«

Sein Lächeln wurde breiter und entblößte die Lücke zwischen seinen Vorderzähnen. »Das sind ja fantastische Neuigkeiten. Meine Lippen sind versiegelt, das schwöre ich. Von mir erfährt es niemand.«

Das bezweifelte sie ernsthaft, aber es spielte keine Rolle. Peach war nach Hause gekommen, und es Dmitri unter dem

Deckmantel der Verschwiegenheit zu erzählen war zweifellos der effektivste Weg, es bekannt zu machen.

Sie ging weiter, wobei ihre Tennisschuhe auf dem Bürgersteig leise Quietschgeräusche machten. Die meisten ihrer Sommerklamotten waren ohnehin schon bei Gigi, und während ihres Aufenthalts in San Antonio hatte Emily ihren ganzen weltlichen Besitz zusammengepackt und seinen Transport auf die Insel in die Wege geleitet. Ihr Besuch bei Jewel war schön und bittersüß gewesen. Sie hatten einander umarmt und geweint und sich versprochen, immer, immer in Kontakt zu bleiben, und Emily wusste, dass sie das auch tun würden. Eine Freundschaft wie ihre konnte die Entfernung überdauern.

In Emilys Geldbeutel steckte ein Bankscheck für Margaret O'Reilly-Callaghan-Harper-Smith über den vollen Betrag des Darlehens, und ein weiterer Bankscheck über Emilys Vermögen, das sie bei Trillium Bay Savings & Loan, der hiesigen Bank, deponieren wollte. Es fühlte sich gut an, ihre Schulden bei ihrer Großmutter zu begleichen, und es hatte sich sehr, sehr gut angefühlt, das Katastrophenhaus loszuwerden. Und es fühlte sich sehr, sehr, sehr gut an, wieder zu Hause auf Wenniway Island zu sein.

Während der langen Reise von San Antonio nach Michigan hatte sie Zeit gehabt, nachzudenken und ihre Zukunft zu planen. Was auch immer das nützen würde. Das Leben hatte es so an sich, unter ihren Füßen einfach wegzurutschen wie Treibsand, und sie hatte gelernt, eben einfach das Beste daraus zu machen. Wie Gigi immer sagte: »Wenn Gott eine Tür zumacht, wirft er dich dafür aus dem Fenster.« Diese Lektion hatte Emily besser gelernt als jeder andere, also war es vermutlich sinnlos, langfristige Zukunftspläne zu schmieden. In einem Punkt war sie sich allerdings sicher. Ryan Taggert würde nicht Teil dieser Zukunft sein.

Seit sie abgereist war, hatte er zweimal versucht, sie anzurufen, aber sie hatte seine Nachrichten nicht abgehört. Was konnte er schon als Entschuldigung dafür vorbringen, dass er eine alte Dame ausgetrickst hatte? Das war abscheulich, und es war eine klare Demonstration seiner Prioritäten. Das Geschäft kam zuerst. Menschen und ihre Gefühle waren zweitrangig.

Die Wahrheit war, dass er auch Emily so gut wie belogen hatte, und dieser Verrat hatte sie tief getroffen. Nicht weil Mrs O'Malleys Grundstück ihr so wichtig gewesen wäre, sondern weil diese Unehrlichkeit gezeigt hatte, was für ein Mensch er war: einer, dem Geld mehr bedeutete als Integrität. Dazu kam die Tatsache, dass er bereit war, Gigis Cottage die Aussicht zu verbauen, und dass er darüber auch noch mit seinem Bruder zusammen gelacht hatte. In dem Wissen, wie viel Herzblut Emily in dieses Cottage gesteckt hatte. Tja, das zeigte wohl nur allzu deutlich, wo sie auf seiner Prioritätenliste stand. Nämlich ganz unten.

Nach allem, was sie wusste, würde er dieses dreistöckige Bed and Breakfast bauen und direkt dahinter die Mülltonnen deponieren, sodass jedem, der auf der Veranda von Gigis frisch renoviertem Cottage saß, ein fieser, fauliger Müllgeruch in die Nase stieg anstelle des Dufts von Flieder und Karamell. Das war mies. Genau wie er. Und genau wie die Tatsache, dass es ihr das Herz gebrochen hatte. Sie war auf ihn hereingefallen. Auf seinen seelenvollen Blick und sein sehnsüchtiges Lächeln. Auf die Muskeln und die Küsse und den großartigen Sex. Sie hatte sich selbst eingeredet, dass es echt war, obwohl sie es hätte besser wissen müssen.

Doch davon würde sie sich nicht aufhalten lassen. Ihr gebrochenes Herz würde heilen. Sie brauchte keinen Mann in ihrem Leben, und erst recht keinen wie Ryan Taggert. Sie würde auch eine Möglichkeit finden, die Aussicht vom Cottage trotzdem hübsch zu gestalten. Große Bäume, schöne Blumenbüsche, etwas in der Art. Wenn sie Mrs O'Malleys Cottage nicht kaufen konnte, dann vielleicht ein anderes. Immerhin wirkte auch Delores Cranshaw nicht sehr gesund, Emily blieben also Optionen. Sie würde sich schon etwas einfallen lassen. So war es immer. Chloe und sie würden zurechtkommen.

Beim Gedanken an Chloe ging sie etwas schneller. Sie freute sich darauf, ihre Tochter zu sehen, aber zuerst musste sie noch kurz beim Cottage vorbeischauen, um zu sehen, ob es in ihrer Abwesenheit irgendwelche Fortschritte gegeben hatte. Sie vertraute darauf, dass ihr Vater Wort gehalten und jeden Tag nach dem Rechten gesehen hatte, was aber noch nicht garantierte, dass dort viel gearbeitet worden war. Ihre Mannschaft hatte alles, was sie brauchte, um die Renovierung abzuschließen, aber na ja, sie wusste auch, wie oft die Dinge schiefliefen, obwohl sie da war. Sie konnte sich also gut vorstellen, was los war, wenn sie *nicht* da war.

Es war beinahe sechs Uhr abends, als sie die Stufen zur Haustür erklomm. Von drinnen hörte sie Stimmen, Gelächter und die Geräusche arbeitender Menschen. So spät noch? Das war entweder ein gutes Zeichen oder ein sehr, sehr schlechtes. Sie öffnete die Tür und war mindestens ebenso verblüfft wie Dorothy nach ihrer Landung in Oz. Ihre Mannschaft hatte Unglaubliches geleistet! Die Küchenschränke und Tresen waren installiert, die Böden glänzten, die Lampenhalterungen hingen an genau den richtigen Stellen, die zerbrochenen Kacheln vor dem Kamin waren ersetzt worden und sogar die Möbel hatte man zurechtgerückt. Was. War. Hier. Los? Das Haus sah fantastisch aus.

»Emily!«, begrüßte sie Winzig. »Willkommen zurück. Was hältst du davon?« Langsam drehte er sich mit ausgestreckten Armen im Kreis, und ihr fiel auf, dass er weder seine Krücken noch sein Hundehalsband trug. Dafür aber ein sauberes Hemd.

Er wirkte wie ein ganz neuer Mensch. Gloria hatte offenbar einen sehr guten Einfluss auf ihn.

»Ich bin baff, Winzig. Auf die bestmögliche Weise. Hier sieht es einfach toll aus.«

»Hiya, Chefin«, rief Pferdi und kam mit Malerutensilien in den Händen auf sie zu. »Schön, dass du wieder da bist. Wir sind gerade beim Aufräumen.«

»Namaste«, sagte Georgie und kam mit Matt im Gefolge ebenfalls dazu. Matt nickte ihr lächelnd zu.

»Wyatt und Garth sind schon heimgegangen, aber die Verkabelungen sind alle fertig. Es fehlen nur noch ein paar Lichtschalter und ein paar Kleinigkeiten. Ich habe die Restpunkteliste auf dem Küchentisch liegen gelassen, falls du sie dir ansehen möchtest«, erklärte Winzig.

»Ich bin sprachlos, Winzig. Ich kann gar nicht fassen, was ihr in den wenigen Tagen erreicht habt.«

»Tja, wir hatten ein bisschen Hilfe.«

Sie sah ihren Vorarbeiter an. »Von wem?«

»Von den Taggerts. Sie waren in den letzten Tagen auch hier, und sie haben sogar ein paar Leute vom Clairmont mitgebracht. Es beschleunigt die Sache, wenn mehr Hände bei der Arbeit sind. Besonders wenn diese Hände wissen, was sie tun.«

Ryans Hände wussten ganz eindeutig, was sie taten, aber daran wollte sie jetzt nicht denken, weil sie wütend auf ihn war. Sehr, sehr wütend. »Ryan und Tag haben euch geholfen? Warum?«

Winzig machte ein argloses Gesicht. »Das weiß ich auch nicht, Chefin. Das musst du sie wohl selbst fragen. Tag ist gerade nicht da, aber Ryan ist oben und ersetzt ein paar Fenster.«

Er war hier? Ryan war hier? Für diese Konfrontation war sie eigentlich noch nicht bereit. Aber warum in aller Welt hatte er sich diese Arbeit gemacht? Ein schlechtes Gewissen? Irgendeine nutzlose Entschuldigung? Dafür war es zu spät.

»Wenn es dir recht ist, machen wir für heute Schluss«, fügte Winzig hinzu. »Aber morgen gehen wir wieder frisch ans Werk.« Er griff nach einem riesigen Angelkasten, der ihm als Brotzeitbox diente, und steuerte die Haustür an. Die anderen folgten ihm, wobei sie sich verabschiedeten und sie im Vorbeigehen breit anlächelten. Sie waren stolz auf sich, und Emily lächelte zurück, denn sie war auch stolz auf sie.

Doch nun wartete Ryan oben, und sie war einfach zu neugierig, um widerstehen zu können. Sie stellte ihre Reisetasche ab und ging hinauf. Langsam, aber mit rasendem Herzen, als hätte sie vom Bootsdock bis hierher einen Sprint hingelegt. Sie hörte Geräusche aus dem Schlafzimmer links von ihr, also ging sie hinein. Und, jep, da stand er, in verwaschenen Jeans und einem weißen Unterhemd, während er mit den Fingern einen Klecks Spachtelmasse auf der Wand verstrich. Er stand mit dem Rücken zu ihr, was ihr Gelegenheit gab, diese Muskeln einen Moment lang zu betrachten, bevor er sich umdrehte und sie sich in Erinnerung rufen musste, warum sie wütend auf ihn war. Denn sie war wütend. Sehr, sehr wütend.

»Ähm, hallo?«

Bei ihren Worten drehte er sich um, und sie hatte recht gehabt. Auch auf der Vorderseite gab es diese Muskeln, und sie musste sich sehr anstrengen, bis ihr wieder einfiel, warum sie wütend auf ihn war. Ach ja. Richtig. Er würde ihre Aussicht ruinieren. Welche Ironie, denn die Aussicht, die sie im Moment hatte, war ziemlich toll.

»Hey. Willkommen zurück.« Seine Stimme klang etwas rauer als sonst.

»Danke.«

Ein etwas nervöses Schweigen breitete sich aus, während er sich die Hände an einem Tuch abwischte. »Du bist einfach davongelaufen«, sagte er schließlich. »Das war nicht sehr nett.«

Nun wurde ihre Miene finster. »Es war auch nicht sehr nett von dir, das Grundstück direkt vor diesem Cottage zu kaufen, ohne mir ein Wort davon zu sagen. Ich finde eigentlich, du hättest es erwähnen können, als wir im Bett darüber gesprochen haben. Und es war auch nicht sehr nett von dir, eine alte Dame hereinzulegen, damit sie dir ihr Haus verkauft.«

»Chloe hat mir erzählt, dass du deshalb wütend bist, und dazu hast du auch jedes Recht.« Er schüttelte den Kopf, wobei jedoch ein reuevolles Lächeln an seinem Mundwinkel zupfte.

»Du hast mit Chloe gesprochen?«

»Ja.« Nun wurde sein Lächeln verlegen. »Während du in San Antonio warst, haben Susie Mahoney und sie mich um ein Treffen gebeten. Ein Treffen mit mir, meinem Dad, Gigi und June Mahoney. Es war nicht ganz leicht, die beiden alten Damen in einen Raum zu bekommen, aber die Mädchen waren knallhart. Lilly hat geholfen, aber die Idee kam von Chloe. Ein wirklich kluges Mädel hast du da. Eines Tages wird sie eine fantastische Geschäftsführerin abgeben.«

»Wovon redest du da?« Chloe hatte *eine Versammlung einberufen?*

Er warf das Tuch auf ein Tischchen neben sich. »Tja, anscheinend haben Chloe und Susie ihre Beobachtungen verglichen und herausgefunden, was wir sogenannten Erwachsenen vorhatten. Da haben sie beschlossen, dieser Fehde ein für alle Mal ein Ende zu setzen. Susie hat ihrer Großmutter June erklärt, dass sie nie wieder ein Wort mit ihr sprechen würde, wenn sie dieses Bed and Breakfast vor Gigis Cottage baut. Woraufhin Chloe verkündet hat, wenn wir es bauen, würde sie dafür sorgen, dass weder Lilly noch du je wieder ein Wort mit Tag und mir sprechen würdet. Sie war ziemlich überzeugend, und es hat auch nicht geschadet, dass sie Lilly auf ihrer Seite hatte.« Langsam kam er auf sie zu, mit einem reuigen Lächeln und Hundeaugen, dieser Bastard.

»Aber Peach, das wäre gar nicht nötig gewesen. Wenn du einfach auf meine Nachrichten geantwortet hättest, dann hätte ich dir alles erzählt. Sobald ich mit dir hier war und gesehen habe, was die Pläne der Mahoneys mit Gigis Aussicht anstellen würden, habe ich Zweifel bekommen, und als du mir erzählt hast, dass du Interesse an dem rosa Häuschen hast, habe ich Bryce gesagt, dass der Deal vom Tisch sei. Aber das konnte ich dir noch nicht sagen wegen der Verschwiegenheitsklausel im Vertrag. Ich wollte nicht verklagt werden.« Er kam immer näher und nahm schließlich ihre beiden Hände in seine. »Ich weiß nicht, was du am Telefon gehört zu haben glaubst, aber da habe ich meinem Bruder erklärt, dass wir mit den Mahoneys neu verhandeln müssten, und genau das habe ich getan. Ich habe ihnen eine bedenkenswerte Alternative geboten, und obwohl sie nicht leicht zu überzeugen sind, habe ich sie schließlich dazu gekriegt, zuzustimmen. Du wirst deine Aussicht behalten.«

Sie atmete tief ein und ihr Herz wurde ganz leicht. »Wirklich? Das hast du geschafft? Wie?«

»Komm mal kurz mit runter. Ich möchte dir was zeigen.« Er zog sie mit sich, und sie folgte ihm, immer noch ein wenig benommen. *Dann bauten sie also kein Bed and Breakfast?*

In der Küche, auf der frisch fertiggestellten Kochinsel, lag ein Skizzenblock. Ryan klappte ihn auf, nahm mehrere Blätter heraus und breitete sie aus. Es waren Entwurfszeichnungen von Bridget O'Malleys kleinem rosa Häuschen, aber mit ein paar Verbesserungen, wie einer neuen Veranda und größeren Fenstern. Es gab auch noch weitere Skizzen, meistens Ansichten von leeren Räumen, die sich im Haus befinden mussten.

»Das verstehe ich nicht«, sagte sie und betrachtete die Zeichnungen.

»Die Mahoney-Schwestern waren – zähneknirschend – dazu bereit, das Grundstück zurückzugeben, aber Mrs O'Malley wollte doch lieber das Geld behalten. Anscheinend hat sie letzte

Woche ein Blech mit Snickerdoodles in Holzkohle verwandelt, also hat der Chef der Feuerwehr sie endlich davon überzeugt, in ein Seniorenzentrum zu ziehen, weil das näher bei einem Hydranten liegt.«

Emily lachte und war doch sehr erleichtert wegen Mrs O'Malley. Und wegen der Feuerwehr, aber das löste ihr Problem noch nicht.

»Das bedeutet doch aber, dass den Mahoneys immer noch das Grundstück gehört, oder?«

Sein Lächeln war warm, beinahe so warm wie ein Blech frischgebackener Snickerdoodles.

»Ja, das schon«, bestätigte er. »Tut mir leid, ich konnte sie nicht dazu bringen, es dir und Gigi zu verkaufen, aber ich habe ihnen gesagt, dass das Unternehmen wegen eines Interessenskonflikts unter keinen Umständen ein Bed and Breakfast dort bauen könnte. Nicht dass Chloe und Susie das zugelassen hätten. Aber es kommt noch besser. Ich konnte sie dazu überreden, das rosa Häuschen stehen zu lassen. Ich habe ihnen erklärt, dass es viel sinnvoller ist, es zu renovieren, und ich habe ihnen gesagt, dass ich eine sehr zuverlässige Person kenne, die das Projekt übernehmen könnte.«

Das konnte nicht sein Ernst sein. Das konnte einfach alles nicht wahr sein. »Du glaubst, die Mahoneys werden mir den Auftrag geben, Mrs O'Malleys Haus für sie zu renovieren?«

Er nickte und sah sie voll freudiger Erwartung an. »Der Job gehört dir, wenn du ihn willst. Gigi hat sich übrigens einverstanden erklärt. Die Fehde ist offiziell beendet, auch wenn ich nicht glaube, dass June und sie gleich beste Freundinnen werden.«

Emilys Verstand raste in den unterschiedlichsten Richtungen hin und her. »Ich bin so verwirrt, Ryan. Warum solltest du das alles tun? Doch nicht nur meinetwegen.«

Er lachte leise und zog sie an sich. »Doch, natürlich deinetwegen. Erinnerst du dich nicht mehr an den Teil, als ich dir gesagt habe, dass ich dich mag? Und zwar sehr?«

Sie erinnerte sich sehr wohl daran, aber diese Worte waren mit all den anderen Dingen vermischt, die in den vergangenen Wochen geschehen waren, und nun war es schwierig, alles zu einem vernünftigen Gedanken zu ordnen. Besonders wenn sie seinen Körper an ihrem fühlte, was es ihr nun ganz offiziell unmöglich machte, noch länger sauer auf ihn zu sein.

»Ich mag dich auch, Ryan, aber ich dachte, für dich kommt das Geschäft immer zuerst? Verliert dein Unternehmen denn nicht eine Menge Geld, wenn ihr dieses Bed and Breakfast doch nicht baut?«

Sein Nicken war beiläufig. »Jep, wir verlieren schon einiges an Geld, und Bryce ist nicht sehr glücklich darüber, aber Peach, es ist nur ein Geschäft. Das hier ist persönlich, und ich weiß jetzt, dass das wichtiger ist.« Er beugte sich vor und küsste sie auf die Lippen, sanft und süß. Es war ein zärtlicher Kuss voller Entschuldigungen und Versprechen. Sie schmiegte sich an ihn, schlang ihm die Arme um die Schultern und erwiderte den Kuss mit all der Hoffnung und Vergebung, die sie empfand.

Ryan drückte sie an sich und hob dann den Kopf, um sie anzusehen. Er suchte ihren Blick. »Ich weiß nicht, wie es mit uns weitergeht. Das ist alles noch so neu, aber ich möchte, dass aus uns … ein *Uns* wird. Als ich gesagt habe, dass ich dich mag, war ich nämlich nicht ganz ehrlich. Die Wahrheit ist, dass ich mich offenbar in dich verliebt habe.«

Emilys Herz flatterte und vibrierte und sang ein Halleluja. »Ich auch. Geht mir genauso. Ich glaube, ich habe mich auch in dich verliebt, aber du lebst in Sacramento, und ich ziehe hierher.«

Seine Miene sagte: *Ich habe noch mehr gute Nachrichten.* »Ja, was das angeht … Wie es der glückliche Zufall will, hat

Tag noch ein weiteres Hotel auf der Insel aufgetan, das meine beratende Unterstützung gebrauchen kann. Der Laden ist das reinste Chaos. Also werde ich wohl noch eine Weile hierbleiben. Sacramento wird eben erst einmal ohne mich auskommen müssen.«

»Hierbleiben? Für wie lang?« *Bitte sehr lang. Bitte sehr lang.*

Sein Schulterzucken war neckisch, aber ermutigend. »Es wird *Monate,* wenn nicht gar *Jahre* dauern, das Hotel wieder in Schuss zu bringen.«

Seine Antwort entfachte ein Feuerwerk in ihrer Brust, denn das waren die besten Neuigkeiten, seit … seit jemals. Sie stellte sich auf die Zehenspitzen, um seinem Mund näher zu kommen. »Im Winter ist es hier ganz schön kalt. Aber ich könnte dich wärmen, wenn du daran Interesse hast.«

»Oh, zum Teufel, das habe ich. Und ob ich das habe. Großes Interesse.«

Er hob sie hoch, trug sie zu dem roten Samtsofa und bedeckte ihr Gesicht mit prickelnden Küssen, bis sie beide lachen mussten.

Sie lächelte zu ihm hinauf, und Glück durchströmte sie. Sie war zu Hause. Wieder bei ihrer Familie. Sie hatte einen Ort zum Leben, einen Job, eine wundervolle Tochter und einen Mann, den sie lieben durfte. Das Leben war schön. Sie hob die Hand und strich mit dem Finger über die Linie seines Kinns. »Ich kann gar nicht glauben, dass du das alles für mich getan hast«, sagte sie weich.

Sein Blick war voller Zärtlichkeit. »Ich würde alles für dich tun, Peach. Einfach alles. Abgesehen vielleicht von … Squaredance.«

Anmerkung der Autorin

Ich hoffe, euch hat der Besuch in Trillium Bay gefallen! Einigen Lesern werden möglicherweise Ähnlichkeiten mit Mackinac Island in Michigan aufgefallen sein, da diese Insel mir als Inspirationsquelle gedient hat. Natürlich habe ich mir jedoch einige kreative Freiheiten herausgenommen, da Wenniway Island schließlich eine fiktionalisierte Insel ist. Trotzdem erkennt man als Einwohner Michigans vielleicht die eine oder andere Sehenswürdigkeit und einige der Inselaktivitäten wieder. Mein Dank gilt den vielen Familien auf Mackinac Island, die ihre Erfahrungen mit mir geteilt haben.

Danksagung

Mein Dank gilt meiner Stammesgruppe von wundervollen Frauen, die mich während der Entstehungszeit dieses Buchs an jedem einzelnen Tag unterstützt haben. Melody Guy, danke, dass du im Team Tracy spielst. Dein Beistand und deine Erfahrung haben mich geleitet. Kelli Martin, danke für deine fortwährende Hilfe. Danke dafür, dass es immer Freude macht, mit dir zusammen zu sein, und dafür, dass du mich beim Wellnesstag begleitet hast. Nalini Akolekar, mein unendlicher Dank dafür, dass du mir während der schwierigen Zeiten die Hände gehalten hast. Und zwar über die Tastatur.

Danke an Webster Girl und Tenacious D, dafür, dass ihr an mich geglaubt habt, dass ihr mir Waffeln gebracht und jeden meiner Tage heller gemacht habt. Allerdings kann ich es immer noch nicht fassen, dass ihr mich dazu überredet habt, mir eine Dänische Dogge anzuschaffen.

Danke an Catherine Bybee und Tiffany Snow, dass ihr mit mir (und über mich) gelacht habt. Danke für euer offenes Ohr und eure hilfreichen Ratschläge. Ich liebe euch Mädels, ihr seid echte Rockstars.

Danke an Kimberly Kincaid, Alyssa Alexander und Darcy Woods für eure ermutigenden Anrufe, E-Mails, Textnachrichten, Rauchsignale und Brieftauben. Zu wissen, dass ihr immer an meiner Seite wart, hat mich das eine oder andere Mal wieder auf den Boden zurückgeholt. Ich habe euch gehört. Laut und deutlich.

Danke an meine liebe Freundin Jane für das Probelesen. Und das erneute Probelesen. Und für das Probelesen danach. Du bist das schimmernde Juwel im Diadem meines Lebens. Oder jedenfalls wärst du das, wenn ich ein Diadem hätte. Leider habe ich keins, aber ich sollte eins haben. Und du auch.

Und schließlich und endlich vielen Dank an meine wunderbaren, unterstützenden und energiegeladenen Leser. Ihr seid der Grund dafür, dass ich tue, was ich tue. Ich hoffe, diese Geschichte hat euch zum Lächeln gebracht, zu Tränen gerührt und ein paar wunderschöne Stunden der Weltflucht geschenkt. Wenn ihr weiter lest, werde ich weiter schreiben!

Printed in France by Amazon
Brétigny-sur-Orge, FR

30468125R00219